AMÉRICA DEL SUR

MAR CARIBE
OCÉANO ATLÁNTICO
BELICE
HONDURAS
NICARAGUA
Lago de Nicaragua
EL SALVADOR
GUATEMALA
COSTA RICA
PANAMÁ
Barranquilla
Cartagena
Maracaibo
Lago de Maracaibo
Caracas
Río Magdalena
San Cristóbal
Río Orinoco
VENEZUELA
Medellín
Bogotá
Cali
COLOMBIA
Georgetown
Paramaribo
Cayena
GUAYANA
SURINAM
GUAYANA FRANCESA
Boa Vista
Quito
ECUADOR
Guayaquil
Cuenca
Iquitos
ISLAS GALÁPAGOS (Ecuador)
LOS ANDES
PERÚ
AMAZONAS
Río Amazonas
BRASIL
Lima
Ayacucho
Machu Picchu
Cuzco
BOLIVIA
Lago Titicaca
La Paz
Santa Cruz
Sucre
Potosí
Brasilia
OCÉANO PACÍFICO
PARAGUAY
Río Paraná
Río de Janeiro
São Paulo
Asunción
Iguazú
TRÓPICO DE CAPRICORNIO
CHILE
LOS ANDES
OCÉANO ATLÁNTICO
Río Uruguay
Córdoba
URUGUAY
Viña del Mar
Valparaíso
Santiago
Buenos Aires
Montevideo
Río de la Plata
ARGENTINA
Concepción
Bahía Blanca
Viedma
ISLAS MALVINAS (Br.)
Estrecho de Magallanes
TIERRA DEL FUEGO
ECUADOR

Elevación en metros
4.000+
2.000–4.000
500–2.000
200–500
0–200
Nivel del mar

0 250 500 750 MILLAS
0 500 1.000 KILÓMETROS

ÁFRICA
NIGERIA
Malabo
CAMERÚN
GUINEA ECUATORIAL
GABÓN
ÁFRICA
0 MILLAS 250
0 KILÓMETROS 500

80° 70° 60° 10° 0° 10° 20° 30° 110° 100° 90° 80° 70° 60° 50° 40° 30° 20° 10° 0°

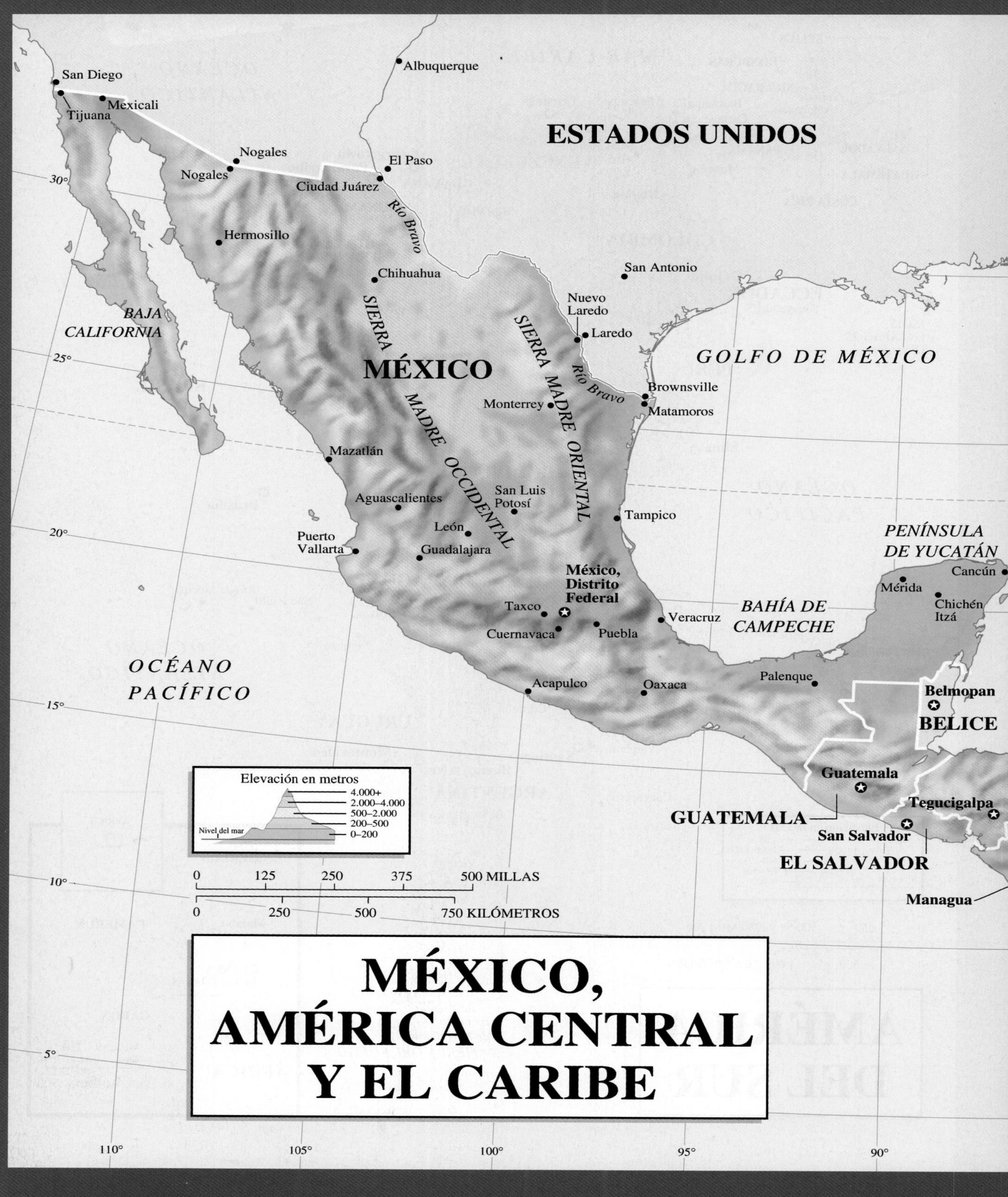

MÉXICO, AMÉRICA CENTRAL Y EL CARIBE

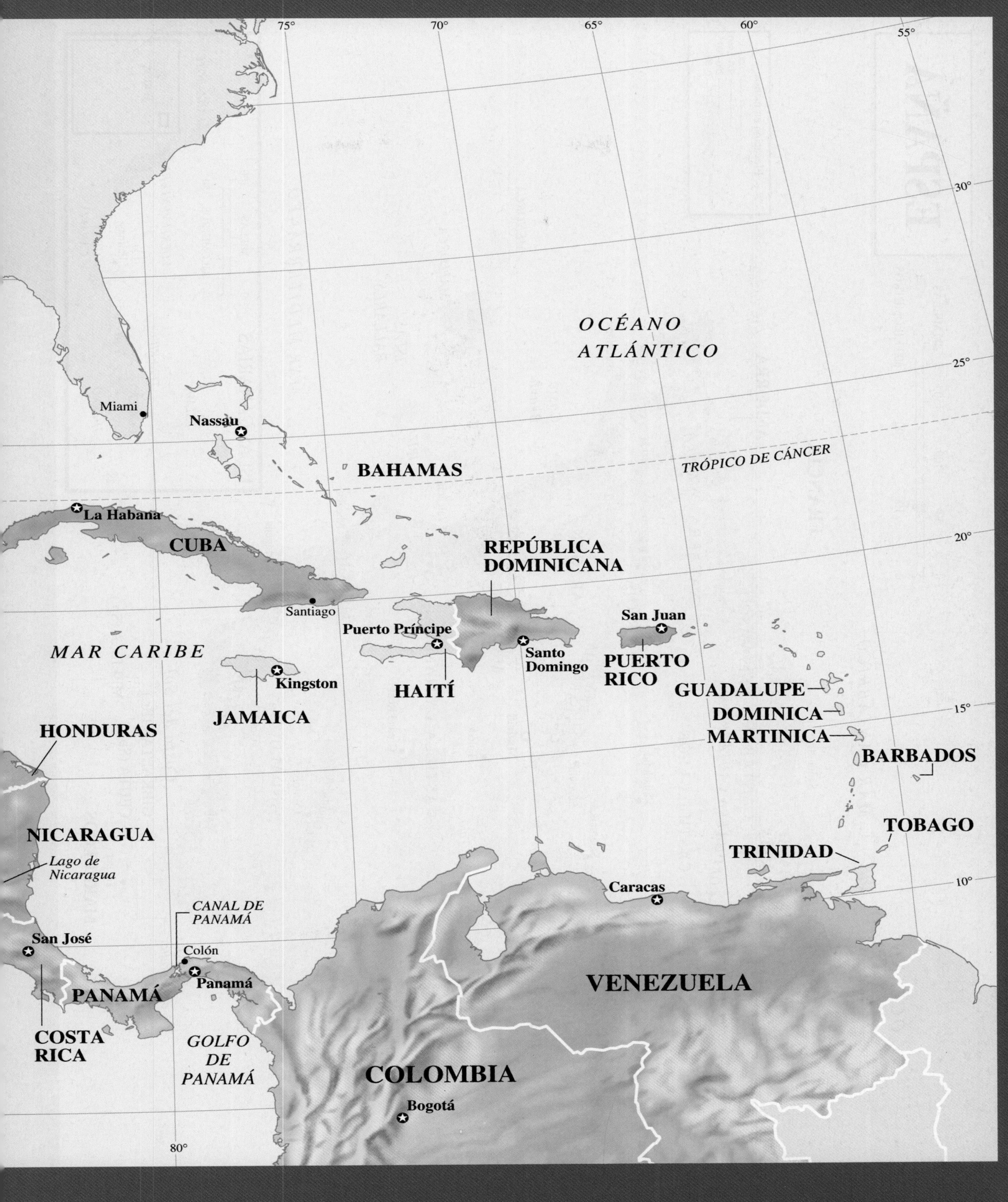

75°
70°
65°
60°
55°
30°
25°
20°
15°
10°
80°
OCÉANO
ATLÁNTICO
TRÓPICO DE CÁNCER
Miami
Nassau
BAHAMAS
La Habana
CUBA
Santiago
REPÚBLICA
DOMINICANA
San Juan
Puerto Príncipe
Santo
Domingo
PUERTO
RICO
MAR CARIBE
Kingston
HAITÍ
JAMAICA
GUADALUPE
DOMINICA
MARTINICA
BARBADOS
HONDURAS
NICARAGUA
Lago de
Nicaragua
TOBAGO
TRINIDAD
Caracas
CANAL DE
PANAMÁ
San José
Colón
Panamá
PANAMÁ
VENEZUELA
COSTA
RICA
GOLFO
DE
PANAMÁ
COLOMBIA
Bogotá

ESPAÑA
0 50 100 150 200 MILLAS
0 100 200 300 KILÓMETROS
Elevación en metros
2.000+
500–2.000
200–500
0–200
Nivel del mar
OCÉANO ATLÁNTICO
MAR CANTÁBRICO
FRANCIA
ANDORRA
PORTUGAL
Lisboa
MARRUECOS
Tánger
GIBRALTAR (Br.)
CEUTA (Sp.)
MELILLA (Sp.)
Estrecho de Gibraltar
Costa del Sol
Costa Brava
MAR MEDITERRÁNEO
GALICIA
PRINCIPADO DE ASTURIAS
CANTABRIA
PAÍS VASCO
NAVARRA
CORDILLERA CANTÁBRICA
PIRINEOS
CASTILLA-LEÓN
LA RIOJA
ARAGÓN
CATALUÑA
SIERRA DE GUADARRAMA
MADRID
COMUNIDAD VALENCIANA
CASTILLA-LA MANCHA
EXTREMADURA
MURCIA
ANDALUCÍA
SIERRA NEVADA
Río Ebro
Río Tajo
Río Guadalquivir
Santiago de Compostela
Santander
Bilbao
Pamplona
Zaragoza
Lérida
Gerona
Barcelona
Valladolid
Salamanca
Segovia
Madrid
Toledo
Ciudad Real
Valencia
Alicante
Murcia
Cartagena
Córdoba
Sevilla
Granada
Málaga
Cádiz
ISLAS BALEARES
MENORCA
MALLORCA
Palma
IBIZA
ISLAS CANARIAS
0 MILLAS 100
0 KILÓMETROS 150
LA PALMA
TENERIFE
GOMERA
HIERRO
GRAN CANARIA
Las Palmas
FUERTEVENTURA
LANZAROTE
ÁFRICA

Literatura y arte

Ninth Edition

Intermediate Spanish

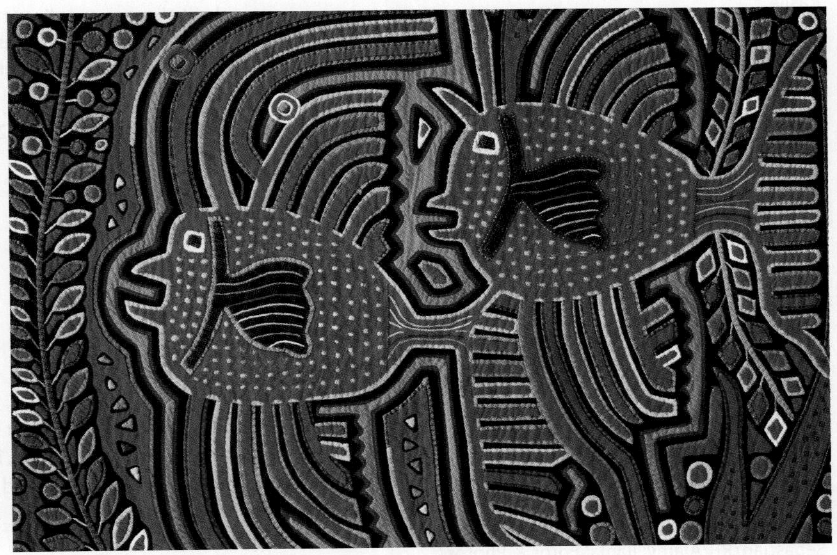

Lynn Sandstedt

University of Northern Colorado

Ralph Kite

HEINLE
CENGAGE Learning™

Australia • Brazil • Japan • Korea • Mexico • Singapore • Spain • United Kingdom • United States

Literatura y arte: Intermediate Spanish, Ninth Edition

Lynn Sandstedt, Ralph Kite

Editor in Chief: PJ Boardman

Senior Acquisitions Editor: Helen Alejandra Richardson

Development Editor: Marisa Garman

Senior Content Project Manager: Esther Marshall

Assistant Editor: Meg Grebenc

Editorial Assistant: Natasha Ranjan

Associate Content Project Manager: Jessica Rasile

Marketing Manager: Lindsey Richardson

Senior Marketing Assistant: Marla Nasser

Senior Marketing Communication Manager: Stacey Purviance

Managing Technology Project Manager: Wendy Constantine

Manufacturing Buyer: Elizabeth Donaghey

Composition & Project Management: Greg Johnson,
Art Directions

Senior Permissions Accounts Manager, Images: Sheri Blaney

Photo Researcher: Jill Engebretson

Permissions Editor: Llanca Letelier

Text & Cover Designer: Brian Salisbury

Senior Art Director: Cate Rickard Barr

Cover Photos: ©sun calendar: Peter Horree/Index Stock Imagery; crowd: Felix Stenson/Alamy; Mayan sculpture: RF/Corbis; bridge: Sebastian/RF/Alamy; llama: Fotos & Photos/Index Stock Imagery; dancer: blickwinkel/Alamy; fish mola: RF/Corbis; couple: Benno deWilde/RF/Alamy; Easter Island: Angelo Cavalli/Index Stock Imagery

Credits appear on pages 237–238, which constitute a continuation of the copyright page.

Library of Congress Control Number: 2006936554

ISBN-13: 978-1-4130-3011-2

ISBN-10: 1-4130-3011-4

Heinle
25 Thomson Place
Boston MA 02210
USA

Cengage Learning is a leading provider of customized learning solutions with office locations around the globe, including Singapore, the United Kingdom, Australia, Mexico, Brazil, and Japan. Locate your local office at: **international.cengage.com/region**

Cengage Learning products are represented in Canada by Nelson Education, Ltd.

For your course and learning solutions, visit **academic.cengage.com**

Purchase any of our products at your local college store or at our preferred online store **www.ichapters.com**

Printed in China
3 4 5 6 7 10 09 08

Índice

Preface

With the publication of the **Intermediate Spanish Series,** the materials available for use at the intermediate level took a step in a new direction. We had long believed that it would be desirable to have a "package" of materials, unified in content but varied in the possibilities for use in the classroom, that would be flexible enough that the instructor could easily adapt them to his or her own teaching style and particular interests.

With this in mind, we devised the three highly successful textbooks that made up our intermediate level program. ***Conversación y repaso*** reviews and expands upon the essential points of grammar covered in the first year and also includes dialogues for listening and reading practice, listening exercises, abundant personalized exercises, speaking strategies, and a variety of activities intended to stimulate conversation. ***Civilización y cultura*** presents a variety of topics related to Hispanic culture. The approach in this reader is thematic rather than purely historical, and the topics have been chosen both for the insights that they offer into Hispanic culture and for their interest to students. The exercises are designed to reinforce the development of reading, writing, and speaking skills, to build vocabulary, and to stimulate class discussion. ***Literatura y arte*** introduces the student to literary works by both Spanish and Spanish-American writers and to the rich and diverse contributions of Hispanic artists to the fine arts. The accompanying exercises also stress the development of reading, writing, and speaking skills and include vocabulary-building and conversational activities.

One of the unique features of the program is the thematic unity of the texts. Each unit of each textbook has the same theme as the corresponding unit of the others. For example, Unit 7 of the grammar textbook deals with the subject of poverty and the problem of the migration of workers in Hispanic culture in its dialogues and conversational activities. The same theme "Aspectos económicos de Hispanoamérica," is treated in the seventh unit of the civilization and culture reader, and further explored in Unit 7 of the literature and art reader in the short story "Es que somos muy pobres" and in the essay on the murals of Diego Rivera.

We have found that this thematic unity offers several advantages to the teacher and student: (1) the teacher may combine the basic grammar and conversation book with either or both of the readers and be assured that essentially the same cultural and linguistic information will be presented to the students; (2) the amount of material to be covered may be adjusted through the choice of one textbook or more, making it possible to balance the quantity of material and the amount of classroom contact available; (3) if one book is used in the classroom, another may be used for outside work by those students who wish additional contact with the language; (4) for individualized programs, only those units may be assigned that are relevant to the student's particular interests. Learning also may be reinforced by using the workbook and Lab Audio Program (available on CD or in downloadable MP3 format) that accompany the series.

If several books are used, students will absorb a considerable amount of vocabulary related to the theme, and by the end of their study of the topic, will have overcome, at least in part, their reluctance to express their own ideas in Spanish. We have tested this "saturation" method in our own classrooms and have found it to be quite effective. We suggest that if several books are used, the grammar and initial dialogue should be studied first, followed by one or more of the other textbooks, and finally, the conversation stimulus section of the grammar and conversation text.

Like the earlier editions, this Ninth Edition of the **Intermediate Spanish Series** contains materials that will be of interest to students of different disciplines. Throughout, our goal has been to present materials that will enable students to develop effective communicative skills in Spanish and motivate them to want to know more about the culture they are studying.

We would like to thank the following colleagues for their valuable comments and suggestions:

Robert G. Black, *Carroll College*
Martin Camps, *University of North Florida*
Culley Carson-Grefe, *Austin Peay State University*
Gregory K. Cole, *Newberry College*
Ava Conley, *Harding University*
Michelle Connolly, *Community College of Rhode Island*
Robert Colvin, *BYU-Idaho*
William O. Deaver Jr., *Armstrong Atlantic State University*
Dr. Victor Manuel Duran, *University of South Carolina-Aiken*
John L. Finan, *William Rainey Harper College*
Alexandra Fitts, *University of Alaska Fairbanks*
Guadalupe Flores, *University of Texas at Browsville*
Carl L. Garrott, *Virginia State University*
Eduardo Gonzalez, *University of Nebraska at Kearney*
Piet Koene, *Northwestern College*
Monica Malamud, *Canada College*
Deanna H. Mihaly, *Eastern Michigan University*
Kay Past, *Coastal Bend College*
Catherine Quibell, *Santa Rosa Jr. College*
Dr. Emilio Ramon, *Siena College*
Ray S. Rentería, *Sam Houston State University*
Daniel Robins, *Cabrillo College*
Irene Stefanova, *Santa Clara University*
Angela R. Tauro, *Fairfield University*
Michael Wong-Russell, *Framingham State College*

Furthermore, we express our deepest appreciation to the great team at Heinle for their support and collaboration in every phase of this project. Throughout the development and the production of this program, the team at Heinle has provided invaluable guidance and expertise, and in particular to Helen Richardson, Marisa Garman, Esther Marshall, and Meg Grebenc. Thanks also go to all the other people at Heinle involved with this project and to the freelancers: Greg Johnson, Brian Salisbury, Jill Engebretson, Peggy Hines, and Patrice Titterington.

Introduction to *Literatura y arte*

Literatura y arte is a reader designed for use in second-year college courses. It is intended to be used with ***Conversación y repaso,*** but it may also be used with any second-year grammar review. The purpose of the book is to develop reading skills and to introduce students to certain literary and cultural concepts that will enhance their comprehension of the unique qualities of Hispanic civilization.

Each unit of the reader focuses on a particular topic, which is explored through two kinds of input: a literary text **(Literatura),** chosen for its relevancy to the topic, its level of difficulty, and, especially, its interest to the student; and an essay on some aspect of Hispanic art **(Arte),** again related to the central topic. Introductory essays **(Enfoque)** present the theme of the unit and provide a context, either historical or critical, for the selection to be read. Notes following the literary selection provide insights into unique aspects of Spanish-speaking cultures reflected in the reading.

It should be noted that most difficult words or phrases of the literary selections are glossed. The thematic essays (called **Enfoque**) and the essays on art are unglossed and may, therefore, be used for "extensive" reading in order to develop the student's ability to comprehend without the use of a dictionary. All words and phrases of the literary readings and of the unglossed essays are included in the end vocabulary.

The exercises preceding each literary reading are designed to introduce the student to new vocabulary, to develop his or her skill in reading using a variety of pre-reading strategies, and to lead the student into the theme of the selection. New to this edition, photos of the authors have also been added so that student can visualize these writers as they read the selections. Following the reading selection are post-reading exercises to check the student's comprehension and which allow the student to relate the material in the reading to his/her own life. Additional exercises, labeled **Expansión,** also follow each text. They introduce the student to literary analysis and encourage the development of writing and oral skills. A variety of exercises is provided, and the instructor may wish to pick and choose those which are most appropriate for his/her class. Writing activities are now correlated to **Atajo 4.0 CD-ROM Writing Assistant for Spanish.**

Similarly, the **¡A explorar!** section at the end of the unit offers a variety of exercises from which the student or instructor may choose. The final activity involves group research (Internet or library) on a substantially open topic. In order to introduce the student to a variety of literary genres and styles, the literary selections included range from the short story and chronicle to the one-act play and poetry. Our main goal has been to choose materials that will interest students and that will lead them to want to know more about a rich and complex culture.

About the Ninth Edition of *Literatura y arte*

In response to suggestions made by users of the previous editions as well as reviewers, the following changes have been implemented in the Ninth Edition of the ***Literatura y arte*** program.

- Readings have been revised to include a greater variety of voices with new items. In an effort to include more humor, two new readings were included: Beatriz Guido (Argentina) contributes a humorous re-telling of "Little Red Riding Hood" in "Caperucita roja o casco rojo," which serves as an example of family obligations. Ana Lydia Vega (Puerto Rico) details the trials and tribulations of being a pedestrian in San Juan in "Un deseo llamado tranvía," making use of the popular language of the island. In a third new reading, José Donoso (Chile) describes the solitude of the city dweller in "Una señora" in the unit on Hispanic cities.
- New unit openers now include more detailed content, including a suggested Spanish language movie that correlates to the theme of the unit. There are also correlations to the other ancillaries in the program, and a chapter map to make information more accessible and easier to review.
- Internet activities have been expanded to include more searchable links exposing students to a greater variety of artistic and cultural elements. Each unit ends with a group research activity inviting Internet use.
- Recommendations for further reading in the **Heinle Voices Database** at **www.textchoice.com/voices** are included at the end of the reading selection in each unit.
- Writing activities are now correlated to **Atajo 4.0 CD-ROM Writing Assistant for Spanish.**

The Complete Intermediate Spanish Program

The Ninth Edition of this **Intermediate Spanish Series** is accompanied by an extensive collection of resources to provide a flexible, supported teaching experience. The complete program includes:

For the Student

Literatura y arte 1-4130-3011-4

This second volume of the series features literary readings as well as artistic masterpieces from the Spanish-speaking world. This volume's 12 units are thematically tied to ***Conversación y repaso***.

Conversación y repaso Text/Audio CD Package 1-4130-3012-2

Includes all 12 chapters of the main text plus accompanying Text Audio CDs for use with **En contexto** and **A escuchar** sections.

Civilización y cultura 1-4130-3010-6

Civilización y cultura is a thematic approach to Hispanic culture consisting of readings written for the third or fourth semester college course as well as authentic journalistic readings in Spanish. The essays present twelve topics, both historical and contemporary, that serve to introduce the student to various aspects of Hispanic tradition, customs, and values. Most of the points apply equally to Spain and to Spanish America, although some treat one or the other exclusively. A strong emphasis is placed on culture contrast in order for the student more readily to relate the material to his or her own experience.

Workbook/Lab Manual 1-4130-3186-2

The **Workbook/Lab Manual** has four major divisions: (a) listening comprehension exercises that expose the student to the vocabulary and grammatical structures of each unit in a variety of new situations; (b) oral drills for review and reinforcement of the grammatical concepts presented in each unit; (c) controlled and open-ended written exercises utilizing the same vocabulary and structures; and (d) a Composition writing section which contains guidelines to help students learn to write a composition. Answers for these exercises and the Lab Audio Script are posted on the Instructor's side of the companion website in order to give instructors the choice of offering students the opportunity for immediate self-correction.

The **Lab Audio Program (1-4130-3187-0)** stresses listening comprehension, oral drill on the important points of grammar, and the development of speaking skills. The Lab Audio can also be downloaded in MP3 format from **www.ichapters.com.**

Video on DVD 1-4282-0510-1

The new DVD to accompany the Intermediate Spanish series presents—unit by unit—a specially selected cultural topic relating directly to material covered in ***Civilización y cultura.*** Corresponding activities found in the text prepare students for viewing the DVD, review useful vocabulary, summarize the video, test student comprehension, and solicit individual reactions to the film.

vMentor™ 0-5342-5355-5

Available free with every new copy of the text, **vMentor** gives students access to one-on-one, online tutoring help from a subject-area expert. In **vMentor's** virtual classroom, students interact with the tutor and other students using two-way audio, an interactive whiteboard for illustrating the problem, and instant messaging.

Atajo 4.0 CD-ROM: Writing Assistant for Spanish 1-4130-0060-6

The **Atajo 4.0 CD-ROM: Writing Assistant for Spanish** program combines the features of a word processor with databases of language reference material, a searchable dictionary, a verb conjugating reference, and audio recordings of vocabulary and example sentences. It provides easy access to authentic samples of the language, with a focus on information that is useful to the learner. New to this edition is a unique partnership with Merriam-Webster®, Inc. that integrates the entire contents of *Merriam-Webster's® Spanish English Dictionary* into the Writing Assistant program's searchable dictionary.

Sonidos, sabores y palabras with Nuevo Latino Music CD 1-4130-2169-7

Sonidos, sabores y palabras is a culturally rich program designed to use music to increase understanding of not only the Spanish language, but also the cultures and messages music conveys. ***Sonidos, sabores y palabras*** with Putumayo's **Nuevo Latino** Music CD is designed with the latest research in music and second language acquisition and learning scenarios that reflect the national standards and the current focus on performance based assessment.

Typing Accents for Spanish Bookmark 0-7593-0659-1

The laminated bookmark includes keyboard instructions on how to type in accents, making it an invaluable tool for anyone composing on the computer.

Heinle iRadio (Visit www.academic.cengage.com/spanish/intermediatespanish)

Heinle iRadio is a program Heinle World Languages has introduced to deliver language-specific podcasts to its customers. The program takes advantage of a technology known as podcasting. Podcasts function much like a short radio show or program, and can be played on your computer or downloaded directly onto portable MP3 players.

For Instructors

Conversación y repaso Annotated Instructor's Edition/Text Audio CD Package

1-4130-3183-8

The Annotated Instructor's Edition contains all of the content from the main text and in addition provides instructors with answers to all closed-ended activities as well as numerous teaching tips to provide assistance in teaching the program effectively.

Instructor's Resource CD-ROM 1-4130-3185-4

The Instructor's Resource CD-ROM contains 4 folders with documents in either PDF, Windows 3.1, Windows 95, or Word 6.0 formats. Clicking on any one of these will give three folders containing files related to ***Civilización y cultura, Conversación y repaso*** and ***Literatura y arte***.

Civilización y cultura

- one document contains exams for Units 1–12
- one document contains answers to those exams

Conversación y repaso

- contains 1 answer key for all 12 tests
- each test for each unit is labeled CR1_01, CR1_02, etc...
- the oral portion of the test is labeled CR1-ORAL and it has the oral strand for all 12 units

Literatura y arte

- one document contains exams for Units 1–12
- one document contains answers to those exams

The Heinle Spanish Transparency Bank 0-8384-0987-3

Over 100 color transparencies, identified by alpha-numeric code.

Heinle Voices Literary Database

Recommendations for further reading in the **Heinle Voices Database** at **http://custom.cengage.com/voices** are included at the end of the reading selection in each unit in both ***Civilización y cultura*** and ***Literatura y arte.***

Guía básica 1-4130-1468-2

This guide combines both the theory of literary criticism and the practicality of how to write a literary paper into a single text.

Situation Cards 0-0302-6769-2

This set of 144 situation cards may be used for extemporaneous speaking practice or for evaluating speaking in oral interviews.

This Ninth Edition of the **Intermediate Spanish Series** is dedicated to the memory of John G. "Pete" Copeland, an inspirational teacher and an equally inspired friend and colleague.

Ralph Kite and Lynn Sandstedt

Orígenes de la cultura hispánica: Europa

UNIDAD 1

La Alhambra en Granada fue construida durante el reino moro. Describa lo que ve en la foto. ¿Qué sostienen los leones?

Literatura

El Conde Lucanor, don Juan Manuel

Arte

La Alhambra

- Patio de los Leones
- Patio de la Acequia, Generalife
- Los baños reales

Expansión

¡A explorar!

Cine

Una de las obras más conocidas de la España medieval (a veces clasificada como la primera novela) es *La Celestina.* Ya se ha hecho una película basada en esta obra con la actuación de Juan Diego Botto como Calisto y Penélope Cruz como Melibea. Hay unas pocas escenas de sexualidad (1996, 108 min.).

Literatura

Enfoque

Para apreciar la riqueza de la cultura española es necesario recordar que toda ella es el producto de la asimilación de varias culturas, cuyas tradiciones y contribuciones todavía pueden observarse en España hoy día. La cultura romana aporta el idioma, la religión, el concepto de gobierno y una serie de costumbres y tradiciones. La cultura visigoda aporta el feudalismo. Y por último, la cultura árabe, durante ocho siglos de convivencia, divulga los conocimientos de la cultura griega antigua, comparte sus conocimientos en las ciencias y las matemáticas y deja profundas huellas en la cultura española, especialmente en la música, la arquitectura y la literatura. Esta cultura se nota más en el sur de España, zona reconquistada entre el siglo XIII y el siglo XV, que mantiene un marcado carácter africano, además de rasgos europeos. Todas las influencias culturales mencionadas influyen en el carácter de todo el país y hacen que la cultura de España sea única en su tipo.

Desde sus orígenes, la asimilación de esas culturas explica también la extraordinaria riqueza de la literatura española. Gracias a las culturas griega, romana y árabe, los españoles llegan a conocer el mito clásico, la fábula y otros géneros literarios. Los árabes también dan a conocer su poesía amorosa y sus cuentos, que se hacen muy populares. De todas estas fuentes los peninsulares absorben conceptos, ideas y formas y los hacen suyos, logrando una expresión y un sabor únicos.

En esta unidad se presentan dos ejemplos de la vitalidad y de la riqueza de la cultura de la España medieval. Los dos reflejan la profunda influencia de la cultura árabe en España, influencia que todavía puede observarse hoy día.

1-1 Anticipación. Trabajen en grupos pequeños y discutan. ¿Cuáles son algunas influencias en la cultura de los Estados Unidos? Piense en el arte, la arquitectura, la literatura, la música popular y sobre todo las palabras prestadas de otros idiomas que usamos en inglés, como, por ejemplo *patio* o *déjà vu*. ¿Hay más o menos influencias distintas que en la cultura española descrita en el **Enfoque**? Después compare su lista con las de los otros grupos de la clase.

Vocabulario útil

Estudie estas palabras.

Verbos

acontecer *to happen*
arreglar *to arrange*
asombrarse *to be surprised*
despedazar *to cut or tear to pieces*
enojarse *to become angry; to get mad*

Sustantivos

el casamiento *marriage*
la cena *supper*
el consejo *piece of advice*
la espada *sword*
el gallo *rooster*
el gato *cat*
el mancebo *youth*
la novia *bride*
el novio *groom*
el pariente / la parienta *relative*
el pedazo *piece*
la pobreza *poverty*
la saña *wrath*
la suegra *mother-in-law*
el suegro *father-in-law*

Adjetivos

bravo(a) *ill-tempered, ferocious*
ensangrentado(a) *bloody*
grosero(a) *coarse, rude*
honrado(a) *honorable, of high rank*
sañudo(a) *wrathful, angry*

1-2 Para practicar. Complete las oraciones con la forma correcta de una palabra apropiada del **Vocabulario útil.**

asombrarse	casamiento	consejo	novio	pobreza
bravo	cena	gato	pariente	suegro

1. Esa mujer no sabe controlarse; es muy ______.
2. No sé qué hacer. Voy a buscar ______ de mis padres.
3. La madre de mi esposa es mi ______.
4. Algunos dicen que hoy día los ______ por amor son menos populares que antes.
5. Mis tíos, mis abuelos y mis primos son ______ míos.
6. Una ______ es una mujer recién casada.
7. Lo opuesto de riqueza es ______.
8. A veces yo ______ cuando veo algo inesperado.
9. El enemigo tradicional de los ratones es el ______.
10. La última comida del día es la ______.

1-3 En diálogo. Escriba las oraciones del diálogo siguiente otra vez, usando palabras del **Vocabulario útil** en vez de las palabras en letra cursiva *(italics)*.

PEPE ¿Qué le *pasó* al *joven*?

JULIA Pues, quería casarse con una mujer muy *feroz,* aunque su padre no quería que lo hiciera.

PEPE Y entonces, ¿qué hizo?

JULIA Al estar solo con ella, fingió *irritarse* mucho. Luego usó su espada y *cortó* un perro *en pedazos*. Cuando la mujer lo vio *cubierto de sangre,* tuvo mucho miedo.

PEPE ¿Y después?

JULIA Hombre, ¡vas a tener que leer el cuento para saberlo!

Preparación para la lectura

1-4 ¿De acuerdo o no? Antes de leer el cuento «De lo que aconteció a un mancebo que se casó con una mujer muy fuerte y muy brava», dé su propia opinión sobre las siguientes afirmaciones. Escriba «sí» si está de acuerdo *(if you agree)* y «no» si no está de acuerdo con cada observación y explique por qué opina así. Después, lea el cuento e indique cómo reaccionaría don Juan Manuel ante las siguientes afirmaciones y por qué reaccionaría él así.

	La opinión de Ud.	**La opinión de don Juan Manuel**
1. Los jóvenes, y no los padres, deben decidir con quien se van a casar.	________	________
2. Para que una pareja *(couple)* sea feliz, la mujer debe serle obediente a su marido después de casarse.	________	________
3. Las parejas pueden cambiar su relación en cualquier momento de su vida.	________	________

1-5 En anticipación. Es más fácil leer un cuento o un ensayo si uno anticipa el tema principal de la obra. A veces ese tema aparece en los primeros párrafos de la obra. Lea estos párrafos e indique la mejor frase para completar cada oración.

Otra vez hablaba el Conde Lucanor con Patronio y le dijo:

—Patronio, mi criado me ha dicho que piensan casarle con una mujer muy rica que es más honrada que él. Sólo hay un problema y el problema es éste: le han dicho que ella es la cosa más brava y más fuerte del mundo. ¿Debo mandarle casarse con ella, sabiendo cómo es, o mandarle no hacerlo?

—Señor conde —dijo Patronio—, si él es como el hijo de un hombre bueno que era moro, mándele casarse con ella; pero si no es como él, dígale que no se case con ella.

El conde le pidió que se lo explicara.

1. En el caso del criado…
   a. la mujer con quien quiere casarse es más rica y honrada que él.
   b. él y la mujer con quien quiere casarse son de la misma clase social y económica.
   c. él es más rico y honrado que la mujer con quien quiere casarse.
2. La mujer con quien el criado quiere casarse es…
   a. muy feroz.
   b. muy tímida.
   c. muy débil.
3. Patronio dice que si el criado es como el hijo del moro…
   a. no debe casarse con ella.
   b. debe casarse con ella.
   c. debe buscar a otra mujer.
4. Uno puede imaginarse que en su cuento, Patronio va a describir…
   a. las relaciones entre el moro joven y la mujer brava.
   b. las relaciones entre el moro joven y el Conde Lucanor.
   c. cómo se puede resolver el único problema que tiene el criado: la diferencia entre su rango social y el de la mujer.
5. Parece que el tema principal del cuento va a ser…
   a. los problemas políticos de la clase baja.
   b. lo que debe hacer el hombre que se casa con una mujer brava.
   c. las relaciones entre personas de diferentes edades.

Don Juan Manuel

Don Juan Manuel, autor de *El Conde Lucanor*

Don Juan Manuel (1282–1349?), sobrino del rey Alfonso X el Sabio, fue el primer prosista castellano que, consciente de la importancia de su estilo, supo transformar lo tradicional y lo popular por medio de su arte. Aunque escribió varias obras, esa cualidad artística se nota más en *El Conde Lucanor o Libro de Patronio,* terminado en 1335.

La estructura de la obra es sencilla. El Conde Lucanor le pide consejos a su servidor Patronio para resolver un problema que tiene. Éste le contesta mediante un cuento o «ejemplo», que sirve para sugerir una solución al problema. La moraleja se resume al final en dos versos brevísimos.

Los cincuenta «ejemplos» que componen el libro son de diversos orígenes: algunos son originales y a veces tienen elementos autobiográficos o históricos; otros son de origen oriental o clásico o de tradición popular. El autor conocía los cuentos de varias colecciones árabes que circulaban por España, y su contacto personal con los musulmanes españoles se revela no sólo en las tramas de varios cuentos, sino también en muchas alusiones a dichos, costumbres y actitudes árabes. El aspecto castellano —cristiano y occidental— de su obra se nota en la sobriedad y austeridad de su estilo y en su preocupación por la política y la religión, motivos esenciales del castellano noble de su época.

En el cuento «De lo que aconteció a un mancebo que se casó con una mujer muy fuerte y muy brava» podemos observar algunos rasgos del arte de don Juan Manuel. El autor emplea el lenguaje ordinario del pueblo y busca expresarse sencillamente y con claridad. Nos comunica el castellano de su época, pero ya transformado en instrumento artístico. En cuanto al tema, es probable que la actitud que se expresa hacia la mujer refleje la percepción de algunos hombres de la época en vez de reflejar la verdadera condición de la mujer. Al final del cuento, don Juan Manuel parece comentar esa percepción masculina al describir lo que pasa cuando el suegro trata de imitar a su yerno. Finalmente, aunque el cuento del mancebo es breve, como todos los cuentos del autor, nos sorprende y deleita la capacidad extraordinaria del autor para motivar las acciones de sus personajes, para revelar el detalle pintoresco o significativo y para crear una representación armoniosa.

El Conde Lucanor: De lo que aconteció a un mancebo que se casó con una mujer muy fuerte y muy brava

Otra vez hablaba el Conde Lucanor con Patronio y le dijo:

—Patronio, mi criado me ha dicho que piensan casarle con una mujer muy rica que es más honrada que él.[1] Sólo hay un problema y el problema es éste: le han dicho que ella es la cosa más brava y más fuerte del mundo. ¿Debo mandarle casarse con ella, sabiendo cómo es, o mandarle no hacerlo?

—Señor conde —dijo Patronio—, si él es como el hijo de un hombre bueno que era moro, mándele casarse con ella; pero si no es como él, dígale que no se case° con ella.

El conde le pidió que se lo explicara°.

Patronio le dijo que en un pueblito había un hombre que tenía el mejor hijo que se podía desear, pero por ser pobres, el hijo no podía emprender° las grandes hazañas° que tanto deseaba realizar. Y en el mismo pueblito había otro hombre que era más honrado y más rico que el padre del mancebo, y ese hombre sólo tenía una hija y ella era todo lo contrario del° mancebo. Mientras él era de muy buenas maneras, las de ella eran malas y groseras. ¡Nadie quería casarse con aquel diablo!

Y un día el buen mancebo vino a su padre y le dijo que en vez de vivir en la pobreza o salir de su pueblo, él preferiría casarse con alguna mujer rica. El padre estuvo de acuerdo°. Y entonces el hijo le propuso casarse con la hija mala de aquel hombre rico. Cuando el padre oyó esto, se asombró mucho y le dijo que no debía pensar en eso: que no había nadie, por pobre que fuese°, que quería casarse con ella. El hijo le pidió que, por favor, arreglase° aquel casamiento. Y tanto insistió que por fin su padre consintió, aunque le parecía extraño°.

Y él fue a ver al buen hombre que era muy amigo suyo, y le dijo todo lo que había pasado entre él y su hijo y le rogó que pues su hijo se atrevía a casarse con su hija, que se la diese° para él. Y cuando el hombre bueno oyó esto, le dijo:

—Por Dios, amigo, si yo hago tal cosa seré amigo muy falso, porque Ud. tiene muy buen hijo y no debo permitir ni su mal° ni su muerte. Y estoy seguro de que si se casa con mi hija, o morirá o le parecerá mejor la muerte que la vida. Y no crea que se lo digo por no satisfacer su deseo: porque si Ud. lo quiere, se la daré a su hijo o a quienquiera que me la saque de casa°.

Y su amigo se lo agradeció mucho y como su hijo quería aquel casamiento, le pidió que lo arreglara°.

Y el casamiento se efectuó° y llevaron a la novia a casa de su marido. Los moros tienen costumbre de preparar la cena a los novios y ponerles la mesa° y dejarlos solos en su casa hasta el día siguiente.[2] Así lo hicieron, pero los padres y los parientes del novio y de la novia temían que al día siguiente hallarían al novio muerto o muy maltrecho°.

Y luego que los jóvenes se quedaron solos en casa, se sentaron a la mesa, pero antes que ella dijera° algo, el novio miró alrededor de la mesa y vio un perro y le dijo con enojo°:

—¡Perro, danos agua para las manos!

Pero el perro no lo hizo. Y él comenzó a enojarse y le dijo más bravamente que les diese° agua para las manos. Pero el perro no lo hizo. Y cuando vio que no lo iba a hacer, se levantó muy enojado de la mesa y sacó su espada y se dirigió al perro. Cuando el perro lo vio venir, huyó y los dos saltaban° por la

no se case not to marry
se lo explicara to explain it to him
emprender undertake
hazañas deeds, feats
todo lo contrario del quite the opposite of the
de acuerdo agreed
por pobre que fuese no matter how poor he was
arreglase arrange
extraño strange, odd
diese to give her to him
mal harm to him
saque de casa gets her out of the house
arreglara to arrange
efectuó took place
ponerles la mesa set the table for them
maltrecho badly off, battered
dijera said
enojo anger
diese to give them
saltaban jumped

mesa y por el fuego hasta que el mancebo lo alcanzó° y le cortó la cabeza y las piernas y le hizo pedazos y ensangrentó° toda la casa y toda la mesa y la ropa.

Y así, muy enojado y todo ensangrentado, se sentó otra vez a la mesa y miró alrededor° y vio un gato y le dijo que le diese agua para las manos. Y cuando no lo hizo, le dijo:

—¡Cómo, don falso traidor! ¿No viste lo que hice al perro porque no quiso hacer lo que le mandé yo? Prometo a Dios que si no haces lo que te mando, te haré lo mismo que al perro.

El gato no lo hizo porque no es costumbre ni de los perros ni de los gatos dar agua para las manos. Y ya que° no lo hizo, el mancebo se levantó y le tomó por las piernas y lo estrelló° contra la pared, rompiéndolo en más de cien pedazos y enojándose más con él que con el perro.

Y así, muy bravo y sañudo y haciendo gestos° muy feroces, volvió a sentarse y miró por todas partes°. La mujer, que le vio hacer todo esto, creyó que estaba loco y no dijo nada. Y cuando había mirado el novio por todas partes, vio a su caballo, que estaba en casa y era el único° que tenía, y le dijo muy bravamente que les diese agua para las manos, pero el caballo no lo hizo. Cuando vio que no lo hizo, le dijo:

—¡Cómo, don caballo! ¿Piensas que porque no tengo otro caballo que por eso no haré nada si no haces lo que yo te mando? Ten cuidado, porque si no haces lo que mando, yo juro° a Dios que haré lo mismo a ti como a los otros, porque lo mismo haré a quienquiera que no haga lo que yo le mande°.

El caballo no se movió. Y cuando vio que no hacía lo que le mandó, fue a él y le cortó la cabeza con la mayor saña que podía mostrar y lo despedazó.

Y cuando la mujer vio que mataba el único caballo que tenía y que decía que lo haría a quienquiera que no lo obedeciese°, se dio cuenta° que el joven no jugaba y tuvo tanto miedo que no sabía si estaba muerta o viva.

Y él, bravo, sañudo y ensangrentado, volvió a la mesa, jurando que si hubiera en casa mil caballos y hombres y mujeres que no le obedeciesen, que mataría a todos. Y se sentó y miró por todas partes, teniendo la espada ensangrentada en el regazo. Y después que miró en una parte y otra y no vio cosa viva°, volvió los ojos a su mujer muy bravamente y le dijo con gran saña, con la espada en la mano:

—¡Levántate y dame agua para las manos!

La mujer, que estaba segura de que él la despedazaría, se levantó muy aprisa° y le dio agua para las manos. Y él le dijo:

—¡Ah, cuánto agradezco a Dios que hiciste lo que te mandé, que si no, por el enojo que me dieron esos locos, te habría hecho igual que a ellos!

Y después le mandó que le diese de comer° y ella lo hizo.

Y siempre que decía algo, se lo decía con tal tono que ella creía que le iba a cortar la cabeza.

Y así pasó aquella noche: ella nunca habló y hacía lo que él le mandaba. Y cuando habían dormido un rato, él dijo:

—Con la saña que he tenido esta noche, no he podido dormir bien. No dejes que nadie me despierte° mañana y prepárame una buena comida.

Y por la mañana los padres y los parientes llegaron a la puerta y como nadie hablaba, pensaron que el novio estaba muerto o herido°. Y lo creyeron aún más cuando vieron en la puerta a la novia y no al novio.

Y cuando ella los vio a la puerta, se acercó muy despacio y con mucho miedo les dijo:

overtook
bloodied
around
since
smashed
gestures
in all directions
only one
I swear
whoever doesn't do what I order him to
obey; she realized
any living thing
fast
that she give him food
awaken
wounded

—¡Locos, traidores! ¿Qué hacen? ¿Cómo se atreven a hablar aquí? ¡Cállense, que si no, todos moriremos!

Al oír esto, ellos se sorprendieron° y apreciaron° mucho al mancebo que tan bien sabía mandar en su casa.

Y de ahí en adelante° su mujer era muy obediente y vivieron muy felices. Pocos días después su suegro quiso hacer lo que había hecho el mancebo, y mató un gallo de la misma manera, pero su mujer le dijo:

—¡A la fe, don Fulano, lo hiciste demasiado tarde! Ya no te valdría nada aunque matares° cien caballos, porque ya nos conocemos.[3]

—Y por eso —le dijo Patronio al conde—, si su criado quiere casarse con tal mujer, sólo lo debe hacer si es como aquel mancebo que sabía domar° a la mujer brava y gobernar en su casa.

El conde aceptó los consejos de Patronio y todo resultó bien.

Y a don Juan le gustó este ejemplo y lo incluyó en este libro. También compuso estos versos:

Si al comienzo no muestras quien eres, nunca podrás después, cuando quisieres°.

Don Juan Manuel, *El Conde Lucanor*

were surprised; esteemed · *from then on* · *even if you kill* · *to tame* · *you would like to*

Notas culturales

[1] *La costumbre de arreglar los casamientos no sólo era común entre los árabes, sino también entre los europeos de la época. A veces se arreglaban para unir dos familias importantes y otras veces por razones económicas (como se ve en el cuento de don Juan Manuel). El casamiento por amor o la idea de que los jóvenes, y no los padres, deben decidir con quienes se van a casar, es algo relativamente moderno.*

[2] *La descripción de esta costumbre de los árabes es típica de la técnica de don Juan Manuel. Incluye en sus cuentos alusiones a costumbres y actitudes de los árabes, que muestran el contacto personal que tenía con ellos.*

[3] *Aunque el cuento refleja la actitud general de que el hombre debe gobernar en su casa, y de que la mujer debe ser sumisa y obediente —actitud típica de algunos hombres de la Edad Media— don Juan Manuel, con ironía y tal vez con realismo, sugiere que esto no siempre es así.*

1-6 Comprensión. Conteste las siguientes preguntas.

A. Según la lectura.

1. ¿Cuál es el problema que tiene un criado del conde?
2. ¿Por qué no puede hacer el joven del cuento las cosas que desea hacer?
3. ¿Por qué no quiere casarse nadie con la joven?

4. ¿Cómo piensa el mancebo escapar de la pobreza?
5. ¿Cómo reacciona el padre del joven cuando oye lo que propone su hijo?
6. ¿Cómo reacciona el padre de la joven ante lo que se le propone?
7. ¿Cuál es la costumbre mora que se presenta en el cuento?
8. ¿Qué es lo que temen los padres y los parientes del novio y de la novia?
9. ¿Qué le manda hacer el joven al perro? ¿y que hace cuando no lo obedece?
10. ¿Qué pasa con el gato? ¿y con el caballo?
11. ¿Qué hace la novia cuando su marido le pide agua para las manos?
12. ¿Cómo cambia la novia como resultado de sus experiencias?
13. ¿Por qué se sorprenden los padres y los parientes al ver cómo se porta la novia?

B. Comentarios generales.

1. ¿Cree que será difícil para su novio(a)/esposo(a) vivir con Ud.? ¿Por qué?
2. Haga la misma pregunta a un(a) compañero(a) de clase.
3. ¿Cree que existe «esa persona perfecta» para Ud.? Existe una que no requiera modificación de algunas de sus actitudes para llevarse bien *(to get along)*?

Expansión

¿Desea más? Si desea leer otro «ejemplo» de *El Conde Lucanor* de don Juan Manuel, se encuentra uno («De lo que conteció a un moro rey de Córdoba») en la **Heinle Voices Database** en **www.textchoice.com/voices.** También allí hay ejemplos de «Jarchas», poesía medieval y del «Cantar de mío Cid» sobre el héroe épico español en la lucha contra los moros.

1-7 Análisis literario. Conteste las siguientes preguntas.

1. ¿Qué actitudes y costumbres medievales se presentan en el cuento?
2. ¿Cuál es un ejemplo de ironía en la obra?
3. Describa lo que pasa en el cuento desde el punto de vista de la joven.

1-8 Resumen. Refiriéndose al cuento, complete las siguientes oraciones. Al terminar, habrá escrito un resumen breve del cuento.

1. El joven quería casarse con…
2. Para que la mujer fuera obediente, el joven mandó…
3. Cuando el joven le mandaba hacer varias cosas, la novia…
4. Al llegar los parientes y los padres a la mañana siguiente, la novia les dijo que debían…
5. Los parientes apreciaron al joven porque él…
6. De ahí en adelante…

1-9 Minidrama. Presenten un breve drama. Pueden usar el tema del cuento o una idea relacionada con el tema o pueden usar la imaginación e inventar otro tema que les interese. Algunas ideas podrían ser:

- Lo que pasa entre el suegro y su mujer cuando el suegro trata de imitar las acciones del joven.
- Los mismos jóvenes diez años después.
- Lo que pasaría si un joven moderno quisiera imitar las acciones del joven del cuento.

1-10 Opiniones y actitudes. Escriba un párrafo sobre uno de los temas siguientes o explíqueselo a la clase.

1. ¿Cómo reaccionaría o qué haría una mujer moderna en la misma situación de la mujer del cuento?
2. La moraleja del cuento: ¿todavía es válida hoy día? ¿Por qué sí? ¿Por qué no?
3. Las ventajas y las desventajas de la costumbre de arreglar los casamientos entre jóvenes.
4. ¿Cuál es el derecho más importante que han ganado las mujeres en los Estados Unidos en el siglo XX?

ATAJO

Phrases: Hypothesizing; Making transitions **Grammar:** Verbs: Compound tenses
Vocabulary: Emotions, positive & negative.

1-11 Situación. Imagínese que su mejor amigo(a) le revela que se va a casar con una persona que a Ud. no le gusta nada. Es una persona criticona *(hypercritical)* que domina demasiado a su amigo(a) y siempre quiere hacer todas las decisiones. Tal vez tiene otras características que su amigo(a) no ha notado. El (La) amigo(a) le pide consejos sobre si se debe casarse con esta persona o no. ¿Qué le dice Ud.? ¿Cómo responde su amigo(a)? Con un(a) compañero(a) de clase presente un diálogo sobre esta conversación.

La Alhambra

En el año 711, una fuerza militar de moros dirigida por Tarik conquistó el peñón que todavía lleva su nombre —Jebel-al-Tarik (Monte de Tarik) o Gibraltar. Luego invadieron el resto de España y, después de siete años, lograron conquistar casi toda la península. Aunque en los siglos siguientes los cristianos gradualmente pudieron reconquistar los reinos del norte y una gran parte del sur, no lograron completar la reconquista hasta 1492, año en que Fernando e Isabel tomaron a Granada, el último reino moro.

Durante casi ocho siglos, Granada fue una ciudad mora y llegó a ser conocida como centro comercial y cultural. Entre sus habitantes había poetas, científicos, artistas y arquitectos. En 1238, el rey moro Ibn Alhamar ordenó comenzar la construcción de la Alhambra (cuyo nombre significa «fortaleza roja»). Los reyes Abul Hachach Yusuf I y su hijo Mohamed V continuaron la obra, y a estos tres reyes les debemos las magníficas construcciones que han llegado hasta nosotros y que constituyen la máxima expresión del arte árabe.

Alhamar hizo construir la Alhambra sobre una colina, lugar que ofrecía protección contra sus enemigos. Desde afuera, sus murallas, torres y palacios, que se acomodan a los distintos niveles de terreno, impresionan al observador como un monumento austero, una fortaleza sin aspecto decorativo. Pero una vez adentro, todo es distinto. Desde las torres hay vistas espléndidas de la sierra y de las partes antiguas y modernas de la ciudad. Pero lo que es más impresionante es la exquisita arquitectura de los varios edificios. En el Patio de los Leones, por ejemplo, las columnillas esbeltas de mármol sostienen bóvedas cuya decoración se parece al follaje de algún palmar de la imaginación. También son notables los complejos diseños geométricos —de cerámica o de estuco— que han fascinado igualmente a los artistas y a los matemáticos de nuestros días. Y esta geometría se repite en los jardines del Generalife (el palacio de verano) donde uno puede gozar del olor de naranjos y de flores. Es importante recordar que los moros eran gente del desierto. Tal vez sea por eso que incorporaban albercas y fuentes como elementos esenciales en muchas partes de la Alhambra, de modo que allí siempre se oye el sonido refrescante y musical del agua.

Tal vez el que mejor supo resumir la hermosura de Granada y de la Alhambra fue el poeta Francisco de Icaza. Después de visitar la Alhambra, el poeta vio un mendigo ciego *(blind beggar)*. Esa experiencia lo inspiró para escribir:

Dale limosna, mujer,
que no hay en la vida nada
como la pena de ser ciego en Granada.

El Patio de los Leones ➤

(Ver página 1.) Estos patios y las salas que dan a él formaban la residencia del rey, el lugar donde vivían sus mujeres. Cada sala tenía agua corriente que pasaba por canales estrechos hasta llegar a la base de la fuente. El encanto del patio, la música del agua y la elegante decoración de las salas producían un ambiente *(environment)* íntimo y seductor que todavía impresiona al visitante.

⮝ Los baños reales

La elegancia de los baños reales es testimonio de la importancia que los moros le daban al aseo personal. Hay que recordar que en la misma época los cristianos casi nunca se bañaban, ya que creían que el bañarse causaba debilidad. Usaban el baño hasta cinco veces al día en sus abluciones religiosas.

En esta foto se puede ver cómo los árabes usaban diseños geométricos, especialmente en el diseño que se ve al fondo, donde el juego de cerámicas blancas y de colores produce una ilusión óptica.

⮝ El Patio de la Acequia, Generalife

La foto del Patio de la Acequia muestra claramente que el agua es un elemento esencial en el plan de la Alhambra no sólo para el uso en los baños sino también para crear un ambiente ameno *(pleasant)* y fresco. Los árabes sabían utilizar la fuerza de gravedad para hacer funcionar todas las fuentes y para proveer agua para los baños y los estanques. Aquí todo tiene aspecto de oasis.

¡A explorar!

1-12 ¿Qué opina? Haga las siguientes actividades.

1. Refiriéndose a las fotos, describa la parte de la Alhambra que más le guste y le atraiga.
2. En las iglesias y los palacios cristianos normalmente se encuentran representaciones de seres humanos. ¿Sabe Ud. por qué estas representaciones están ausentes en edificios moros como los de la Alhambra?
3. ¿Qué aspectos de la arquitectura musulmana pueden encontrarse en la arquitectura moderna de los Estados Unidos, especialmente en la arquitectura del suroeste?

1-13 El arte de escribir. Escriba un ensayo breve sobre uno de los temas siguientes:

1. El papel de la mujer en la sociedad norteamericana hoy día y qué cambios se pueden observar en ese papel.
2. El contraste entre el papel de la mujer en la sociedad norteamericana y su papel en una sociedad musulmana.

ATAJO

Phrases: Weighing alternatives; Writing a conclusion **Grammar:** Comparisons
Verbs: Imperfect **Vocabulary:** Dreams and aspirations.

1-14 Para investigar. Hagan una de estas actividades en grupo.

1. Busquen ejemplos en Internet o en la biblioteca de las artes hispanas, africanas o asiáticas en los Estados Unidos. Consideren todas las artes: arquitectura, pintura, escultura, música, baile, novela, drama, poesía, etcétera, y piensen en cómo se distingue del arte anglosajona. Preparen un informe breve dentro del grupo o para la clase entera sobre los resultados de las investigaciones.
2. Hagan el mismo estudio del arte femenina en los Estados Unidos. ¿Cómo se aparta del arte masculina en algunos aspectos?

Orígenes de la cultura hispánica: América

UNIDAD 2

Esta magnífica escultura representa el cuerpo despedazado de Coyolxauhqui, la diosa azteca de la luna. ¿Qué elementos puede Ud. identificar en la escultura?

Literatura

Los naufragios, Álvar Núñez Cabeza de Vaca

Arte

El arte de los aztecas

- Coyolxauhqui, diosa de la luna
- Guerrero vestido de águila
- Cerámica con la figura de Tezcatlipoca
- Quetzalcóatl, la serpiente emplumada

Expansión

¡A explorar!

Cine

En 1991 salió una película en español basada en *Los naufragios,* dirigida por Nicolás Echevarría y presentada por *American Playhouse* en el canal de televisión pública de *CPB.* Lleva por título *Cabeza de Vaca.* Tiene algunas escenas violentas que le ganó una clasificación de NC-17.

Enfoque

En el siglo XVII ocurrió un encuentro, muchas veces violento, entre la cultura española, aún en el proceso de librarse de los límites intelectuales de la Edad Media, y las varias culturas indígenas de la Tierra que vino a llamarse el «Nuevo Mundo», nombre tan erróneo como el alternativo «las Indias». Éste resultó en el uso de «indios» para referirse a los habitantes para quienes el mundo no era nada «nuevo». Y terminaron con otro nombre algo caprichoso —América— del hombre que creó el primer mapa de este continente.

Los españoles se enfrentaron con dos civilizaciones avanzadas que ocupaban centros establecidos —los aztecas en Tenochtitlán en el lugar que es la moderna Ciudad de México y los incas en Cuzco que es aún el centro simbólico de esa cultura. Aprovechando la oportunidad, se convirtieron en personajes históricos varios hombres atrevidos como Hernán Cortés, conquistador del imperio azteca, y Francisco Pizarro, quien tomó posesión del imperio inca del Perú. Otros como Atahualpa y Tupac Amaru, líderes de los incas, y Moctezuma y Cuauhtémoc, emperadores aztecas, desdichados todos, ganaron renombre como símbolos de los que murieron defendiendo sus imperios perdidos.

A los españoles los movía un triple motivo: difundir la cultura española en el Nuevo Mundo, lo cual incluía sobre todo la conversión de los indígenas al catolicismo; aumentar la riqueza nacional con el oro y la plata, y hacerse ricos con la adquisición de tierra y el derecho de convertir a los indígenas en trabajadores.

No sorprende que los muchos cronistas de la época hayan dado énfasis a las grandes hazañas de los conquistadores como Pizarro y Cortés. Aquél era analfabeto pero éste escribió su propia crónica en la que reveló su admiración por la grandeza de la civilización azteca.

Algunas crónicas, sin embargo, fueron escritas para contar la historia desde el punto de vista de los otros hombres, de menos renombre, que realizaron la exploración y experimentaron la interacción con los otros pueblos indígenas. Éstos a veces eran pueblos que remontaban a la Edad de Piedra. Siendo participantes de la acción estos cronistas pudieron informar sobre las costumbres y la vida diaria de los indígenas de un modo más detallado que los observadores más alejados de la acción y cuya interacción era sólo con los jefes o emperadores indígenas. Una de las más notables de estas crónicas es *Los naufragios* (su título moderno) del explorador Álvar Núñez Cabeza de Vaca.

2-1 Anticipación. Trabajen en grupos pequeños. Pensando en lo que dice el **Enfoque** y lo que ya saben de las colonias inglesas, hagan un lista de algunas de las diferencias entre el carácter de la empresa colonial de los españoles en «Nueva España» y la de los ingleses y holandeses en «Nueva Inglaterra». ¿Por qué se les llama a los españoles «conquistadores» y a los ingleses y holandeses «descubridores»? ¿Cómo eran diferentes los motivos de los dos grupos? Comenten las listas con los otros grupos de la clase.

Vocabulario útil

Estudie estas palabras.

Verbos

curar *to cure*
encomendar (ie) *to commend, entrust to*
ofrecer *to offer*
partir *to leave*
quedar(se) *to remain, stay; to turn out; to have left*
rogar (ue) *to beg; to pray*
sanarse *to get well*
santiguar(se) *to make the sign of the cross*
señalar *to signal, indicate*
suplicar *to beseech, beg*

Sustantivos

el (la) enfermo(a) *sick person*
la misericordia *mercy, pity*
el pecado *sin*
la salud *health*
la señal *sign, signal*

Adjetivos

recio(a) *strong, forceful*
sano(a) *healthy, well*
temeroso(a) *timid*

Otras palabras y expresiones

al cabo de *at the end of*
en busca de *in search of*
puesta del sol *sunset*
según *according to*

2-2 Para practicar. Aquí hay unas oraciones que describen algunos aspectos de la lectura. Complételas con palabras de la lista.

1. Los indígenas pensaban que los españoles sabían ______ a los enfermos.
2. Los españoles le ______ a Dios que sanara a los indígenas.
3. Los españoles santiguaban a los indígenas y estos siempre se quedaban ______.
4. Álvar Núñez decidió ______ con los indígenas porque llegaba el invierno.
5. Núñez tuvo esperanza de que Dios en su ______ lo sacara de su situación miserable.
6. ______ Núñez, los indígenas tenían confianza en que iban a ______ si los españoles los curaran.

Preparación para la lectura

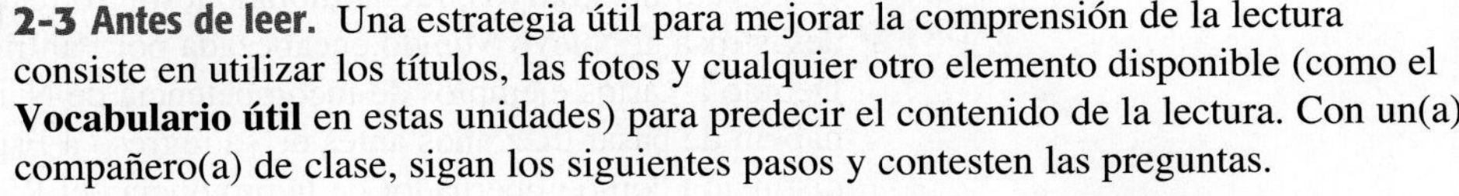

2-3 Antes de leer. Una estrategia útil para mejorar la comprensión de la lectura consiste en utilizar los títulos, las fotos y cualquier otro elemento disponible (como el **Vocabulario útil** en estas unidades) para predecir el contenido de la lectura. Con un(a) compañero(a) de clase, sigan los siguientes pasos y contesten las preguntas.

1. Lean el título principal y mire el dibujo en la primera página de la unidad. ¿Qué tema sugieren?
2. ¿Qué información aporta el Enfoque sobre el tema?
3. Examinen la lista de palabras del **Vocabulario útil** y pónganlas en grupos temáticos. ¿Qué temas sugieren los grupos?
4. ¿Cuál de los temas también aparece en el título y los subtítulos de las secciones?
5. Escriban un párrafo con sus conclusiones acerca del contenido de la lectura.

Después de leer el trozo de *Los naufragios* vuelvan a leer el párrafo y corríjanlo si es necesario.

2-4 En anticipación. Ya vio que es útil anticipar el contenido de la lectura, pensando en lo que Ud. ya sabe sobre el tema. Trabaje con un(a) compañero(a) para anticipar más detalles en la lectura.

Álvar Núñez Cabeza de Vaca hace un viaje de diez años a pie desde la Florida hasta el Golfo de California al oeste de México. Con un(a) compañero(a) hagan una lista de elementos de la vida que habrían sido distintos para los españoles durante este viaje. ¿Qué comen? ¿Qué ven? ¿Cómo es el paisaje? Después de terminar la lectura, corrijan la lista si es necesario.

Álvar Núñez Cabeza de Vaca

Álvar Núñez Cabeza de Vaca

Álvar Núñez Cabeza de Vaca nació en Jerez de la Frontera, lugar de origen del licor del mismo nombre, en 1490. Era hijo de una familia española ilustre y sirvió con valor en el ejército. Después de ocupar varios cargos administrativos, fue nombrado tesorero real en una expedición desastrosa al Nuevo Mundo encabezada por Pánfilo de Narváez en 1527. Debido a varios ejemplos de incompetencia de Narváez y de mala fortuna, habían de pasar diez años antes de su regreso a España. Después sirvió con distinción como gobernador de la provincia del Río de la Plata que incluía lo que es hoy el Paraguay, el Uruguay y la Argentina. Ganó la fama de ser protector de los indígenas del Paraguay. Como frecuentemente ocurría, la misma fama le trajo la enemistad de los otros españoles. En 1545 lo llevaron a España en cadenas. Murió entre 1556 y 1564.

Su descripción de los diez años de expedición a pie por la región entre la Florida y el noroeste de México[1] constituye una de las crónicas más impresionantes de la época. Fue publicada por primera vez en España en 1542.

La expedición salió de Cuba hacia la Florida en 1528. En medio del viaje Narváez abandonó la mitad de su grupo en el área cerca de Tallahassee. Los que quedaron abandonados decidieron partir para México en algunas barcas que construyeron, ignorantes de la gran distancia que les quedaba para llegar a Nueva España. Naufragaron en la isla que hoy se llama *Galveston Island* y perdieron la gran mayoría del grupo.

Pasó unos seis años en lo que es hoy Texas. Parte del tiempo lo pasó como esclavo en manos de indígenas y otra parte del tiempo la pasó como vendedor ambulante entre los varios pueblos. Cuando decidió seguir adelante hacia México quedaban sólo Núñez y tres otros del grupo original: Dorantes, Castillo, el médico, y Estebanico, un marroquí. Son los acontecimientos de esta época (1535) que se describen en el trozo a continuación.

Los indígenas les ofrecieron su ayuda a causa de la fama de Núñez como curandero o médico popular. Sus métodos inventados consistían en santiguar a los pacientes y encomendarlos a Dios, y luego rogar a Dios que los sanara. El hecho de que los indígenas enfermos quedaran sanos y recios, ganaba su buena voluntad. Esto permitió seguir por el área de Nuevo México y Arizona. Al cabo de otro año más (1536) se reunieron con otros españoles en la ciudad llamada Culiacán en el norte de México cerca del Golfo de California. Causaron mucho asombro entre los españoles al llegar al lugar totalmente desnudos.

Los naufragios (trozo)

Capítulo 21: De cómo curamos aquí unos enfermos

Aquella misma noche que llegamos vinieron unos indios a Castillo, y le dijeron que estaban muy malos de la cabeza, rogándole que los curase.[2] Después que los hubo santiguado y encomendado a Dios, en aquel punto los indios dijeron que todo el mal° se les había quitado; y fueron a sus casas y trajeron muchas tunas[3] y un pedazo de carne de venado°; cosa que no sabíamos qué cosa era°. Como esto entre ellos se publicó°, vinieron otros muchos enfermos en aquella noche a que los sanase. Cada uno traía un pedazo de venado; y tantos eran, que no sabíamos a dónde poner la carne. Dimos muchas gracias a Dios porque cada día iba creciendo su misericordia y mercedes°. Después que se acabaron las curas comenzaron a bailar y hacer sus areítos° y fiestas, hasta otro día que el sol salió. Duró la fiesta tres días por haber nosotros venido, y al cabo de ellos les preguntamos por la tierra de adelante°, y por la gente que en ella hallaríamos, y los mantenimientos° que en ella había. Nos respondieron que por toda aquella tierra había muchas tunas, mas que ya eran acabadas, y que ninguna gente había, porque todos eran idos a sus casas, con haber ya cogido las tunas°; y que la tierra era muy fría y en ella había muy pocos cueros°. Nosotros viendo esto, que ya el invierno y tiempo frío entraba, acordamos de pasarlo con éstos…

illness
deer
what it was; was made known
favor
songs and dances
land up ahead; provisions
since they had picked the prickly pears; hides

Capítulo 22: Cómo otro día nos trajeron otros enfermos

Otro día de mañana vinieron allí muchos indios y traían cinco enfermos que estaban tullidos y muy malos°, y venían en busca de Castillo para que los curase. Cada uno de los enfermos ofreció sus arcos y flechas°, y él los recibió, y a puesta del sol los santiguó y encomendó a Dios nuestro Señor, y todos le suplicamos con la mejor manera que podíamos les enviase salud, pues él veía que no había otro remedio para que aquella gente nos ayudase, y saliésemos

crippled and sick
bows and arrows

de tan miserable vida; y él lo hizo con tanta misericordia que venida° la mañana todos amanecieron tan buenos y sanos y se fueron tan recios como si nunca hubieran tenido mal ninguno. Esto causó entre ellos muy gran admiración y a nosotros hizo que diésemos muchas gracias a nuestro Señor… Y a mí sé decir que siempre tuve esperanza en su misericordia que me había de sacar de aquella cautividad y así yo lo hablé siempre a mis compañeros.

Como los indios se habían ido y habían llevado sus indios sanos, partimos hacia donde estaban otros comiendo tunas, y éstos indios se llaman *Cutalches y Malicones,*[4] que son otras lenguas, y junto con ellos había otros que se llamaban *Coayos y Susolas,* y de otra parte otros llamados *Atayos,* y éstos tenían guerra con los *Susolas,* con quien se flechaban° cada día. Y como por toda la tierra no se hablase sino de los misterios que Dios nuestro Señor con nosotros obraba°, venían de muchas partes a buscarnos para que los curásemos. A cabo de dos días que allí llegaron, vinieron a nosotros unos indios de los *Susolas* y rogaron a Castillo que fuese a curar un herido° y otros enfermos. Dijeron que entre ellos quedaba uno que estaba muy al cabo. Castillo era médico muy temeroso, principalmente cuando las curas eran muy temerosas y peligrosas, y creía que sus pecados habían de estorbar que no todas veces sucediese bien el curar°. Los indios me dijeron que yo fuese a curarlos, porque ellos me querían bien y se acordaban que les había curado en las nueces° y por aquello nos habían dado nueces y cueros, y esto había pasado cuando yo vine a juntarme con los cristianos,[5] y así hube de irme con ellos, y fueron conmigo Dorantes y Estebanico. Cuando llegué cerca de los ranchos° que ellos tenían, yo vi el enfermo que íbamos a curar que estaba muerto, porque estaba mucha gente al derredor de° él llorando y su casa deshecha°, que es señal que el dueño estaba muerto. Así, cuando yo llegué hallé el indio los ojos vueltos° y sin ningún pulso, y con todas señales de muerto, según a mí me pareció, y lo mismo dijo Dorantes. Yo le quité una estera° que tenía encima, con que estaba cubierto, y lo mejor que pude supliqué a nuestro Señor fuese servido° de dar salud a aquel y a todos los otros que de ella tenían necesidad. Después de santiguado y soplado° muchas veces, me trajeron su arco y me lo dieron, y una sera° de tunas molidas°, y me llevaron a curar otros muchos que estaban malos de modorra°, y me dieron otras dos seras de tunas, las cuales di a nuestros indios, que con nosotros habían venido. Hecho esto nos volvimos a nuestro aposento°, y nuestros indios a quienes di las tunas, se quedaron allá; y a la noche se volvieron a sus casas, y dijeron que aquel que estaba muerto y yo había curado en presencia de ellos, se había levantado bueno° y se había paseado, y comido y hablado con ellos, y que todos cuantos° había curado quedaban sanos y muy alegres. Esto causó gran admiración y espanto, y en toda la tierra no se hablaba en otra cosa. Todos aquellos a quien esta fama llegaba nos venían a buscar para que los curásemos y santiguásemos sus hijos. Y cuando los indios que estaban en compañía de los nuestros, que eran los *Cutalchiches,* se tenían que ir a su tierra, antes que se partiesen nos ofrecieron todas las tunas que para su camino° tenían, sin que ninguna les quedase, y nos dieron pedernales° tan largos como palmo y medio, con que ellos cortan, y es entre ellos cosa de muy gran estima.

Nos rogaron que nos acordásemos de ellos y rogásemos a Dios que siempre estuviesen buenos, y nosotros se lo prometimos; y con esto partieron los más contentos hombres del mundo, habiéndonos dado todo lo mejor que tenían.

having come
shot arrows
worked
wounded man
that the cure wouldn't always work
pecans
huts
around
taken apart
turned up
mat
if He would please
blown on
basket; ground
sleeping sickness
houses
well
all those who
for their trip; flints

Nosotros estuvimos con aquellos indios *Avavares* ocho meses y esta cuenta° hacíamos por las fases lunares. En todo este tiempo nos venían de muchas partes a buscar y decían que verdaderamente nosotros éramos hijos del sol. Dorantes y el negro hasta allí no habían curado; mas por la mucha importunidad que teníamos viniéndonos de muchas partes a buscar, venimos todos a ser médicos, aunque en atrevimiento° y osar acometer° cualquier cura era yo más señalado entre ellos, y ninguno jamás curamos que no nos dijese que quedaba sano y tanta confianza tenían que habían de sanar si nosotros los curásemos, que creían que en tanto° que nosotros allí estuviésemos ninguno de ellos había de morir°.[6]

count; *daring; boldness to try*; *while*; *would die*

Núñez Cabeza de Vaca, *Los naufragios*

Notas culturales

[1] *No se sabe con seguridad la ruta exacta de Cabeza de Vaca. Los estudios científicos de los indígenas, la flora y fauna sugieren ciertas conclusiones. En el trozo incluido aquí se cree que estaban en la región central de Texas, por las modernas ciudades de Austin y San Antonio.*

[2] *El autor emplea siempre el imperfecto del subjuntivo que se forma con* ***-se*** *(curase) en vez de la forma que Ud. habrá aprendido con* ***-ra*** *(curara). Tiene el mismo significado.*

[3] *Las tunas se llaman en inglés* «prickly pears», *la fruta de un cacto común en el desierto del sudoeste de los Estados Unidos y el norte de México.*

[4] *Esta relación de todas las tribus responde al deseo renacentista de informar a los europeos sobre lo que hay en el Nuevo Mundo. Incluye muchos detalles.*

[5] *La diferencia básica que veían los españoles entre ellos y los indígenas era su fe cristiana. Así se refiere a los españoles como «los cristianos» para distinguirlos de los indígenas.*

[6] *Aquí expresa el autor una idea bien avanzada: los métodos de los cristianos al curar a los indígenas dependían de la confianza que tenían éstos en esos métodos. Dice que se curaban porque se lo suplican a Dios, pero reconoce que en gran medida era debido a aspectos psicológicos.*

2-5 Comprensión. Conteste las siguientes preguntas.

A. Según la lectura.

1. ¿Qué tenían los primeros indígenas enfermos?
2. ¿Qué hicieron los españoles y cómo quedaron los indígenas?
3. ¿Qué comestibles les ofrecieron los indígenas a los españoles?
4. ¿Qué pasó cuando se publicó el acontecimiento?
5. ¿Cuánto duró la fiesta que celebraron a causa de las curas?
6. ¿Por qué decidieron los españoles quedarse con estos indígenas?
7. En el segundo capítulo, ¿qué le ofrecieron a Castillo los indígenas para que los curara?
8. ¿Qué les regalaron a los españoles los indígenas *Susolas*?
9. ¿De qué es señal cuando la casa de alguien está deshecha?
10. ¿De qué sufría el indígena que parecía estar muerto?
11. ¿Cómo quedaron los indígenas después de la visita de los cristianos?
12. ¿Qué les ofrecían a los españoles los indígenas que tenían que ir a su tierra?
13. ¿Qué creían los indígenas que pasaría si se quedaran los españoles entre ellos?

B. Comentarios generales.

1. ¿Cree que hay enfermedades psicosomáticas [*de origen psicológico*]? ¿Puede dar un ejemplo personal?
2. ¿Ha tenido que acostumbrarse a comida diferente alguna vez? Explique.
3. Cuando viaja, ¿prefiere visitar lugares distintos o semejantes a su propia tierra?

Expansión

¿Desea más? Si quiere leer más sobre los indígenas de América puede encontrar varias posibilidades en la **Heinle Voices Database** en **www.textchoice.com/voices.** Entre varias otras selecciones, hay poesía indígena, una carta de Colón *(Columbus)* y la obra de Bartolomé de las Casas sobre el maltrato que recibieron los indios en el Caribe.

2-6 Análisis literario. Conteste las siguientes preguntas.

1. ¿Cuáles de estas palabras mejor describen el tono de la historia? Marque las adecuadas.
   - **a.** objetivo
   - **b.** personal
   - **c.** conversacional
   - **d.** dramático
   - **e.** seco
2. ¿Qué aspectos de estos capítulos sugieren que los españoles ya han pasado mucho tiempo con los indígenas?
3. ¿A qué atribuían los españoles su poder de curar a los enfermos?
4. ¿Qué concepto sobre el poder de los curanderos (o los médicos modernos) sugiere Álvar Núñez al final del trozo?
5. ¿Qué elementos sugieren que un propósito del autor era proveer información a los europeos sobre los habitantes de las regiones que atravesaba?

2-7 Resumen. Complete estas oraciones para crear un resumen de la interacción médica entre los indígenas y los españoles.

1. Después de que los españoles los hubo santiguado y encomendado a Dios…
2. Como esto entre ellos se publicó…
3. A la puesta del sol Castillo los santiguó y encomendó a Dios nuestro Señor, y todos…
4. La próxima vez, cuando llegó cerca de los ranchos que ellos tenían, él vio…
5. Después de curar a otros muchos enfermos de modorra, los indígenas le dieron…
6. Los indígenas les pidieron que rogasen a Dios que siempre estuviesen buenos y ellos se lo prometieron; y con esto ellos…

2-8 Minidrama. Trabaje con otros compañeros de clase para crear un breve drama sobre uno de los encuentros a continuación entre los indígenas enfermos y los españoles.

1. Curan a los indígenas y éstos les traen tunas y carne de venado. Luego hay una fiesta de tres días.
2. Les traen cinco enfermos y les ofrecen sus arcos y flechas.
3. Los llevan a sus ranchos a curar a uno que parecía muerto.

2-9 Opiniones y actitudes. Exprese su opinión sobre uno de estos temas en forma oral o escrita, según lo indique su profesor(a).

1. Los europeos (españoles, ingleses, holandeses, portugueses) deberían haber dejado en paz *(leave alone)* a los pueblos indígenas que encontraron.
2. ¿Cuál es la solución más prometedora para la situación en que se encuentran los indígenas en los Estados Unidos: asimilarse a la sociedad mayoritaria o seguir en sus «reservaciones»? ¿Cuáles son las ventajas y desventajas de cada posición?
3. ¿Cree Ud. que la actitud mental le ayuda al enfermo a sanarse? Explique su opinión.

2-10 Situación. Trabaje con uno o más compañeros de clase y escojan un conflicto cultural de la actualidad, a nivel nacional o internacional, e inventen *(make up)* una situación en que ese conflicto se manifieste. Cada estudiante debe hacer el papel de una persona de una de las diferentes culturas, y expresar las opiniones como si fueran suyas.

El arte de los aztecas

Según una leyenda antigua, los aztecas salieron de Aztlán, el «lugar de las garzas» en el norte de México, más o menos en el año 1000 después de Cristo. Durante doscientos años migraron al sur hasta llegar al valle de México en 1193. La región ya estaba bien poblada y había varias ciudades cerca de los lagos del valle. Durante unos cien años los aztecas convivieron con sus vecinos más poderosos, sirviéndoles de criados y guerreros mientras buscaban un lugar permanente donde construir su propia ciudad. Mientras tanto, absorbían las costumbres y las tradiciones de sus vecinos más avanzados y sofisticados.

Según la leyenda, el dios de los aztecas, Huitzilopochtli, les había indicado que debían construir su propia ciudad en un lugar donde hubiera un águila posada encima de un nopal. El águila simbolizaba el sol y Huitzilopochtli era el dios del sol y de la guerra. La fruta roja del nopal representaba los corazones que se le ofrecían al dios durante los sacrificios humanos. Por fin, en 1325, apareció ese signo, en una pequeña isla en el lago de Texcoco. En ese año los aztecas construyeron un templo dedicado a Huitzilopochtli y empezaron a construir la ciudad de Tenochtitlán, el «Lugar de la Fruta del Nopal».

Entre 1325 y la llegada de los españoles en 1519, los aztecas ya habían establecido un imperio muy grande, ya por medio de la conquista militar, o ya por varias alianzas con otros grupos. Durante esos años Tenochtitlán llegó a ser una de las ciudades más grandes y poderosas del mundo.

En el centro de Tenochtitlán había un recinto ceremonial que en 1519 incluía unos 78 edificios. Dominaba el recinto el Templo Mayor, que representaba el centro real y era simbólico del mundo azteca. El Templo Mayor, como el resto de Tenochtitlán, fue destruido durante la conquista de Tenochtitlán por los españoles. Estos usaron las piedras de las estructuras aztecas para construir sus propios edificios, y así crearon la moderna capital de México. Tenochtitlán desapareció.

Aunque se sabía que el recinto ceremonial y el Templo Mayor estaban situados cerca de la actual plaza central de México (el Zócalo), las ruinas estaban cubiertas de construcciones modernas. Así no se sabía exactamente dónde estaban, hasta que en el año 1978 unos obreros que excavaban en el Zócalo descubrieron un pedazo de una escultura. Informaron a los del Instituto Nacional de Antropología e Historia de México. Así empezó una de las excavaciones arqueológicas más grandes de México. Entre 1978 y 1982 excavaron las ruinas del Templo Mayor y descubrieron miles de artefactos. Llegaron a saber que el Templo Mayor fue reconstruido siete veces, empezando con el primitivo templo de Huitzilopochtli, construido en 1325 y terminando con una impresionante pirámide encima de la cual había dos templos, uno dedicado a Huitzilopochtli y el otro dedicado a Tláloc, el dios de la lluvia y del sustento.

La escultura descubierta por los obreros resultó ser parte de una enorme piedra redonda, tallada con la imagen del cuerpo despedazado de Coyolxauhqui, diosa de la luna y hermana de Huitzilopochtli. Esta piedra se refiere a una leyenda antigua de los aztecas que tenía que ver con el nacimiento de Huitzilopochtli. La leyenda indica cómo Huitzilopochtli derrotó a 400 hermanos suyos (que representaban las estrellas) y a su hermana (la luna), en la cima del cerro de Coatepetl. Huitzilopochtli le cortó la cabeza a su hermana y el cadáver de ella se despedazó al caer por el cerro. La pirámide representaba el cerro, y la batalla entre el sol y la luna se celebraba en ceremonias especiales donde la sangre del sacrificado era ofrecida al sol como sustento, y su cadáver era tirado por el cerro hasta caer en la piedra de Coyolxauhqui.

Durante la excavación del Templo Mayor se descubrió una gran variedad de objetos que se les habían ofrecido a los dioses. Algunos objetos fueron ofrecidos como tributo de regiones conquistadas por los aztecas y otros fueron creados por los aztecas mismos. Son objetos de extraordinario valor artístico y nos permiten apreciar la enorme contribución de los aztecas al patrimonio de los mexicanos modernos. Aquí sólo presentamos unos pocos ejemplos del arte azteca. Para conocer otros ejemplos y para saber más sobre la historia, la cultura y la sociedad de los aztecas, le recomendamos el excelente libro de Jane S. Day, *Aztec: The World of Moctezuma* (Roberts Rinehart Publishers, 1992).

En la cabeza Coyolxauhqui (ver la pág. 13) tiene plumas y lleva aretes en las orejas. Alrededor de la cintura tiene un cinturón hecho de dos serpientes y atada al cinturón hay una calavera. En las sandalias, los codos y las rodillas se ven máscaras de monstruos que tienen unos colmillos grandes. Pensando en la luna, ¿qué simbolismo se puede encontrar en la leyenda de Coyolxauhqui?

Quetzalcóatl, la serpiente emplumada ➤

El muy conocido dios tolteca, Quetzalcóatl fue adoptado por los aztecas. Ya que incorporaba características de serpiente y de águila, Quetzalcóatl se sentía igualmente cómodo en la tierra y en el cielo. Era un gran héroe cultural y el dios de la sabiduría, la cultura y la civilización. ¿Conoce Ud. otra religión donde la serpiente tenga un papel importante?

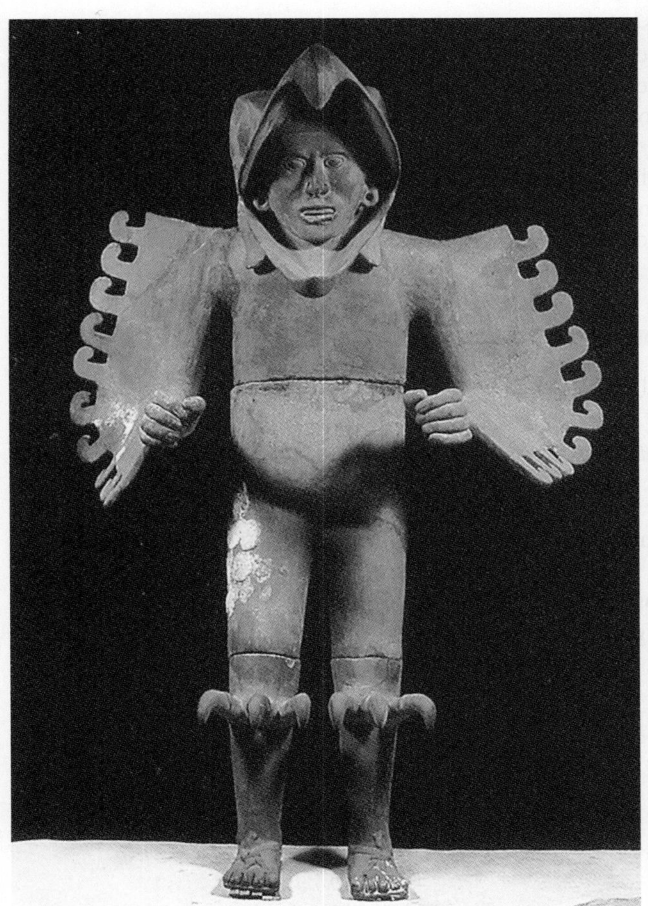

▲ Guerrero vestido de águila

Ya que el águila simbolizaba el sol y también al dios Huitzilopochtli (dios de la guerra y del sol), los guerreros que estaban autorizados a vestirse como águilas gozaban de un alto rango social. Entre nosotros, ¿hay militares que se visten de un modo especial para indicar su rango o su capacidad especial?

▲ Cerámica con la figura de Tezcatlipoca

Tezcatlipoca era el dios de los reyes aztecas, el «Dios de los Dioses». Su espejo le permitía ver todas las cosas en todos los lugares del mundo. Ante él, todos se hallaban indefensos. Aquí lo vemos con sus armas y detrás de él se ve una serpiente.

¡A explorar!

2-11 ¿Qué opina? Haga las siguientes actividades.

1. Entre los aztecas, las ofrendas que ofrecían a cierto dios simbolizaban alguna característica de ese dios. Por ejemplo, una escultura de un pez simbolizaba el dios Tláloc, dios de la lluvia, o un águila simbolizaba el dios Huitzilopochtli. En nuestra sociedad también hay cosas que se asocian con un concepto religioso o lo mágico *(magical things)*. Por ejemplo, todos reconocemos a cierto señor gordo, de barba blanca y muy larga, que lleva un traje rojo y botas negras. Sabemos cuál es la función de ese señor, cómo se relaciona con los niños y en qué estación del año aparece. ¿Cuáles son algunas otras cosas que tienen valor simbólico o tradicional en la cultura estadounidense?
2. En muchas culturas se asocian ciertas cualidades con ciertos animales. Así, por ejemplo, el búho con frecuencia simboliza la sabiduría. En la cultura estadounidense, ¿qué cualidades se asocian con el león? ¿el zorro? ¿el toro? ¿Hay otros animales que tengan valor simbólico para Ud.? ¿Cuáles son?

2-12 El arte de escribir. Escriba un ensayo breve sobre una obra de arte europea o norteamericana que tenga valor simbólico. Describa la obra (incluya una foto si es posible) y después, explique los símbolos que se presentan en la obra.

ATAJO

Vocabulary: Art **Grammar:** Adjective position, Conjunction **que;** Verbs: passive
Phrases: Hypothesizing

2-13 Para investigar. Busquen en Internet o en la biblioteca ejemplos de la historia, el arte y la arquitectura de los incas o los mayas o los africanos del Caribe o de alguna cultura indígena de los Estados Unidos. ¿Cuáles son algunos de sus símbolos y cómo los representan? ¿Cómo es su religión? Busquen unos detalles de su vida diaria.

La religión en el mundo hispánico

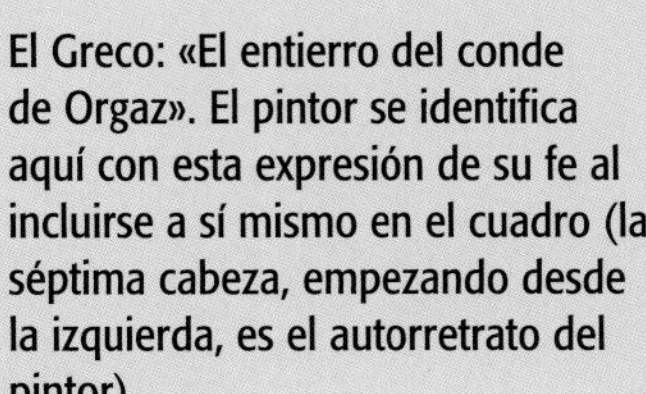

El Greco: «El entierro del conde de Orgaz». El pintor se identifica aquí con esta expresión de su fe al incluirse a sí mismo en el cuadro (la séptima cabeza, empezando desde la izquierda, es el autorretrato del pintor).

Literatura

Poema nahua, Anónimo
Coplas por la muerte de su padre (trozo), Jorge Manrique
Soneto, Anónimo
Sonetos, Sor Juana
Lo fatal, Rubén Darío
Salmo I, Miguel de Unamuno

Arte

El Greco

- El entierro del Conde de Orgaz
- Vista de Toledo
- El espolio

Expansión

¡A explorar!

Cine

En Sevilla la Semana Santa es un fenómeno que atrae gente de todo el mundo y sirve de fondo para una película de suspenso, *Nadie conoce a nadie* (1999, 105 min.). Un escritor joven (Eduardo Noriega) a quien se le escapa el éxito, se encuentra en un juego peligroso en el misterioso ambiente religiosa. Otra película de tipo familiar trata de un niño que termina en un monasterio donde todos los monjes se consideran su «padre». Actúa el incomparable Fernando Rey en *El milagro de Marcelino* (1956, 90 min.).

Literatura

Enfoque

En los países hispánicos, muchos aspectos de la vida diaria revelan la importancia de la religión católica. La Iglesia participa en los momentos más importantes de la vida del individuo: el bautismo, el matrimonio y la muerte. La mayoría de las fiestas populares son religiosas. Aun los que no creen en Dios usan expresiones como «Dios mío» o «Por Dios». Mucha gente se declara como católica aunque no practiquen la religión. Esto a veces se llama el «catolicismo cultural».

En España, el catolicismo llegó en la época romana y cobró fuerza durante la Reconquista, aquella lucha entre cristianos y moros (musulmanes) en la península que duró casi ocho siglos. La importancia de la Iglesia durante ese período se revela de muchas maneras: en la arquitectura, la pintura, la escultura y la literatura. Para el hombre medieval —tanto en España como en el resto de Europa— la religión era el elemento más importante de su vida. La vida para tal individuo era el camino para llegar al cielo, y por eso era importante vivir moralmente para merecer la vida eterna, la cual, por ser eterna, era mucho más importante que la vida breve de la tierra. Aun en el Renacimiento, cuando se ponía más énfasis en el aspecto mundano de la vida, las artes y la literatura españolas de la época revelan que la religión seguía siendo trascendental.

Por medio de la conquista de América se extendió el catolicismo al continente. En las regiones donde había grandes civilizaciones indígenas, las funciones de los dioses indígenas fueron absorbidas por santos cristianos que tenían funciones parecidas. Se desarrolló un sincretismo en que ciertas costumbres y actitudes de los indígenas se mezclaban con el catolicismo. Es interesante notar, por ejemplo, que en la poesía española del siglo XV se expresa la idea de que la vida terrenal es transitoria y frágil, actitud que también se manifiesta en la poesía azteca del mismo siglo, aunque esa observación universal los lleva a conclusiones diferentes.

3-1 Anticipación. Trabajen en grupos pequeños. Aunque la constitución de los Estados Unidos prohíbe que el gobierno haga leyes que afecten la religión, ésta tiene mucha influencia en el país. Hagan una lista de influencias religiosas en el gobierno y la vida política de los Estados Unidos.

Vocabulario útil

Estudie estas palabras.

Verbos

acabar *to end, to finish*
alegrarse (de) *to be glad (about)*
dejar de *to cease, to stop*
durar *to last*
engañar(se) *to deceive (oneself)*
juzgar *to judge*
mover (ue) *to move*
prestar *to lend*
ser *to be; to exist*
sospechar *to suspect*
temer *to fear*

Sustantivos

la cruz *cross*
el dolor *pain*
el infierno *hell*
nahua *(adj; n, m) Nahuatl (Aztec language)*
el placer *pleasure*
el préstamo *loan*
la voluntad *will, willpower*

Adjetivos

dichoso(a) *blessed*
duro(a) *hard*

3-2 Para practicar. Complete el párrafo con la forma correcta de la palabra apropiada del **Vocabulario útil.**

Ayer tuve que ir al dentista porque tenía un ______ de muela (molar) *muy terrible. Para mí, ir al dentista no es un ______, el ir allí requiere mucha ______. Dicen que ningún dolor ______ mucho, pero siempre ______ que el dentista es indiferente a mi sufrimiento. Como siempre, el dentista me dijo que no había nada que ______. Tal vez para distraerme me dediqué a pensar en los santos ______, pero terminé pensando en el sufrimiento de Cristo en la ______ y en las almas que sufrían en el ______. ¡Cuánto ______ cuando el dentista anunció que había ______ su tarea!*

Antes de continuar con las siguientes actividades, note que el artículo neutro **lo** se usa en muchas expresiones. Es común usar **lo que** o **lo cual** para referirse a un antecedente no específico que exprese una idea o una situación.

No me habló, lo cual *(which)* me sorprendió.
Allí vimos a mis padres, lo que *(which)* me alegró bastante.

Lo que también se usa con el sentido de *what* cuando no se indica el antecedente.

Lo que *(what)* van a hacer es un secreto.
¿Quieres decirme lo que *(what)* piensas hacer?

También se usa **lo** con la forma neutra de un adjetivo para expresar un concepto abstracto.

Lo bueno *(the good thing, the good part)* fue lo que pasó después.
Él siempre buscaba lo nuevo y lo perfecto *(the new and the perfect)*.

3-3 Más práctica. Pensando en los varios usos de **lo,** traduzca estas oraciones.

1. Lo que vio era extraño.
2. Quiero hacer lo mismo.
3. ¿Crees tú que Dios es todo lo que existe?
4. ¿Tienes miedo de lo que no conoces?
5. Lo único que hizo fue salir sin decir nada.
6. Ella no se quedó, lo cual nos sorprendió.
7. En las pinturas de El Greco se presentan simultáneamente lo divino y lo humano.

3-4 En su opinión. Si Ud. no está de acuerdo con las siguientes afirmaciones, cámbielas para expresar su opinión personal.

1. Me parece que la vida hoy es más dura que en otras épocas.
2. La vida es breve y por eso debemos gozar de ella y no pensar en otra cosa.
3. Creo que existen el cielo y el infierno.
4. No puedo ni negar ni afirmar la existencia de Dios.
5. Es evidente que Dios controla lo que pasa en nuestra vida.

Preparación para la lectura

3-5 Temas y versos. Es frecuentemente útil leer un poema sin fijarse en todas las palabras. Es mejor fijarse en algunas palabras y/o versos claves para comprender lo esencial de un poema. En la poesía lírica hay generalmente uno o dos versos que contengan mucha información sobre el tema del poema.

Aquí tiene unos versos de los poemas de esta unidad y una lista de temas expresados en prosa. Trate de descubrir qué tema va con cada verso.

______ **1.** No es nuestra casa definitiva: la tierra

______ **2.** Tú me mueves, Señor; muéveme el verte clavado en esa cruz

______ **3.** Es cadáver, es polvo, es sombra, es nada

______ **4.** Y el espanto seguro de estar mañana muerto

______ **5.** Quiero verte, Señor, y morir luego

a. Dice que la imagen de Cristo es lo que afecta al poeta.

b. La vida terrenal no es permanente.

c. El poeta no quiere morir sin saber si existe Dios.

d. Describe algo que no tiene ningún valor.

e. La muerte segura le da miedo al poeta.

3-6 En anticipación. No se olvide de utilizar todas las claves posibles como las fotos, los títulos, etcétera, para anticipar el contenido de la lectura. Con un(a) compañero(a) de clase lean los títulos de los poemas y traten de anticipar su contenido.

Siete poemas religiosos o filosóficos

En casi todas las culturas del mundo (si no en todas), los seres humanos han querido saber el porqué de nuestra existencia. Ciertos temas se repiten a través del tiempo y del espacio: la vida es breve; la existencia es fugaz y frágil; debe existir alguna divinidad que le dé sentido a la vida. Esos temas aparecen en las culturas indígenas precolombinas y también, por supuesto, en las varias culturas hispánicas después de la conquista. Aquí presentamos siete momentos de la poesía religiosa y filosófica en América y en España donde también aparecen esos temas.

El primer poema es un poema nahua, coleccionado por **Juan Bautista Pomar.** Pomar vivía en Texcoco, una de las principales ciudades que se establecieron cerca del lago de Texcoco en la época del imperio azteca. Se cree que Pomar nació allí en 1535, quince años después de la destrucción de Tenochtitlán y la desolación de Texcoco. Por su madre, Pomar era bisnieto de Nezahualcóyotl, famoso rey de Texcoco en el siglo XV. Como Pomar sabía hablar nahuatl, pudo coleccionar poemas de los aztecas.

El trozo que se presenta del segundo poema, «Coplas por la muerte de su padre», de **Jorge Manrique,** tiene un tema parecido al tema del poema nahua. Como muchos nobles de su época, Manrique (1440?–1479) se dedicó a las armas y las letras. Murió en una batalla durante el reinado de los Reyes Católicos. Aunque las ideas y los conceptos de las coplas son tradicionales, por su belleza y su perfección este poema es considerado como la elegía más perfecta que se haya escrito en español.

El soneto «No me mueve, mi Dios…» es de un autor desconocido del siglo XVI. Sin duda es el soneto más famoso de inspiración religiosa que se haya escrito en español. Hay muchos sonetos dedicados a Cristo en la cruz, pero la sinceridad de este poema y su lirismo son extraordinarios.

La próxima sección tiene dos ejemplos de la poesía barroca de Juana de Asbaje, más conocida por su nombre de monja, **Sor Juana Inés de la Cruz** (México, 1648–1695). Entró al convento porque sólo así podía satisfacer su sed de saber, llevando una vida dedicada a los estudios y a la escritura. Antes de entrar al convento había tratado de convencer a su madre para que le permitiera asistir a la universidad vestida de hombre puesto que no se admitían las mujeres. Los escritores barrocos lamentaban la transitoriedad y fragilidad de la vida en la Tierra y manifestaban un sentido de desesperación ante la muerte inevitable.

En las últimas décadas del siglo XIX, la poesía en Hispanoamérica goza de un florecimiento no conocido anteriormente en el continente. La producción de obras líricas de gran calidad es extraordinaria. Aún más, es una poesía cosmopolita que incorpora elementos extranjeros (especialmente franceses) y elementos americanos, tanto modernos como antiguos. El movimiento literario que resulta se llama Modernismo, y los escritores modernistas se consideran héroes del arte y rebeldes contra el mundo burgués que los rodea. Logran renovar la forma y el lenguaje de la poesía e influyen en la sensibilidad y la manera de pensar de los intelectuales de su época.

En esta sección se presenta un ejemplo de poesía modernista: «Lo fatal» de **Rubén Darío.** Darío (1867–1916) era nicaragüense y se dedicó totalmente a la literatura. Es sin duda el poeta más importante del

Modernismo, tanto por su propia producción literaria como por su influencia en otros poetas. Tal vez los libros más conocidos de él son *Azul* (1888), *Prosas profanas* (1896) y *Cantos de vida y esperanza* (1905). «Lo fatal» pertenece a *Cantos de vida y esperanza* que, según muchos críticos, es su mejor libro, no sólo por la perfección de los varios poemas que en él se incluyen, sino también por su profundidad filosófica.

La «generación del 98» se refiere a un grupo de escritores que aparecieron en España al final del siglo XIX. Desilusionados por la derrota de España en la guerra con los Estados Unidos y por lo que les parecía ser la decadencia de la patria, esos escritores expresaron sus inquietudes y su deseo de penetrar en la esencia del alma española. **Miguel de Unamuno** (1864–1936) fue uno de los escritores más conocidos de esa generación. Novelista, cuentista, poeta, filósofo, ensayista y dramaturgo, Unamuno expresó su angustia por España y su deseo de calmar sus profundas dudas religiosas. Entre sus ficciones se destacan obras como *Paz en la guerra, Niebla, San Manuel Bueno, mártir* y *Abel Sánchez.*

Poema nahua

No vivimos en nuestra casa
aquí en la tierra.
Así solamente por breve tiempo
la tomamos en préstamo.
¡Adornaos°, príncipes!
Solamente aquí
nuestro corazón se alegra:
por breve tiempo, amigos, estamos prestados unos a otros:
No es nuestra casa definitiva la tierra:
¡Adornaos príncipes!

Adorn yourselves

Anónimo

Nota cultural

Un tema que aparece con frecuencia en la literatura medieval europea es que la vida es breve y que por eso debemos gozar de cada momento de ella. Es interesante notar que ese concepto también aparece en muchos poemas nahuas escritos antes del descubrimiento de América.

3-7 Comprensión. Conteste las siguientes preguntas.

1. Según el poeta, ¿por cuánto tiempo es nuestra la tierra?
2. Ya que la vida es transitoria, ¿qué debemos hacer?

3-8 Opiniones. Exprese su opinión personal.

Elemento de la lectura

1. ¿Qué obligación asumimos si «tomamos la tierra en préstamo»?

Concepto general

2. ¿Cómo reacciona Ud. a la brevedad de la vida en la tierra?

Coplas por la muerte de su padre (trozo)

Recuerde el alma dormida,
avive el seso° y despierte
contemplando cómo se pasa la vida,
cómo se viene la muerte tan callando°;
cuán presto° se va el placer;
cómo, después de acordado°,
da dolor;
cómo, a nuestro parecer°,
cualquiera tiempo pasado
fue mejor.

Pues si vemos lo presente
cómo en un punto° se es ido
e acabado,
si juzgamos sabiamente,
daremos lo non venido
por pasado°.
Non se engañe nadie, no,
pensando que ha de durar
lo que espera
más que duró lo que vio,
pues que todo ha de pasar
por tal manera°.

Nuestras vidas son los ríos
que van a dar° en la mar,
que es el morir;
allí van los señoríos°
derechos a se acabar
e consumir°;
allí los ríos caudales°,
allí los otros medianos°,
e más chicos,
allegados°, son iguales
los que viven por sus manos
e los ricos.

Jorge Manrique, *Coplas por la muerte de su padre* (trozo)

seso: (fig.) be alert
callando: so silently
presto: quickly
acordado: once it is remembered
parecer: opinion
en un punto: in a flash
daremos lo non venido por pasado: we will regard the future as already past
por tal manera: in the same way
van a dar: flow into
señoríos: great lordships
derechos a se acabar e consumir: straight to be ended and consumed
caudales: powerful
medianos: middling
allegados: having arrived

3-9 Comprensión. Conteste las siguientes preguntas.

1. Según Manrique, ¿es breve o larga la vida?
2. ¿Cuál es mejor según Manrique: el pasado, el presente o el futuro?
3. ¿Con qué compara el poeta nuestras vidas?
4. ¿Qué simboliza la mar?

3-10 Opiniones. Exprese su opinión personal

Elemento de la lectura

1. ¿Cree que los ricos y los pobres son iguales después de la muerte? Explique.

Concepto general

2. Si no es la fama o el dinero, ¿qué aspecto de la vida es el más importante?

Soneto

No me mueve, mi Dios, para quererte
el cielo que me tienes prometido,
ni me mueve el infierno tan temido
para dejar por eso de ofenderte.

Tú me mueves, Señor; muéveme el verte
clavado° en esa cruz y escarnecido°;
nailed; mocked
muéveme el ver tu cuerpo tan herido;
muévenme tus afrentas° y tu muerte.
the outrages done to you

Muéveme, en fin, tu amor de tal manera
que, aunque no hubiera cielo, yo te amara,
y, aunque no hubiera infierno, te temiera.

No me tienes que dar porque te quiera;
que, aunque cuanto espero no esperara,
lo mismo que te quiero te quisiera.

Anónimo

Nota cultural

El hombre medieval creía que era necesario vivir bien porque esta vida sólo tenía importancia como medio de ganar la vida eterna después de la muerte: el que se comportaba bien se iba al cielo y el que se comportaba mal podía irse al infierno. La actitud que se presenta en este soneto del Renacimiento es mucho más íntima, ya que su autor sólo está movido por su amor a Cristo, por el sufrimiento de Cristo y por el amor de Cristo hacia los seres humanos.

3-11 Comprensión. Conteste las siguientes preguntas.

1. ¿Qué es lo que motiva al poeta para querer a Dios?
2. ¿Qué momento de la vida de Cristo le conmueve especialmente?

3-12 Opiniones. Exprese su opinión personal.

Elemento de la lectura

1. A Ud., ¿qué aspecto de la vida le mueve más? ¿Por qué?

Conceptos generales

2. ¿Es necesario para el ser humano la existencia en el infierno y el cielo? Explique.
3. ¿Son importantes los símbolos religiosos? ¿Por qué sí o por qué no?

Sonetos

1.

Éste que ves, engaño colorido,[1]
que del arte ostentando los primores°,
con falsos silogismos de colores
es cauteloso° engaño del sentido:
éste en quien la lisonja° ha pretendido
excusar de los años los horrores,
y, venciendo del tiempo los rigores,
triunfar de la vejez y del olvido:
es un vano artificio del cuidado;
es una flor al viento delicada;
es un resguardo° inútil para el hado°;
es una necia diligencia errada°;
es un afán caduco°; y bien mirado,
es cadáver, es polvo, es sombra°, es nada.

beauties
careful
flattery
refuge; fate
foolish, mistaked labor
ancient urge
ghost

2.

Rosa divina que en gentil cultura[2]
eres con tu fragante sutileza
magisterio° purpúreo en la belleza,
enseñanza nevada° a la hermosura;
amago° de la humana arquitectura,
ejemplo de la vana gentileza
en cuyo ser unió naturaleza
la cuna° alegre y triste sepultura°:
¡cuán altiva° en tu pompa, presumida,
soberbia, el riesgo de morir desdeñas;
y luego, desmayada y encogida°,
de tu caduco ser das mustias señas°!
¡Con que, con docta muerte° y necia vida,
viviendo engañas y muriendo enseñas!

mastery
white
sign
cradle; grave
arrogant
shrunken
signs of withering
wise death

Juana de Asbaje (Sor Juana Inés de la Cruz), *Sonetos*

Notas culturales

[1] ***Colorful deceit that you behold*** *se refiere a un retrato de la poeta. Para los poetas barrocos toda la vida es un engaño, una apariencia.*

[2] *Las flores se emplean frecuentemente como símbolos de la fragilidad de la vida.*

3-13 Comprensión. Conteste las siguientes preguntas.

1. ¿Qué ostentan los primores del arte?
2. ¿Qué ha pretendido la lisonja?
3. ¿Qué tienen en común los seis últimos versos del primer poema que comparan el retrato con otras cosas?
4. ¿Qué cambio se nota en el verso que dice «la cuna alegre y triste sepultura»?

3-14 Opiniones. Exprese su opinión personal.

Elemento de la lectura

1. ¿Qué cree que nos enseña la rosa al morir?

Concepto general

2. ¿Piensa luchar en contra de la vejez *(old age)* o aceptarla sin quejarse *(complain)*?

Lo fatal

Dichoso el árbol, que es apenas sensitivo,
y más la piedra dura, porque ésa ya no siente,
pues no hay dolor más grande que el dolor de ser vivo,
ni mayor pesadumbre° que la vida consciente.
Ser, y no saber nada, y ser sin rumbo° cierto
y el temor de haber sido, y un futuro terror...
Y el espanto° seguro de estar mañana muerto,
y sufrir por la vida, y por la sombra, y por lo que no conocemos y apenas sospechamos.
Y la carne que tienta° con sus frescos racimos°,
y la tumba que aguarda con sus fúnebres ramos°
¡y no saber a dónde vamos,
ni de dónde venimos...!

grief
direction
horror
tempts; bunches of grapes
awaits with its funeral bouquets

Rubén Darío, *Lo fatal*

3-15 Comprensión. Conteste las siguientes preguntas.

1. ¿Por qué es especialmente dichosa la piedra?
2. ¿Qué cosas producen dolor?

3-16 Opiniones. Exprese su opinión personal.

Elemento de la lectura

1. ¿Comparte *(share)* Ud. las dudas que expresa Rubén Darío en cuanto a lo que significa la vida?

Concepto general

2. ¿Tiene Ud. seguridad sobre lo que nos espera después de la muerte?

Salmo I (trozo)

Quiero verte, Señor, y morir luego,
morir del todo;
pero verte, Señor, verte la cara,
¡saber que eres!
¡Saber que vives!
Mírame con tus ojos,
ojos que abrasan;
¡mírame y que te vea!
¡que te vea, Señor, y morir luego!
Si hay un Dios de los hombres,
¿el más allá qué nos importa, hermanos?
¡Morir para que Él viva,
para que Él sea!
¡Pero, Señor, «yo soy» dinos tan sólo,
dinos «yo soy» para que en paz muramos,
no en soledad terrible, sino en tus brazos!

Miguel de Unamuno, *Salmo I (trozo)*

3-17 Comprensión. Conteste la siguiente pregunta.

1. ¿Por qué quiere Unamuno que el Señor le diga «yo soy»?

3-18 Opiniones. Exprese su opinión personal.

Elemento de la lectura

1. ¿Puede Ud. creer en Dios sin las pruebas que busca Unamuno? Explique.

Concepto general

2. ¿Cree Ud. que la religión crece o se disminuye en influencia social en los Estados Unidos?

Expansión

¿Desea más? Si quiere leer más poesía religiosa, la **Heinle Voices Database** en **www.textchoice.com/voices** le ofrece obras de dos escritores excelentes que escriben sobre esta temática. Santa Teresa de Jesús (Santa Teresa de Ávila) describe el despertar de su religiosidad de niña y San Juan de la Cruz describe cómo busca la unión de su alma con Dios. Éste hace uso de una terminología que ha convencido a algunos de que escribe sobre el amor mundano *(worldly)*. También hay el poema completo de Jorge Manrique: *Coplas por la muerte de su padre.*

3-19 Análisis literario. Conteste las siguientes preguntas.

1. El uso de la repetición es una característica de la poesía nahua. ¿Cuál es un ejemplo de repetición en el poema nahua que ha leído?
2. En el poema nahua, en las «Coplas» de Jorge Manrique y en los sonetos de Sor Juana se indica que la vida es breve. Sin embargo, las conclusiones de los tres poetas son diferentes. ¿Qué diferencia hay?
3. ¿Se puede decir que la última estrofa del poema de Manrique tiene un comentario social? ¿Cuál es?
4. ¿Cómo se usa la repetición en el soneto anónimo que ha leído? ¿Cuáles son algunas de las palabras que se repiten? ¿Cuál es el efecto de la repetición?
5. El cristiano medieval sabía exactamente cómo era la relación entre él y Dios. ¿Cómo se pueden contrastar las creencias de un hombre como Jorge Manrique con las de Rubén Darío? ¿Y cómo pueden compararse las de Sor Juana y Jorge Manrique?
6. ¿Cómo se puede contrastar la angustia que Darío expresa en su poema «Lo fatal» con la que expresa Unamuno en el «Salmo I»?

3-20 Entrevista. Hágale algunas preguntas a otra persona de la clase sobre sus creencias religiosas o filosóficas. Después, escriba un párrafo para indicar lo que ha aprendido. Algunas preguntas podrían ser:

1. ¿Crees en alguna divinidad? ¿Cómo es?
2. ¿Es necesario asistir a la iglesia o al templo para ser religioso? ¿Por qué sí o por qué no?
3. ¿Influye la religión en las decisiones que tomas? ¿Cómo?
4. ¿Cuáles son dos valores que te parecen ser muy importantes en la vida?
5. ¿?

3-21 Minidrama. Presenten Ud. y otra(s) persona(s) de la clase un breve drama sobre el tema de la religión. Algunas situaciones podrían ser:

1. Una persona que siempre ha hecho lo que le place *(whatever he or she fancies)* se muere. Después, se encuentra ante San Pedro en la puerta del cielo.
2. Un individuo viejo y otro joven discuten cuáles son los aspectos más importantes de la vida.
3. Dos jóvenes quieren casarse, pero son de diferentes religiones. Los dos hablan de los problemas que van a tener que enfrentar.

3-22 Opiniones y actitudes. Escriba un párrafo sobre uno de los temas siguientes o explíqueselo a la clase.

1. La religión y la educación pública
2. Conceptos religiosos que se deben incorporar en la vida diaria
3. La religión y la política

3-23 Situación. Con un(a) compañero(a) de clase, presenten un diálogo entre dos personas que tienen diferentes actitudes hacia la vida. Una de ellas cree que todo tiene explicación científica, mientras que la otra cree que algunas cosas no se pueden explicar así. En el diálogo, uno le pregunta al otro sobre su actitud hacia la religión. Éste contesta que no cree en la religión: cree que todo tiene explicación científica. El primero hace una serie de preguntas sobre las creencias «científicas» del otro y después expresa su propia opinión sobre la importancia de la fe religiosa.

Arte

El Greco

La Reforma, iniciada en Alemania en la primera mitad del siglo XVI, produjo en España la Contrarreforma, un nuevo despertar del sentimiento religioso y un retorno al misticismo y a la espiritualidad de la Edad Media. La influencia de la nueva actitud sobre el arte fue notable. Tal vez el que mejor supo expresar ese misticismo fue el pintor barroco **El Greco** (1541–1614).

El Greco nació en la isla de Creta —que pertenecía a Grecia en aquellos tiempos— y su nombre verdadero era Domenico Theotocopuli. De su vida no se sabe mucho. Aparentemente pasó su juventud en Venecia, donde posiblemente estudió con Ticiano y fue influenciado por las pinturas de Tintoreto. Después visitó Roma, pero no le impresionaron ni el orden ni la armonía del verdadero arte renacentista. A la edad de treinta y cuatro años viajó a España donde esperaba trabajar en la decoración de El Escorial, el gran palacio que hizo construir Felipe II —el enérgico monarca que encabezó la Contrarreforma. Pero a Felipe no le gustó el estilo de El Greco y rehusó darle la comisión. Así se produjo una de las grandes paradojas de la vida: el pintor más religioso fue rechazado por el monarca más religioso. Fue entonces El Greco a Toledo, una ciudad-isla a orillas del río Tajo. Como la percibió El Greco, era ésta una ciudad gris, oscura, en cuyo cielo se movían nubes verduscas; una ciudad cosmopolita, de grandes mezquitas, sinagogas e iglesias. Era el lugar que siempre había buscado el genio nada común de El Greco y allí se quedó el resto de su vida.

En Toledo, El Greco creó un arte propio, único, que armonizaba perfectamente con el carácter y el alma españoles. Nos presenta un mundo místico. Sus figuras alargadas, con caras blancas y extenuadas, siempre parecen anhelar subir al cielo. Todo en ellas es rítmico y reflejan un éxtasis espiritual. Nadie como El Greco ha podido captar el misterio del fervor religioso.

La pintura de El Greco goza actualmente de gran popularidad y sus cuadros pueden verse en los mejores museos del mundo. Por ejemplo, hay siete obras suyas en el Museo Metropolitano de Nueva York, inclusive su *Vista de Toledo,* uno de los primeros ejemplos de la pintura paisajista occidental. En España, su famosa pintura *El espolio* todavía se halla en la catedral de Toledo y *El entierro del Conde de Orgaz* también puede verse en esa ciudad, en la iglesia de Santo Tomé.

▲ El entierro del Conde de Orgaz

(Ver la página 25.) En los cuadros religiosos de El Greco siempre hay una mezcla de lo humano y lo divino. Para el pintor, lo que está ocurriendo en la parte superior del cuadro es tan real como lo que está pasando en la tierra, y no separa los dos niveles. ¿Quiénes son las personas que se ven en el centro de la parte superior del cuadro? ¿Qué hace el ángel en el centro del cuadro? ¿Hacia dónde mira la mayoría de la gente que rodea al Conde? ¿Cuál parece ser la actitud de los vivos hacia la muerte?

▲ El espolio

En este cuadro también se aprecia la mezcla de lo humano y lo divino. En la figura de Cristo hay cierta paz y resignación que contrastan con la violencia y el ritmo agitado de las figuras que lo rodean. ¿Qué contraste hay entre la expresión de la cara de Cristo y la de las otras figuras del cuadro? ¿Quiénes son las mujeres a la izquierda de Cristo? ¿Qué hace el hombre a la derecha? ¿Son de tamaño normal las figuras?

▲ Vista de Toledo

En este famoso cuadro El Greco no sólo nos presenta uno de los primeros ejemplos de la pintura de paisaje en el arte occidental, sino que logra indicar la cualidad espiritual y religiosa que se asocia con la ciudad de Toledo. Lo hace mediante el uso de luz y de color —matices de verde y de gris— y el movimiento rítmico tanto de la tierra como de las nubes. Aunque la ciudad ha cambiado mucho en los últimos siglos, todavía pueden verse allí el río, los cerros y las cúspides de la catedral que se ven en la pintura. ¿Por qué puede describirse Toledo como una *ciudad-isla*? ¿Hay alargamiento de formas en esta pintura? ¿Qué efecto produce el juego de la luz y de la sombra? ¿Le parece a Ud. que esta pintura tiene valor espiritual?

¡A explorar!

3-24 ¿Qué opina? Haga las siguientes actividades.

1. ¿Se puede comparar una de las pinturas de El Greco con uno de los poemas que ha leído en esta unidad? Indique cuáles son algunas comparaciones que se pueden hacer.
2. ¿Cómo reflejan las pinturas religiosas de El Greco el aspecto dramático de la espiritualidad hispana?
3. En Internet o en la biblioteca, busque otros ejemplos del arte de El Greco y prepare un informe para la clase, describiendo lo que ha descubierto.
4. Por lo general, en la Edad Media los grandes escritores y artistas pertenecían a la clase adinerada, o eran patrocinados por el estado o la Iglesia. ¿Cree Ud. que el estado debe patrocinar las artes en nuestros tiempos? ¿Por qué sí o por qué no?

3-25 El arte de escribir. Escriba un ensayo breve sobre uno de los temas siguientes.

1. Un ejemplo de la influencia de la arquitectura y el arte modernos en los edificios religiosos (templos o iglesias).
2. El arte norteamericano del siglo XX como reflejo de los valores culturales del país.
3. La religión en la literatura norteamericana en la actualidad.

ATAJO

Vocabulary: Emotions (positive & negative), monuments, religions **Phrases:** Describing places; Linking ideas **Grammar:** Personal pronoun (direct & indirect); How to use **se**

3-26 Para investigar. Hagan una de estas actividades en conjunto.

1. Busque en Internet o en la biblioteca ejemplos de arte religiosa de otro país y escriban un ensayo de comparación con la obra de El Greco.
2. Busque unas imágenes de una iglesia europea gótica y presente un informe a la clase sobre esa iglesia incluyendo sus opiniones sobre el efecto que imagina que produce en los feligreses.

Aspectos de la familia en el mundo hispánico

UNIDAD

4

Madre e hijo Picasso usa el tema de la madre como símbolo de la vida, de la tierra, de la fecundidad.

Literatura

Caperucita Roja o Casco Rojo, Beatriz Guido

Arte

Pablo Ruiz Picasso

- Madre e hijo
- Familia de saltimbanques
- Los primeros pasos

Expansión

¡A explorar!

Cine

El bola (2000, 87 min.). Dos jóvenes (Juan José Ballesta y Pablo Galán en su primera película) triunfan en esta película emocionante. Hacen los papeles de niños que vienen de hogares totalmente contrarios pero que son capaces de superar los problemas por medio de su amistad. Resulta una película premiada internacionalmente y ganadora de cuatro Goyas (equivalente español del Oscar). De Colombia viene otra película: es *Los niños invisibles* (2001, 90 min.) y presenta una historia nostálgica de la vida rural de los años 50. Un niño de unos doce años trata de hacerse invisible para acercarse a la chica vecina de quien está locamente enamorada (al estilo de un niño de doce años). La película fue presentada por Colombia como candidato para el premio de «Best Foreign Film» en 2002.

Literatura

Enfoque

En los países hispánicos no hay institución más importante que la de la familia. La familia típica incluye no sólo a los padres y sus hijos, sino también a los parientes —abuelos, tíos, primos, etcétera. Es común que varios miembros de la familia extensa vivan en la misma casa. Las estrechas relaciones que se mantienen entre varias generaciones de la familia se reflejan en las ocasiones sociales —en las que participan todos— y también en la unidad de la familia frente a la sociedad.

Para el niño, este concepto de la unidad es muy importante. Desde muy pequeño, él participa en las actividades sociales de la familia, y así aprende a portarse con personas de varias generaciones. No depende tanto de sus padres y hermanos, ya que en su vida diaria hay otros parientes que lo pueden cuidar y guiar. Los adultos tienen mucho contacto personal con los niños y los jóvenes y les ofrecen su protección, cariño y ejemplo.

El interés por el niño en el mundo hispánico ha resultado en una copiosa literatura acerca del mundo del niño y del adolescente. Esta literatura sólo puede apreciarla completamente quien ha experimentado los aspectos cómicos y trágicos, crueles y tiernos, de esa época de la vida. Ya en el siglo XVI se publica *La vida del Lazarillo de Tormes,* obra anónima muy popular. Trata de las aventuras de un muchacho pobre que tiene que usar su inteligencia y su astucia para no morirse de hambre. En el siglo XX, también, los niños y los jóvenes son el tema de una literatura rica y variada. En España, este tema se encuentra en obras tan distintas como *Platero y yo* de Juan Ramón Jiménez y la novela *Juego de manos* de Juan Goytisolo. En Hispanoamérica, Gabriela Mistral, poeta chilena que ganó el Premio Nobel en 1945, ha sabido expresar el mundo infantil con sus poemas sobre el amor materno y el sufrimiento del niño.

En esta unidad se presenta un cuento de Beatriz Guido, en que la autora argentina ofrece un cuento de tema universal pero «recontado» *(retold).* También se presentan unas pinturas de Picasso en las que el gran pintor español logra expresar la relación íntima que existe entre el niño y el adulto.

4-1 Anticipación. Trabajen en grupos pequeños. La familia es una institución importante en todas las culturas pero esta importancia se manifiesta de modos distintos. Hagan una lista de las diferencias que sugiere el **Enfoque** entre la familia hispana y la anglosajona de los Estados Unidos. Compare su lista con las del resto de la clase.

Vocabulario útil

Estudie estas palabras.

Verbos

acercarse *to approach, to come near*
aguantar *to put up with, to stand*
detener(se) *to stop (oneself)*
devorar *to devour, eat up*
habitar *to inhabit, live in*
huir *to flee*

Sustantivos

la boca *mouth*
el bosque *forest*
el brazo *arm*
la cara *face*
el casco *helmet*
el dedo *finger*
el desierto *desert*
el diente *tooth*
el hombro *shoulder*
el lado *side*
el lobo *wolf*
el lunar *mole, beauty spot*
el mentón *chin*
el pelo *hair*
la pezuña *hoof*
la uña *fingernail*

Adjetivos

rojo(a) *red*
salvaje *wild, savage*

Otras palabras y expresiones

ese lado *that way, over there*
no tener más remedio *to have no choice*
hace dos años ya *it's two years now*
tener ganas (de) *to want (to)*

4-2 Para practicar. Complete el párrafo con la palabra o expresión del **Vocabulario útil** equivalente a la indicada entre paréntesis.

Mi abuela vive en un *(forest)* ______ donde viven muchos *(wolves)* _______ *(wild)* _______ y hay que pasar por un *(desert)* ______ para llegar a su casa. *(Two years ago)* _______ fuimos mis padres y yo a su casa a visitar. Mi abuelita tiene una *(mouth)* _______ y unos *(teeth)* _______ muy grandes. Siempre cuida mucho las *(fingernails)* ______ y la *(face)* _______ pero tiene un gran *(mole)* _______ en el *(arm)* _______ y siempre usa mangas largas *(long sleeves)*. Pues no *(has no choice)* _______.

Ya sabe que se usa el imperfecto del verbo para indicar acciones que se repetían en el pasado o que eran habituales. También se usa ese tiempo verbal para describir una condición que existía en el pasado y para indicar el estado mental, emocional o físico de una persona en el pasado.

4-3 Más práctica. Pensando en esos usos, complete el párrafo siguiente, usando la forma correcta de los verbos entre paréntesis.

Cuando yo (tener) ______ doce años, mi madre siempre me (mandar) ______ los domingos a la casa de mi abuelita. No (tener) ______ ganas de ir pero mi madre (pasar) ______ casi todo el día los domingos cocinando para la familia y siempre (preparar) ______ algunos platos favoritos de mi abuela. Ella (querer) ______ platos que no me (gustar) ______ nada pero afortunadamente no (tener) ______ que comerlos. Puesto que (ser) ______ necesario pasar por el bosque para llegar a su casa, mis padres siempre me (decir) ______ que (deber) ______ tener mucho cuidado. No (poder) ______ hablar con desconocidos y ellos no (permitir) ______ que me detuviera para jugar en el bosque. Al escuchar todos estos avisos *(warnings)* (sentir) ______ mucho miedo.

Preparación para la lectura

4-4 ¿Quién lo ha dicho? Al leer un cuento en español hay que recordar que se usa el guión para indicar que cambia la persona que habla. Es importante notar este uso para seguir un diálogo en prosa. Un guión abre la oración y otro la cierra excepto cuando termina la oración. Por ejemplo:

1. —Voy a casa de mi abuelita a llevarle su merienda de los domingos. Me llaman Caperucita —contesté desobedeciendo.
2. —Y qué boca tan roja —dije sin poder contener la risa—. ¿No quieres comer algo?

Lea las siguientes oraciones e indique la parte hablada en cada caso y quién la ha dicho.

1. —Eres hermosa, hermosa —le gritaba indignada.
2. El lobo se acercó y preguntó —¿Qué tienes en la cesta *(basket)* que llevas?
3. —Claro —dije—, tiene los dientes muy grandes.
4. Le dijeron a Caperucita —¡Sal de aquí! —a gritos.
5. —¿Por qué me detienes? —le preguntó el hermano. Y el chico se fue.

4-5 Estrategia de repaso: Anticipación y predicción. Recuerde que como preparación para leer un cuento es útil primero descubrir lo esencial del texto y luego pensar en su propia opinión del asunto y, después de hacer la lectura, comparar su opinión con la del cuento.

El cuento *«Caperucita Roja o Casco Rojo»* es un cuento aleccionador *(cautionary)* casi universal y que tiene varias versiones desde su origen. Antes de leer el cuento, indique lo que va a pasar en el cuento según la versión que Ud. conoce. Escriba «sí» si la oración describe lo que ocurre en su versión y «no» si no figura en su versión. Si contesta «no», explique lo que tiene de incorrecto la oración. Después, lea el cuento e indique cómo habría respondido la autora.

	La opinión de Ud.	La historia de Guido
1. Caperucita resiste ir a la casa de la abuela.	________	________
2. Ella va a la casa de la abuelita en motoneta *(moped)*.	________	________
3. El lobo quiere devorar a la abuelita y a Caperucita.	________	________
4. Un leñador *(woodsman)* salva la vida de las dos mujeres.	________	________

Beatriz Guido (1924–1988)

En Hispanoamérica a mediados del siglo XX era común caracterizar a ciertos escritores como «comprometidos». Significa que además de ocuparse del arte de sus creaciones opinan que el artista tiene la obligación de exponer y analizar la problemática sociopolítica de su país. Es decir que su posición como intelectual le exige que exprese sus opiniones y especialmente su crítica de los aspectos negativos e injustos de su sociedad.

En Argentina, el Peronismo, movimiento político encabezado inicialmente por el general Juan Perón, ha sido una fuerza política que ha provocado una división clara en el electorado. Surgió un grupo de escritores que tenían en común su oposición al Peronismo. Ganaron el nombre de la «Generación de 1945».

Beatriz Guido nació en Rosario, Argentina, una de las ciudades más importantes del interior del país, en una familia intelectual distinguida. Por su casa pasaban los artistas e intelectuales más destacados de la época. No sorprende su afición por las letras. Su compromiso social y político la llevó a la creación de una trilogía —su obra más conocida. Las tres novelas, que llevan por título *Fin de fiesta, El incendio y las vísperas* y *Escándalos y soledades,* tratan la política argentina antes, durante y después del mandato del general Perón.

En 1950 se casó con Leopoldo Torre Nilsson, el director de cine más famoso de Argentina. El matrimonio inició una vida de colaboraciones estrechas. Beatriz escribió muchos de los guiones para las películas de Torre Nilsson.

Tal vez por la experiencia como guionista, es capaz de escribir con un toque más humorístico como en este «cuento recontado» de Caperucita Roja como composición escolar. Ubica la acción en un área aislada del país: el pueblo de Chos Malal en la provincia de Neuquén, cerca de los Andes al oeste del país. En casi todas las versiones del cuento primitivo se destaca el contraste entre la seguridad en un pueblo contra los peligros del bosque. Este lugar fue escena de una campaña contra los pueblos indígenas en el siglo XIX y así explica la presencia de los lobos «esteparios» o *steppe wolves* que normalmente habitan los llanos de la Asia central —presencia que añade al sentimiento de aislación.

Caperucita Roja o Casco Rojo

COMPOSICIÓN: TEMA LIBRE
Delmira Ramona Ortiz: 7° G°
Escuela No. 2 de Chos Malal, Provincia de Neuquén

Lo encontré en el camino, al día siguiente de la carrera del T.C.°, y desde entonces lo llevo puesto en la cabeza. Hace ya dos años; por esto me llaman «Casco Rojo o Caperuza° Roja»: pegué° al casco una tela°, también de color rojo, en forma de capa, que me llega hasta° los hombros.

El pueblo está al final de un bosque de arrayanes°. Dicen que lo plantó un coronel o un general, no lo sé muy bien, durante la conquista del desierto. Un bosque de foresta oscura°, enmarañada°, habitada por lobos esteparios°. Me gusta escribir «esteparios». Olvidé decir que este general o coronel nos dejó por herencia estas fieras°. Las trajo al país en 1880, para colaborar con él en exterminar a los indios que habitaban esta región llamada de la patagonia,[1] sin pensar que lo primero que iban a hacer las fierecillas° era devorar toda una división de su cuerpo de caballería° una tarde de abril mientras dormían extenuados°, después de la batalla de Río Salado. Todavía, en venganza, estos lobos se esconden° y desaparecen° , los muy ladinos°, y ni el ejército, ni el mismo maravilloso general Guglielmelli, han podido exterminarlos. Bueno, si ellos los trajeron, que se los aguanten. Aunque para aguantarlos estamos nosotros: siempre aparece un leñador° sin brazos o algún recién nacido° a medio devorar°, que después fotografían las revistas° de Buenos Aires.

Por esto, los chicos de Chos Malal no tenemos más remedio que escuchar de padres y maestros todos los días del año el cuento de Caperucita Roja: «Cuando atraviesen° el bosque no se detengan a recoger° fresas salvajes° o a cazar° mariposas° o cuises° o benteveos°. Tampoco lechuzas°. ¡Cuidado con los varones° que juegan en el bosque al «médico y la enfermita» o a «la niña extraviada°» y el cazador° que la consuela°»! No he dicho que, para peor de males°, mi abuela, mi abuelita, una vieja avara° con un lunar azul en el mentón de donde nace un pelo blanco muy largo°, que no se corta° por cábala° con las brujas°, quizá, vive del otro lado del bosque. Sola, por supuesto°, ningún hijo pudo aguantarla.

Mi madre, los domingos, le prepara una canastilla° con sus platos predilectos° : pichones de tórtolas° rellenos° de aspic y corazón de faisanes°, hongos salvajes°, caracoles vivos° y flan de pitacchio°, incomibles de sólo verlos°.[2]

—Caperucita, Caperucita, sé buena con ella, la pobrecita no vivirá mucho tiempo, acompáñala en esta tarde de lluvias triste de domingo. Y elige° el camino más corto hasta su casa. No te detengas en el camino. No olvides los ardides° del lobo. No respondas a las preguntas de los caminantes y los desconocidos°.

Pero la lluvia había cesado° y la humedad entibiado° el aire, y la madera de los árboles despedía° una fragancia inusitada°. Detuve mi motoneta° y me senté a comer la merienda° envuelta° en papel plateado° que mi madre no olvidó prepararme.

De pronto° apareció frente a mí, detrás de un árbol, un deshollinador° junto a° su bicicleta, con la cara teñida° por el carbón°.

—¿Qué haces tan solita, hermosa niña de casco rojo?

—Voy a casa de mi abuelita a llevarle su merienda de los domingos. Me llaman Caperucita —contesté desobedeciendo°.

competition auto race
hood; I attached; cloth
reaches
myrtle trees
dark vegetation; tangled; steppe wolves
beasts
little beasts
cavalry corps
stretched out
they hide; disappear; wily ones
woodcutter; newborn
half eaten; magazines
you cross; to gather; wild strawberries
to hunt; butterflies; guinea pigs; king-birds; owls; boys
lost little girl; hunter; consoles her
to make matters worse; greedy
long; she doesn't cut; being in league with; witches; of course
little basket
favorite; young turtledoves; stuffed; pheasant hearts; wild mushrooms; live snails; pistachio; inedible even to look at
choose
tricks
strangers
stopped; warmed
gave off; unaccustomed; moped
afternoon snack; wrapped; foil
Suddenly; chimney sweep
next to; stained; soot
disobeying

—¿En esta cesta° tan grande?

—Todo se lo devora en un santiamén°.

—¿Y dónde vive tu abuelita?

—Allí, entre los arrayanes y los eucaliptos. En el descampado° de las Ánimas… Muy cerca de aquí, en un pequeño valle°.

—Yo también voy para ese lado. ¿Deseas que le dé algún mensaje° de tu parte? Te has detenido en el camino y llegarás al atardecer°… Descansa°, hermosa niña. Yo anunciaré tu llegada.

Verdad: no tenía ningún apuro° en llegar. Me adormecí° y soñé° que era Batman: huía por una chimenea, dejaba mi motoneta a la puerta del cine Apolo y entraba por el techo° para ver Dedos de Oro y el Agente Cipol°.

Cuando llegué a la casa de mi abuela, golpeé° dos veces a su puerta. A la tercera vez, su horrible voz me respondió.

—Pasá[3] nomás, Caperucita.

Estaba en la cama, toda vestida de encajes° con cofia de puntillas° y cintas de terciopelo°: le había desaparecido el lunar con el pelo largo y blanco del mentón. Algo más noble le hacía brillar la mirada° y decidí por primera vez, porque quizá me apiadé° al verla en la cama, mentirle° y halagarla°:

—¡Oh, abuela, cuánto me alegra verte! Lástima que° aquí no llegue la televisión; veríamos Caperucita Roja en ruso. ¿Te gustaría? Antes me daba impresión° acercarme a tu lado.

—Sí mi querida, ven, siéntate a mi lado hoy.

—¡Qué hermosa estás hoy, abuelita! ¡Y qué ojos tan hermosos tienes! Antes eran pequeños, lagañosos°.

—¿Cómo?

—Y qué boca tan roja —dije sin poder contener la risa—. ¿No quieres comer algo?

—No, hija, no tengo ganas… acércate.

—¿No tienes ganas de comer?... Quiero acercarme, hueles° a jazmín. Y me alegra no verte devorar, digo comer…

—¿Yo huelo a jazmín? ¿Qué dices, Caperuza? ¿Te has vuelto loca?°

—Eres una hermosa abuela, la más hermosa de todas. La casa está más limpia y todo parece más nuevo.

—¿Te has vuelto loca, niña absurda? No he limpiado la casa hoy.

—Nunca te he visto más hermosa. Antes me dabas asco°. Y has aprendido a reír… Quiero jugar contigo.

—Acércate y deja de decir insensateces°.

—Muéstrame° tus manos. ¡Qué preciosos guantes de encaje° tienes…! ¡Qué uñas y qué dientes, tan blancos, tan bellos!

—Debes decir todo lo contrario°. ¿No recuerdas el cuento?... No puedes cambiar la historia repetida en el tiempo por generaciones. Ya está escrito. Repite conmigo: «Qué ojos tan grandes tienes, qué uñas, pezuñas…», y cuando me digas «Qué boca tan grande tienes…» yo deberé decirte «para comerte mejor°», No cambies las escrituras° o te condenarás° Caperuza.

—Para decorar° mejor, dirás… Mi madre, tu hija, se pasó cocinando todo el día de ayer y además… creer esa historia es ya desear ser asesinada°. Yo no quiero condenarme, por eso no creo en el infierno° ni en ese maldito° cuento: sólo en el cielo° y en la alegría. Hoy me pareces hermosa y tu boca es la más hermosa que he visto nunca. Y la que tenías el domingo pasado apestaba°, apestaba, sí.

basket
jiffy
clearing
valley
message
sundown; rest
rush; I dozed off; I dreamed
roof; Goldfinger and The Man from Uncle; I knocked
laces; picot cap
velvet ribbons
made her eyes shine
I pitied her; to lie to her; to compliment her; It's a pity that
Before it scared me
rheumy
you smell
Have you gone crazy?
you made me sick
nonsense
Show me; lace gloves
just the opposite
the better to eat you with; writings; you're doomed; decorate
murdered
hell; cursed
heaven
stunk

—¡Oh, monstruo; oh, niña, oh, civilización impía°! —gritó mi abuela—. Repetí, obedecé —gritaba—: debo cumplir° mi destino°... No podré devorarte. Quiere, ama a tu abuela, repite lo que te enseñaron tus mayores°.

—Eres hermosa, hermosa —le gritaba indignada.

Sin poder contener los dolores y las náuseas que le habían provocado° mis palabras, retorciéndose°, logró°, en cuatro patas°, bajar° de la cama y huir por la ventana°.

Alguien golpeó a la puerta.

Para mi desgracia°, era mi abuela.

Ramona Delmira Ortiz

godless
fulfill; fate
your parents
had caused
twisting around; he managed; feet (of an animal); get down from; window
unfortunately

Notas culturales

[1] ***Patagonia*** *La región al sur del río Colorado en el suroeste de la Argentina. Sitio de la cría de ganado y ovejas, la región simboliza en la cultura nacional un lugar aislado y muy lejos de la civilización que tiene su centro en Buenos Aires. La campaña contra los indígenas tenía como propósito poblar la región y crear un área productiva.*

[2] *No son platos verdaderos, sólo suenan reales.*

[3] ***Pasá...*** *En algunas partes de Hispanoamérica la forma familiar del verbo es **(vos) pasá*** (come in). *Hacia el fin del cuento aparecen **Repetí*** (Repeat) *y **obedecé*** (obey), *dos otros ejemplos de esta forma.*

4-6 Comprensión. Conteste las siguientes preguntas.

1. ¿Qué lleva Caperuza en la cabeza y de dónde viene?
2. ¿Quién ha traido los lobos esteparios a Patagonia?
3. ¿Qué incidentes fotografían las revistas?
4. ¿En qué hace el viaje Caperucita?
5. ¿Por qué vive sola la abuelita?
6. ¿Cómo es la primera descripción de la abuela?
7. ¿Qué actitud asume Caperucita hacia el lobo/abuela?
8. ¿Qué quiere el lobo que haga Caperucita y por qué?
9. ¿Qué hizo el lobo al final?
10. ¿Quién llega a la puerta al final del cuento.

4-7 Opiniones. Exprese su opinión personal.

Elementos de la lectura

1. ¿Es completamente humorística esta historia? Explique.
2. ¿Le parece un cuento para niños? ¿Por qué sí o por qué no?
3. ¿Cuál le parece la mayor diferencia entre la visión de Caperucita y la del lobo hacia el cuento tradicional?

Conceptos generales

4. ¿Cree que los cuentos aleccionadores sirven para enseñar a los niños? Explique.
5. ¿Qué otros cuentos de hadas *(fairy tales)* puede Ud. nombrar *(name)*? ¿Tienen moralejas *(morals)*?

Expansión

¿Desea más? En la **Heinle Voices Database** en **www.textchoice.com/voices** puede encontrar unas fábulas de Tomás de Iriarte, escritor español del siglo XVIII. Si prefiere algo más reciente, puede leer un cuento de la escritora española Ana María Matute (del siglo XX) con personajes juveniles como en muchos de sus cuentos y novelas.

4-8 Análisis literario. Conteste o comente las siguientes ideas.

1. ¿Qué efecto tiene el uso del marco *(frame)* de una composición escolar de una chica del séptimo grado?
2. ¿Cuáles son algunos elementos que ayudan a crear un ambiente de soledad y aislación?
3. Hay cierta tensión entre el ambiente aislado y ciertos elementos modernos y urbanos. ¿Cómo logra la autora esta tensión?
4. Aunque sea un cuento de hadas, la autora no abandona su «compromiso». ¿Qué crítica sociopolítica incluye en el cuento?
5. ¿Puede encontrar algún significado metafórico posible?

4-9 Descripción. El uso de adjetivos, adverbios o de otras expresiones descriptivas añade color y vida a un texto. Por ejemplo, compare estas versiones de algunas oraciones del texto de Beatriz Guido que acaba de leer. La primera versión tiene pocos elementos descriptivos; la segunda es de Guido.

1. Mi abuela era una vieja avara.
   (Guido) «mi abuela, mi abuelita, una vieja avara con un lunar azul en el mentón de donde nace un pelo blanco muy largo…»
2. Estaba en la cama.
   (Guido) Estaba en la cama, toda vestida de encajes con cofia de puntillas y cintas de terciopelo: le había desaparecido el lunar con el pelo largo y blanco del mentón.

Busque en el texto el equivalente de estas oraciones.

1. Mi madre preparaba una canastilla con los platos favoritos de mi abuela.
2. Me adormecí y soñé que fui al cine.

Ahora, describa algún aspecto de una persona. La persona puede ser real o imaginaria. Incluya elementos descriptivos.

4-10 Minidrama. Presenten Ud. y otra(s) persona(s) de la clase un breve drama sobre el tema del cuento. El drama puede tratar de un aspecto del cuento, o puede usar la imaginación y presentar una idea que se relacione con el tema. Algunas ideas podrían ser:

1. La conversación entre Caperucita y su madre cuando descubre que tiene que ir a la casa de la abuelita.
2. La conversación entre Caperucita y su abuela al final del cuento.
3. Una madre le explica a su hijo(a) los peligros de la calle.

4-11 Opiniones y actitudes. Escriba un párrafo sobre uno de los temas siguientes o explíqueselo a la clase.

1. La violencia en la televisión y su efecto en los niños.
2. El problema de mantener seguros a los niños en la actualidad.
3. Una ocasión en que Ud. ha tenido que ciudar a un pariente.

Vocabulary: Leisure **Phrases:** Expressing an opinion **Grammar:** Negation

4-12 Situación. Con un(a) compañero(a) de clase, presente un diálogo sobre el tema de las diversiones para niños. Si quiere, puede incluir algunas de las ideas siguientes. ¿Le contaban sus padres cuentos de hadas cuando era niño(a)? ¿Cómo reaccionaba ante esos cuentos? (¿Había alguno que le asustaba *(scared)*? ¿Por qué?) ¿Leía obras del Dr. Seuss? ¿Cuál de las obras de él le gustaba más? ¿Qué pasa en esa obra? ¿Por qué le gustaba?

Pablo Ruiz Picasso

Pablo Ruiz Picasso (1881–1973), el pintor español más conocido del siglo XX, nació en Málaga, España. Picasso visitó París por primera vez a los dieciocho años y después pasó casi toda su larga vida en Francia, visitando España y otros países europeos muy raramente. Entre los dieciocho y los cuarenta años, Picasso estableció su reputación como el pintor más extraordinario de Europa. Su pintura pasó por varias épocas: la época azul, con su énfasis en el conflicto entre la vida y la muerte; la época rosa, una etapa más serena, con un mundo de gente joven, adolescente, frágil, solitaria; y, por último, la del cubismo, con un nuevo concepto estético que le ganó fama mundial. Pero Picasso no se limitó a esos estilos: también hizo obras impresionistas, algunas de tipo puntillista y muchas otras de línea clásica tanto en forma como en expresión.

Aunque vivió en Francia, Picasso nunca perdió su españolismo. Pintaba ambientes y tipos puramente españoles. También fue grande la influencia ejercida sobre su arte por los pintores españoles que más admiraba: El Greco, Velázquez, Goya y otros. Su versión cubista del famoso cuadro *Las Meninas* de Velázquez es un sincero homenaje al gran maestro, y la tremenda pintura *Guernica,* que resume todo el horror de la Guerra Civil de España, expresa la misma tragedia universal que se encuentra en los *Desastres de la Guerra* de Goya.

Picasso dominaba todos los medios de expresión artística, y las obras de su vejez fueron tan revolucionarias e imaginativas como las de su juventud. Aunque famoso y millonario, no dejó de crear nuevos estilos y nuevas técnicas, transformando lo bello y lo feo en una visión personal y penetrante del mundo.

En sus obras pictóricas Picasso nos presenta todo un mundo de seres reales, imaginarios y míticos: desde toreros hasta mendigos, minotauros hasta ninfas, inocentes campesinas hasta prostitutas —todos retratados con las más variadas técnicas y formas. Se presentan aquí tres ejemplos de sus obras que tratan el tema de la familia.

▲ Madre e hijo

(Ver la página 41.) Durante su época neoclásica, Picasso pintó una serie de cuadros cuyo tema era la madre, tal como la percibiría un niño pequeño. Es una diosa —enorme, serena, fuerte, cuyas dimensiones sugieren una escultura grande y pesada. En este cuadro, ¿cómo percibe el niño a su madre? ¿No es, para él, como un gigante?

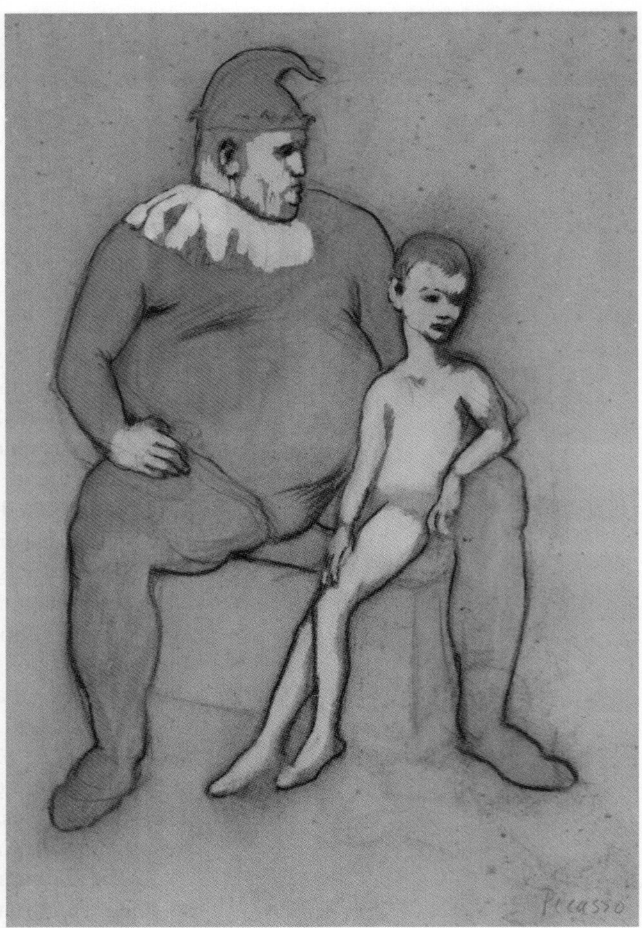

▲ Familia de saltimbanques

El cuadro es de la «época rosa», cuando Picasso visitaba con frecuencia el Cirque Medrano en París y cuando pintó los diversos tipos del circo que observó allí. Es importante la relación que existe entre la figura grande, sólida, casi grosera del payaso y la figura frágil, indefensa, etérea del niño. El payaso está vestido de rosa, color que sugiere cariño; el cabello y el vestido del niño son de un azul pálido y ese color da énfasis a su fragilidad. Los dos son del circo y pertenecen al mundo de los artistas, un mundo incierto y, a veces, peligroso. ¿Cuál parece ser la relación entre el niño y el adulto?

▲ Los primeros pasos

El tema de la maternidad siempre le ha interesado a Picasso. La madre, para él, es símbolo de la vida y la fecundidad, y con frecuencia es una figura grande cuyas dimensiones sugieren tanto la percepción que tiene el niño de ella, como la seguridad que siente en su presencia. En este cuadro, ¿qué siente la madre al mirar a su niño? ¿Se comunica la incertidumbre del niño que da sus primeros pasos?

¡A explorar!

4-13 ¿Qué opina? Haga las siguientes actividades.

1. ¿Cómo reflejan los cuadros el tema de esta unidad?
2. En las tres obras de Picasso se ve al adulto desde el punto de vista del niño.

Comente esta observación, indicando cómo parece percibir el niño a la persona mayor y qué es lo que ésta le ofrece al niño.

3. ¿Qué contraste hay entre el estilo de los tres cuadros?
4. En el arte de Picasso hay una gran variedad de temas. Busque en Internet o en la biblioteca otro tema de Picasso y descríbale a la clase lo que ha podido encontrar.

4-14 El arte de escribir. Escriba un ensayo breve sobre uno de los temas siguientes.

1. La contribución de Plaza Sésamo a nuestra cultura.
2. Los juguetes *(toys)* para niños como reflejo de los valores de nuestra cultura.
3. Otro cuento de niños y su aplicación a la situación actual.

ATAJO

Phrases: Warning, Weighing the evidence **Grammar:** Verbs: **jugar** & **tocar**
Vocabulary: Fairy tales & legends.

4-15 Para investigar. Hagan esta actividad en grupo. Busquen en Internet o en la biblioteca información sobre el tamaño promedio *(average)* de las familias en el mundo hispánico. Puede incluir estadísticas sobre la tasa de natalidad, la mortalidad infantil, el divorcio, etcétera. Preparen un informe para la clase sobre varios países hispánicos entre los más ricos y los más pobres.

El hombre y la mujer en la sociedad hispánica

UNIDAD

5

Esopo *(Aesop)* (1637–1640). Según fuentes antiguas, el creador de las Fábulas era esclavo *(slave).* También se decía que era feo y algo deforme. El rostro de Esopo revela su sufrimiento, su nobleza y, sobre todo, su dignidad.

Literatura

Mañana de sol, Hermanos Quintero

Arte

Diego Rodríguez de Silva y Velázquez

- Esopo (1637–1640)
- La vieja cocinera (1618)
- Las Meninas (1656)

Expansión

¡A explorar!

Cine

George López, America Ferrera y la inimitable Lupe Ontiveros actúan en la película en inglés, *Real Women Have Curves* (2000, 90 min.). Ana con dificultad tiene que aprender a aceptar su propio cuerpo y tener confianza en su capacidad de realizar su sueño de ir a la universidad. Otra película humorística, premiada con un Oscar por la «Best Foreign Film», es *Belle Époque* (1994, 109 min.) con Jorge Sanz y Penélope Cruz. Un joven desertor del ejército español se encuentra amparado *(sheltered)* con un viejo con cuatro hijas bellas.

Literatura

Enfoque

Esta unidad trata del tema del hombre y de la mujer, junto con el tema de la vejez, época de la vida retratada en el drama *Mañana de sol* que se presenta aquí. Los ideales, los entusiasmos y las pasiones que hemos conocido en la juventud nunca desaparecen del todo en la vejez. Puede ser que la intensidad disminuya, pero los viejos todavía sienten su presencia, con nostalgia o con ironía. Y en la sociedad hispánica, con su énfasis en los lazos familiares, los de la «tercera edad» reciben más respeto. Las «residencias para ancianos» sólo han cobrado importancia últimamente.

La manera en que los viejos recuerdan las ardientes pasiones de la juventud aparece en el breve drama de los hermanos Álvarez Quintero, *Mañana de sol*. Con un realismo fino e irónico, los Álvarez Quintero presentan un conflicto tipo «Romeo y Julieta», así como lo recuerdan los que estaban enamorados en una época de su vida. La solución del conflicto es, a la vez, cómica y realista.

Diego Rodríguez de Silva y Velázquez, famoso pintor español del siglo XVII, también dejó testimonios del efecto de la vejez sobre el individuo en sus retratos de personas humildes o poderosas, pintadas con un realismo intransigente, pero también con una gran comprensión de la condición humana.

5-1 Anticipación. Trabajen en grupos pequeños.

La sociedad norteamericana tiende a poner énfasis en la juventud. La música, la televisión, el cine y las otras diversiones se crean principalmente para los jóvenes. Comenten algunas de las razones posibles para darle este énfasis. Haga una lista de películas o programas de televisión recientes que traten de ancianos y de sus actitudes y compare las listas de los otros grupos.

Vocabulario útil

Estudie estas palabras.

Verbos

alejarse *to move away, to withdraw*
charlar *to chat*
presentar *to introduce*

Sustantivos

el apellido *(family) name, surname*
la arena *sand*
el cura *priest*
la gana *desire*
el gorrión *sparrow*
la marea *tide*
la nariz *nose*
el nombre *(first or given) name*
la ola *wave*
la playa *beach, shore*
el provecho *benefit; profit*
el sol *sun*
la tontería *foolishness; foolish act*
la vez *time; occasion; turn*
la víctima *(male or female) victim*

Adjetivos

junto(a) *united; together*

Otras palabras y expresiones

a veces *sometimes, at times*
alguna vez *sometime*
buen provecho *enjoy (yourself; your meal); bon appétit*
dos veces *twice*
en seguida *at once, immediately*
hace sol *it is sunny*
mañana de sol *sunny morning*
no me da la gana *I don't feel like it*
otra vez *again*
tener ganas de *to feel like*
varias veces *several times*

5-2 Para practicar. Complete el siguiente diálogo. Use palabras o expresiones del **Vocabulario útil** equivalentes a las que aparecen entre paréntesis.

MIGUEL ¿Qué hacemos hoy?

SUSANA No sé. Laura y Gonzalo querían que los acompañáramos al teatro, pero *(I don't feel like it)* ______. Ya fuimos al teatro *(twice)* ______ esta semana y me parece que es bastante.

MIGUEL Yo no *(feel like going)* ______ tampoco. ¿Qué te parece si los invitamos para ir a *(the beach)* ______?

SUSANA Creo que no van a querer ir. Laura dice que en el teatro van a presentar una obra que se llama *(It's Sunny)* ______ o *(Sunny Morning)* ______ o algo así. Ellos han visto la obra *(several times)* ______, pero les gusta y quieren verla *(again)* ______.

MIGUEL Bueno. Que vayan ellos. Yo siempre he preferido ir a la playa para ver subir *(the tide)* ______, jugar en *(the waves)* ______ y construir castillos de *(sand)* ______.

SUSANA De acuerdo. Voy a llamar a Laura y después podemos ir *(at once)* ______.

5-3 ¿Qué dijo? Lea el siguiente trozo *(excerpt)* del drama que van a leer en esta unidad. Subraye *(Underline)* las palabras o las expresiones que Ud. no conoce o que no comprende. Después, con otras dos personas, discutan Uds. lo subrayado para saber si pueden adivinar *(guess)* lo que quiere decir.

Mi amiga esperó noticias un día, y otro, y otro... y un mes, y un año... y la carta no llegaba nunca. Una tarde, a la puesta del sol, con el primer lucero de la noche, se la vio salir resuelta camino de la playa... de aquella playa donde el predilecto de su corazón se jugó la vida. Escribió su nombre en la arena —el nombre de él,— y se sentó luego en una roca, fija la mirada en el horizonte... Las olas murmuraban su monólogo eterno... e iban poco a poco cubriendo la roca en que estaba la niña... ¿Quiere usted saber más?... Acabó de subir la marea... y la arrastró consigo...

Preparación para la lectura

5-4 El contexto. Al leer un texto siempre hay algunas palabras nuevas. Es útil aprender a adivinar el significado de algunas de estas palabras, guiándose por el contexto en que aparecen. Lea las siguientes oraciones y adivine el sentido de las palabras indicadas, fijándose en el contexto.

1. Quiero sentarme aquí para darles de comer a los pajaritos. ¿Tú trajiste las **miguitas** de pan?
2. Pienso sentarme aquí en el parque. ¿Hay un **banco** libre por aquí?
3. Levanta mucho polvo cuando camina porque **arrastra** los pies como viejito.
4. ¿Pero es que usted lee sin gafas? Usted tiene una **vista** envidiable.
5. El joven pasaba todas las tardes a caballo. Era un **jinete** magnífico.
6. ¡Qué raro! Se limpia las botas con el pañuelo de la nariz. ¿**Se sonará** usted con un cepillo?

5-5 En anticipación. Recuerde que se puede leer para comprender lo esencial de un texto buscando palabras y frases claves. Lea este trozo fijándose especialmente en las palabras subrayadas. Luego escoja la oración que mejor resuma el contenido del trozo.

DOÑA LAURA Sí, señor. Cercana a Valencia, a dos o tres leguas de camino, había una finca que si aún existe se acordará de mí. Pasé en ella algunas temporadas. De esto hace muchos años; muchos. Estaba próxima al mar, oculta entre naranjos y limoneros… Le decían… ¿cómo le decían?… *Maricela*.

1. La persona que habla cultiva naranjas y limones cerca del mar.
2. Doña Laura recuerda que en el pasado conocía un lugar llamado Maricela.
3. Laura camina dos o tres leguas a la finca de Valencia donde vive.

Serafín y Joaquín Álvarez Quintero

Los hermanos Álvarez Quintero nacieron en Andalucía; Serafín en el año 1871 y Joaquín en 1873. En 1888 cuando ya era obvio su talento como dramaturgos, se mudaron con su familia a Madrid. Entre 1888 y 1938 escribieron más de 200 piezas teatrales, de gran variedad. Aunque pasaron casi toda la vida en la capital, nunca olvidaron su origen andaluz y gran parte de su obra refleja el ambiente y el dialecto andaluces. Desde jóvenes trabajaron juntos, estableciéndose entre ellos una armonía intelectual muy distinta. Describieron su método de composición como una conversación continua: por la mañana discutían sus dramas, formando un plan para la trama y comentando el diálogo y los personajes. Cuando ya habían desarrollado verbalmente toda la obra, con muchos detalles, Serafín la escribía. Mientras así lo hacía se la leía a su hermano, quien la comentaba y corregía. De esta manera, el drama completo parece ser el producto de un solo hombre, y no el resultado de una colaboración.

Aunque escribieron dramas de dos, tres y cuatro actos, son más conocidos por su obra dentro del «género chico»: el sainete o entremés y el paso de comedia. Los primeros son breves cuadros dramáticos que describen costumbres y otros aspectos de la vida entre la clase baja. El paso de comedia también es una obra breve, pero los personajes no representan a la clase baja, hablan castellano en vez de andaluz, y hay más énfasis en la psicología de los personajes que en la presentación de las costumbres regionales.

El paso de comedia más famoso de los Álvarez Quintero es el que se incluye aquí, *Mañana de sol* (1905). Tiene muchas de las características de los otros pasos de los hermanos: la trama es esencialmente sencilla y no hay gran conflicto; el diálogo es muy natural y animado; y al dibujar los personajes principales, doña Laura y don Gonzalo, los cuales representan la clase cómoda de comienzos del siglo, los hermanos mezclan lo filosófico con lo humorístico, y lo real con lo poético. Nos presentan un retrato de dos viejos que llegan a simbolizar el eterno amor juvenil.

Mañana de sol

Personajes: Doña Laura, Don Gonzalo, Petra, Juanito

Lugar apartado° de un paseo público, en Madrid. Un banco° a la izquierda del actor. Es una mañana de otoño templada° y alegre.

Doña Laura y Petra salen por la derecha. Doña Laura es una viejecita setentona°, muy pulcra°, de cabellos muy blancos y manos muy finas y bien cuidadas. Aunque está en la edad de chochear°, no chochea. Se apoya° de una mano en una sombrilla°, y de la otra en el brazo de Petra, su criada.

DOÑA LAURA — Ya llegamos... Gracias a Dios. Temí que me hubieran quitado el sitio. Hace una mañanita tan templada...

PETRA — Pica° el sol.

DOÑA LAURA — A ti, que tienes veinte años. *(Siéntase en el banco.)* ¡Ay!... Hoy me he cansado más que otros días. *(Pausa. Observando a Petra, que parece impaciente.)* Vete, si quieres, a charlar con tu guarda.

PETRA — Señora, el guarda no es mío; es del jardín.

DOÑA LAURA — Es más tuyo que del jardín. Anda en su busca°, pero no te alejes.

PETRA — Está allí esperándome.

DOÑA LAURA — Diez minutos de conversación, y aquí en seguida.

PETRA — Bueno, señora.

DOÑA LAURA — *(Deteniéndola.)* Pero escucha.

PETRA — ¿Qué quiere usted?

DOÑA LAURA — ¡Que te llevas las miguitas° de pan!

PETRA — Es verdad; ni sé dónde tengo la cabeza.

DOÑA LAURA — En la escarapela° del guarda.

PETRA — Tome usted. *(Le da un cartucho de papel pequeñito y se va por la izquierda.)*

DOÑA LAURA — Anda con Dios. *(Mirando hacia los árboles de la derecha.)* Ya están llegando los tunantes°. ¡Cómo me han cogido la hora°!... *(Se levanta, va hacia la derecha y arroja° adentro, en tres puñaditos°, las migas de pan.)* Éstas, para los más atrevidos... Éstas, para los más glotones... Y éstas, para los más granujas°, que son los más chicos... Je... *(Vuelve a su banco y desde él observa complacida el festín de los pájaros.)* Pero, hombre, que siempre has de bajar tú el primero. Porque eres el mismo: te conozco. Cabeza gorda, boqueras° grandes... Igual a mi administrador. Ya baja otro. Y otro. Ahora dos juntos. Ahora tres. Ese chico va a llegar hasta aquí. Bien; muy bien; aquél coge su miga y se va a una rama a comérsela. Es un filósofo. Pero ¡qué nube! ¿De dónde salen tantos? Se conoce que ha corrido la voz°... Je, je... Gorrión habrá que venga desde la Guindalera°. Je, je... Vaya, no pelearse°, que hay para todos. Mañana traigo más. *(Salen don Gonzalo y Juanito por la izquierda del foro°. Don Gonzalo es un viejo contemporáneo de doña Laura, un poco cascarrabias°. Al andar arrastra° los pies. Viene de mal temple°, del brazo de Juanito, su criado.)*

out-of-the-way, remote; bench
temperate, fair
in her seventies; neat
is in her dotage, is nearing senility; leans; parasol
Burns, is hot
Go look for him
crumbs
badge
rascals
How quickly they learned when I come!; throws; little handfuls
the biggest rascals
corners of the mouth
the word has spread
suburb of Madrid
don't fight
back of the stage
irritable; drags
in a bad mood

Loafers

DON GONZALO Vagos°, más que vagos… Más valía que estuvieran diciendo misa…

JUANITO Aquí se puede usted sentar: no hay más que una señora. *(Doña Laura vuelve la cabeza y escucha el diálogo.)*

DON GONZALO No me da la gana, Juanito. Yo quiero un banco solo.

JUANITO ¡Si no lo hay!

DON GONZALO ¡Es que aquél es mío!

JUANITO Pero si se han sentado tres curas…

DON GONZALO ¡Pues que se levanten!… ¿Se levantan, Juanito?

Of course they haven't gotten up!

JUANITO ¡Qué se han de levantar°! Allí están de charla.

no one can throw them out

DON GONZALO Como si los hubieran pegado al banco… No; si cuando los curas cogen un sitio… ¡cualquiera los echa°! Ven por aquí, Juanito, ven por aquí. *(Se encamina hacia la derecha resueltamente. Juanito lo sigue.)*

DOÑA LAURA *(Indignada.)* ¡Hombre de Dios!

DON GONZALO *(Volviéndose.)* ¿Es a mí?

DOÑA LAURA Sí señor; a usted.

DON GONZALO ¿Qué pasa?

frightened

DOÑA LAURA ¡Que me ha espantado° usted los gorriones, que estaban comiendo miguitas de pan!

what do I have to do with

DON GONZALO ¿Y yo qué tengo que ver con° los gorriones?

DOÑA LAURA ¡Tengo yo!

DON GONZALO ¡El paseo es público!

don't complain

DOÑA LAURA Entonces no se queje usted° de que le quiten el asiento los curas.

we haven't been introduced

DON GONZALO Señora, no estamos presentados°. No sé por qué se toma usted la libertad de dirigirme la palabra. Sígueme, Juanito. *(Se van los dos por la derecha.)*

There's nothing like

serves him right for scaring my birds

But unless you sit on your hat

dust

DOÑA LAURA ¡El demonio del viejo! No hay como° llegar a cierta edad para ponerse impertinente. *(Pausa.)* Me alegro; le han quitado aquel banco también. ¡Anda! para que me espante los pajaritos°. Está furioso… Sí, sí; busca, busca. Como no te sientes en el sombrero°… ¡Pobrecillo! Se limpia el sudor… Ya viene, ya viene… Con los pies levanta más polvo° que un coche.

DON GONZALO *(Saliendo por donde se fue y encaminándose a la izquierda.)* ¿Se habrán ido los curas, Juanito?

JUANITO No sueñe usted con eso, señor. Allí siguen.

City Hall

Grumbling

DON GONZALO ¡Por vida… ! *(Mirando a todas partes perplejo.)* Este Ayuntamiento°, que no pone más bancos para estas mañanas de sol… Nada, que me tengo que conformar con el de la vieja. *(Refunfuñando°, siéntase al otro extremo que doña Laura, y la mira con indignación.)* Buenos días.

DOÑA LAURA ¡Hola! ¿Usted por aquí?

DON GONZALO Insisto en que no estamos presentados.

DOÑA LAURA Como me saluda usted, le contesto.

DON GONZALO A los buenos días se contesta con los buenos días, que es lo que ha debido usted hacer.

DOÑA LAURA — También usted ha debido pedirme permiso para sentarse en este banco que es mío.

DON GONZALO — Aquí no hay bancos de nadie.

DOÑA LAURA — Pues usted decía que el de los curas era suyo.

DON GONZALO — Bueno, bueno, bueno… se concluyó. *(Entre dientes°.)* Vieja chocha°… Podía estar haciendo calceta°…

DOÑA LAURA — No gruña usted°, porque no me voy.

DON GONZALO — *(Sacudiéndose las botas con el pañuelo.)* Si regaran° un poco más, tampoco perderíamos nada.

DOÑA LAURA — Ocurrencia es°: limpiarse las botas con el pañuelo de la nariz.

DON GONZALO — ¿Eh?

DOÑA LAURA — ¿Se sonará usted° con un cepillo°?

DON GONZALO — ¿Eh? Pero, señora, ¿con qué derecho… ?

DOÑA LAURA — Con el de vecindad.

DON GONZALO — *(Cortando por lo sano°.)* Mira, Juanito, dame el libro; que no tengo ganas de oír más tonterías.

DOÑA LAURA — Es usted muy amable.

DON GONZALO — Si no fuera usted tan entremetida°…

DOÑA LAURA — Tengo el defecto de decir todo lo que pienso.

DON GONZALO — Y el de hablar más de lo que conviene°. Dame el libro, Juanito.

JUANITO — Vaya°, señor. *(Saca del bolsillo un libro y se lo entrega°. Paseando luego por el foro, se aleja hacia la derecha y desaparece.*

Don Gonzalo, mirando a doña Laura siempre con rabia°, se pone unas gafas° prehistóricas, saca una gran lente°, y con el auxilio de toda esa cristalería° se dispone a leer.)

DOÑA LAURA — Creí que iba usted a sacar ahora un telescopio.

DON GONZALO — ¡Oiga usted!

DOÑA LAURA — Debe usted de tener muy buena vista.

DON GONZALO — Como cuatro veces mejor que usted.

DOÑA LAURA — Ya, ya se conoce.

DON GONZALO — Algunas liebres° y algunas perdices° lo pudieran atestiguar°.

DOÑA LAURA — ¿Es usted cazador°?

DON GONZALO — Lo he sido… Y aún… aún…

DOÑA LAURA — ¿Ah, sí?

DON GONZALO — Sí, señora. Todos los domingos, ¿sabe usted? cojo mi escopeta° y mi perro, ¿sabe usted? y me voy a una finca de mi propiedad, cerca de Aravaca… A matar el tiempo, ¿sabe usted?

DOÑA LAURA — Sí, como no mate usted el tiempo… ¡lo que es otra cosa°!

DON GONZALO — ¿Conque no? Ya le enseñaría yo a usted una cabeza de jabalí° que tengo en mi despacho.

DOÑA LAURA — ¡Toma! y yo a usted una piel de tigre que tengo en mi sala. ¡Vaya un argumento°!

DON GONZALO — Bien está, señora. Déjeme usted leer. No estoy por darle a usted más palique°.

DOÑA LAURA — Pues con callar, hace usted su gusto.

Muttering
senile; knitting
Don't growl
they would water
That's a new idea
I suppose you blow your nose; brush
Getting on safe ground.
nosy
is proper
Here it is; hands it over
fury
glasses; magnifying glass
glassware
hares; partridges
bear witness
hunter
shotgun
if you don't kill time you won't kill anything
wild boar
What a story!
I don't feel like continuing the chit-chat.

pinch of snuff; snuff	DON GONZALO	Antes voy a tomar un polvito°. *(Saca una caja de rapé°.)* De esto sí le doy. ¿Quiere usted?
It depends	DOÑA LAURA	Según°. ¿Es fino?
	DON GONZALO	No lo hay mejor. Le agradará.
clears my head	DOÑA LAURA	A mí me descarga mucho la cabeza°.
	DON GONZALO	Y a mí.
sneeze	DOÑA LAURA	¿Usted estornuda°?
	DON GONZALO	Sí, señora: tres veces.
coincidence	DOÑA LAURA	Hombre, y yo otras tres: ¡qué casualidad°!
faces		*(Después de tomar cada uno su polvito, aguardan los estornudos haciendo visajes°, y estornudan alternativamente.)*
	DOÑA LAURA	¡Ah… chis!
	DON GONZALO	¡Ah… chis!
	DOÑA LAURA	¡Ah… chis!
	DON GONZALO	¡Ah… chis!
	DOÑA LAURA	¡Ah… chis!
	DON GONZALO	¡Ah… chis!
	DOÑA LAURA	¡Jesús!
	DON GONZALO	Gracias. Buen provechito.
	DOÑA LAURA	Igualmente. (Nos ha reconciliado el rapé.)
	DON GONZALO	Ahora me va usted a dispensar que lea en voz alta.
	DOÑA LAURA	Lea usted como guste: no me incomoda.
yet; sad as it is, it's the best thing	DON GONZALO	*(Leyendo.)* «Todo en amor es triste; mas°, triste y todo, es lo mejor° que existe.» De Campoamor[1], es de Campoamor.
	DOÑA LAURA	¡Ah!
humorous poems	DON GONZALO	*(Leyendo.)* «Las niñas de las madres que amé tanto, me besan ya como se besa a un santo». Éstas son humoradas°.
	DOÑA LAURA	Humoradas, sí.
sad poems	DON GONZALO	Prefiero las doloras°.
	DOÑA LAURA	Y yo.
	DON GONZALO	También hay algunas en este tomo. *(Busca las doloras y lee.)* Escuche usted ésta: «Pasan veinte años: vuelve él…»
I can't tell you what I feel; so much glass; by chance	DOÑA LAURA	No sé qué me da° verlo a usted leer con tantos cristales°…
	DON GONZALO	¿Pero es que usted, por ventura°, lee sin gafas?
	DOÑA LAURA	¡Claro!
	DON GONZALO	¿A su edad?… Me permito dudarlo.
	DOÑA LAURA	Deme usted el libro. *(Lo toma de mano de don Gonzalo y lee:)* «Pasan veinte años; vuelve él, y al verse, exclaman él y ella: (—¡Santo Dios! ¿y éste es aquél?…) (—Dios mío ¿y ésta es aquélla?…).» *(Le devuelve el libro.)*
	DON GONZALO	En efecto: tiene usted una vista envidiable.
	DOÑA LAURA	(¡Como que me sé los versos de memoria!)
I even composed them; youth	DON GONZALO	Yo soy muy aficionado a los buenos versos… Mucho. Y hasta los compuse° en mi mocedad°.
	DOÑA LAURA	¿Buenos?
There are all kinds.	DON GONZALO	De todo había°. Fui amigo de Espronceda, de Zorrilla, de Bécquer[2]… A Zorrilla lo conocí en América.
	DOÑA LAURA	¿Ha estado usted en América?
	DON GONZALO	Varias veces. La primera vez fui de seis años.
sailing ship	DOÑA LAURA	¿Lo llevaría a usted Colón en una carabela°?

DON GONZALO (*Riéndose.*) No tanto, no tanto... Viejo soy, pero no conocí a los Reyes Católicos...

DOÑA LAURA Je, je...

DON GONZALO También fui gran amigo de éste: de Campoamor. En Valencia nos conocimos... Yo soy valenciano.

DOÑA LAURA ¿Sí?

DON GONZALO Allí me crié°; allí pasé mi primera juventud°... ¿Conoce usted aquello°?

DOÑA LAURA Sí, señor. Cercana a Valencia, a dos o tres leguas de camino, había una finca que si aún existe se acordará de mí. Pasé en ella algunas temporadas°. De esto hace muchos años°; muchos. Estaba próxima al mar, oculta entre naranjos° y limoneros°... Le decían°... ¿cómo le decían?... *Maricela.*

DON GONZALO ¿*Maricela*?

DOÑA LAURA *Maricela.* ¿Le suena a usted el nombre°?

DON GONZALO ¡Ya lo creo! Como si yo no estoy trascordado° —con los años se va la cabeza,— allí vivió la mujer más preciosa que nunca he visto. ¡Y ya he visto algunas en mi vida!... Deje usted°, deje usted... Su nombre era Laura. El apellido no lo recuerdo... (*Haciendo memoria°.*) Laura... ¡Laura Llorente!

DOÑA LAURA Laura Llorente...

DON GONZALO ¿Qué? (*Se miran con atracción misteriosa.*)

DOÑA LAURA Nada... Me está usted recordando a mi mejor amiga.

DON GONZALO ¡Es casualidad!

DOÑA LAURA Sí que es peregrina° casualidad. *La Niña de Plata.*

DON GONZALO *La Niña de Plata*... Así le decían los huertanos° y los pescadores. ¿Querrá usted creer que la veo ahora mismo, como si la tuviera presente, en aquella ventana de las campanillas azules°?... ¿Se acuerda usted de aquella ventana?...

DOÑA LAURA Me acuerdo. Era la de su cuarto. Me acuerdo.

DON GONZALO En ella se pasaba horas enteras... En mis tiempos, digo°.

DOÑA LAURA (*Suspirando.*) Y en los míos también.

DON GONZALO Era ideal, ideal... Blanca como la nieve... Los cabellos muy negros... Los ojos muy negros y muy dulces... De su frente parecía que brotaba° luz... Su cuerpo era fino, esbelto, de curvas muy suaves°... «¡Qué formas de belleza soberana° modela Dios en la escultura humana!» Era un sueño, era un sueño...

DOÑA LAURA (¡Si supieras que la tienes al lado, ya verías lo que los sueños valen!) Yo la quise de veras, muy de veras. Fue muy desgraciada°. Tuvo unos amores muy tristes.

DON GONZALO Muy tristes. (*Se miran de nuevo°.*)

DOÑA LAURA ¿Usted lo sabe?

DON GONZALO Sí.

DOÑA LAURA (¡Qué cosas hace Dios! Este hombre es aquél.)

DON GONZALO Precisamente el enamorado galán, si es que nos referimos los dos al mismo caso...

I grew up; youth
that area
some time
Many years ago now
orange trees; lemon trees; It was called
Is the name familiar to you?
mistaken
Wait
Searching his memory.
strange
farmers
bluebells
I mean
flowed
slender
sovereign
unfortunate
again

To the one in the duel?	DOÑA LAURA	¿Al del duelo°?
Exactly *of whom I was very fond*	DON GONZALO	Justo°: al del duelo. El enamorado galán era… era un pariente mío, un muchacho de toda mi predilección°.
To be sure	DOÑA LAURA	Ya° vamos, ya. Un pariente… A mí me contó ella en una de sus últimas cartas, la historia de aquellos amores, verdaderamente románticos.
	DON GONZALO	Platónicos. No se hablaron nunca.
path; rosebushes *bouquet*	DOÑA LAURA	Él, su pariente de usted, pasaba todas las mañanas a caballo por la veredilla° de los rosales°, y arrojaba a la ventana un ramo° de flores, que ella cogía.
horseman	DON GONZALO	Y luego, a la tarde, volvía a pasar el gallardo jinete°, y recogía un ramo de flores que ella le echaba. ¿No es esto?
a nobody	DOÑA LAURA	Eso es. A ella querían casarla con un comerciante… un cualquiera°, sin más títulos que el de enamorado.
was making the rounds *unexpectedly*	DON GONZALO	Y una noche que mi pariente rondaba° la finca para oírla cantar, se presentó de improviso° aquel hombre.
	DOÑA LAURA	Y le provocó.
the quarreled	DON GONZALO	Y se enzarzaron°.
challenge	DOÑA LAURA	Y hubo desafío°.
wounded	DON GONZALO	Al amanecer: en la playa. Y allí se quedó malamente herido° el provocador. Mi pariente tuvo que esconderse primero, y luego que huir.
perfectly	DOÑA LAURA	Conoce usted al dedillo° la historia.
	DON GONZALO	Y usted también.
	DOÑA LAURA	Ya le he dicho a usted que ella me la contó.
	DON GONZALO	Y mi pariente a mí… (Esta mujer es Laura… ¡Qué cosas hace Dios!)
	DOÑA LAURA	(No sospecha quién soy: ¿para qué decírselo? Que conserve aquella ilusión…)
	DON GONZALO	(No presume que habla con el galán… ¿Qué ha de presumirlo?… Callaré.) *(Pausa.)*
Take that!	DOÑA LAURA	¿Y fue usted, acaso, quien le aconsejó a su pariente que no volviera a pensar en Laura? (¡Anda con ésa°!)
	DON GONZALO	¿Yo? ¡Pero si mi pariente no la olvidó un segundo!
	DOÑA LAURA	Pues ¿cómo se explica su conducta?
fearful *moved* *I happen to know* *disillusioned* *army; trench* *flag*	DON GONZALO	¿Usted sabe?… Mire usted, señora: el muchacho se refugió primero en mi casa —temeroso° de las consecuencias del duelo con aquel hombre, muy querido allá;— luego se trasladó° a Sevilla; después vino a Madrid… Le escribió a Laura ¡qué sé yo el número de cartas! —algunas en verso, me consta°…— Pero sin duda las debieron de interceptar los padres de ella, porque Laura no contestó… Gonzalo, entonces, desesperado, desengañado°, se incorporó al ejército° de África, y allí, en una trinchera°, encontró la muerte, abrazado a la bandera° española y repitiendo el nombre de su amor: Laura… Laura… Laura…
What a faker	DOÑA LAURA	(¡Qué embustero°!)
	DON GONZALO	(No me he podido matar de un modo más gallardo.)
to the bottom of your soul	DOÑA LAURA	¿Sentiría usted a par del alma° esa desgracia?

DON GONZALO Igual que si se tratase de mi persona. En cambio°, la ingrata, quién sabe si estaría a los dos meses cazando mariposas en su jardín, indiferente a todo...

DOÑA LAURA Ah, no señor; no, señor...

DON GONZALO Pues es condición de mujeres°...

DOÑA LAURA Pues aunque sea condición de mujeres, la *Niña de Plata* no era así. Mi amiga esperó noticias un día, y otro, y otro... y un mes, y un año... y la carta no llegaba nunca. Una tarde, a la puesta del sol°, con el primer lucero° de la noche, se la vio salir resuelta° camino de° la playa... de aquella playa donde el predilecto° de su corazón se jugó la vida°. Escribió su nombre en la arena —el nombre de él,— y se sentó luego en una roca, fija la mirada en el horizonte... Las olas murmuraban su monólogo eterno... e iban poco a poco° cubriendo la roca en que estaba la niña... ¿Quiere usted saber más?... Acabó de subir la marea... y la arrastró° consigo...

DON GONZALO ¡Jesús!

DOÑA LAURA Cuentan los pescadores de la playa que en mucho tiempo no pudieron borrar° las olas aquel nombre escrito en la arena. (¡A mí no me ganas tú a finales poéticos°!)

DON GONZALO (¡Miente más que yo!)

(Pausa.)

DOÑA LAURA ¡Pobre Laura!

DON GONZALO ¡Pobre Gonzalo!

DOÑA LAURA (¡Yo no le digo que a los dos años° me casé con un fabricante de cervezas°!)

DON GONZALO (¡Yo no le digo que a los tres meses me largué a° París con una bailarina!)

DOÑA LAURA Pero, ¿ha visto usted cómo nos ha unido la casualidad, y cómo una aventura añeja° ha hecho que hablemos lo mismo que si fuéramos amigos antiguos?

DON GONZALO Y eso que° empezamos riñendo.

DOÑA LAURA Porque usted me espantó los gorriones.

DON GONZALO Venía muy mal templado.

DOÑA LAURA Ya, ya lo vi. ¿Va usted a volver mañana?

DON GONZALO Si hace sol, desde luego. Y no sólo no espantaré los gorriones, sino que también les traeré miguitas...

DOÑA LAURA Muchas gracias, señor... Son buena gente; se lo merecen todo. Por cierto que no sé dónde anda mi chica... *(Se levanta.)* ¿Qué hora será ya?

DON GONZALO *(Levantándose.)* Cerca de las doce. También ese bribón° de Juanito... *(Va hacia la derecha.)*

DOÑA LAURA *(Desde la izquierda del foro, mirando hacia dentro.)* Allí la diviso con su guarda... *(Hace señas° con la mano para que se acerque.)*

DON GONZALO *(Contemplando mientras a la señora.)* (No... no me descubro°... Estoy hecho un mamarracho tan grande°... Que recuerde siempre al mozo que pasaba al galope y le echaba las flores a la ventana de las campanillas azules...)

En cambio: On the other hand
condición de mujeres: women are like that
puesta del sol; lucero: sunset; star
resuelta; camino de: resolutely; on the way to
predilecto; se jugó la vida: favorite; gambled his life
poco a poco: little by little
arrastró: it dragged her away
borrar: erase
¡A mí no me ganas tú a finales poéticos!: You won't beat me in poetic endings!
a los dos años: two years later
fabricante de cervezas: brewer
me largué a: I went off to
añeja: ancient
Y eso que: in spite of the fact that
bribón: rascal
señas: signals
no me descubro; Estoy hecho un mamarracho tan grande: I won't reveal myself; I've become such a scarecrow

DOÑA LAURA ¡Qué trabajo le ha costado despedirse! Ya viene.

involved; nursemaid

DON GONZALO Juanito, en cambio… ¿Dónde estará Juanito? Se habrá engolfado° con alguna niñera°. *(Mirando hacia la derecha primero, y haciendo señas como Doña Laura después.)* Diablo de muchacho…

old witch

DOÑA LAURA *(Contemplando al viejo.)* (No… no me descubro… Estoy hecha una estantigua°… Vale más que recuerde siempre a la niña de los ojos negros, que le arrojaba las flores cuando él pasaba por la veredilla de los rosales…)

bunch

(Juanito sale por la derecha y Petra por la izquierda. Petra trae un manojo° de violetas.)

DOÑA LAURA Vamos, mujer; creí que no llegabas nunca.

it's so late

DON GONZALO Pero, Juanito, ¡por Dios! que son las tantas°…

PETRA Estas violetas me ha dado mi novio para usted.

DOÑA LAURA Mira qué fino… Las agradezco mucho… *(Al cogerlas se le caen dos o tres al suelo.)* Son muy hermosas…

DON GONZALO *(Despidiéndose.)* Pues, señora mía, yo he tenido un honor muy grande… un placer inmenso…

DOÑA LAURA *(Lo mismo.)* Y yo una verdadera satisfacción…

DON GONZALO ¿Hasta mañana?

DOÑA LAURA Hasta mañana.

DON GONZALO Si hace sol…

DOÑA LAURA Si hace sol… ¿Irá usted a su banco?

DON GONZALO No, señora; que vendré a éste.

DOÑA LAURA Este banco es muy de usted.

(Se ríen.)

DON GONZALO Y repito que traeré miga para los gorriones.

(Vuelven a reírse.)

DOÑA LAURA Hasta mañana.

DON GONZALO Hasta mañana.

stoops over

(Doña Laura se encamina con Petra hacia la derecha. Don Gonzalo, antes de irse con Juanito hacia la izquierda, tembloroso y con gran esfuerzo se agacha° a coger las violetas caídas. Doña Laura vuelve naturalmente el rostro y lo ve.)

JUANITO ¿Qué hace usted, señor?

DON GONZALO Espera, hombre, espera…

I have no doubt

DOÑA LAURA (No me cabe duda°: es él…)

I'm sure

DON GONZALO (Estoy en lo firme°: es ella…)

(Después de hacerse un nuevo saludo de despedida.)

DOÑA LAURA (¡Santo Dios! ¿y éste es aquél?…)

DON GONZALO (¡Dios mío! ¿Y ésta es aquélla?…)

(Se van, apoyado cada uno en el brazo de su servidor y volviendo la cara sonrientes, como si él pasara por la veredilla de los rosales y ella estuviera en la ventana de las campanillas azules.)

Hermanos Quintero (pieza teatral), *Mañana de sol,* 1905

Notas culturales

[1] *Ramón del Campoamor (1871–1901) era un famoso poeta español cuya poesía favorecía «el arte por la idea». Es decir, las ideas son el elemento más importante del arte y todo lo demás debe ser secundario. Según la definición de Campoamor, la humorada es «en rasgo intencionado» y la dolora es «una humorada convertida en drama».*

[2] *José de Espronceda (1808–1842), José Zorrilla y Moral (1817–1893) y Gustavo Adolfo Bécquer (1836–1870) eran otros famosos poetas españoles del siglo XIX.*

5-6 Comprensión. Conteste las siguientes preguntas.

1. ¿Por qué trae doña Laura unas miguitas de pan al parque?
2. ¿Qué hace Petra mientras se divierte su señora?
3. ¿Por qué se enoja don Gonzalo?
4. ¿Cómo se sabe que don Gonzalo no puede ver bien?
5. ¿Es buena la vista de doña Laura? ¿Cómo engaña ella a don Gonzalo?
6. ¿Cuál de los dos menciona primero el nombre de un lugar que ambos habían conocido en la juventud?
7. Al darse cuenta de lo que ha pasado, ¿por qué no quieren confesárselo el uno al otro?
8. Según don Gonzalo, ¿qué le pasó al joven galán? ¿Qué le pasó en realidad?
9. Según doña Laura, ¿qué hizo la joven cuando no recibió noticias del galán? ¿Qué hizo ella en realidad?

5-7 Opiniones. Exprese su opinión personal.

Elementos de la lectura

1. ¿Le parece realista la historia? ¿Por qué sí o por qué no?
2. ¿Cree que todavía existe algo de amor entre los dos? Explique.

Conceptos generales

3. ¿Cree que el primer amor de una persona siempre deja un sentimiento en la memoria? ¿Por qué sí o por qué no?
4. Se dice que los mejores amigos son los de la juventud. Explique si está de acuerdo con esta opinión o no.

Expansión

¿Desea más? La **Heinle Voices Database** en **www.textchoice.com/voices** contiene la obra de varias poetas femeninas. Lea las poesías de la uruguaya, Delmira Agostini (1886–1914) o la argentina, Alfonsina Storni (1892–1938) o Gabriela Mistral (1889–1957), chilena. Si le interesa más el teatro puede encontrar una obra de Federico García Lorca (1898–1936) con un elenco *(cast)* totalmente femenino: *La casa de Bernarda Alba.*

5-8 Análisis literario. Conteste las siguientes preguntas.

1. Los dos últimos versos del poema de Campoamor son paralelos:
   —*¡Santo Dios! ¿y éste es aquél?...*
   —*¡Dios mío! ¿y ésta es aquélla?...*

   Indique tres ejemplos de acciones o comentarios paralelos en el drama.
2. ¿Qué función dramática tienen los criados?
3. Para Ud., ¿cuál de los viejos es más inteligente y astuto?
4. Según lo que se percibe en el drama, ¿es verdad que el concepto del amor sentimental sólo puede existir entre jóvenes?
5. Se puede definir la ironía como el dar a entender lo contrario de lo que se dice. Cite y comente un ejemplo del uso de ironía en este drama.

5-9 Descripción. A continuación se presenta una serie de oraciones cortas que describen a doña Laura. Después se combinan esas oraciones para hacer una sola oración larga que tiene el mismo sentido. Por el momento, vea este ejemplo:

Doña Laura es viejecita.
Tiene unos setenta años.
Es muy pulcra.
Tiene los cabellos blancos.
Sus manos son muy finas.
También son bien cuidadas.

La combinación: Doña Laura es una viejecita setentona, muy pulcra, de cabellos blancos y manos muy finas y bien cuidadas.

Ahora, combine estas oraciones para hacer una sola oración que describa a don Gonzalo.

Don Gonzalo es viejo.
Es contemporáneo de doña Laura.
Es un poco cascarrabias.

La combinación: ¿?

Finalmente, haga lo mismo con estas oraciones. Después, puede comparar sus oraciones con las del texto del drama.

Don Gonzalo mira a doña Laura.
Lo hace siempre con rabia.
Se pone unas gafas prehistóricas.
Saca una gran lente.
Con el auxilio de toda esa cristalería se dispone a leer.

La combinación: ¿?

5-10 Minidrama. Presenten Ud. y otra(s) persona(s) de la clase un breve drama sobre algún aspecto o concepto del drama de los Álvarez Quintero. Algunos temas podrían ser:

1. Petra y Juanito observan y comentan lo que hacen los viejos.
2. Volvemos al pasado para ver lo que pasó la noche del desafío *(challenge, duel)*.
3. Llegamos a saber lo que hacían y decían Petra y Juanito mientras los viejos conversaban.

5-11 Opiniones y actitudes. Escriba Ud. un párrafo sobre uno de los temas siguientes o explíqueselo a la clase.

1. El problema de las relaciones entre hombres y mujeres en el trabajo.
2. El problema más grande de los de mi generación.
3. Lo que se debe hacer en los casos de violación *(rape)*.

5-12 Situación. Con un(a) compañero(a) de clase, presente un diálogo entre dos personas que discuten un caso de acoso *(harassment)* sexual en la oficina o en la universidad. Algunas de las cosas que pueden comentar en el diálogo son: ¿Qué pasó entre las dos personas (la víctima y su jefe)? ¿Debe la víctima informarles lo que pasó a las autoridades? ¿Por qué sí o por qué no? ¿Qué recursos existen para ayudar a las víctimas de acoso sexual? ¿Por qué no quieren muchas personas informar que han sido víctimas de acoso? ¿Es más difícil que un hombre informe que ha sido víctima de acoso sexual? ¿Por qué?

Diego Rodríguez de Silva y Velázquez

El famoso pintor **Diego Rodríguez de Silva y Velázquez** nació en Sevilla en 1599. Su padre era portugués y su madre sevillana, y ambos pertenecían a la aristocracia, hecho de bastante importancia puesto que Velázquez iba a ser no sólo pintor, sino también persona de mucha influencia en la corte de Felipe IV. A los once años Velázquez fue aprendiz de Francisco Pacheco, famoso profesor de pintura en Sevilla y consejero para la Inquisición en materia de arte. Aprendió mucho de su maestro, quien le impuso una disciplina severa aunque también dejó que el joven manifestara su originalidad y talento. Al terminar su aprendizaje, Diego se casó con Juana, la hija de Pacheco, y se estableció en Sevilla como padre de familia y pintor de retratos y de cuadros religiosos.

En aquella época ocurrieron hechos históricos que influyeron radicalmente en la vida de Velázquez. Llegó al trono Felipe IV, quien, como su padre, prefería dejar el gobierno del país en manos de otro. Así llegó al poder un noble sevillano, Don Gaspar de Guzmán, Conde-Duque de Olivares, y en poco tiempo se estableció en Madrid un grupo de sevillanos, muchos de los cuales eran amigos de Pacheco. Éste supo aprovechar la situación: en 1622 su yerno visitó Madrid por primera vez, llegó a conocer a algunos amigos de Olivares y pintó un retrato del famoso poeta Luis de Góngora. Un año más tarde, Olivares le mandó volver a la corte, lo presentó al Rey y le hizo pintar un retrato del soberano. De ahí en adelante, durante más de treinta y un años, Velázquez gozó de la protección y de la amistad del Rey, quien no sólo lo empleó como pintor, sino también como diplomático, y le confirió grandes honores. Aunque Velázquez recibió muchos favores reales durante su vida, nunca se envaneció por eso. El testimonio de sus contemporáneos confirma que era un amigo leal, buen padre de familia y un hombre noble, orgulloso, generoso y que sabía gozar de la vida. Cuando murió en 1660, a los sesenta y un años, el Rey escribió que se sentía abrumado por la pérdida de tan fiel vasallo y amigo.

Si las pinturas de El Greco reflejan su fervor místico y su pasión religiosa, las de Velázquez revelan su interés por el instante, la realidad inmediata y su deseo de fijarlos para siempre. Fiel a su concepto del realismo, el artista no lisonjea a sus modelos, ya sean nobles o humildes. Sin embargo, todos tienen una dignidad que hace que sus retratos sean una afirmación de la vida. Al captarlos en el instante, Velázquez los inmortaliza, así como al pintar las cosas más humildes y reales, las eleva al nivel de lo perdurable y eterno.

◄ Esopo (1637–1640)

(Ver la página 55.) Según Vico en su *Scienza Nuova* (1725), Esopo representaba a los que eran compañeros y ayudantes de los héroes. En la pintura de Esopo de Velásquez se ve a la izquierda el cubo *(bucket)* que se usaba para curtir pieles, una alusión a una de las fábulas en la que un rico llega a aceptar con ecuanimidad algo que le molesta —el olor de una curtiduría que se encuentra al lado de su casa. El libro que tiene Esopo en la mano derecha es un ejemplar de las Fábulas. En esta pintura Velázquez usa los matices de tres colores: el gris, el verde y el café. El rostro de Esopo es asimétrico, pero esto aumenta el interés cuando examinamos la magnífica ejecución del artista: es como si Velázquez quisiera definir el espíritu del personaje en la honestidad brutal de su retrato. ¿Cómo compararía Ud. la cara de Esopo con la de la vieja cocinera? ¿Qué cualidades tienen en común?

▲ La vieja cocinera (1618)

Una de las contribuciones originales de Velázquez al arte fue su manera de darles énfasis a las cosas que están en el primer plano de un cuadro al presentarlas desde una perspectiva en la que se las ve desde arriba. En esta pintura, por ejemplo, se ven desde arriba los objetos que están en la mesa o cerca de la cocinera, mientras lo demás —las dos figuras y lo que está detrás— se ven desde otra perspectiva. ¿Cómo describiría Ud. a la cocinera? ¿Cuál sería la actitud del pintor hacia ella? ¿Qué es lo que queda mejor definido en el cuadro, las cosas o los seres humanos? ¿Puede nombrar algunas de las cosas que Ud. ve en el retrato?

▲ Las Meninas (1656)

Sin duda *Las Meninas* es la pintura más famosa de Velázquez. Esta obra maestra presenta a la infanta Margarita rodeada de las meninas (las jóvenes nobles que la acompañaban), criadas y otras personas. Velázquez mismo aparece a la izquierda, delante de un lienzo grande, y parece mirar al espectador, aunque en realidad está mirando a los reyes, cuyos retratos aparecen en un espejo en el fondo. Es una pintura compleja y enigmática y es más real que la realidad misma. Con razón se ha dicho que tal vez es la obra maestra de toda la pintura de todos los tiempos.

¡A explorar!

5-13 ¿Qué opina? Conteste las siguientes preguntas.

1. ¿Cuál de las pinturas de Velázquez le gusta más? ¿Por qué? Describa lo que significa esa pintura para Ud.
2. Muchos artistas han preferido pintar personas mayores. ¿Por qué les ha interesado pintar personas de edad?
3. ¿Puede Ud. comparar las pinturas de Velázquez con las que hemos visto de El Greco en la Unidad 3?

4. Busque en Internet otro ejemplo del arte de Velázquez. Si es posible, traiga una foto de la pintura a la clase y presente un comentario sobre ella.

5-14 El arte de escribir. Escriba un ensayo sobre uno de los temas siguientes.

1. El problema de la barrera generacional *(generation gap).*
2. Es preferible que el apoyo por el arte venga de fuentes privadas y no públicas. ¿Sí o no?
3. Las artes en que han tenido más éxito las mujeres.

ATAJO

Phrases: Expressing an opinion, disapproving, encouraging **Vocabulary:** Working conditions, professions **Grammar:** Adverbs (types, ending in **-mente**)

5-15 Para investigar. Haga una de estas actividades en grupo.

Utilice el arte para presentar a la clase una conversación sobre las diferencias de punto de vista hacia la realidad entre la mayoría de los artistas clásicos y algunos artistas después de más o menos 1900. Busquen en Internet o en la biblioteca ejemplos del arte de la actualidad y fuentes que expliquen el arte contemporáneo.

o

Busquen información sobre la agencia NEA *(National Endowment for the Arts)* y presenten un debate sobre las dos posturas en cuanto al uso de fondos públicos para apoyar las artes.

UNIDAD

6

Costumbres y creencias

En esta pintura Goya logra captar la esencia de la personalidad de cada uno de los miembros de la familia real. ¿Quién será la mujer que domina la pintura?

Literatura

El Evangelio según Marcos, Jorge Luis Borges

Arte

Francisco de Goya y Lucientes

- La familia de Carlos IV (1800)
- Los fusilamientos del 3 de mayo de 1808 en Madrid (*circa* 1814)
- Saturno devorando a uno de sus hijos (1819–1823)

Expansión

¡A explorar!

Cine

Una película del director español Carlos Saura de mucho interés es *Goya en Bordeaux* (2000, 105 min.) con la actuación de Paco Rabal y Maribel Verdú. El gran pintor, cerca del fin de su vida, desde el exilio en el sur de Francia, recuerda y cuenta los incidentes y motivos importantes de su vida y de su arte. O si prefiere más de Borges, hay una película basada en una de sus historias más conocidas. *«Death and the Compass»* (en inglés) es una versión estilizada de *«La muerte y la brújula»,* un cuento de detectives de Borges. Peter Boyles hace el papel de Inspector Lönnrot y Christopher Eccleston es el asesino Red Sharlach (1996, 86 min.).

Literatura

Enfoque

Es probable que no haya tema tan fascinante para la mente y la imaginación del hombre como el de la muerte. Tanto en las tribus primitivas como en las sociedades más complejas se hallan explicaciones y teorías sobre el significado del fin de la vida. Los ritos, las supersticiones, las costumbres y las prácticas que se asocian con la muerte son tan innumerables como las canciones, las poesías y otras expresiones verbales que se dedican a ella.

En algunas sociedades se percibe la muerte como parte de un ciclo vinculado a la vida. Así la entendieron los aztecas, cuya cosmología y teología eran bastante complejas. En otras sociedades, como en la anglosajona, se trata de esconder o negar la muerte. Se emplean eufemismos de todo tipo para evitar enfrentar la realidad. (Se dice, por ejemplo, que una persona muerta «ya no está con nosotros», que «se ha ido».) En general, se puede decir que aunque todos los países cristianos comparten ciertos conceptos relacionados con la muerte (el concepto de la inmortalidad del alma, la esperanza de la redención por Cristo, etcétera), la presencia de la muerte como cosa tangible y real en la vida es mucho más notable en los países hispánicos que en los anglosajones. A veces, en aquellos países, se hace presente la muerte en la vida diaria de una forma directa y simple. Por ejemplo, en México en el Día de los Muertos (el 2 de noviembre), se ven dulces, pan y juguetes en forma de calaveras o esqueletos. Los niños tienden a tener más contacto con la muerte, al experimentar la pérdida de parientes tales como los abuelos que muchas veces viven con ellos. No hay interés en evitar ese contacto.

Como tema literario, la muerte y la inmortalidad son de suma importancia en el mundo hispánico. Aquí se incluyen dos ejemplos ilustrativos de la vitalidad de ese tema: algunas pinturas del gran pintor español Francisco de Goya y Lucientes y un cuento de Jorge Luis Borges, uno de los prosistas más brillantes de la América hispana.

6-1 Anticipación. Trabajen en grupos pequeños.

Comente con unos(as) compañeros(as) de clase las actitudes anglosajones hacia la muerte. Hagan una lista de algunas diferencias entre la cultura anglosajona y las varias culturas mencionadas en el **Enfoque** hacia la muerte. Comparen su lista con las de los otros grupos de la clase.

Vocabulario útil

Estudie estas palabras.

Verbos

cerrar (ie) *to close*
graduarse *to graduate*
hallar *to find*
instruir *to instruct*
jugar (ue) *to play*
veranear *to spend the summer*

Sustantivos

el atardecer *dusk, twilight*
el azúcar *sugar*
el calor *heat*
el capítulo *chapter*
el colegio *school (usually a private school)*
la cruz *cross*
el (la) estudiante *student*
el hallazgo *discovery*
la huelga *strike*
el juego *game; gambling*
el jugador *player*
el lugar *place*
la tarea *task, job*
la taza *cup*
la tacita *little cup*
el techo *roof*
el trueno *thunder*
el verano *summer*

Otras palabras y expresiones

cerrar con llave *to lock*

6-2 Para practicar. Complete el párrafo con la forma correcta de la palabra apropiada del **Vocabulario útil.**

En los años cuando estaba en el ______, Baltasar era muy buen ______. Mientras los otros jóvenes ______ al fútbol, él ______ su puerta con llave y se preparaba una ______ de café con ______. No lo visitábamos mientras estaba en ese ______ porque sabíamos que estaba preparando sus ______ para el día siguiente. A pesar del calor del ______, no salía hasta el ______. No sé por qué no participó en los deportes: decían que era buen ______, pero no le gustaban los ______. Ya que se dedicó totalmente a sus estudios, ______ cuando sólo tenía quince años.

Preparación para la lectura

 **6-3 La estructura de los párrafos.** A continuación hay dos párrafos. Cada uno contiene una oración que no se relaciona directamente con el tema del párrafo. Con un(a) compañero(a) de clase elimine la oración que no sea necesaria, para que todas las oraciones sean coherentes y relacionadas con el tema. Después, indiquen por qué han eliminado la oración.

1. Espinosa expresaba ideas contradictorias. Veneraba a Francia, pero no le gustaban los franceses. Hablaba mal de los Estados Unidos y admiraba los rascacielos *(skyscrapers)* de Buenos Aires. No conocía otro país, pero eso no le importaba. Criticaba a la Argentina, pero no quería que otros hicieran lo mismo.
2. Los Gómez vivían en un rancho y estaban tan aislados del resto del mundo que no tenían concepto ni de la geografía, de la historia o del tiempo. Además, eran analfabetos y por eso no podían aprender nada de los libros. Con frecuencia los viejos pierden la memoria o sólo tienen un concepto vago de las fechas. Los Gómez no sabían el año en que nacieron ni la distancia entre el rancho y la capital del país. Tampoco sabían nada del gobierno ni de la historia de su región.

6-4 En anticipación. Recuerde que es útil pensar en su propia opinión sobre el tema antes de hacer la lectura.

Si Ud. no está de acuerdo con las siguientes afirmaciones, cámbielas para expresar su opinión personal. Vuelva a este ejercicio después de leer el cuento para decidir si ha cambiado sus opiniones.

1. Mucho de lo que dice la Biblia no está escrito en lenguaje figurado: se debe aceptar al pie de la letra *(literally)*.
2. Algunas ideas están en la sangre de uno: no son parte de la cultura, sino parte de la herencia biológica.
3. Si existe el cielo, uno lo gana con las buenas obras, no simplemente con la fe.
4. Lo que comunica un libro no depende del (de la) lector(a) ni de otros factores exteriores: un libro es una cosa absoluta.
5. A veces lo mágico y lo milagroso tienen una base científica.

Jorge Luis Borges (1899–1987)

Jorge Luis Borges

Jorge Luis Borges, escritor argentino que ha sido comparado con Kafka, Poe y Wells, crea en sus obras literarias un mundo fantástico e imaginario, independiente de un tiempo o un espacio específicos. Borges dijo que necesitaba alejar sus cuentos, situarlos en tiempos y espacios algo lejanos para liberar su imaginación y obrar con mayor libertad. Era un hombre sumamente intelectual para quien las ideas tenían vida y eran capaces de provocar el asombro y el deleite del lector a través de sus ficciones.

Borges nació en Buenos Aires, de padres intelectuales de clase media. Educado en la capital y en Ginebra, pasó luego tres años en España antes de regresar a Buenos Aires en 1921. En los años siguientes se distinguió como poeta, pero es probable que la verdadera originalidad de Borges no esté ni en las poesías ni en la crítica literaria que publicó en esos años, sino en las breves narraciones que aparecieron en los años siguientes —entre 1930 y 1955—, especialmente en dos colecciones: *Ficciones y El Aleph.* Aunque en aquellos años los dos tomos no atrajeron mucha atención, después gozaron de fama mundial y situaron a Borges entre los escritores más importantes de nuestro tiempo.

En los cuentos de esa época Borges explora los temas que, según él, son básicos en toda literatura fantástica: la obra dentro de la obra, la contaminación de la realidad por el sueño, el viaje a través del tiempo y el concepto del doble. En ellos el orden se encuentra en la mente humana, mientras que la realidad exterior tiene cualidades caóticas y peligrosas. También se manifiesta, en esos cuentos, la condición absurda y tal vez heroica del hombre que lucha por imponer orden sobre el caos del mundo físico que lo rodea.

En este capítulo se presenta *El Evangelio según Marcos,* cuento que, según Borges, se debe a un sueño y, como toda literatura, es un «sueño dirigido». En este caso, el sueño se basa en un pasaje de la Biblia, y en la narración que allí se hace del sacrificio de Cristo en la cruz, acto que asegura la salvación del alma del creyente y que se ha establecido como parte de la «intrahistoria» de los pueblos occidentales. Es un cuento que debe leerse con cuidado. Sólo el lector cuidadoso y detallista tendrá el placer de anticipar el fin dramático e inevitable que el autor ha preparado mediante la acumulación de indicios.

El Evangelio según Marcos

El hecho sucedió° en la estancia La Colorada, en el partido° de Junín, hacia el sur, en los últimos días del mes de marzo de 1928. Su protagonista fue un estudiante de medicina, Baltasar Espinosa. Podemos definirlo por ahora como uno de tantos muchachos porteños°, sin otros rasgos° dignos de nota que esa facultad oratoria que le había hecho merecer más de un premio en el colegio inglés de Ramos Mejía y que una casi ilimitada bondad. No le gustaba discutir°; prefería que el interlocutor tuviera razón y no él. Aunque los azares° del juego le interesaban, era un mal jugador, porque le desagradaba ganar. Su abierta inteligencia era perezosa°; a los treinta y tres años le faltaba rendir una materia° para graduarse, la que más lo atraía. Su padre, que era librepensador, como todos los señores de su época, lo había instruido en la doctrina de Herbert Spencer,[1] pero su madre, antes de un viaje a Montevideo, le pidió que todas las noches rezara el Padrenuestro e hiciera la señal de la cruz. A lo largo de los años no había quebrado nunca esa promesa. No carecía de coraje°; una mañana había cambiado, con más indiferencia que ira°, dos o tres puñetazos° con un grupo de compañeros que querían forzarlo a participar en una huelga universitaria. Abundaba, por espíritu de aquiescencia, en° opiniones o hábitos discutibles°; el país le importaba menos que el riesgo de que en otras partes creyeran que usamos plumas°; veneraba a Francia pero menospreciaba° a los franceses; tenía en poco° a los americanos, pero aprobaba el hecho de que hubiera rascacielos en Buenos Aires; creía que los gauchos de la llanura son mejores jinetes° que los de las cuchillas° o los cerros. Cuando Daniel, su primo, le propuso veranear en La Colorada, dijo inmediatamente que sí, no porque le gustara el campo sino por natural complacencia y porque no buscó razones válidas para decir que no.[2]

El casco° de la estancia era grande y un poco abandonado; las dependencias° del capataz°, que se llamaba Gutre, estaban muy cerca. Los Gutres eran tres: el padre, el hijo, que era singularmente tosco°, y una muchacha de incierta paternidad. Eran altos, fuertes, huesudos°, de pelo que tiraba a rojizo° y de caras aindiadas°. Casi no hablaban. La mujer del capataz había muerto hace años.

Espinosa, en el campo, fue aprendiendo cosas que no sabía y que no sospechaba. Por ejemplo, que no hay que galopar cuando uno se está acercando a las casas y que nadie sale a andar a caballo sino para cumplir con una tarea. Con el tiempo llegaría a distinguir los pájaros por el grito°.

A los pocos días, Daniel tuvo que ausentarse a la capital para cerrar una operación° de animales. A lo sumo°, el negocio le tomaría una semana. Espinosa, que ya estaba un poco harto° de las *bonnes fortunes*° de su primo y de su infatigable interés por las variaciones de la sastrería°, prefirió quedarse en la estancia, con sus libros de texto. El calor apretaba° y ni siquiera la noche traía un alivio°. En el alba, los truenos lo despertaron. El viento zamarreaba las casuarinas°. Espinosa oyó las primeras gotas y dio gracias a Dios. El aire frío vino de golpe°. Esa tarde, el Salado° se desbordó°.

Al otro día, Baltasar Espinosa, mirando desde la galería los campos anegados°, pensó que la metáfora que equipara° la pampa[3] con el mar no era por lo menos esa mañana, del todo falsa, aunque Hudson[4] había dejado escrito que el mar nos parece más grande, porque lo vemos desde la cubierta° del barco y no desde el caballo o desde nuestra altura. La lluvia no cejaba°; los Gutres, ayudados o incomodados por el pueblero°, salvaron buena parte

took place; township
from Buenos Aires; characteristics
to argue; risks
lazy, undirected
to pass one course
He was not lacking in courage
anger; punches
He was full of
questionable
feathers; he scorned
he thought little of
horsemen; mountains
main house; quarters
foreman
uncouth
big boned; which had a red tinge
Indian-looking faces
cry, call
deal; At most
fed up; good luck
men's fashions
was oppressive
relief
shook the Australian pines
suddenly; Salt River; overflowed
flooded; compared
deck
let up
city man

de la hacienda°, aunque hubo muchos animales ahogados°. Los caminos para llegar a La Colorada eran cuatro: a todos los cubrieron las aguas. Al tercer día, una gotera amenazó la casa del capataz; Espinosa les dio una habitación que quedaba en el fondo, al lado del galpón de las herramientas°. La mudanza los fue acercando°; comían juntos en el gran comedor. El diálogo resultaba difícil; los Gutres, que sabían tantas cosas en materia de campo, no sabían explicarlas. Una noche, Espinosa les preguntó si la gente guardaba° algún recuerdo de los malones°, cuando la comandancia° estaba en Junín. Le dijeron que sí, pero lo mismo hubieran contestado a una pregunta sobre la ejecución de Carlos Primero. Espinosa recordó que su padre solía decir que casi todos los casos de longevidad que se dan en el campo son casos de mala memoria o de un concepto vago de las fechas. Los gauchos suelen ignorar por igual el año en que nacieron y el nombre de quien los engendró.

En toda la casa no había otros libros que una serie de la revista *La Chacra*°, un manual de veterinaria, un ejemplar de lujo° de *Tabaré,* una *Historia del Shorthorn en la Argentina,* unos cuantos relatos eróticos o policiales y una novela reciente: *Don Segundo Sombra.*[5] Espinosa, para distraer de algún modo la sobremesa° inevitable, leyó un par de capítulos a los Gutres, que eran analfabetos°. Desgraciadamente, el capataz había sido tropero° y no le podían importar las andanzas° de otro. Dijo que ese trabajo era liviano, que llevaban siempre un carguero° con todo lo que se precisa y que, de no haber sido tropero, no habría llegado nunca hasta la Laguna de Gómez, hasta el Bragado y hasta los campos de los Núñez, en Chacabuco. En la cocina había una guitarra; los peones, antes de los hechos que narro, se sentaban en rueda°; alguien la templaba° y no llegaba nunca a tocar. Esto se llamaba una guitarreada°.

Espinosa, que se había dejado crecer la barba, solía demorarse° ante el espejo para mirar su cara cambiada y sonreía al pensar que en Buenos Aires aburriría a los muchachos con el relato de la inundación del Salado. Curiosamente, extrañaba lugares a los que no iba nunca y no iría: una esquina de la calle Cabrera en la que hay un buzón, unos leones de mampostería° en un portón° de la calle Jujuy, a unas cuadras del Once, un almacén° con piso de baldosa° que no sabía muy bien dónde estaba. En cuanto a sus hermanos y a su padre, ya sabrían por Daniel que estaba aislado —la palabra, etimológicamente, era justa[6]— por la creciente°.

Explorando la casa, siempre cercada por las aguas, dio con° una Biblia en inglés. En las páginas finales los Guthrie —tal era su nombre genuino— habían dejado escrita su historia. Eran oriundos° de Inverness, habían arribado a este continente, sin duda como peones, a principios del siglo diecinueve, y se habían cruzado con indios. La crónica cesaba hacia mil ochocientos setenta y tantos; ya no sabían escribir. Al cabo de° unas pocas generaciones habían olvidado el inglés; el castellano, cuando Espinosa los conoció, les daba trabajo. Carecían de fe, pero en su sangre perduraban°, como rastros oscuros, el duro fanatismo del calvinista[7] y las supersticiones del pampa°. Espinosa les habló de su hallazgo y casi no escucharon.

Hojeó° el volumen y sus dedos lo abrieron en el comienzo del Evangelio según Marcos. Para ejercitarse en la traducción y acaso para ver si entendían algo, decidió leerles ese texto después de la comida. Le sorprendió que lo escucharan con atención y luego con callado interés. Acaso la presencia de las letras de oro en la tapa° le diera más autoridad. Lo llevan en la sangre, pensó.

herd; drowned
tools
The move brought them closer together
held, kept
Indian raids; frontier command
Farm; deluxe
after dinner conversation
illiterate
cattle driver; activities
packhorse
in a circle; tuned
guitarfest
linger
concrete
gate; store
tile
floodwaters
he came across
natives
After
survived
pampa Indian
He leafed through
cover

También se le ocurrió que los hombres, a lo largo del° tiempo, han repetido siempre dos historias: la de un bajel° perdido que busca por los mares mediterráneos una isla querida, y la de un dios que se hace crucificar en Gólgota.[8] Recordó las clases de elocución en Ramos Mejía y se ponía de pie para predicar las parábolas°.

Los Gutres despachaban° la carne asada y las sardinas para no demorar el Evangelio.

Una corderita° que la muchacha mimaba° y adornaba con una cintita celeste° se lastimó con un alambrado de púa°. Para parar la sangre, querían ponerle una telaraña°; Espinosa la curó con unas pastillas°. La gratitud que esa curación despertó no dejó de asombrarlo. Al principio, había desconfiado° de los Gutres y había escondido en uno de sus libros los doscientos cuarenta pesos que llevaba consigo; ahora, ausente el patrón, él había tomado su lugar y daba órdenes tímidas, que eran inmediatamente acatadas°. Los Gutres lo seguían por las piezas y por el corredor, como si anduvieran perdidos. Mientras leía, notó que le retiraban las migas° que él había dejado sobre la mesa. Una tarde los sorprendió hablando de él con respeto y pocas palabras. Concluido el Evangelio según Marcos, quiso leer otro de los tres que faltaban; el padre le pidió que repitiera el que ya había leído, para entenderlo bien. Espinosa sintió que eran como niños, a quienes la repetición les agrada más que la variación o la novedad. Una noche soñó con el Diluvio°, lo cual no es de extrañar°; los martillazos° de la fabricación del área lo despertaron y pensó que acaso° eran truenos. En efecto, la lluvia, que había amainado°, volvió a recrudecer°. El frío era intenso. Le dijeron que el temporal había roto el techo del galpón de las herramientas y que iban a mostrárselo cuando estuvieran arregladas° las vigas°. Ya no era un forastero° y todos lo trataban con atención y casi lo mimaban. A ninguno le gustaba el café, pero había siempre una tacita para él, que colmaban de° azúcar.

El temporal ocurrió un martes. El jueves a la noche lo recordó° un golpecito suave en la puerta que, por las dudas, él siempre cerraba con llave. Se levantó y abrió: era la muchacha. En la oscuridad no la vio, pero por los pasos° notó que estaba descalza y después, en el lecho, que había venido desde el fondo°, desnuda. No lo abrazó, no dijo una sola palabra; se tendió junto a él y estaba temblando. Era la primera vez que conocía a un hombre. Cuando se fue, no le dio un beso; Espinosa pensó que ni siquiera sabía cómo se llamaba. Urgido° por una íntima razón que no trató de averiguar, juró que en Buenos Aires no le contaría a nadie esa historia.

El día siguiente comenzó como los anteriores, salvo que el padre habló con Espinosa y le preguntó si Cristo se dejó matar para salvar a todos los hombres. Espinosa, que era librepensador pero que se vio obligado a justificar lo que les había leído, le contestó:

—Sí. Para salvar a todos del infierno.

Gutre le dijo entonces:

—¿Qué es el infierno?

—Un lugar bajo tierra donde las ánimas° arderán° y arderán.

—¿Y también se salvaron los que le clavaron los clavos°?

throughout; ship; preach the parables; gulped down; lamb; pampered; sky blue; barbed wire fence; cobweb; pills; distrusted; obeyed; crumbs; the biblical Flood; is not surprising; hammer blows; maybe; let up; fall harder; fixed; beams; stranger; they heaped with; woke him; footsteps; back of the house; Motivated; souls; will burn; hammered in the nails

would demand an accounting from him about what took place

—Sí —replicó Espinosa, cuya teología era incierta. Había temido que el capataz le exigiera cuentas de lo ocurrido° anoche con su hija. Después del almuerzo, le pidieron que releyera los últimos capítulos.

Espinosa durmió una siesta larga, un leve sueño interrumpido por persistentes martillos y por vagas premoniciones. Hacia el atardecer se levantó y salió al corredor. Dijo como si pensara en voz alta:

It won't be long now.

—Las aguas están bajas. Ya falta poco°.

—Ya falta poco —repitió Gutre, como un eco.

Kneeling

Los tres lo habían seguido. Hincados° en el piso de piedra le pidieron la bendición.

they cursed him, spat on him, and shoved him

goldfinch; shed; pulled down

Después lo maldijeron, lo escupieron y lo empujaron° hasta el fondo. La muchacha lloraba. Espinosa entendió lo que le esperaba del otro lado de la puerta. Cuando la abrieron, vio el firmamento. Un pájaro gritó; pensó: Es un jilguero°. El galpón° estaba sin techo; habían arrancado° las vigas para construir la Cruz.

Jorge Luis Borges, *El Evangelio según Marcos, (cuento) El informe de Brody,* Emecé Editores, 1970, Buenos Aires, Argentina

Notas culturales

[1] ***Herbert Spencer** (1820–1903), filósofo inglés, fundador de la filosofía evolucionista. Postuló el concepto del darwinismo social, la sobrevivencia del más apto. Influido por Spencer, el filósofo francés Henri Bergson sugirió que ciertos mitos o ideas pueden perdurar en la sangre, en la raza. El hecho de que el fanatismo calvinista perdura en la sangre de los Gutres confirma las ideas de Bergson.*

[2] *Normalmente los dueños de las grandes estancias viven en Buenos Aires y visitan sus estancias sólo de vez en cuando. Aparentemente Daniel y Baltasar tenían esa costumbre.*

[3] *La pampa es un llano enorme, parecida a los «Great Plains» de los Estados Unidos. El gaucho se parece al «cowboy» norteamericano.*

[4] *William Henry Hudson (1840–1922) escribió su obra en inglés, pero es famoso en la Argentina por la evocación nostálgica de la pampa bonaerense, escenario de los relatos y las obras autobiográficas del autor. Hudson nació en la pampa y pasó su infancia y su adolescencia allí.*

[5] *Esta lista de obras es típica de la técnica de Borges de vincular la «realidad» de la trama con la del mundo de las ideas. Cinco de las obras se relacionan con el ambiente de la pampa y la estancia, y reflejan varias actitudes hacia ese ambiente: la revista* La Chacra *refleja las actitudes y preocupaciones del estanciero; el manual de veterinaria, las actitudes de los científicos;* Tabaré *de Juan Zorrilla de San Martín, el punto de vista romántico, con su característico fatalismo; la* Historia del Shorthorn en la Argentina, *la perspectiva de los historiadores; y* Don Segundo Sombra *de Ricardo Güiraldes, la evocación del gaucho ideal.*

[6] *La etimología de «aislado» sugiere la idea de «isla» y describe el estado del casco de la estancia después del diluvio.*

[7] *Calvinista es el que acepta la teología de Jean Calvin (1509–1564), teólogo francés que mantuvo que la Biblia es la única fuente verdadera de la ley de Dios y que el deber del hombre es interpretarla y mantener el orden en el mundo. Según Calvin, sólo los elegidos de Dios pueden redimirse: la redención no puede ganarse por buenas obras. En el cuento, los Gutres aceptan al pie de la letra lo que dice la Biblia y creen que Espinosa es un elegido de Dios.*

[8] *Las dos historias son: la* Odisea *de Homero, modelo de toda la poesía épica posterior, que sugiere la idea de la búsqueda del hombre; y la historia de Cristo, que se hace crucificar en el monte Gólgota para redimir a la humanidad, y que constituye, desde entonces, el ejemplo y prototipo ideal del hombre que se sacrifica por los demás.*

6-5 Comprensión. Conteste las siguientes preguntas.

A. Según la lectura.

1. ¿Dónde y cuándo tienen lugar los sucesos del cuento?
2. ¿Qué actitudes básicas de los padres de Baltasar Espinosa influyeron en su formación intelectual?
3. ¿Cómo eran los Gutres?
4. ¿Cómo llegó a aislarse la estancia?
5. ¿Por qué se mudaron los Gutres a la habitación que quedaba al lado del galpón de las herramientas?
6. ¿Qué sabían los Gutres de su pasado?
7. ¿Qué encontró Espinosa en las páginas finales de la Biblia de los Guthrie?
8. ¿Qué clase de creencia religiosa tenían los Gutres?
9. ¿Cómo reaccionaron cuando Espinosa les leyó el Evangelio según Marcos?
10. ¿Qué preguntas le hizo el padre de los Gutres a Espinosa al día siguiente?
11. ¿Qué le esperaba a Espinosa en el galpón?

B. Comentarios generales.

1. ¿Le parece que los sucesos del cuento son posibles? ¿Por qué sí o por qué no?
2. ¿Lee Ud. con cuidado? ¿Cuándo se dio cuenta de lo que pasaba? Explique.
3. ¿Cree que el concepto de una religión cultural tiene validez *(validity)*? Explique.
4. ¿Cuánta importancia tiene el medio en que vive una persona en su desarrollo *(development)* social y personal? Explique su opinión.

Expansión

¿Desea más? Un drama romántico, *Don Juan Tenorio,* de José Zorrilla, obra que presentan tradicionalmente en el Día de los Muertos *(Day of the Dead or All Souls' Day).* Se encuentra esta obra en la **Heinle Voices Database** en **www.textchoice.com/voices.** Contiene escenas de ultratumba.

6-6 Análisis literario. Conteste las siguientes preguntas.

1. Con frecuencia, Borges indica en sus cuentos que las ideas que se expresan en un libro son capaces de cambiar el mundo real. ¿Refleja este cuento tal concepto?
2. ¿Cómo influyeron en las acciones de los Gutres los rastros del «duro fanatismo del calvinista y las supersticiones del pampa» que perduraban en su sangre?
3. Comente los paralelos que pueden establecerse entre la vida de Espinosa y la de Cristo.
4. Contraste la actitud religiosa de Espinosa con la de los Gutres.
5. ¿Cuál es el tema principal del cuento?

6-7 Reportaje. Ud. es periodista de Buenos Aires. Acaba de entrevistar a los Gutres sobre la muerte de Espinosa. Escriba un reportaje sobre lo que pasó, incluyendo:

1. una descripción de los Gutres.
2. cómo reaccionaron los Gutres al comienzo, cuando conocieron a Espinosa por primera vez.
3. por qué llegaron a respetar a Espinosa.
4. el «milagro» que vieron.
5. qué hicieron después de ver el milagro.
6. por qué el padre le hizo a Espinosa la pregunta sobre los que le clavaron los clavos a Cristo.
7. qué hicieron después de la siesta el día de la muerte de Espinosa.
8. cómo reaccionó Ud., como periodista y como ciudadano *(citizen)* frente a los hechos que acaba de describir.

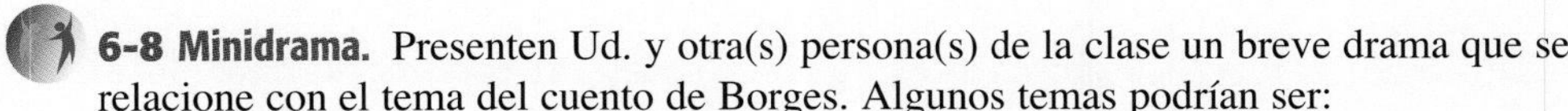

6-8 Minidrama. Presenten Ud. y otra(s) persona(s) de la clase un breve drama que se relacione con el tema del cuento de Borges. Algunos temas podrían ser:

1. En vez de decir que «sí», Espinosa contesta «no» cuando el padre de los Gutres le pregunta si los que le clavaron los clavos a Cristo también se salvaron. ¿Qué pasará después?
2. El primo de Espinosa, Daniel, vuelve inesperadamente en el momento cuando van a crucificar a Espinosa.
3. Una familia que siempre ha vivido en un lugar remotísimo de Alaska, sin ninguna comunicación con el mundo exterior, toma al pie de la letra algo que un explorador le cuenta.

6-9 Opiniones y actitudes. Escriba un párrafo sobre uno de los temas siguientes o explíqueselo a la clase.

1. El libro que más le ha gustado o que más ha influido en Ud.
2. Una idea que ha cambiado el mundo.
3. Un fenómeno psicológico que le interesa.

Phrases: Writing about an author/narrator & characters **Grammar:** Verbs: use of **llegar a ser, hacerse** **Vocabulary:** Religions, upbringing

6-10 Situación. Con un(a) compañero(a) de clase, presenten Uds. un diálogo. Una de las personas tiene un(a) hermano(a) gemelo(a) *(twin)*, o conoce unos gemelos. La otra persona le hace preguntas sobre ciertos fenómenos psicológicos que se han asociado con hermanos gemelos. Algunas preguntas podrían ser: ¿Son idénticos(as) físicamente? ¿Tienen igual capacidad intelectual? ¿Se interesan por las mismas cosas o por cosas distintas? ¿Ha habido alguna clase de comunicación telepática entre Uds. o entre ellos? ¿Qué pasó en esas ocasiones? ¿Cree que los dos comparten *(share)* ciertas ideas o preferencias? Es decir, ¿cree que esas ideas o preferencias están en la sangre?

Arte

Francisco de Goya y Lucientes

Algunos creadores —músicos, pintores, escritores— producen sus mejores obras en su juventud y después repiten lo ya expresado o presentan obras de calidad inferior. Otros, en cambio, crean sus mejores obras en los últimos años de su vida: Shakespeare, Goethe, Beethoven, Verdi y El Greco, para citar sólo algunos ejemplos. A este grupo pertenece uno de los artistas más extraordinarios de todos los tiempos: Francisco de Goya y Lucientes (1746–1828).

Las primeras décadas de la vida de Goya son años de aprendizaje. Estudia con artistas conocidos, copia la obra de grandes pintores del pasado, viaja a Madrid y a Roma, se hace conocer entre la gente más influyente de la capital y recibe algunas comisiones que lo establecen como pintor de cierta importancia. En esta época su obra es esencialmente convencional y armoniza con la perspectiva de la realidad del siglo XVIII. Sin embargo, su continuo esfuerzo le hace ganar una competencia ante el rey, y Goya se convierte en el retratista de las personas más importantes de la corte. Aunque llega a recibir todos los favores de la corte real, no se deja intimidar por el rango social de las personas que pinta: las retrata así como las ve su ojo penetrante y agudo. Lo curioso es que sus protectores no se dan por ofendidos y nunca le niegan su amparo, tal vez porque reconocen su genio.

Durante algunos años Goya vive como un típico cortesano, pero luego dos acontecimientos le transforman la vida: estalla la Revolución Francesa en 1789, y en 1792 una enfermedad inesperada por poco lo mata y lo deja sordo. Su obra, entonces, refleja el cambio producido por estos sucesos: en el futuro ya no será el pintor burgués de la corte sino el pintor del pueblo español. Así, ha sabido representar mejor que nadie los mitos y supersticiones y también comunicar la decadencia de una sociedad junto al tremendo sufrimiento del pueblo. Goya vuelve a sus raíces campesinas aragonesas para pintar lo español y lo universal.

En los últimos años de su vida Goya produce las obras que han de asegurarle su inmortalidad. En 1799 publica los famosos *Caprichos,* una serie de grabados cuyos temas son las supersticiones, la brujería, la corrupción y las pasiones diabólicas del pueblo. Cuando ya tiene más de setenta años, el artista da a conocer otra serie de grabados igualmente fuertes, los *Disparates*. En varias pinturas y en otra serie de grabados, *Los desastres de la guerra,* publicados en 1820, Goya muestra su reacción hacia la invasión de España por Napoleón en 1808. Su denuncia de la guerra, de un realismo horripilante, es la mejor expresión de la crueldad y del sufrimiento humanos. En los mismos años de su vida, su angustia personal le hace pintar en su casa del campo (Quinta del Sordo) una serie de «pinturas negras» en las que expresa todo el pesimismo, el nihilismo y lo absurdo en la vida del hombre. En todas estas obras, fruto de su vejez, Goya mejora su técnica y logra expresarse con una fuerza y originalidad incomparables.

➤ La familia de Carlos IV (1800)

(Ver la página 75.) En *La familia de Carlos IV* la reina María Luisa domina la pintura, así como supo dominar a su familia y a su país durante su vida. El rey, al contrario, se presenta como un hombre banal y su retrato casi es una caricatura. Como Velázquez en su pintura *Las Meninas,* Goya se incluye a sí mismo, a la izquierda del cuadro. El autorretrato del artista está en la sombra, para que los espectadores no lo confundan con la familia real. La pintura es extraordinaria, no sólo por su composición, sino también por la brillantez y la armonía de los colores.

▲ Los fusilamientos del 3 de mayo de 1808 en Madrid (*circa* 1814)

Tal vez no existe mayor protesta contra la crueldad de la guerra que esta pintura de Goya. El dos de mayo hubo rebelión en Madrid contra las tropas de Murat, y la noche del tres de mayo las fuerzas francesas ejecutaron a muchos prisioneros rebeldes. Se cree que Goya fue testigo de lo que pasó el tres de mayo. En la pintura se presentan varias reacciones y movimientos de los rebeldes que están para morir. El horror es aumentado por las expresiones de los que esperan su turno y por la presencia de los cadáveres de los ya ejecutados. Al no mostrar la cara de los soldados franceses y al unificar el ritmo de sus cuerpos, Goya hace que el horror sea más impersonal e inhumano.

▲ Saturno devorando a uno de sus hijos (1819–1823)

Esta pintura representa el mito romano de Saturno que devora a sus hijos. Saturno simboliza el Tiempo. En este cuadro su crueldad es obvia. ¿A quién devora el Tiempo? ¿Se puede decir que la pintura tiene valor alegórico? ¿Cuál sería la actitud del viejo Goya hacia el tiempo y la muerte?

¡A explorar!

6-11 ¿Qué opina? Haga las siguientes actividades.

1. Refiriéndose a la pintura *Los fusilamientos del 3 de mayo de 1808 en Madrid,* describa la diferencia entre las reacciones de las personas que están para morir o que esperan su turno. ¿Cómo reaccionaría Ud. en tales circunstancias?
2. Picasso admiraba mucho la pintura *Las fusilamientos del 3 de mayo de 1808 en Madrid.* Busque una foto de la pintura *Guernica* de Picasso y compárela con la pintura de Goya. Por ejemplo, ¿cómo logra Picasso mostrar el horror impersonal de la guerra?

6-12 El arte de escribir. Escriba un ensayo breve sobre uno de los temas siguientes.

1. La crueldad y el horror de la guerra en los grabados *(engravings)* de *Los desastres de la guerra* de Goya. Busque ejemplos de esos grabados en la biblioteca o en Internet e incluya copias de los grabados que va a comentar.
2. Como lo hizo Goya, muchos artistas y escritores han criticado la sociedad y han tratado de reformarla o cambiarla por medio de sus obras. ¿Conoce Ud. a un artista o escritor que haya hecho algo así? ¿Qué criticó?
3. La pintura vs. el cine como modo de crítica social.

ATAJO

Vocabulary: Religious holidays, nationality **Grammar:** Verbs: use of **soler, ocurrir, jugar** & **tocar** **Phrases:** Talking about habitual actions, Sequencing events

6-13 Para investigar. Haga esta actividad en grupo.

El «Día de los Muertos» *(Day of the Dead or All Souls' Day),* el 2 de noviembre, es un día que se observa en todo el mundo hispánico pero con diferentes costumbres. Busque en Internet o en la biblioteca información de cómo se observa en algún país hispánico o en los Estados Unidos en la comunidad latina. Prepare un informe para la clase o una composición escrita según diga su profesor(a).

Aspectos económicos de Hispanoamérica

UNIDAD

7

Escuela al aire libre. Una meta de la Revolución Mexicana era elevar el nivel de educación de las masas. ¿Dónde está la escuela en esta pintura?

Literatura

Es que somos muy pobres,
Juan Rulfo

Arte

Diego Rivera

- Escuela al aire libre
- Florecimiento de la Revolución
- El triunfo de la Revolución

Expansión

¡A explorar!

Cine

Una buena ilustración de la pobreza en Hispanoamérica es la película *Bolivia* (2001, 75 min.). Cuenta la historia de un hombre que deja a su familia en Bolivia mientras va a la Argentina a buscar trabajo. Encuentra trabajo y mucho más en su nueva patria donde la gente sigue equivocándose al llamarlo «peruano». Actúan Freddy Waldo Flores y Rosa Sánchez en la adaptación de un cuento de Romina Lanfranchini.

Literatura

Enfoque

Hispanoamérica es riquísima en materias primas. Sin embargo, por varias razones históricas, hay muchos problemas económicos que todavía no se han resuelto y que siguen amenazando la estabilidad de muchas regiones.

Uno de los problemas más obvios es el de la pobreza. Este problema se manifiesta en lo que el antropólogo Oscar Lewis ha descrito como la «cultura de la pobreza», cultura que tiene ciertas características comunes y que se encuentra en todo el mundo.

Los factores que pueden explicar la pobreza de la gente del campo son diversos: la falta de tierra cultivable, la concentración de la tierra en manos de unos pocos propietarios, las adversas condiciones climáticas, la falta de educación de los campesinos, la poca variedad agrícola, la falta de capital para comprar maquinarias, los malos gobiernos, etcétera. El hecho es que, con pocas excepciones, el campesino todavía sufre la misma pobreza que sus padres y sus bisabuelos y su situación de miseria provee campo fértil para los que proponen soluciones revolucionarias.

En México, el problema de la pobreza rural se hizo evidente en la Revolución de 1910, cuando los campesinos, especialmente los peones que siguieron a Emiliano Zapata, se rebelaron en favor de «pan y tierra». Esta lucha no terminó con la Revolución: todavía se presentan nuevos planes para distribuir la tierra y mejorar la condición de los hombres que viven en ella. El movimiento «Zapatista» reciente de Chiapas se presenta como extensión de los ideales del héroe original. Muchos campesinos, desilusionados ante la miseria que caracteriza la vida rural, han abandonado sus campos para ir a la ciudad (en donde, irónicamente, muchos han encontrado condiciones aun peores). Así es que la creación de una política que pueda aliviar la pobreza del campesino todavía es uno de los problemas que afrontan México y otros países de la América Hispana.

En México, primer país que en este siglo produjo una verdadera revolución social, los intelectuales se han dedicado a la investigación de las raíces de los problemas económicos y sociales y a la representación literaria y pictórica de las condiciones actuales. Buscan en el pasado la explicación del presente. El resultado ha sido la creación de una literatura y un arte principalmente dedicados al mejoramiento de la condición del obrero y del campesino. Su gran calidad y originalidad han merecido el aplauso universal.

Como ejemplos de esta labor extraordinaria se han seleccionado un cuento de Juan Rulfo que trata del tema de la pobreza y varios ejemplos de las pinturas murales de Diego Rivera, fecundo creador de la conciencia nacional mexicana.

7-1 Anticipación. Trabajen en grupos pequeños.

Los Estados Unidos no se considera un país pobre pero evidentemente hay cierto nivel de pobreza. Según el **Enfoque,** ¿cuáles son algunas diferencias entre la pobreza de México y la de los Estados Unidos? Compare su lista con las de los otros grupos de la clase.

Vocabulario útil

Estudie estas palabras.

Verbos

abrazar *to embrace, to hug*
despertarse (ie) *to wake up, to awaken*
entretenerse *to entertain oneself*
llevarse *to carry away, to carry off*
regalar *to give (a present)*

Sustantivos

la cama *bed*
la cuenta *account*
el cuerno *horn (of an animal)*
la gallina *hen*
la inundación *flood*
la madrugada *dawn*
la oreja *ear*
la orilla *bank (of a river, sea)*
la pata *foot (of an animal)*
la raíz *root*
el ruido *noise*
el seno *breast*
el sonido *sound*
el sueño *sleep*
el vestido *dress*

Otras palabras y expresiones

cumplir… años *to turn . . . (years old)*
darse cuenta de *to realize*
de repente *suddenly*
poco a poco *little by little*

7-2 Para practicar. Complete el siguiente diálogo, usando la forma correcta de palabras del **Vocabulario útil.**

PEPE ¿Y cuándo supiste que hubo una inundación?

TACHA Acababa de ______ diez años. Muy temprano por la mañana, a la ______, algo me despertó. También ______ a mi hermano.

PEPE ¿Qué te despertó?

TACHA Era el ______ del agua del río. Mi hermano y yo ______ de que no era el sonido de siempre.

PEPE ¿Qué hicieron Uds.?

TACHA Saltamos de la ______ y nos fuimos a la ______ del río. Las ______ de mi tía habían desaparecido y desde la orilla vi las ______ de un animal que era llevado por la corriente. No le vi los ______ ni las ______ ni ninguna otra parte de la cabeza: solamente las ______. Mañana ______ doce años y creo que mi padre me va a ______ una vaca. ¡Ojalá que a ella no le pase lo mismo!

7-3 En anticipación. En el siguiente párrafo las palabras subrayadas indican el orden de los acontecimientos. Sin entender lo que significan esas palabras, sería difícil comprender correctamente lo que pasa. Lea el párrafo y después, usando la lista que se presenta a continuación, sustituya con un sinónimo cada palabra o frase subrayada.

Sinónimos

de pronto	inmediatamente	primero
después	luego	un rato después
en aquel momento	mientras	tan pronto como
finalmente	por un rato	

Me desperté a las cinco de la mañana. <u>En aquel instante</u> (1) estaba soñando con mi tía, que murió la semana pasada. <u>Unos minutos después</u> (2) salí a la calle. Estaba oscuro; no se veía nada. <u>Luego que</u> (3) se me acostumbraron los ojos a la oscuridad, vi a algunos hombres que parecían buscar algo. <u>Al mismo tiempo que</u> (4) los miraba, me di cuenta de que alguien me hablaba. Reconocí la voz <u>en seguida</u> (5): era mi hermana. Me dijo que había desaparecido la vaca que mi padre le regaló para su cumpleaños. <u>Al comienzo</u> (6), no sabíamos qué hacer. <u>Entonces</u> (7) empezamos a buscarla en todas partes. <u>Por último</u> (8) llegamos a la orilla del río. <u>De repente</u> (9) mi hermana se puso a gritar: había visto la vaca en las aguas del río. Estaba muerta. <u>Por algún tiempo</u> (10) nos quedamos allí, abrazados, mirando las aguas sucias. <u>Más tarde</u> (11) volvimos a casa.

1. ______ **5.** ______ **9.** ______
2. ______ **6.** ______ **10.** ______
3. ______ **7.** ______ **11.** ______
4. ______ **8.** ______

Preparación para la lectura

7-4 La estructura de los párrafos. Hay por lo general una oración principal —frecuentemente la primera— que expresa el tema y luego otras oraciones que añaden detalles sobre ese tema. Si el (la) lector(a) puede reconocer la oración principal, será más fácil comprender el resto.

Lea el primer párrafo del cuento de esta unidad y complete los siguientes espacios en blanco. No tiene que escribir oraciones completas ni tienen que ser citas del texto. Puede parafrasear con frases.

1. El tema principal: ______
2. Una ilustración del tema: ______
3. Un resultado de los acontecimientos: ______
4. Una reacción ante los acontecimientos relatados: ______

7-5 En anticipación. Anticipe el contenido del cuento completando o contestando estas oraciones o preguntas. Vuelva a esta actividad después de terminar la lectura para ver si necesita cambiar alguna respuesta.

1. La relación de los pobres con la naturaleza se caracteriza por…
2. La reacción típica del pobre hispano, ¿es la rebelión o la resignación?
3. ¿Por qué será tan importante la pérdida de la vaca de Tacha, que acaba de cumplir los doce años?

Juan Rulfo (1918–1986)

Juan Rulfo

Juan Rulfo nació durante la Revolución Mexicana, y de niño vivió en el pueblo de San Gabriel, estado de Jalisco. En la época colonial San Gabriel había gozado de alguna prosperidad, pero después empezó a decaer. Este proceso, visible también en muchos pueblos de la misma región, se aceleró después de la Revolución. Rulfo indica que la región en que está San Gabriel es árida y desolada. La mayoría de la gente de esa región ha emigrado y la que todavía vive en los pequeños pueblos es gente pobre que se ha quedado para acompañar a sus muertos.

Uno de sus primeros recuerdos de niño fue una rebelión campesina (1926–1928) en la que murió su padre. Habían mandado al niño a Guadalajara para hacer sus estudios primarios. Seis años después, cuando murió su madre, lo enviaron a un orfanato donde pasó varios años. Después de terminar sus estudios primarios, Rulfo estudió contabilidad, pero su progreso en esta carrera quedó interrumpido por una huelga general que clausuró las escuelas. Entonces, Rulfo tuvo que trasladarse a México (1933) para continuar sus estudios. Los dos años siguientes fueron difíciles. Sin dinero y sin nadie que lo ayudara, Rulfo vivía en la pobreza. Manteniéndose lo mejor que podía, estudió jurisprudencia y literatura. Finalmente, consiguió un empleo en el Departamento de Inmigración, puesto que ocupó hasta 1947, cuando pasó a la oficina de ventas de Goodrich Rubber. Después Rulfo trabajó para el gobierno, la televisión y el cine, hasta conseguir empleo en el Instituto Nacional Indigenista.

La obra literaria de Rulfo empezó en 1940, cuando escribió una novela extensa sobre la vida en la capital. El lenguaje retórico de la novela no le gustó y resolvió destruirla. Entonces se dedicó a crear un estilo simple, libre de afectación literaria. El resultado fue la colección de cuentos que publicó en 1953, *El llano en llamas*. El escenario de los cuentos es Jalisco, con todo su calor, aridez y soledad. Los personajes son la gente que recuerda Rulfo de su niñez, gente que conocía el sufrimiento, el amor, la violencia y la pobreza. Rulfo describe con profunda comprensión y compasión su lucha perpetua contra la pobreza y la humillación.

Es que somos muy pobres[1]

Aquí todo va de mal en peor°. La semana pasada se murió mi tía Jacinta, y el sábado, cuando ya la habíamos enterrado y comenzaba a bajársenos la tristeza, comenzó a llover° como nunca. A mi papá eso le dio coraje°, porque toda la cosecha de cebada estaba asoleándose en el solar. Y el aguacero llegó de repente, en grandes olas de agua, sin darnos tiempo ni siquiera a esconder aunque fuera un manojo°; lo único que pudimos hacer, todos los de mi casa, fue estarnos arrimados° debajo del tejabán°, viendo cómo el agua fría que caía del cielo quemaba aquella cebada amarilla tan recién cortada.

Y apenas ayer, cuando mi hermana Tacha acababa de cumplir doce años, supimos que la vaca que mi papá le regaló para el día de su santo° se la había llevado el río.

El río comenzó a crecer° hace tres noches, a eso de la madrugada. Yo estaba muy dormido y, sin embargo, el estruendo° que traía el río al arrastrarse° me hizo despertar en seguida y pegar el brinco° de la cama con mi cobija° en la mano, como si hubiera creído que se estaba derrumbando° el techo de mi casa. Pero después me volví a dormir, porque reconocí el sonido del río y porque ese sonido se fue haciendo igual hasta traerme otra vez el sueño.

Cuando me levanté, la mañana estaba llena de nublazones° y parecía que había seguido lloviendo sin parar. Se notaba en que el ruido del río era más fuerte y se oía más cerca. Se olía, como se huele una quemazón°, el olor a podrido° del agua revuelta°.

A la hora en que me fui a asomar°, el río ya había perdido sus orillas°. Iba subiendo poco a poco por la calle real°, y estaba metiéndose a toda prisa° en la casa de esa mujer que le dicen *La Tambora*°. El chapaleo° del agua se oía al entrar por el corral y al salir en grandes chorros° por la puerta. *La Tambora* iba y venía caminando por lo que era ya un pedazo de río, echando a la calle sus gallinas para que se fueran a esconder a algún lugar donde no les llegara la corriente.

Y por el otro lado, por donde está el recodo°, el río se debía de haber llevado, quién sabe desde cuándo, el tamarindo° que estaba en el solar de mi tía Jacinta, porque ahora ya no se ve ningún tamarindo. Era el único que había en el pueblo, y por eso nomás° la gente se da cuenta de que la creciente esta° que vemos es la más grande de todas las que ha bajado el río en muchos años.

Mi hermana y yo volvimos a ir por la tarde a mirar aquel amontonadero° de agua que cada vez se hace más espesa° y oscura y que pasa ya muy por encima de° donde debe estar el puente. Allí nos estuvimos horas y horas sin cansarnos viendo la cosa aquella. Después nos subimos por la barranca°, porque queríamos oír bien lo que decía la gente, pues abajo, junto al río, hay un gran ruidazal° y sólo se ven las bocas de muchos que se abren y se cierran y como que quieren decir algo; pero no se oye nada. Por eso nos subimos por la barranca, donde también hay gente mirando el río y contando los perjuicios° que ha hecho. Allí fue donde supimos que el río se había llevado a *la Serpentina,* la vaca esa que era de mi hermana Tacha porque mi papá se la regaló para el día de su cumpleaños y que tenía una oreja blanca y otra colorada y muy bonitos ojos.

No acabo de saber° por qué se le ocurriría a *la Serpentina* pasar el río este, cuando sabía que no era el mismo río que ella conocía de a diario°. *La Serpentina* nunca fue tan atarantada°. Lo más seguro es que ha de haber

from bad to worse
to rain; made him mad
even a handful
take shelter together; roof
saint's day
to rise
clamor; as it dragged by
jump; blanket
falling in
big, dark clouds
fire
the rotten smell; stirred up
take a look; overflowed its banks
main; rapidly
Bass Drum; splashing
streams
bend
tamarind tree
from that alone; this flood
giant pile
thick
high above
ravine
roaring
damage
I still don't know
from everyday life
silly

*El río es la vida; cuando llegó al mar
*La vaca es la esperanza; representa el muert.

venido dormida para dejarse matar así nomás° por nomás. A mí muchas veces me tocó° despertarla cuando le abría la puerta del corral, porque si no, de su cuenta°, allí se hubiera estado el día entero con los ojos cerrados, bien quieta° y suspirando°, como se oye suspirar a las vacas cuando duermen.

Y aquí ha de haber sucedido eso de que se durmió°. Tal vez se le ocurrió despertar al sentir que el agua pesada le golpeaba las costillas°. Tal vez entonces se asustó° y trató de regresar; pero al volverse se encontró entreverada y acalambrada° entre aquella agua negra y dura como tierra corrediza°. Tal vez bramó° pidiendo que la ayudaran. Bramó como sólo Dios sabe cómo.

Yo le pregunté a un señor que vio cuando la arrastraba el río si no había visto también al becerrito° que andaba con ella. Pero el hombre dijo que no sabía si lo había visto. Sólo dijo que la vaca manchada° pasó patas arriba° muy cerquita de donde él estaba y que allí dio una voltereta° y luego no volvió a ver ni los cuernos ni las patas ni ninguna señal de vaca. Por el río rodaban° muchos troncos de árboles con todo y raíces° y él estaba muy ocupado en sacar leña°, de modo que no podía fijarse si eran animales o troncos los que arrastraba.

Nomás por eso°, no sabemos si el becerro está vivo, o si se fue detrás de su madre río abajo. Si así fue, que Dios los ampare° a los dos.

La apuración° que tienen en mi casa es lo que pueda suceder el día de mañana, ahora que mi hermana Tacha se quedó sin nada. Porque mi papá con muchos trabajos había conseguido a *la Serpentina,* desde que era una vaquilla°, para dársela a mi hermana, con el fin de que ella tuviera un capitalito° y no se fuera a ir de piruja° como lo hicieron mis otras dos hermanas las más grandes.

Según mi papá, ellas se habían echado a perder° porque éramos muy pobres en mi casa y ellas eran muy retobadas°. Desde chiquillas ya eran rezongonas°. Y tan luego que crecieron les dio por andar° con hombres de lo peor, que les enseñaron cosas malas. Ellas aprendieron pronto y entendían muy bien los chiflidos°, cuando las llamaban a altas° horas de la noche. Después salían hasta de día. Iban cada rato por agua al río y a veces, cuando uno menos se lo esperaba, allí estaban en el corral, revolcándose° en el suelo, todas encueradas° y cada una con un hombre trepado encima°.

Entonces mi papá las corrió° a las dos. Primero les aguantó todo lo que pudo; pero más tarde ya no pudo aguantarlas más y les dio carrera para la calle°. Ellas se fueron para Ayutla o no sé para dónde; pero andan de° pirujas.

Por eso le entra la mortificación a mi papá, ahora por la Tacha, que no quiere que vaya a resultar como sus otras dos hermanas, al sentir que se quedó muy pobre viendo la falta de su vaca, viendo que ya no va a tener con qué entretenerse mientras le da por crecer° y pueda casarse con un hombre bueno, que la pueda querer para siempre. Y eso ahora va a estar difícil. Con la vaca era distinto, pues no hubiera faltado quién se hiciera el ánimo de° casarse con ella, sólo por llevarse también aquella vaca tan bonita.

La única esperanza que nos queda es que el becerro esté todavía vivo. Ojalá no se le haya ocurrido pasar el río detrás de su madre. Porque si así fue, mi hermana Tacha está tantito así de retirado° de hacerse piruja. Y mamá no quiere.

Mi mamá no sabe por qué Dios la ha castigado° tanto al darle unas hijas de ese modo, cuando en su familia, desde su abuela para acá, nunca ha habido gente mala. Todos fueron criados en el temor de Dios y eran muy obedientes y no le cometían irreverencias a nadie. Todos fueron por el estilo°. Quién sabe

just like that
I had to
on her own; still
sighing
What must have happened is that she fell asleep; ribs
she got scared
bogged down and cramped; sliding
she bellowed
calf
spotted; legs up
turned over
rolled
roots and all
firewood
Just for that reason
protect
concern
heifer
a little money
prostitute
were ruined
wild
sassy; they took to going around
whistles; late
rolling
nude; mounted on top
chased them away
chased them down the street; they are
anything to occupy herself with while she grows up
would be willing to
just this far away
punished
that way

She turns over · *claims* · *keeps right on growing like a pine tree* · *pointed; stirred up* · *she'll wind up* · *little streams* · *entered* · *similar to the sound that drags* · *shake all over* · *rotten taste; splashes* · *wet* · *swell up*

de dónde les vendría a ese par de hijas suyas aquel mal ejemplo. Ella no se acuerda. Le da vuelta a° todos sus recuerdos y no ve claro dónde estuvo su mal o el pecado de nacerle una hija tras otra con la misma mala costumbre. No se acuerda. Y cada vez que piensa en ellas, llora y dice: «Que Dios las ampare a las dos».

Pero mi papá alega° que aquello ya no tiene remedio. La peligrosa es la que queda aquí, la Tacha, que va como palo de ocote crece y crece° y que ya tiene unos comienzos de senos que prometen ser como los de sus hermanas: puntiagudos° y altos y medio alborotados° para llamar la atención.

—Sí —dice—, llenará los ojos a cualquiera donde quiera que la vean. Y acabará° mal; como que estoy viendo que acabará mal.

Ésa es la mortificación de mi papá.

Y Tacha llora al sentir que su vaca no volverá porque se la ha matado el río. Está aquí, a mi lado, con su vestido color de rosa, mirando el río desde la barranca y sin dejar de llorar. Por su cara corren chorretes° de agua sucia como si el río se hubiera metido° dentro de ella.

Yo la abrazo tratando de consolarla, pero ella no entiende. Llora con más ganas. De su boca sale un ruido semejante al que se arrastra° por las orillas del río, que la hace temblar y sacudirse todita°, y, mientras, la creciente sigue subiendo. El sabor a podrido° que viene de allá salpica° la cara mojada° de Tacha y los dos pechitos de ella se mueven de arriba abajo, sin parar, como si de repente comenzaran a hincharse° para empezar a trabajar por su perdición.[2]

Juan Rulfo, El llano en llamas, Fondo de Cultura Económica, 1953.

Notas culturales

[1] *En las «culturas de la pobreza», como las que existen en México y otros países, una de las posibles reacciones del pueblo es aceptar como inevitable lo que no pueden cambiar. Muchos mexicanos, ante una realidad que les parece poco flexible, adoptan una actitud fatalista. En este cuento, la expresión «Es que… » del título sugiere cierto fatalismo: parece decir que «Así es la vida. No hay nada que hacer.» En los Estados Unidos, tal vez por tradición cultural y especialmente por las mejores condiciones económicas, no se nota tanto esta actitud. Históricamente siempre se ha creído en el progreso y se ha expresado la creencia en la eficacia del esfuerzo del individuo para superar sus circunstancias económicas y sociales.*

[2] *Es notable también en este cuento la relación que existe entre el individuo y las cosas, entre la persona y sus posesiones: el destino de Tacha está tan unido a la vida de su vaca y su becerro que se puede decir que está determinado por ellos. Inclusive los pechitos de Tacha la amenazan, porque inexorablemente la conducirán a la prostitución. Su tragedia, que se vincula a las fuerzas ciegas de la naturaleza, parece inevitable y Tacha no tendrá más remedio que resignarse a su destino.*

7-6 Comprensión. Conteste las siguientes preguntas.

A. Según la lectura.

1. ¿Cuántos años tiene Tacha?
2. ¿Cómo llegó Tacha a recibir la vaca?
3. ¿Qué le ha pasado a la vaca?
4. ¿Adónde fueron el narrador y su hermana para mirar el río?
5. ¿Por qué no podían entender lo que decía la gente?
6. ¿Se sabe lo que le pasó al becerro?
7. ¿Qué les había pasado a las dos hermanas mayores?
8. ¿De qué tiene miedo el padre ahora que se ha perdido la vaca?
9. ¿Qué esperanza les queda?
10. ¿Entiende la madre por qué le han resultado tan malas las dos hijas?
11. ¿Por qué es peligroso para Tacha su propio cuerpo?
12. ¿Cuál es la reacción de Tacha al sentir que su vaca no volverá?
13. ¿Cómo describe el narrador las lágrimas de ella?
14. ¿Por qué menciona Rulfo los pechitos de Tacha al final?

B. Comentarios generales.

1. Los estudiantes frecuentemente se describen como pobres. ¿Cuáles son algunas diferencias entre su pobreza y la de la familia del cuento?
2. ¿Cree que es posible quebrar el ciclo de pobreza en esta situación? ¿Qué pasará si las hijas tienen hijos? ¿Qué hace falta para salir de su situación desesperada? Explique.
3. ¿Cree que hay una solución al problema mundial de la pobreza? Explique su solución.
4. ¿Qué otros problemas requieren soluciones en el mundo? ¿Hay soluciones posibles? Explique.

Expansión

¿Desea más? Este cuento trata de los problemas de una familia rural mexicana. Otro buen cuento que pinta la dureza del trabajo en las minas de Chile en el siglo XIX, se encuentra en **www.textchoice.com/voices** en la **Heinle Voices Database.** Es *El chiflón del diablo* del autor chileno, Baldomero Lillo. Pertenece a la promoción literaria llamada naturalista que enfatiza ese lado desagradable de la sociedad.

7-7 Análisis literario. Conteste las siguientes preguntas.

1. Con frecuencia, Rulfo, imitando el uso popular, coloca el adjetivo demostrativo después del sustantivo a que se refiere. Dice, por ejemplo, «la creciente esta» en vez de «esta creciente». Busque Ud. dos ejemplos más de ese uso.
2. En el primer párrafo, ¿qué importancia tiene la muerte de la tía Jacinta en comparación con otras pérdidas que ocurrieron esa misma semana?
3. Describa Ud. el río y el proceso de la inundación.
4. Al comentar la pérdida de la vaca y su becerro, dice el narrador: «Si así fue, que Dios los ampare a los dos.» ¿Quién repite casi la misma frase?
5. El río arrastra los animales. ¿Qué arrastra a las hermanas?
6. Al final del cuento, ¿cómo se unen la descripción de Tacha y la de la naturaleza?
7. Aunque este cuento trata de una situación regionalista, ¿tiene aspectos o ideas universales? ¿Cuáles son?

7-8 Composición. Escriba un párrafo que se relacione con el cuento *Es que somos muy pobres* o con alguna parte del cuento. Use por lo menos cinco de las palabras o expresiones siguientes.

antes	después	en seguida	mientras	primero
de pronto	en cuanto	luego	poco después	tan pronto como

ATAJO

Grammar: Adverbs (types, **-mente**) **Phrases:** Describing places **Vocabulary:** Dreams and aspirations

7-9 Minidrama. Presenten Ud. y otra(s) persona(s) de la clase un breve drama sobre el tema de la pobreza. Algunos temas podrían ser:

1. Varios jóvenes discuten el efecto de la pobreza en su familia.
2. Tacha y su familia: diez años después de la pérdida de la vaca.
3. Tacha y su familia están discutiendo la pérdida de la vaca cuando llega un tío de Tacha con buenas noticias: ¡el padre de Tacha se ha ganado la lotería nacional!

7-10 Opiniones y actitudes. Escriba un párrafo sobre uno de los temas siguientes o explíqueselo a la clase.

1. Los problemas económicos que enfrentamos hoy día.
2. El efecto de la pobreza en nuestras ciudades.
3. Cómo se debe reformar la asistencia social *(welfare).*

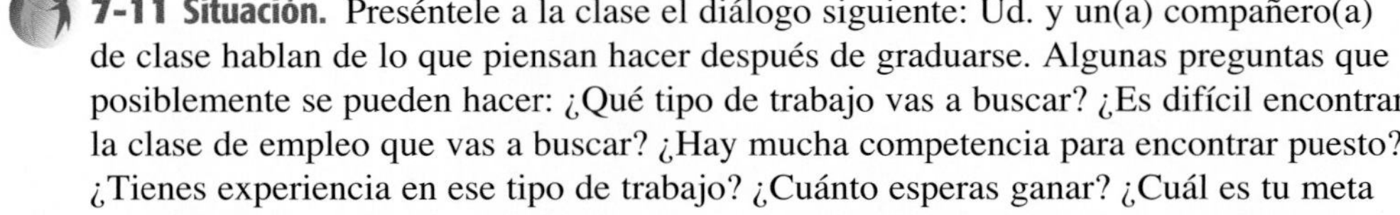

7-11 Situación. Preséntele a la clase el diálogo siguiente: Ud. y un(a) compañero(a) de clase hablan de lo que piensan hacer después de graduarse. Algunas preguntas que posiblemente se pueden hacer: ¿Qué tipo de trabajo vas a buscar? ¿Es difícil encontrar la clase de empleo que vas a buscar? ¿Hay mucha competencia para encontrar puesto? ¿Tienes experiencia en ese tipo de trabajo? ¿Cuánto esperas ganar? ¿Cuál es tu meta *(goal)* profesional? ¿Es necesario vivir en cierta región del país si encuentras ese tipo de empleo? ¿Te gustaría vivir allí?

Diego Rivera

Diego Rivera (1887–1957) es uno de los artistas mexicanos más famosos de la época de la Revolución de 1910. La Revolución influyó mucho en los artistas de este tiempo y provocó un gran cambio en las artes. Los líderes de la Revolución utilizaron el arte pictórico para ponerse en contacto con un pueblo que en su mayoría era analfabeto. De ese modo podían hablar con el pueblo, ofrecerle su ayuda en la lucha, indicarle sus metas y hacerlo conscientes del valor de su ciudadanía en una gran nación. Los temas del arte de esta época son sociales y revolucionarios: la pobreza, las condiciones de trabajo, la reforma agraria y los problemas de la gente común —el obrero, el indígena y el campesino.

La expresión más típica de este arte se encuentra en las pinturas murales de los edificios públicos de México, pinturas grandes y, por lo general, realistas. La creación de estas obras ha sido apoyada desde 1922 por el gobierno. En ese año, David Alfaro Siqueiros, otro gran muralista mexicano, dijo que la misión de la pintura social en México era crear obras de gran tamaño y de un realismo absoluto, con nuevas técnicas para atraer la atención del pueblo.

Diego Rivera es tal vez el artista que mejor cumplió con la misión social de los muralistas. En su juventud, el entusiasmo de Rivera por la Revolución le inspiró un profundo interés por conocer la historia de su pueblo. Viajó a todas partes, estudiando todos los aspectos de su patria: sus maravillosos monumentos y artefactos precolombinos; su historia; sus mitos, leyendas y tradiciones; su flora y fauna y, sobre todo, su gente. Rivera vio a sus compatriotas con los ojos de un humanista que quería dar expresión, tanto al sufrimiento y al dolor de entonces, como a la grandeza del pasado prehispánico. También vivió en Europa, donde pasó unos quince años estudiando la larga tradición del arte europeo. El resultado de su ardua labor se manifestó en las grandes obras que produjo entre 1922 y 1957. Su obra maestra es una serie de pinturas murales en el Palacio Nacional de México, cuyo tema es el conflicto entre el indígena y el español. Por primera vez en la historia del arte un artista buscó representar la épica mexicana, y al hacerlo Rivera dejó a la pintura posterior un estilo original, compuesto de lo mexicano y lo moderno, de lo tradicional y lo experimental. No sólo logró comunicar el mensaje de la Revolución, sino que estableció la importancia del muralismo mexicano en la historia del arte.

➤ Escuela al aire libre

(Ver la página 91.) Los primeros ejemplos del arte mural y algunas de las mejores obras posteriores se hallan en instituciones educativas. Ya que la mayoría de la población de México no vivía en las ciudades, se reconocía la necesidad de llevar la educación al campo. En el cuadro *Escuela al aire libre* vemos a una de las maestras rurales que enseñaban a los campesinos, allí donde se encontraban: al aire libre, en el campo. ¿Quiénes son los alumnos de la escuela? ¿Cuántas generaciones se pueden observar en ese cuadro?

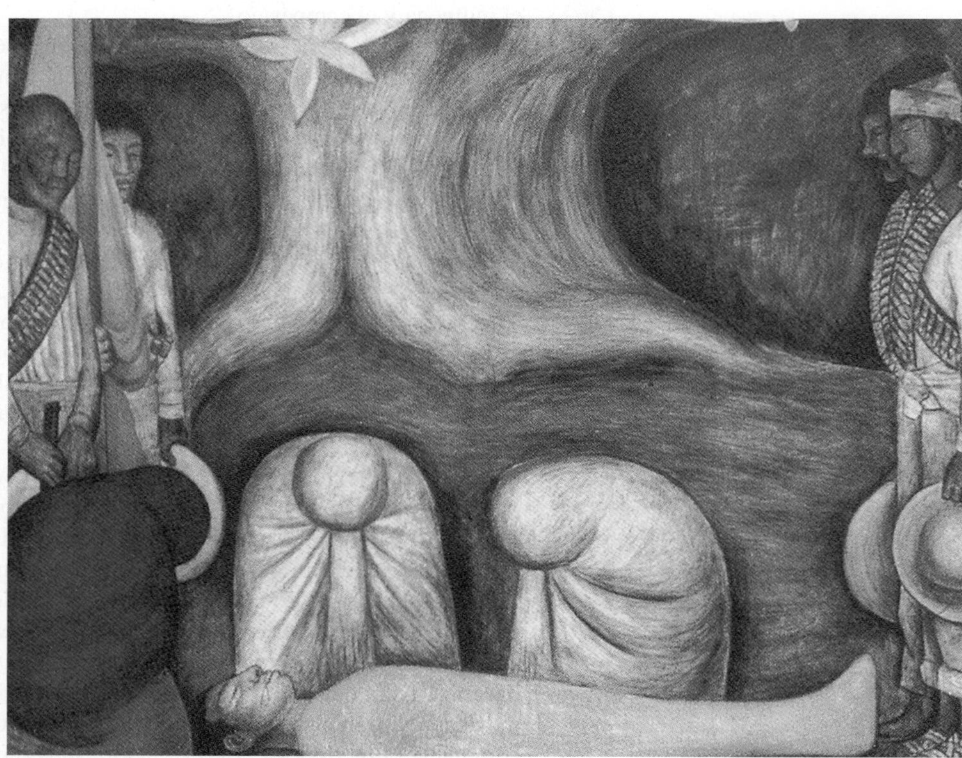

▲ Florecimiento de la Revolución

Entre 1926 y 1927 pintó Rivera más de cuarenta pinturas murales en la capilla de la Escuela Nacional de Agricultura en Chapingo. Todas representan, en forma simbólica, el concepto del mundo del artista e incluyen un comentario sobre la revolución social. En esta pintura se ve que la muerte del joven revolucionario hace florecer el árbol que está en el fondo. Es decir, el sacrificio del joven libera la tierra de sus opresores. ¿Qué piensa Ud. de tales sacrificios? ¿Se pueden justificar a veces? ¿Cuándo?

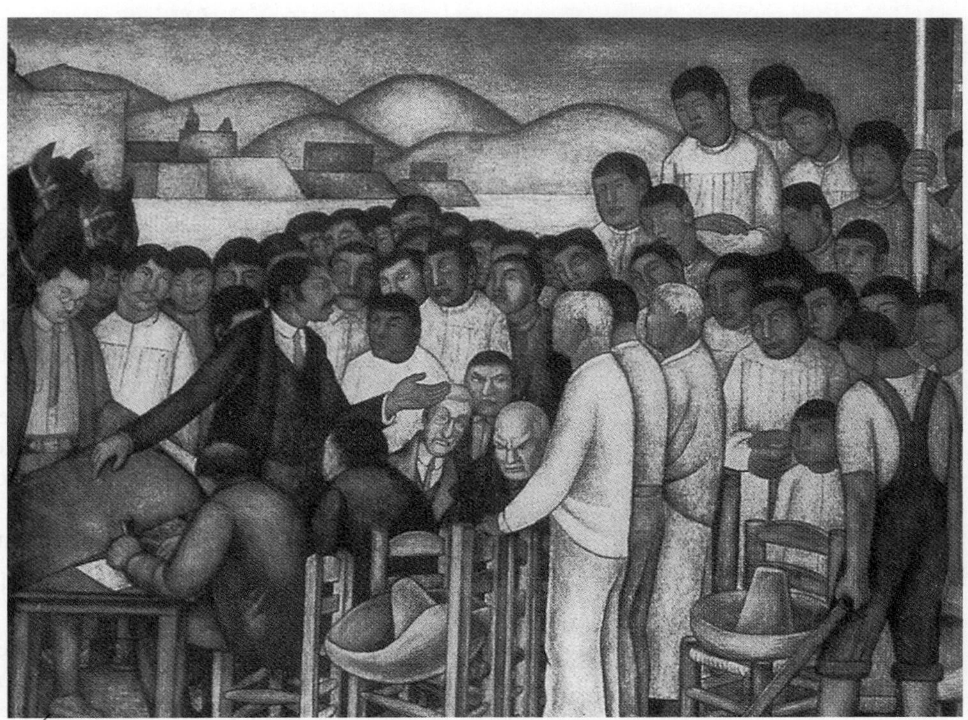

El triunfo de la Revolución

a day laborer

Los peones que siguieron a Emiliano Zapata durante la Revolución Mexicana se rebelaron a favor de «pan y tierra». Después de la Revolución empezaron a distribuir la tierra y las cosechas, como se puede ver en esta pintura de Rivera.

¿Cómo se visten los campesinos? ¿Se visten igual los hombres que están más cerca de la mesa? Descríbalos.

¡A explorar!

7-12 ¿Qué opina? Haga las siguientes actividades.

1. Según lo que hemos visto en las pinturas de Rivera, ¿cuáles son algunos de los problemas que existen en el campo mexicano? ¿Qué soluciones ofrece el pintor?
2. ¿Cómo se puede comparar el tema de *Es que somos muy pobres* con la temática de una de las pinturas de Rivera?

3. La esposa de Rivera, Frida Kahlo, también era artista muy importante que se interesaba mucho por el concepto de la mexicanidad. Su obra también refleja los dolores físicos que sufrió en la vida, así como su actitud hacia la muerte. Busque Ud. informes sobre ella en Internet y prepare un informe para presentar en la clase.
4. En México, la sociedad influye muchísimo en el arte y la literatura. Comente esta observación, refiriéndose a las obras que ha estudiado.

7-13 El arte de escribir. Escriba un ensayo breve sobre uno de los temas siguientes.

1. Una película que critica algún aspecto —racial, social, político, económico— de la sociedad norteamericana.
2. La responsabilidad social del (de la) artista o del (de la) escritor(a). ¿Basta el arte por el arte o debe tener el (la) artista o el (la) escritor(a) una misión social?
3. Lo que se debe hacer para mejorar las condiciones económicas en los Estados Unidos.

ATAJO

Vocabulary: Quantity, banking **Phrases:** Talking about the recent past
Grammar: Passive with **se**

7-14 Para investigar. Hagan esta actividad en grupo.

Busque en Internet o en la biblioteca información sobre el perfil económico de algún país hispánico comparado con los Estados Unidos. Puede incluir estadísticas y descripciones narrativas. Considere el promedio de la renta por persona, etcétera. Prepare un informe para la clase o una composición según indique su profesor. Los websites del gobierno son buena fuente para información de los Estados Unidos.

Los movimientos revolucionarios del siglo XX

UNIDAD

8

La trinchera (1923–1924). José Clemente Orozco hizo esta pintura para la Escuela Preparatoria. ¿Cuál es el tema de la obra?

Literatura

Un día de éstos, Gabriel García Márquez

Arte

José Clemente Orozco y David Alfaro Siqueiros

- La trinchera (1923–1924)
- El sollozo (1939)
- Hombre en llamas (1938–1939)

Expansión

¡A explorar!

Cine

Es posible ver la obra de García Márquez en forma cinematográfica en *El coronel no tiene quien le escriba* (1999, 118 min.). El coronel espera en vano que le comiencen a pagar la pensión a la cual tiene derecho por su larga carrera militar. Actúan Fernando Luján, Marisa Paredes y Salma Hayek en este drama intenso de esperanza y desilusión.

Literatura

Enfoque

La pobreza, la injusticia y la desesperación son condiciones que pueden producir conflictos y rebelión. Las grandes revoluciones hispanoamericanas del siglo XX —la mexicana en 1910, la boliviana en 1952 y la cubana en 1959— tuvieron una base popular, compuesta de gente que creía que el gobierno no representaba sus intereses. Otros levantamientos en Nicaragua con los Sandinistas en 1979 y la más reciente «Revolución bolivariana» del general Hugo Chávez en Venezuela han tenido como política mejorar las condiciones económicas del pueblo pero son movimientos dirigidos desde arriba. En la Revolución Mexicana de 1910, por ejemplo, Pancho Villa y Emiliano Zapata fueron apoyados por peones que buscaban escapar de la pobreza en que vivían. En nuestros días los líderes todavía necesitan el apoyo de la gente de las clases obreras si quieren producir verdaderos cambios revolucionarios.

Los medios de comunicación han llevado a la atención de las clases bajas la existencia de una enorme diferencia entre su nivel de vida y el de las clases media y alta. Han aumentado las expectativas tanto del obrero como del campesino. Puesto que pocos gobiernos han podido satisfacer estas expectativas, la posibilidad de una reacción violenta ha aumentado todavía más. Esta situación tiene su aspecto irónico, ya que los gobiernos han entendido bien la importancia de los medios de comunicación y los han utilizado para conseguir el apoyo o, por lo menos, la aceptación del pueblo.

La literatura ha ayudado a atacar las malas condiciones sociales y económicas. Un tema favorito es la violencia que caracteriza las revoluciones y sus repercusiones en la sociedad. El cuento que se incluye aquí, *Un día de éstos,* del colombiano Gabriel García Márquez, ejemplifica las posibilidades literarias del tema de la violencia que ha dominado la política y la vida pública colombianas desde hace medio siglo. Cuando la violencia existe a tal grado, la gente se acostumbra a verla como parte de la vida cotidiana.

8-1 Anticipación. Trabajen en grupos pequeños.

La primera oración del **Enfoque** menciona tres causas comunes de los conflictos revolucionarios: la pobreza, la injusticia y la desesperación. Con sus compañeros de clase decida el orden de importancia de las tres. Explique su elección y compare sus decisiones con las de los otros grupos de la clase.

Vocabulario útil

Estudie Ud. estas palabras.

Verbos

afeitar *to shave*
pedalear *to pedal*
pulir *to polish*
sacar *to take out*
servirse de (i, i) *to use*

Sustantivos

el alcalde *mayor*
la barba *beard*
el brazo *arm*
el diente *tooth*
la escupidera *spittoon*
la fresa *drill*
el gabinete *office*
la gaveta *drawer*
la lágrima *tear*
la mandíbula *jaw*
la muela *molar*
el olor *odor*
la silla *chair*
el sillón *chair, armchair*

Adjetivos

anterior *previous*

Otras palabras y expresiones

pegar un tiro *to shoot*
la sala de espera *waiting room*

8-2 Para practicar. Complete las oraciones con la forma apropiada de una palabra del **Vocabulario útil.**

EMILIO ¿Cómo fue tu visita al dentista?

CLARA Bueno, llegué un poco antes de las ocho y tuve que esperar en la ______. Me dijo la recepcionista que el ______ había llegado inesperadamente. Tenía la ______ toda hinchada *(swollen)* porque tenía una ______ dañada *(infected)*.

EMILIO ¿Lo viste entonces?

CLARA En ese momento, no, pero la señorita me dijo que el dentista no quería recibirlo, pero el alcalde le dijo que si no lo recibía, le iba a ______.

EMILIO ¡Qué barbaridad!

CLARA Tú sabes cómo es. Además, todo el mundo sabe que el dentista y él son enemigos políticos.

EMILIO Sí. Me han dicho que el dentista le tiene miedo y por eso tiene un revólver en la ______ de una mesa en su ______. Ha dicho el dentista que ______ del revólver si fuera necesario.

CLARA Es verdad. Pero en esa ocasión no pasó nada. Después de un rato salió el alcalde. Era obvio que no se había ______ por varios días, porque tenía la ______ muy larga. El dentista le había ______ la muela y el pobre tenía ______ en los ojos. No dijimos nada y él salió en seguida. Creo que tenía vergüenza *(he was ashamed)*.

Preparación para la lectura

8-3 Antes de leer. Los artículos y los pronombres son palabras pequeñas pero generalmente es necesario reconocer a qué se refieren. Es importante comprender su significado. ¿A qué se refieren estos pronombres y artículos?

1. Las revoluciones hispanoamericanas del siglo XX —**la** mexicana en 1910, **la** boliviana en 1952 y **la** cubana en 1959— tuvieron una base popular.
2. Hay una enorme diferencia entre su nivel de vida y **el** de las clases media y alta.
3. Los gobiernos han entendido bien la importancia de los medios de comunicación y **los** han utilizado para conseguir el apoyo del pueblo.
4. Cuando la violencia existe a tal grado, la gente se acostumbra a ver**la** como modo natural de proceder.
5. Compare sus decisiones con **las** de los otros grupos de la clase.
6. Llegó su enemigo político al gabinete pero el dentista no quería recibir**lo**.
7. Después de la muerte del abuelo del joven, sus padres **lo** mandaron a Barranquilla.
8. A García Márquez no **le** ha gustado mucho el renombre, ya que esencialmente es un hombre modesto y tímido.

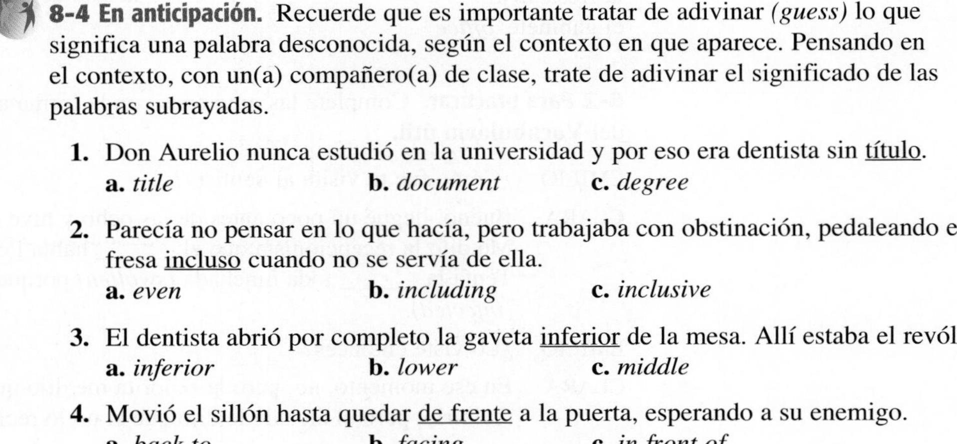

8-4 En anticipación. Recuerde que es importante tratar de adivinar *(guess)* lo que significa una palabra desconocida, según el contexto en que aparece. Pensando en el contexto, con un(a) compañero(a) de clase, trate de adivinar el significado de las palabras subrayadas.

1. Don Aurelio nunca estudió en la universidad y por eso era dentista sin título.
   a. *title* **b.** *document* **c.** *degree*
2. Parecía no pensar en lo que hacía, pero trabajaba con obstinación, pedaleando en la fresa incluso cuando no se servía de ella.
   a. *even* **b.** *including* **c.** *inclusive*
3. El dentista abrió por completo la gaveta inferior de la mesa. Allí estaba el revólver.
   a. *inferior* **b.** *lower* **c.** *middle*
4. Movió el sillón hasta quedar de frente a la puerta, esperando a su enemigo.
   a. *back to* **b.** *facing* **c.** *in front of*
5. El dentista le movió la mandíbula con una cautelosa presión de los dedos.
   a. *apprehension* **b.** *pension* **c.** *pressure*
6. El alcalde vio la muela a través de las lágrimas.
   a. *crossing* **b.** *through* **c.** *traversing*
7. Él buscó su dinero en el bolsillo del pantalón.
   a. *pocket* **b.** *purse* **c.** *bag*

Gabriel García Márquez (1928–)

Gabriel García Márquez

Gabriel García Márquez nació en Aracataca, un pueblo pequeño en la costa del Caribe, en Colombia. Allí vivió unos ocho años, en la casa de sus abuelos, mientras sus padres vivían en otra parte. Muchos años más tarde, el autor había de recordar esos años como la época más importante de su vida. Su abuelo le contaba historias de la Guerra de los Mil Días (1899–1902) y del legendario General Uribe, historias que el escritor utilizaría después en su famosísima novela *Cien años de soledad,* donde el General se transformaría en la figura del Coronel Aureliano Buendía. Su abuela le contaba muchas cosas sobrenaturales, pero siempre lo hacía en un tono ordinario, como si lo irreal fuera natural. Así de ella aprendió el niño una técnica para narrar cosas que ya de adulto caracterizaría varias de sus obras literarias. La cultura de Aracataca refleja la de la costa: en parte es africana y en parte es hispánica, una mezcla que hace que sea única y exótica. Allí lo real parece ser fantástico y lo fantástico se acepta a veces como real, de modo que muchas de las percepciones de García Márquez en sus novelas se basan en una realidad vívida, ya que son parte de la cultura que lo rodeaba de niño.

Después de la muerte de su abuelo, sus padres mandaron al joven a Barranquilla y después a Zipaquirá, un pueblo cerca de Bogotá, para su educación secundaria. Después estudió leyes, primero en Bogotá y después en Cartagena. Pero en esos años empezó a escribir cuentos y a leer vorazmente, especialmente obras de Kafka y Faulkner. También se hizo periodista, escribiendo primero para *El Universal* de Cartagena y, después, para *El Heraldo* de Barranquilla y *El Espectador* de Bogotá. En 1955 el gobierno hizo que se cerrara *El Espectador*. García Márquez se encontraba en Europa, donde era corresponsal del periódico. Sin fondos ni empleo, se quedó tres años en Europa, escribiendo dos novelas en París y haciendo varios viajes. En 1958 volvió a Colombia y se casó. Después de la revolución cubana en 1959, trabajó para la *Prensa Latina* de Cuba en Bogotá, La Habana y Nueva York.

Durante esos años, García Márquez publicó tres novelas *(La hojarasca, La mala hora y El coronel no tiene quien le escriba)* y los cuentos que se incluyen en la colección *Los funerales de la Mamá Grande*.

En 1961 se estableció en México, donde en los años siguientes escribió guiones para cine con el famoso escritor mexicano Carlos Fuentes. En enero de 1965 cuando salía para Acapulco con su familia de vacaciones, se le ocurrió cómo contar *Cien años de soledad*. Volvió a México y durante dos años se dedicó completamente a la creación de esa novela.

La publicación de *Cien años de soledad* en 1967 constituyó un fenómeno extraordinario. En seguida la novela se hizo popular, tanto entre los críticos como entre los lectores generales. Ya han aparecido casi cincuenta ediciones en español y se ha traducido la novela a casi todos los idiomas del mundo. García Márquez recibió el Premio Nobel en literatura (1982), pero no le ha gustado mucho el renombre, ya que esencialmente es un hombre modesto y tímido. Es una novela que tiene muchos niveles de interpretación: se puede estudiar como síntesis de la cultura occidental, como resumen de la historia hispanoamericana o como novela regional entre otros muchos. Casi todos los críticos han indicado que es la novela más importante que ha aparecido en Hispanoamérica.

En años recientes, García Márquez ha publicado otras novelas *(El otoño del patriarca, Crónica de una muerte anunciada, El amor en los tiempos del cólera, El general en su laberinto* y *Del amor y otros demonios),* dos volúmenes de cuentos *(La increíble y triste historia de la cándida Eréndira y de su abuela desalmada* y *Doce cuentos peregrinos)* y varios libros de reportaje y de ensayos. En 2001 publicó el primer tomo de sus memorias (proyectadas en tres tomos) *Vivir para contarla (Living to Tell the Tale)*. En 2004 publicó otra novela: *Memorias de mis putas tristes* sobre un hombre que se enamora por primera vez a los 90 años.

El cuento que se incluye aquí, *Un día de éstos,* fue publicado en 1962, en *Los funerales de la Mamá Grande*. La acción tiene lugar en Macondo, pueblo imaginario que también es el pueblo de *Cien años de soledad*. Es un cuento que refleja tanto el humor sardónico del autor, como su preocupación por la violencia que, desgraciadamente, ha caracterizado varias épocas de la historia colombiana.

Un día de éstos[1]

El lunes amaneció tibio° y sin lluvia. Don Aurelio Escovar, dentista sin título y buen madrugador°, abrió su gabinete a las seis. Sacó de la vidriera° una dentadura postiza° montada aún en el molde de yeso° y puso sobre la mesa un puñado° de instrumentos que ordenó de mayor a menor, como en una exposición°. Llevaba una camisa a rayas°, sin cuello, cerrada arriba con un botón dorado°, y los pantalones sostenidos con cargadores elásticos°. Era rígido, enjuto°, con una mirada que raras veces correspondía a la situación, como la mirada de los sordos°.

Cuando tuvo las cosas dispuestas° sobre la mesa rodó° la fresa hacia el sillón de resortes° y se sentó a pulir la dentadura postiza. Parecía no pensar en lo que hacía, pero trabajaba con obstinación, pedaleando en la fresa incluso cuando no se servía de ella.

Después de las ocho hizo una pausa para mirar el cielo por la ventana y vio dos gallinazos° pensativos que se secaban° al sol en el caballete° de la casa vecina. Siguió trabajando con la idea de que antes del almuerzo volvería a llover. La voz destemplada° de su hijo de once años lo sacó de su abstracción.

—Papá.

—Qué.

—Dice el alcalde que si le sacas una muela.

—Dile que no estoy aquí.

Estaba puliendo un diente de oro. Lo retiró a la distancia del brazo y lo examinó con los ojos a medio cerrar°. En la salita de espera volvió a gritar su hijo.

—Dice que sí estás porque te está oyendo.

El dentista siguió examinando el diente. Sólo cuando lo puso en la mesa con los trabajos terminados, dijo:

—Mejor.

Volvió a operar la fresa. De una cajita de cartón° donde guardaba las cosas por hacer, sacó un puente de varias piezas y empezó a pulir el oro.

—Papá.

—Qué.

Aún no había cambiado de expresión.

—Dice que si no le sacas la muela te pega un tiro.

Sin apresurarse°, con un movimiento extremadamente tranquilo, dejó de pedalear en la fresa, la retiró del sillón y abrió por completo la gaveta inferior de la mesa. Allí estaba el revólver.

—Bueno —dijo—. Dile que venga a pegármelo.

Hizo girar° el sillón hasta quedar de frente a la puerta, la mano apoyada en el borde° de la gaveta. El alcalde apareció en el umbral. Se había afeitado la mejilla izquierda, pero en la otra, hinchada y dolorida°, tenía una barba de cinco días. El dentista vio en sus ojos marchitos muchas noches de desesperación. Cerró la gaveta con la punta de los dedos y dijo suavemente:

—Siéntese.

—Buenos días —dijo el alcalde.

—Buenos —dijo el dentista.

Mientras hervían° los instrumentos, el alcalde apoyó el cráneo° en el cabezal° de la silla y se sintió mejor. Respiraba un olor glacial. Era un gabinete pobre: una vieja silla de madera, la fresa de pedal, y una vidriera con pomos

warm
early riser; glass case
set of false teeth; plaster
handful
display; striped
golden; held up by suspenders
skinny
deaf people
arranged; pushed
(fig.) dental chair
buzzards; drying themselves; ridge of the roof
shrill
half-closed
small cardboard box
Without hurrying
He turned
edge
swollen and painful
were boiling; skull
headrest

de loza° Frente a la silla, una ventana con un cancel de tela° hasta la altura de un hombre. Cuando sintió que el dentista se acercaba, el alcalde afirmó los talones° y abrió la boca.

Don Aurelio Escovar le movió la cara hacia la luz. Después de observar la muela dañada°, ajustó la mandíbula con una cautelosa presión° de los dedos.

—Tiene que ser sin anestesia —dijo.

—¿Por qué?

—Porque tiene un absceso.

El alcalde lo miró en los ojos.

—Está bien —dijo, y trató de sonreír. El dentista no le correspondió°. Llevó a la mesa de trabajo la cacerola° con los instrumentos hervidos y los sacó del agua con unas pinzas° frías, todavía sin apresurarse. Después rodó la escupidera con la punta° del zapato y fue a lavarse las manos en el aguamanil°. Hizo todo sin mirar al alcalde. Pero el alcalde no lo perdió de vista°.

Era una cordal° inferior. El dentista abrió las piernas y apretó° la muela con el gatillo° caliente. El alcalde se aferró en las barras° de la silla, descargó toda su fuerza en los pies° y sintió un vacío helado° en los riñones°, pero no soltó un suspiro°. El dentista sólo movió la muñeca. Sin rencor, más bien con una amarga ternura°, dijo:

—Aquí nos paga veinte muertos, teniente.

El alcalde sintió un crujido de huesos° en la mandíbula y sus ojos se llenaron de lágrimas. Pero no suspiró hasta que no sintió salir la muela. Entonces la vio a través de las lágrimas. Le pareció tan extraña° a su dolor, que no pudo entender la tortura de sus cinco noches anteriores. Inclinado sobre la escupidera, sudoroso, jadeante°, se desabotonó la guerrera° y buscó a tientas el pañuelo° en el bolsillo del pantalón. El dentista le dio un trapo° limpio.

—Séquese las lágrimas —dijo.

El alcalde lo hizo. Estaba temblando. Mientras el dentista se lavaba las manos, vio el cielorraso° desfondado° y una telaraña polvorienta° con huevos de araña° e insectos muertos. El dentista regresó secándose las manos.

—Acuéstese —dijo— y haga buches de agua de sal°—. El alcalde se puso de pie, se despidió con un displicente° saludo militar, y se dirigió a la puerta estirando las piernas, sin abotonarse la guerrera.

—Me pasa la cuenta° —dijo.

—¿A usted o al municipio?

El alcalde no lo miró. Cerró la puerta, y dijo, a través de la red metálica°.

—Es la misma vaina°.

Gabriel García Márquez, *Un día de éstos*, de *Los funerales de la Mamá Grande*, 1962

ceramic bottles; cloth
dug in his heels
infected; pressure
didn't smile back
basin
forceps
toe; washbasin
didn't take his eyes off him
lower wisdom tooth; grasped
forceps; clasped the arms
pushed with all his strength with his feet; icy void; kidneys; didn't emit a sigh
bitter tenderness
the crunch of bone
alien
sweating, panting; tunic
felt for his handkerchief; rag
ceiling; crumbling; dusty cobweb
spider eggs
gargle with saltwater
peevish
Send me the bill
screen
thing

Nota cultural

[1] Un día de éstos *se publicó en 1962 en la colección de cuentos* Los funerales de la Mamá Grande. *El ambiente del cuento refleja las guerras fratricidas que caracterizaron las luchas entre liberales y conservadores en Colombia entre 1948 y 1958. «La Violencia», como dicen los colombianos al referirse a esas guerras, tuvo un efecto profundo en todo el país, especialmente en los pueblos más pequeños, como vemos en este cuento de García Márquez.*

8-5 Comprensión. Conteste las siguientes preguntas.

A. Según la lectura.

1. ¿A qué hora abrió don Aurelio su gabinete?
2. ¿Cómo reacciona el dentista al saber que el alcalde ha llegado?
3. ¿De qué sufre el alcalde?
4. ¿Cómo amenaza *(threatens)* el alcalde al dentista?
5. ¿Qué busca el dentista antes de dejar entrar al alcalde?
6. Después de sentarse, el alcalde se siente mejor. Pero, ¿cómo reacciona al sentir que se acerca el dentista?
7. ¿Por qué tiene que sacar la muela el dentista sin anestesia?
8. ¿Qué dice el dentista justo antes de sacarla?
9. ¿Cómo reacciona el dentista al ver las lágrimas del otro?
10. ¿Cómo sabemos que el alcalde tiene un control absoluto sobre el pueblo?

B. Comentarios generales.

1. ¿Cuál de los dos hombres es más macho?
2. ¿Debía el dentista castigar *(punish)* al alcalde, su enemigo?
3. ¿Qué médico le da a Ud. más miedo cuando lo tiene que visitar? Explique.
4. Si Ud. tuviera que ser médico, ¿qué tipo preferiría ser? ¿Por qué?

Expansión

¿Desea más? Si desea leer otro cuento en la misma colección *(Los funerales de la mamá grande)* vaya a la **Heinle Voices Database** en **www.textchoice.com/voices** donde se encuentra uno *(«La prodigiosa tarde de Baltazar»)* que examina las clases sociales de Colombia.

8-6 Análisis literario. Conteste las siguientes preguntas.

1. El (La) lector(a) puede identificarse fácilmente con las reacciones del alcalde durante su visita al dentista. Mencione algunas de las reacciones con las cuales Ud. se identifica.
2. A otro nivel, el cuento puede interpretarse como una lucha política. Indique cómo entra la política en el cuento.
3. Ya sabe que el machismo es muy importante como fenómeno sociopsicológico en el mundo hispánico. ¿Cómo utiliza García Márquez ese concepto en su cuento?
4. ¿Con cuál de los dos hombres se identifica más el autor? Explique su respuesta.
5. *Un día de éstos* es un cuento en el cual se dice menos de lo que realmente pasa. Es decir, hay cosas que están pasando que no se expresan explícitamente en el texto. Comente sobre esa observación.

8-7 Descripción. Escriba dos párrafos sobre cómo reacciona Ud. cuando tiene que visitar al dentista. En el primer párrafo, describa cómo se siente, en qué piensa y lo que hace mientras espera el turno en la sala de espera. En el segundo, describa cómo se siente, en qué piensa y lo que hace mientras el dentista le arregla un diente. También puede indicar cómo reacciona Ud. al salir del gabinete. Aquí tiene Ud. algunas palabras que le pueden ser útiles para su descripción.

agarrar *to grasp*
ahogarse *to choke*
alivio *relief*
ayudante *(m or f) assistant*
doler (ue) *to hurt, ache (a tooth, for example)*
empastar *to fill (a tooth)*
empaste *(m) filling*
encía *gum (of the mouth)*
hacerle daño a uno *to hurt someone*
incómodo(a) *uncomfortable*
lengua *tongue*
nervioso(a) *nervous*
recepcionista *(m or f) receptionist*
revista *magazine*
saliva *saliva*
tragar *to swallow*

8-8 Minidrama. Presenten un breve drama sobre el tema de una visita al (a la) dentista. Algunos temas posibles son:

1. Mientras el (la) dentista le empasta un diente a una persona, le hace preguntas filosóficas o políticas que no tienen contestación simple. La pobre persona trata de responder.
2. Una persona visita a un(a) dentista por primera vez. El (La) dentista parece ser muy competente y la persona se siente tranquila mientras el (la) dentista le da la anestesia. Pero mientras el (la) dentista le arregla el diente, la persona lo (la) reconoce. Es…
3. Tres personas están sentadas en la sala de espera de un(a) dentista. Empiezan a conversar. Una de las personas es estoica: no siente ningún dolor mientras el (la) dentista le arregla los dientes. Otra, que fue recepcionista de un dentista, menciona cosas terribles que vio en esa época de su vida. La tercera tiene mucho miedo cuando tiene que ir al dentista. En cierto momento, oyen gritar a la persona que está en el gabinete con el (la) dentista.

8-9 Opiniones y actitudes. Escriba un párrafo sobre uno de los temas siguientes o explíqueselo a la clase.

1. Cómo influyen los medios de comunicación en la política.
2. Aspectos positivos o negativos del derecho de la libertad de palabra en nuestro país.
3. La violencia en nuestro país: ¿Es un rasgo de nuestra cultura? ¿Qué causas tiene? ¿Qué podemos hacer para disminuirla *(reduce it)*?

ATAJO

Phrases: Agreeing and disagreeing; Comparing and distinguishing; Expressing an opinion **Grammar:** Comparisons: Adjectives, Equality, Inequality; Verbs: Subjunctive **Vocabulary:** Media: newsprint, photograph & video, television & radio

8-10 Situación. Con un(a) compañero(a) de clase, preséntenle a la clase un diálogo en el cual discutan la cuestión de la libertad de la prensa. Uno de Uds. cree que hay muchos abusos de esa libertad y cita el ejemplo de reportajes *(reports)* extensos sobre la historia sexual de los políticos, cosa que parece surgir *(emerge)* en casi todas las campañas políticas hoy día y que refleja nuestra tradición puritana. Él (Ella) cree que se presta demasiada atención a eso, ya que el país enfrenta problemas mucho más graves y la prensa debe interesarse más por esos problemas. El otro, al contrario, cree que es justo hacer caso de ese aspecto de la vida de un político. Para él (ella) no es cuestión de actitudes puritanas. Se debe explorar todo aspecto de la personalidad y del carácter de un candidato, ya que eso puede indicar si se puede tener confianza en la persona. Una persona que es inmoral en su vida personal también puede ser capaz de ser inmoral como político.

José Clemente Orozco y David Alfaro Siqueiros

Las cualidades que se asocian con la obra de **José Clemente Orozco** (1883–1949), uno de los tres grandes pintores del muralismo mexicano, son la austeridad, la soledad y la sobriedad. Presenta un mundo sombrío de drama y de luto, un mundo cruel y caótico. Orozco nació en Jalisco (como Juan Rulfo, autor cuya obra ya se ha visto), uno de los estados más pobres de México. Pasó sus años formativos en la ciudad de México. Durante los agitados años de la Revolución Orozco creó una serie de caricaturas en las que criticaba varios aspectos de la Revolución que él había observado personalmente cuando luchó en ella con las fuerzas de Carranza. En las décadas siguientes, Orozco se dedicó al muralismo, creando extraordinarias pinturas murales, tanto en los Estados Unidos como en su país.

Hay ciertos temas que se repiten con frecuencia en la obra de Orozco: la desigualdad, la corrupción y la crueldad; la venalidad y la falsedad de muchos líderes del pueblo; la sumisión nada heroica de las masas que sufren o mueren por ideales que no comprenden y la ingratitud de la humanidad para su mesías, sea Cristo o Quetzalcóatl. Sin embargo, su visión no es totalmente pesimista. Así, por ejemplo, el Prometeo de su pintura *Hombre en llamas* sugiere que algún día ha de nacer un hombre nuevo y puro que tal vez justifique la humanidad. Así es que se puede afirmar que Orozco añade al humanismo del muralismo mexicano un aspecto místico que da a su obra una cualidad única.

De los tres grandes pintores del muralismo mexicano, sólo **David Alfaro Siqueiros** (1896–1974) dedicó gran parte de su vida a las luchas políticas y económicas. Participó personalmente en los movimientos sindicales y luchó en favor de las fuerzas revolucionarias, en México y en España. Siendo estudiante de arte fue encarcelado por su participación en una huelga estudiantil violenta en 1910. En los años siguientes el pintor sufrió períodos de encarcelamiento o de destierro (voluntario o forzado) por su participación en actividades políticas controversiales. Se le ha criticado este aspecto de su vida, ya que no hay duda de que la cantidad, si no la calidad, de su producción artística sufrió como resultado. Pero los mismos móviles de las actividades políticas de Siqueiros —su energía, su dinamismo, su entusiasmo y su agresividad— también resultaron en las grandes innovaciones técnicas con que él contribuyó a la pintura mural. Éstas incluyen la proyección de las figuras hacia adelante, contornos que parecen querer salir de la pared; el énfasis en la acción, en el movimiento; el uso simultáneo de diferentes texturas; el uso de equipos de pintores que emplean aparatos y materiales modernos para trabajar; y el uso de colores y formas con vida propia. La temática de Siqueiros es siempre social: el sufrimiento de la clase obrera; el conflicto entre el socialismo y el capitalismo; el conflicto armado provocado por la desesperación del pueblo ante la corrupción y la decadencia de la sociedad burguesa. Para Siqueiros su arte era como un arma que podría utilizarse en favor del progreso de su pueblo y como un grito capaz de hacer rebelar a los que siempre habían sufrido la injusticia y la miseria.

▲ El sollozo (1939)

La angustia y el sufrimiento son temas que aparecen con frecuencia en las obras de Siqueiros. Aquí, el pintor logra captar la esencia de esos sentimientos. En la pintura, ¿qué parte del cuerpo se nota más? ¿Qué otro pintor sabía sugerir la tercera dimensión en sus pinturas?

◄ La trinchera (1923–1926)

(Ver la página 105.) En la pintura, *La trinchera* que es de la serie que pintó Orozco para la Escuela Preparatoria, el artista retrata la muerte de manera directa, sencilla y austera. Describa la pintura, indicando el estilo y el uso de las formas geométricas que se encuentran en ella.

▲ El hombre de fuego (1938)

Aunque el mundo que retrató Orozco en el Hospicio Cabañas de Guadalajara es aparentemente negativo —un mundo en el que triunfan la injusticia, la traición y la corrupción—, en la cúpula del Hospicio representó el pintor una visión puramente espiritual, tremendista, de la creación en las llamas de un hombre nuevo y purificado que tal vez había de justificar la humanidad. El tema se vincula al concepto azteca del hombre que debe ser sacrificado para que siga brillando el sol sobre la humanidad. ¿Cómo describiría Ud. el movimiento de la pintura? ¿Qué relación hay entre la pintura y el edificio?

¡A explorar!

8-11 ¿Qué opina? Haga las siguientes actividades.

1. ¿Existe alguna relación entre el tema de una de las pinturas de Orozco y el cuento de García Márquez? ¿Cuál es?
2. Busque en Internet o en la biblioteca otros ejemplos de las obras de Orozco o de Siqueiros y descríbale a la clase lo que significan.
3. ¿Conoce Ud. la obra de otro artista que haya contribuido a la innovación técnica como lo hizo Siqueiros? ¿Quién es? ¿Cuál es una de sus innovaciones?
4. ¿Hay algunas pinturas murales en la ciudad donde vive Ud.? ¿Dónde se encuentran? ¿Cómo son?
5. Comente el uso de temas mitológicos en las diversas pinturas que ha estudiado.

8-12 El arte de escribir. Escriba un ensayo breve sobre uno de los temas siguientes.

1. El gobierno nacional y las artes: ¿Debe el gobierno apoyar las artes? Si las apoya, ¿debe tener el derecho de utilizarlas para propósitos de propaganda?
2. La misión de las artes en la ciudad moderna: ¿Se debe permitir arte de intención política en los edificios públicos?
3. ¿Cree que el *grafiti* popular debe ser permitido en las paredes públicos? Explique su opinión.

ATAJO

Grammar: Verbs: **ver & mirar,** preterite & imperfect **Phrases:** Talking about films
Vocabulary: Arts, emotions (negative & positive)

8-13 Para investigar. Haga esta actividad en grupo.

Busquen en Internet o en la biblioteca información sobre otros casos del uso político del arte. Preparen un informe para la clase. Algunas posibilidades son los casos del arte comunista en la Unión Soviética, el arte nazista de la Alemania de los 1930s y 1940s y el arte de los grupos étnicos en los Estados Unidos, comenzando en los 1960s, o cualquier otra manifestación que quiera. Podría tomar en consideración la pintura, la literatura, la escultura, el cine, etcétera.

La educación en el mundo hispánico

UNIDAD

9

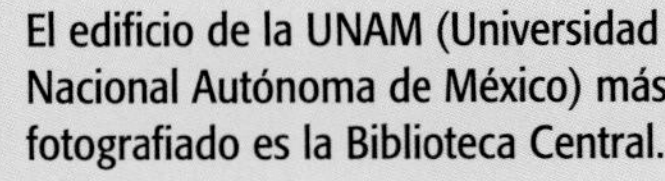

El edificio de la UNAM (Universidad Nacional Autónoma de México) más fotografiado es la Biblioteca Central.

Literatura

La noche de Tlatelolco, Rosario Castellanos y Elena Poniatowska

Arte

La Ciudad Universitaria

- La Biblioteca Central
- Alegoría de México
- El pueblo a la universidad —la universidad al pueblo

Expansión

¡A explorar!

Cine

Para una exposición de los riesgos que amenazan a los periodistas en los países donde el gobierno controla la prensa, mire *El juego de Arcibel,* que cuenta de un hombre que escribe una crónica sobre el ajedrez. El gobierno interpreta sus descripciones del juego como amenazas políticas (2004, 114 min.). Para un ejemplo de los efectos de la televisión en las noticias, hay que ver *Crónicas* (en inglés) con John Leguizamo, Damiano Alcázar y Leonor Watling. Muestra lo que pasa cuando unas personalidades agresivas en el mundo de las noticias televisivas encuentran algo que vale su atención en un pueblo sudamericano. Siempre están al punto de convertirse a sí mismos en el foco del reportaje (2005, 108 min.).

Literatura

Enfoque

Aunque en España el concepto de la autonomía universitaria tuvo raíces medievales, en la América colonial el estado y la Iglesia ejercían un control riguroso sobre la educación. Sólo en el siglo XIX, después de ganar la independencia, se estableció la idea de que la clave de una verdadera institución educativa superior consistía en su autonomía. En la universidad se había de tener libertad absoluta para investigar, enseñar y aprender. Pero aunque los gobiernos se declaraban a favor de tal autonomía, existía la tendencia de intervenir en la universidad o de suprimir su autonomía si los del gobierno no estaban de acuerdo con las decisiones del cuerpo directivo. Esta situación preparó el terreno para lo que se conoce en Hispanoamérica como la Reforma Universitaria, un movimiento general que comenzó en 1918 en la Universidad de Córdoba, Argentina, y se extendió rápidamente a las otras universidades hispanoamericanas. Entre otras cosas, el manifiesto exigía autonomía política, docente y administrativa de la universidad, participación en su gobierno de profesores y alumnos, libertad de enseñanza e instrucción gratuita.

El mismo impulso que produjo el manifiesto se hizo evidente en México, cuyos líderes revolucionarios incluyeron en la Constitución de 1917 un artículo estableciendo la autonomía de la instrucción superior y de la investigación. Sin embargo, los ideales de la Reforma Universitaria no han impedido choques entre los estudiantes y el gobierno. Uno de esos choques es el que se conoce como «la noche de Tlatelolco», para referirse a los hechos del 2 de octubre de 1968.

Varios acontecimientos, no muy relacionados entre sí, establecieron el ambiente en que habían de producirse los hechos de Tlatelolco. Fuera del país había el ejemplo de protestas y motines en varias capitales: Tokio, Praga, París, Roma, Santiago. Dentro del país las preparaciones para los Juegos Olímpicos hicieron que la prensa mundial se fijara en México. En julio de 1968 lo que había comenzado como querella callejera *(street quarrel)* entre grupos rivales de estudiantes en la capital resultó en lo que los estudiantes consideraban ser el uso de la fuerza excesiva de la policía. Siguieron las demostraciones estudiantiles, algunas violentas, e intervinieron las fuerzas armadas. La reacción de los estudiantes no se hizo esperar: los estudiantes de la UNAM (Universidad Nacional Autónoma de México) y del IPN (Instituto Politécnico Nacional) formaron el Consejo Nacional de Huelga y en las grandes demostraciones que organizaron había participación no sólo de los estudiantes, sino también de miles de obreros, campesinos y ciudadanos ordinarios. La situación era difícil, ya que los estudiantes eran intransigentes en su oposición a la abrogación de sus derechos civiles, y el gobierno, frente a la publicidad de la prensa mundial, no se atrevía a ceder. El resultado fue la masacre del 2 de octubre que resultó en más de 350 muertos y en centenares de heridos y detenidos. Para agravar *(worsen)* la situación el gobierno trató de mantener en secreto el número de muertos. La historia oficial sostenía que los muertos sólo sumaban treinta.

En el año 2001, después de setenta y un años en el poder, el Partido Revolucionario Institucional perdió la presidencia. Durante su campaña electoral, el presidente Vicente Fox prometió abrir los archivos, antes secretos, sobre éste y otros acontecimientos ocurridos durante la época del PRI. Ahora se están investigando. En 2005 el tribunal supremo decidió que demasiado tiempo había pasado para procesar al expresidente Luis Echeverría, que en 1968 era el ministro del interior y mandaba las fuerzas de seguridad que tomaron parte en la violencia. Todavía hay demostraciones de miles de estudiantes cada 2 de octubre.

Una de las obras más importantes que fue publicada poco después de la confrontación es *La noche de Tlatelolco* (traducida al inglés en 1991 con el título de *Massacre in Mexico*), de Elena Poniatowska, quien nos ofrece un collage de entrevistas, declaraciones, discursos, poesías y reportajes que en su conjunto representan la realidad objetiva y viva de un episodio horrendo.

En la sección sobre arte se presenta un ensayo sobre la Ciudad Universitaria, sitio de la UNAM, una de las universidades más espléndidas del mundo. La originalidad y belleza de su arquitectura y el valor artístico de sus numerosos murales son una afirmación de los valores nacionales y una inspiración para los jóvenes que allí se educan.

 **9-1 Anticipación.** Trabajen en grupos pequeños.

Han ocurrido manifestaciones estudiantiles en los Estados Unidos. Con unos compañeros de clase, hagan una lista de motivos de protesta de parte de los estudiantes universitarios durante los años recientes. Comparen su lista con las de los otros grupos de la clase.

Vocabulario útil

Estudie estas palabras.

Verbos

disparar *to shoot*
herir (ie) *to wound*
huir *to flee, run away*
impedir (i, i) *to stop, keep from*
lesionarse *to be wounded*
recordar (ue) *to remember*
rodear *to surround*

Sustantivos

el anuncio *announcement*
el cine *movies*
el (la) corresponsal *correspondent*
el diario *daily newspaper*
el disparo *gunshot*
el edificio *building*
el ejército *army*
el (la) obrero(a) *worker*
la oscuridad *darkness*
el papel *role, part*
el piso *floor*
el relámpago *lightning, flash*
el reportaje *newspaper article*
el soldado *soldier*

Otras palabras y expresiones

el derramamiento de sangre *bloodshed*

9-2 Para practicar. Complete el párrafo con la forma adecuada de una palabra del **Vocabulario útil.**

Ayer fui al ______ para ver una película sobre la Segunda Guerra Mundial. John Wayne hizo el ______ de un general en el ______ de los Estados Unidos. Tuvo que pasar tiempo en el hospital porque ______ en una batalla. El representante del *New York Times,* un ______ de Nueva York, escribió un ______ sobre el general. Tanto el general como el ______ se hicieron famosos.

9-3 Más práctica. Complete estas oraciones con una palabra del **Vocabulario útil.**

1. Además de reportajes el diario contiene ______.
2. Frecuentemente tiene reportajes sobre gente que murió de un ______.
3. Parece que un tema favorito de los diarios es el ______ ______ ______ en las calles de la ciudad.
4. Informa también sobre el tiempo y presentan fotos de los ______ de las tormentas.
5. También sirve para cubrir el ______ cuando hay un perrito nuevo en la casa.

9-4 Palabras relacionadas. Para adivinar el sentido de una palabra desconocida, puede ser útil considerar si tiene raíz común con otra palabra conocida. En el **Vocabulario útil,** compare las palabras *disparar* y *disparo*. Las siguientes palabras tienen palabras relacionadas en la lista. Encuentre éstas, adivine su significado y escríbalo en el espacio en blanco.

1. El corresponsal **anunció** que al participar en el **rodeo,** el hombre habría sufrido una **herida** que no es muy buen **recuerdo** de la experiencia. ______ ______ ______ ______
2. Ya está **oscuro** y es un gran **impedimento** para los que buscan al hombre perdido. ______ ______
3. El periódico sale **diariamente.** ______

Preparación para la lectura

9-5 En anticipación. Recuerde que, aunque son palabras pequeñas, los pronombres y artículos pueden ser importantes para comprender la lectura. ¿A qué se refieren las palabras indicadas en estas oraciones?

1. La sensibilidad que revela en sus novelas también penetra sus poesías. En **ellas** hallamos una nota íntima.
2. Dicen que el ejército tuvo que repeler a tiros el fuego de francotiradores. Prueba de **ello** es que el general José Hernández Toledo recibió un balazo en el tórax.
3. Los cuerpos de las víctimas no pudieron ser fotografiados debido a que los elementos del ejército **lo** impidieron.
4. No muy lejos se desplomó una mujer, no se sabe si lesionada por algún proyectil o a causa de un desmayo. Algunos jóvenes trataron de auxiliar**la** pero los soldados **lo** impidieron.

Rosario Castellanos (1925–1974)

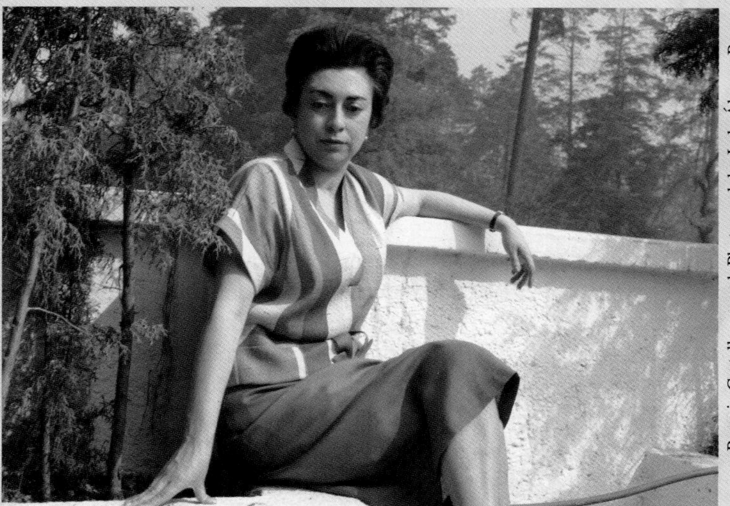

Rosario Castellanos, n.d. Photograph by Lola Álvarez Bravo.

Rosario Castellanos, México

La inesperada muerte de **Rosario Castellanos** en 1974 privó a México de la voz que tal vez mejor ha representado la conciencia de la mujer mexicana. Nacida en la capital en 1925, pasó la autora su niñez y juventud en Chiapas y en Comitán. El sur de México había de ser el escenario de sus mejores novelas, *Balúm-Canán* y *Oficio de tinieblas,* en las que se presenta la miseria atroz en que vive el indígena. La sensibilidad que revela Castellanos en sus novelas también penetra sus poesías. En ellas hallamos, además de su preocupación por el indígena, una nota íntima que nos deja comprender su visión de lo que es auténtico y eterno en la vida humana. El poema «Memorial de Tlatelolco», por Rosario Castellanos, fue publicado en el libro *La noche de Tlatelolco*.

Memorial de Tlatelolco

La oscuridad engendra° la violencia
y la violencia pide oscuridad
para cuajar° el crimen.
Por eso el 2 de octubre aguardó hasta la noche
para que nadie viera la mano que empuñaba°
el arma, sino sólo su efecto de relámpago.

¿Y a esa luz°,
breve y lívida, quién? ¿Quién es el que mata?
¿Quiénes los que agonizan°, los que mueren?
¿Los que huyen sin zapatos?
¿Los que van a caer al pozo° de una cárcel?
¿Los que se pudren° en el hospital?
¿Los que se quedan mudos, para siempre, de espanto°?

gives birth to
(fig.) to hide
gripped
by that light
lie dying
well
rot
fright

¿Quién? ¿Quiénes? Nadie. Al día siguiente, nadie.
La plaza amaneció barrida°; los periódicos
dieron como noticia principal
el estado del tiempo.
Y en la televisión, en el radio, en el cine
no hubo ningún cambio de programa,
ningún anuncio intercalado° ni un
minuto de silencio en el banquete.
(Pues prosiguió el banquete.)

No busques lo que no hay: huellas°, cadáveres
que todo se le ha dado como ofrenda a una diosa,
a la Devoradora de Excrementos.[1]
No hurgues° en los archivos pues nada consta en actas°.
Mas he aquí que° toco una llaga°: es mi memoria
Duele luego es verdad°. Sangre con sangre
y si la llamo mía traiciono a todos.

Recuerdo, recordamos. Ésta es nuestra manera de ayudar a que amanezca
sobre tantas conciencias mancilladas°,
sobre un texto iracundo°, sobre una reja abierta,
sobre el rostro amparado° tras la máscara
Recuerdo, recordemos
hasta que la justicia se siente° entre nosotros.

Rosario Castellanos (1925–1974) en *La noche de Tlatelolco,* 1971

swept
interpolated
tracks, footprints
poke around; is officially recorded
But now; I'm touching an open wound; It hurts, therefore it's true
dirtied
wrathful
protected
is established

Elena Poniatowska (1933–)

Elena Poniatowska

Nacida en París, ha vivido **Elena Poniatowska** en México, ciudad natal de su madre, desde los nueve años. Allí se ha asociado a la revista *Novedades* y ha publicado más de ocho libros, además de numerosos ensayos y artículos. Su novela *Hasta no verte Jesús mío* ganó el prestigioso premio de Mazatlán y ha merecido los encomios, tanto de los críticos, como del público. Sus obras más recientes incluyen *Tinísima,* una biografía novelada experimental de la fotógrafa radical italiana, Tina Modotti, en 1992 y *Paseo de la Reforma* en 1996, otra novela de escenario mexicano.

La noche de Tlatelolco, que se basa en entrevistas y reportajes acumulados por la autora durante tres años de duro trabajo, le ha ganado fama mundial. Con fina sensibilidad ha sabido Poniatowska escuchar las voces de los que atestiguaron los hechos que culminaron en la tragedia del 2 de octubre de 1968. Al leer su testimonio nosotros también escuchamos sus voces y sentimos su indignación. Ha dicho Poniatowska que, para ella, escribir es «un modo de relacionarse con los demás y quererlos». La angustia que produjo *La noche de Tlatelolco* es otra expresión de ese querer.

La noche de Tlatelolco (trozo)

En la primera parte de su reportaje describe la autora el origen de la masacre que tuvo lugar en la Plaza de las Tres Culturas (también llamada Tlatelolco, por su nombre indígena) en México el 2 de octubre de 1968. Los universitarios de la UNAM (Universidad Nacional Autónoma de México) y del IPN (Instituto Politécnico Nacional), apoyados por centenares de trabajadores y por hombres, mujeres, niños y viejos que simpatizaban con la causa de los universitarios, se reunieron en la plaza. Su intención fue protestar lo que ellos creían ser actos represivos del gobierno federal. Contra ellos estaban las fuerzas armadas del gobierno —elementos del ejército y de la policía— que, alarmados por la demostración, habían rodeado la plaza. Repentinamente unas luces de bengala° aparecieron en el cielo y se desencadenó una balacera° que convirtió el mitin en tragedia. El comentario y los reportajes citados por Poniatowska atestiguan la confusión y el horror que resultaron a raíz del° tiroteo inicial.

...A pesar de que los líderes del CNH (Consejo Nacional de Huelga) desde el tercer piso del edificio Chihuahua gritaban por el magnavoz°; «¡No corran compañeros, no corran, son salvas°! ¡No se vayan, no se vayan, calma!», La desbandada° fue general. Todos huían despavoridos° y muchos caían en la plaza, en las ruinas prehispánicas frente a la iglesia de Santiago

flares
volley of shots was unleashed
immediately following
loudspeaker
safe
hasty withdrawal; terrified

Tlatelolco. Se oía el fuego cerrado° y el tableteo° de ametralladoras°. A partir de ese momento, La Plaza de las Tres Culturas se convirtió en un infierno.

* * *

En su versión del jueves 3 de octubre de 1968 nos dice *Excélsior:* «Nadie observó de dónde salieron los primeros disparos. Pero la gran mayoría de los manifestantes° aseguraron que los soldados, sin advertencia° ni previo aviso° comenzaron a disparar... Los disparos surgían por todos lados, lo mismo de lo alto de un edificio de la Unidad Tlatelolco[2] que de la calle donde las fuerzas militares en tanques ligeros° y vehículos blindados° lanzaban ráfagas° de ametralladora casi ininterrumpidamente...» *Novedades, El Universal, El Día, El Nacional, El Sol de México, El Heraldo, La Prensa, La Afición, Ovaciones,*[3] nos dicen que el ejército tuvo que repeler a tiros° el fuego de francotiradores° apostados en las azoteas° de los edificios. Prueba de ello es que el general José Hernández Toledo que dirigió la operación recibió un balazo° en el tórax y declaró a los periodistas al salir de la intervención quirúrgica° que se le practicó: «Creo que si se quería derramamiento de sangre ya es más que suficiente con la que yo ya he derramado.» (*El Día,* 3 de octubre de 1968.)

Según Excélsior «se calcula que participaron 5.000 soldados y muchos agentes policiacos, la mayoría vestidos de civil°. Tenían como contraseña° un pañuelo envuelto en la mano derecha. Así se identificaban unos a otros, ya que casi ninguno llevaba credencial por protección frente a los estudiantes.

«El fuego intenso duró veintinueve minutos. Luego los disparos decrecieron pero no acabaron.»

Los tiros salían de muchas direcciones y las ráfagas de las ametralladoras zumbaban° en todas partes y, como afirman varios periodistas, no fue difícil que los soldados, además de los francotiradores, se mataran o hirieran entre sí°. «Muchos soldados debieron lesionarse entre sí°, pues al cerrar el círculo los proyectiles salieron por todas direcciones», dice el reportero Félix Fuentes en su relato del 3 de octubre en *La Prensa.* «El ejército tomó la Plaza de las Tres Culturas con un movimiento de pinzas°, es decir llegó por los dos costados° y 5 mil soldados avanzaron disparando armas automáticas contra los edificios», añade Félix Fuentes. «En el cuarto piso de un edificio, desde donde tres oradores habían arengado° a la multitud contra el gobierno, se vieron fogonazos°. Al parecer, allí abrieron fuego agentes de la Dirección Federal de Seguridad y de la Policía Judicial del Distrito.

«La gente trató de huir por el costado oriente de la Plaza de Las Tres Culturas y mucha lo logró pero cientos de personas se encontraron con columnas de soldados que empuñaban° sus armas a bayoneta calada° y disparaban en todos sentidos°. Ante esta alternativa las asustadas personas empezaron a refugiarse en los edificios pero las más corrieron por las callejuelas para salir a Paseo de la Reforma cerca del Monumento a Cuitláhuac.

«Quien esto escribe fue arrollado° por la multitud cerca del edificio de la Secretaría de Relaciones Exteriores.» No muy lejos se desplomó° una mujer, no se sabe si lesionada por algún proyectil o a causa de un desmayo°. Algunos jóvenes trataron de auxiliarla pero los soldados lo impidieron.

El general José Hernández Toledo declaró después que para impedir mayor derramamiento de sangre ordenó al ejército no utilizar las armas de alto calibre que llevaba (*El Día,* 3 de octubre de 1968). (Hernández Toledo

heavy fire; rattling; machine guns
demonstrators; warning; announcement
light; armored; bursts
repel by firing
sharpshooters; flat rooftops
bullet wound
surgical
civilian; countersign
buzzed
kill or wound each other; wounded each other
pinchers
sides
harrangued
flashes
grasped; with fixed bayonets
in all directions
trampled
collapsed
fainted

ya ha dirigido acciones contra la Universidad de Michoacán, la de Sonora y la Autónoma de México, y tiene a su mando° hombres del cuerpo de paracaidistas° calificados como las tropas de asalto mejor entrenadas° del país.) Sin embargo, Jorge Avilés, redactor° de *El Universal,* escribe el 3 de octubre: «Vimos al ejército en plena° acción; utilizando toda clase de armamentos, las ametralladoras pesadas empotradas en una veintena de yips°, disparaban hacia todos los sectores controlados por los francotiradores.» *Excélsior* reitera: «Unos trescientos tanques, unidades de asalto, yips y transportes militares tenían rodeada toda la zona, desde Insurgentes a Reforma, hasta Nonoalco y Manuel González. No permitían salir ni entrar a nadie, salvo° rigurosa identificación.» («Se Luchó a Balazos en Ciudad Tlatelolco. Hay un Número aún no Precisado° de Muertos y Veintenas° de Heridos», *Excélsior,* jueves 3 de octubre de 1968). Miguel Ángel Martínez Agis reporta: «Un capitán del Ejército usa el teléfono. Llama a la Secretaría de la Defensa. Informa de lo que está sucediendo: 'Estamos contestando con todo lo que tenemos…' Allí se veían ametralladoras, pistolas 45, calibre 38 y unas de 9 milímetros». («Edificio Chihuahua, 18 hrs.», Miguel Ángel Martínez Agis, *Excélsior,* 3 de octubre de 1968).

El general Marcelino García Barragán, Secretario de la Defensa Nacional, declaró: «Al aproximarse el ejército a la Plaza de las Tres Culturas fue recibido por francotiradores. Se generalizó un tiroteo° que duró una hora aproximadamente…

«Hay muertos y heridos tanto del Ejército como de los estudiantes: No puedo precisar en estos momentos el número de ellos.»

«—¿Quién cree usted que sea la cabeza de este movimiento?

«—Ojalá° y lo supiéramos.

Indudablemente no tenía bases para inculpar° a los estudiantes.

«—¿Hay estudiantes heridos en el Hospital Central Militar?

«—Los hay en el Hospital Central Militar, en la Cruz Verde, en la Cruz Roja. Todos ellos están en calidad de detenidos° y serán puestos a disposición del Procurador General° de la República. También hay detenidos en el Campo Militar número 1, los que mañana serán puestos a disposición del General Cueto, Jefe de la Policía del DF°.

«—¿Quién es el comandante responsable de la actuación° del ejército?

«—El comandante responsable soy yo (Jesús M. Lozano, *Excélsior,* 3 de octubre de 1968, «La libertad seguirá imperando°. El Secretario de Defensa hace un análisis de la situación.»). Por otra parte el jefe de la policía metropolitana negó que, como informó el Secretario de la Defensa, hubiera pedido la intervención militar en Ciudad Tlatelolco. En conferencia de prensa esta madrugada° el general Luis Cueto Ramírez dijo textualmente: «La policía informó a la Defensa Nacional en cuanto tuvo conocimiento de que se escuchaban disparos en los edificios aledaños a° la Secretaría de Relaciones Exteriores y de la Vocacional 7 en donde tiene servicios permanentes.» Explicó no tener° conocimiento de la ingerencia° de agentes extranjeros en el conflicto estudiantil que aquí se desarrolla desde julio pasado. La mayoría de las armas confiscadas por la policía son de fabricación° europea y corresponden a modelos de los usados en el bloque socialista. Cueto negó saber que políticos mexicanos promuevan° en forma alguna esta situación y afirmó no tener conocimiento de que ciudadanos estadounidenses hayan sido aprehendidos. «En cambio están prisioneros un guatemalteco, un alemán y otro

under his command
paratroopers; trained
editor
all out
jeeps
except after
Undetermined; Scores
exchange of fire
I wish that
blame
under arrest
Attorney General
Distrito Federal
actions
will continue to prevail
dawn
bordering on
He explained that he had no; intervention
manufacture
promoted

que por el momento no recuerdo.» (*El Universal, El Nacional,* 3 de octubre de 1968).

Los cuerpos de las víctimas que quedaron en la Plaza de las Tres Culturas no pudieron ser fotografiados debido a que° los elementos del ejército lo impidieron («Hubo muchos muertos y lesionados anoche», *La Prensa,* 3 octubre de 1968).

[Poniatowska cita a continuación los vanos cálculos del número de muertos, heridos y presos que resultaron de la masacre. Menciona que el diario inglés The Guardian, *tras una «investigación cuidadosa», indica que había 325 muertos. El número de heridos y detenidos sería mucho mayor aunque nunca fue posible establecer un número exacto.]*

Posiblemente no sepamos nunca cuál fue el mecanismo interno que desencadenó la masacre de Tlatelolco. ¿El miedo? ¿La inseguridad? ¿La cólera°? ¿El terror a perder la fachada°? ¿El despecho° ante el joven que se empeña en° no guardar las apariencias delante de las visitas?... Posiblemente nos interroguemos° siempre junto con Abel Quezada. ¿Por qué? La noche triste de Tlatelolco —a pesar de todas sus voces y testimonios— sigue siendo incomprensible. ¿Por qué? Tlatelolco es incoherente, contradictorio. Pero la muerte no lo es. Ninguna crónica nos da una visión de conjunto°. Todos —testigos° y participantes— tuvieron que resguardarse de° los balazos, muchos cayeron heridos. Nos lo dice el periodista José Luis Mejías («Mitin trágico», *Diario de la Tarde, México,* 5 de octubre de 1968): «Los individuos enguantados° sacaron sus pistolas y empezaron a disparar a boca de jarro° e indiscriminadamente sobre mujeres, niños, estudiantes y granaderos... Simultáneamente, un helicóptero dio al ejército la orden de avanzar por medio de una luz de bengala... A los primeros disparos cayó el general Hernández Toledo, comandante de los paracaidistas, y de ahí en adelante°, con la embravecida° tropa disparando sus armas largas y cazando° a los francotiradores en el interior de los edificios, ya a nadie le fue posible obtener una visión de conjunto de los sangrientos sucesos° ... Pero la tragedia de Tlatelolco dañó° a México mucho más profundamente de lo que lo lamenta *El Heraldo,* al señalar° los graves perjuicios° al país en su crónica («Sangriento encuentro en Tlatelolco», 3 de octubre de 1968): «Pocos minutos después de que se iniciaron los combates en la zona de Nonoalco, los corresponsales extranjeros y los periodistas que vinieron aquí para cubrir los Juegos Olímpicos comenzaron a enviar notas a todo el mundo para informar sobre los sucesos. Sus informaciones —algunas de ellas abultadas° — contuvieron comentarios que ponen en grave riesgo el prestigio de México.»

Todavía fresca la herida, todavía bajo la impresión del mazazo° en la cabeza, los mexicanos se interrogan atónitos°. La sangre pisoteada° de cientos de estudiantes, hombres, mujeres, niños, soldados y ancianos se ha secado° en la tierra de Tlatelolco. Por ahora la sangre ha vuelto al lugar de su quietud°. Más tarde brotarán° las flores entre las ruinas y entre los sepulcros°.

Elena Poniatowska, *La noche de Tlatelolco* (trozo), Ediciones Era S.A., 1971

due to the fact that
anger; face; annoyance
insists on
we will ask ourselves
complete picture
witnesses; protect themselves
wearing gloves; point blank
from then on
enraged; hunting
events
harmed
on pointing out; injuries
lengthy
blow with a club
amazed; trampled
has dried
rest; will bud; graves

Notas culturales

[1] *La Devoradora de Excrementos: La diosa azteca Tlazolteotl, diosa de la tierra y también de la procreación, del pecado carnal y de la confesión. La diosa recibía las confesiones, ya que Tlazolteotl «comía» pecados. Por combinar dicha divinidad, los conceptos de la procreación y del excremento —de lo vital y de lo asqueroso— Tlazolteotl inspira las últimas líneas de este reportaje, donde Elena Poniatowska sugiere que algún día brotarán flores de la sangre que se ha secado en la tierra de Tlatelolco.*

[2] *La plaza está rodeada de edificios de varios pisos; hay ruinas precolombinas, algunas dependencias del gobierno y unidades modernas de viviendas públicas. Representan las culturas indígena, española y mexicana. En la época azteca era el sitio del mercado general de la capital azteca, Tenochtitlán.*

[3] Excélsior, *etcétera, son nombres de periódicos de la capital. Las partes entre paréntesis son los encabezados, el periodista y la fecha de los artículos periodísticos en la época de la manifestación.*

9-6 Comprensión. Conteste las siguientes preguntas.

1. Según el poema, ¿por qué esperaba la violencia hasta la noche para llegar?
2. ¿Qué es la luz, breve y lívida?
3. ¿Qué significa cuando dice la poeta que en la tele, el radio y el cine no hubo ningún cambio de programa?
4. Si no hay nada en los archivos, ni hay cadáveres, ¿cómo es que no desaparece el incidente?
5. ¿De qué era prueba, según algunos, la herida del general Hernández Toledo?
6. ¿Qué contraseña llevaban los agentes policíacos vestidos de civil?
7. ¿Por qué cree Félix Fuentes que los soldados y policías se mataron y se hirieron entre sí?
8. ¿Con qué elementos rodearon toda la zona los del ejército?
9. ¿Por qué no pudieron fotografiar los cadáveres en la plaza?
10. ¿Cuántas personas murieron según *The Guardian*?

9-7 Opiniones. Exprese su opinión personal.

Elementos de la lectura

1. ¿Cree que las demostraciones de estudiantes tienen efecto? ¿Por qué sí o por qué no?
2. ¿Qué demostraciones tienen efecto hoy en todo el mundo? ¿Por qué son tan populares?

Conceptos generales

3. ¿Qué política le parece a Ud. que debe ser motivo de una demostración? Explique.
4. ¿A Ud. le interesa una carrera en la política? ¿Qué puesto le gustaría ganar? Explique.
5. ¿Cree que alguien que participa en una demostración debe sufrir consecuencias? ¿Por qué sí o por qué no?

Expansión

¿Desea más? La **Heinle Voices Database** contiene en **www.textchoice.com/voices** obras (poesía, cuento, ensayo) tanto de Castellanos como de Poniatowska. Hay además otros datos sobre sus vidas y obras en general.

9-8 Análisis literario. Conteste las siguientes preguntas.

1. ¿Qué efecto logra la poeta con la repetición de la segunda estrofa?
2. El poema tiene estos dos versos: «Recuerdo, recordamos.» y «Recuerdo, recordemos». ¿Cuál es la pequeña diferencia entre los dos y qué significa esa diferencia?
3. ¿Qué efecto logra Poniatowska al incluir muchas citas de periódicos y periodistas?
4. ¿Y el efecto de saltar de una persona o periódico a otro, a veces rápidamente y sin palabras de conexión?
5. En un reportaje como éste, ¿tiene importancia o no el «estilo» o la «calidad literaria»? Explique su opinión.

9-9 Reportaje. Ud. es un(a) periodista que acaba de entrevistar a un(a) estudiante que participó en el incidente de la Plaza de las Tres Culturas. Escriba un reportaje breve sobre lo que pudo haber dicho el entrevistado.

9-10 Minidrama. Presenten Ud. y otra(s) persona(s) de la clase un breve drama sobre uno de los temas siguientes.

1. Lo que les sucedió en una manifestación en que participaron.
2. Unos estudiantes tratan de convencer a otros para que participen en una protesta.
3. Unos estudiantes tratan de convencer a otros para que no participen en una protesta.

9-11 Opiniones y actitudes. Prepare una presentación de su opinión personal sobre uno de los siguientes temas.

1. La universidad debe tener autonomía total: ventajas y desventajas.
2. Los estudiantes tienen una responsabilidad especial de protestar contra los males de la sociedad en que viven.
3. Hay algunos aspectos de su universidad que deben ser motivo de protesta estudiantil.

9-12 Situación. Con un(a) compañero(a) de clase, preséntenle Uds. a la clase un diálogo en el cual discuten la cuestión de las protestas políticas. Uno de Uds. cree que es su deber *(duty)* emplear todos los métodos para ganar su meta. Hay que parar la actividad política y callar a los políticos con gritos que les impidan dar su discurso. Es aceptable poner obstáculos al comercio, cerrando los negocios, etc. El otro participante cree que las manifestaciones tienen que ser pacíficas y deben servir sólo como modo de captar la atención del público y no para poner obstáculos a la actividad legítima.

Arte

La Ciudad Universitaria

Después de la Revolución, un fuerte nacionalismo estimuló la producción de grandes pinturas murales en México, donde maestros como Rivera, Orozco y Siqueiros crearon un verdadero arte nacional y lograron comunicarle al pueblo el mensaje revolucionario a través de sus pinturas en las paredes interiores de numerosos edificios públicos. La segunda etapa de ese gran movimiento había de ser la pintura del exterior de edificios y la integración de ésta a la superficie de grandes masas estructurales. La oportunidad de explorar las posibilidades de esta integración de artes plásticas se presentó cuando en 1946 el gobierno donó un extenso terreno al sur de la capital para la construcción de la Ciudad Universitaria. Con la participación de más de 150 arquitectos, ingenieros y técnicos, la construcción de la parte básica de la Ciudad Universitaria se terminó en unos tres años. Entre los artistas que hicieron importantes contribuciones al proyecto se encontraban no sólo los ya establecidos —Rivera y Siqueiros— sino también otros como Juan O'Gorman y Francisco Eppens que habían de ganar fama por sus trabajos artísticos en el proyecto universitario.

En su totalidad, la arquitectura de la Ciudad Universitaria es una mezcla curiosa de lo moderno y de lo antiguo, de lo experimental y de lo tradicional. Siguiendo la fuerte tradición barroca del arte hispánico, los creadores de la Ciudad Universitaria insistieron en la integración de las artes y se obsesionaron por la decoración. Otra tradición allí presente es la del arte precolombino, tanto en la impresión de solidez y en el uso de la forma piramidal truncada, como en los motivos ornamentales y en los temas predominantes.

La Ciudad Universitaria representa la culminación de la producción de pinturas murales en México y establece la pintura mural en paredes exteriores como técnica que había de continuarse en México. Como fin de un ciclo de arte y como expresión del concepto del arte al servicio de la nación, el complejo de edificios que componen la Ciudad Universitaria ha de considerarse como monumento en la historia del arte hispanoamericano.

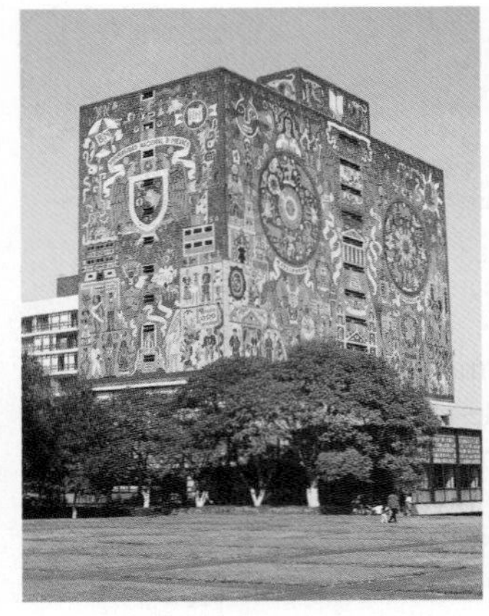

◄ La Biblioteca Central

(Ver la página 119.) Tal vez el edificio más famoso de la Universidad es la Biblioteca Central, una enorme estructura cúbica sin ventanas —sólo con pequeñas aberturas para la ventilación— y con enormes superficies planas. Éstas las decoró O'Gorman con centenares de figuras pequeñas referentes a varias épocas de la historia del mundo y de la historia de México, desde los tiempos precolombinos hasta nuestros días. Consciente del efecto del sol mexicano, que había de convertir un mosaico compuesto de vidrio en un gigante reflector, O'Gorman optó por componer su obra con piedras de cincuenta colores, recogidas en todas partes del país. Así, este edificio sintetiza y combina las varias tendencias del muralismo mexicano: la forma misma del edificio es moderna; el uso de materiales, experimental; la decoración, barroca, y la temática, tradicional. ¿Cuántos símbolos y objetos puede identificar en el mosaico de O'Gorman?

▲ El pueblo a la universidad —la universidad al pueblo

Esta obra de David Alfaro Siqueiros es un ejemplo interesante de la experimentación que tipifica el arte de la Ciudad Universitaria. ¿Cómo describiría esta pintura mural?

▲ Alegoría de México

En una enorme pared de la Facultad de Medicina, Ciudad Universitaria, Francisco Eppens pintó una *Alegoría de México,* que incluye una cabeza de tres caras —representativas del español, del mestizo y del indígena— y varios símbolos de los dioses precolombinos. Las líneas verticales y horizontales de la pintura armonizan perfectamente con las del edificio.

¿Sabe identificar el símbolo de Quetzalcóatl? ¿el de Tláloc?

¡A explorar!

9-13 ¿Qué opina? Haga las siguientes actividades.

1. Describa con sus propias palabras el edificio de la Biblioteca Central o la pintura mural de la Facultad de Medicina de la Ciudad Universitaria.
2. ¿Cómo se ha empleado el arte en la decoración de la escuela o en la universidad donde Ud. estudia? ¿Es una parte integral de la arquitectura? ¿Le gusta ese uso del arte?
3. ¿Qué importancia tiene la decoración en los edificios públicos? ¿Se puede justificar el gasto de los fondos públicos para tales cosas? ¿Por qué?

4. Busque en Internet más información sobre los otros magníficos edificios que componen la Ciudad Universitaria de la Universidad Nacional Autónoma de México.

9-14 El arte de escribir Escriba un ensayo sobre uno de los temas siguientes.

1. La participación de los estudiantes en la gobernación de la universidad.
2. Las cualidades de un(a) buen(a) profesor(a).
3. La cosa más importante que se puede hacer para mejorar la universidad.

ATAJO

Phrases: Describing people; Expressing an opinion **Grammar:** Comparisons; Subjunctive with **ojalá** **Vocabulary:** Personality; school (grades, studies, university)

9-15 Para investigar. Haga esta actividad en grupo.

Busquen en Internet o en la biblioteca información sobre una de las otras manifestaciones estudiantiles (Tokyo, Praga, Santiago de Chile, París, Roma) alrededor de 1968. Preparen un informe para el resto de la clase sobre las causas, el número calculado de participantes, conflictos violentos, muertos y heridos y resultados de las acciones en las universidades o las sociedades en las cuales ocurrieron.

La ciudad en el mundo hispánico

UNIDAD

10

El tema del autobús tipifica la vida de la metrópoli. ¿Ha usado el autobús para ir a la escuela alguna vez?

Matta (Roberto Sebastián Antonio Matta Echaurren). *The Bus,* from the portfolio *Scènes familières,* 1962. Etching, printed in color, plate: 12 15/16" x 17". Sheet: 19 3/4" x 25 5/8". Collection. The Museum of Modern Art, New York, Inter-American Fund.

Literatura

Una señora, José Donoso

Arte

El arte internacional de la metrópoli
(Roberto Sebastián Antonio Matta Echaurren, Joaquín Torres García, Alejandro Obregón)

- El autobús
- El puerto
- Amanecer en los Andes

Expansión

¡A explorar!

Cine

Gael García Bernal y Emilio Echevarría experimentan la vida urbana en la gran ciudad capital de México en *Amores perros* (2000, 153 min.). Es la primera película del director Alejandro González Iñárritu que ha ganado mucha fama con esta obra.

Literatura

Enfoque

Desde la época de los romanos, la historia de muchos países occidentales se ha vinculado estrechamente a la historia de sus grandes centros urbanos. En muchos países hispánicos se encuentra una gran concentración de poder y energía en la capital. Por ejemplo, casi la cuarta parte de la población total de la Argentina vive en Buenos Aires, y la capital controla el país. Similar es la situación de la Ciudad de México y otras capitales hispanoamericanas.

Las grandes ciudades hispánicas tienen mucho en común con las otras metrópolis del mundo. Por ejemplo, en ellas se encuentra el capital necesario para pagar a los artistas y los escritores. Por eso, sea Nueva York, Chicago, Santiago de Chile o Madrid, la ciudad grande casi siempre se destaca por su contribución a las artes. En la literatura de nuestro siglo se ve reflejado otro aspecto de la metrópoli: la deshumanización producida por las grandes aglomeraciones y el aislamiento que siente el individuo dentro de la masa. El cuento que se presenta a continuación, del chileno José Donoso, refleja el aislamiento existencial como rasgo general de la metrópoli. También se pueden encontrar en la narración algunas actitudes que caracterizan al habitante de la ciudad (en este caso, Santiago de Chile), al cual le gusta pasearse por su ciudad para ver y ser visto por los demás, con un espíritu de comunidad que es muy típico del hispanoamericano.

El arte que se ha desarrollado en los centros urbanos en las últimas décadas refleja tanto la complejidad del hombre de la metrópoli como el interés del artista por la obra de sus colegas en otros países. Ejemplos de esta arte son las pinturas de Roberto Antonio Sebastián Matta Echaurren, Joaquín Torres García y Alejandro Obregón: tres artistas hispanoamericanos modernos, que han contribuido mucho a la creación de una expresión urbana e internacional.

10-1 Anticipación. Trabajen en grupos pequeños.

Tradicionalmente la sociedad anglosajona ha preferido la vida del campo mientras la europea, y por extensión la hispanoamericana, ha demostrado preferencia por la vida urbana. Con sus compañeros de clase hagan Uds. una lista de las ventajas y desventajas de la vida urbana y la del campo. Comparen su lista con las de los otros grupos de la clase.

Vocabulario útil

Estudie estas palabras.

Verbos

aburrirse *to get bored*
agradar *to please*
asistir a *to attend*
bajarse de *to get off, get out of*
equivocarse *to make a mistake*
negarse a (ie) *to refuse to*
pasear(se) *to ride; to take a stroll*

Sustantivos

el abrigo *overcoat*
la acera *sidewalk*
el almuerzo *lunch*
el asiento *seat, chair*
el barrio *neighborhood*
la butaca *seat (armchair)*
el cambio *change, exchange*
la compra *purchase*
la esquina *comer*
el habitante *inhabitant*
el impermeable *raincoat*
el mercado *market*
el mueble *(piece of) furniture*
el paraguas *umbrella*
la pileta *swimming pool*
el tranvía *street car*
la vidriera *shop window*

Otras palabras y expresiones

en cambio *on the other hand*
hacer compras *to go shopping*

10-2 Para practicar. Complete el siguiente párrafo, usando la forma apropiada de las palabras o expresiones del **Vocabulario útil.**

En la primavera no _______ ; al contrario, me encantaban los días de lluvia. En esos días me ponía o _______ o _______ y salía de casa temprano. Solía tomar _______ para visitar uno de los _______ más remotos de la ciudad. Los otros preferían los días de sol del verano cuando podían nadar en la _______, pero yo no. A mí me gustaba más _______ por la ciudad, mirando a la gente que caminaba por la _______. En la _______ de cada calle se veía a mucha gente que llevaba _______ de varios colores. ¡Cuánto me gustaba imaginar sus historias! La verdad es que me sentía bastante triste cuando, después de viajar varias horas, tenía que volver a casa porque era hora del _______.

Preparación para la lectura

10-3 Opiniones. Con unos compañeros de clase intercambie opiniones sobre los siguientes temas.

1. ¿A Ud. le gusta pasar tiempo en la calle? ¿Por qué sí o por qué no?
2. A la mayoría nos gusta mirar a la gente que pasa. ¿A qué lugares le gusta ir para mirar a la gente? ¿Cuál es su favorito?

a. el centro comercial	**g.** la clase
b. una calle céntrica	**h.** la biblioteca
c. el transporte público	**i.** el barrio residencial
d. una cafetería universitaria	**j.** el gimnasio
e. el parque	**k.** la tienda de comestibles
f. puestos de comida rápida	**l.** un café al aire libre

3. ¿Puede ser peligroso mirar a la gente demasiado? ¿Puede ser que lo (la) toman por acosador(a) *(stalker)*?

10-4 ¿De acuerdo o no? Si Ud. no esta de acuerdo con las siguientes afirmaciones, cámbielas para expresar su opinión personal.

1. Los hombres deben negarse a usar paraguas porque son cosas de mujeres.
2. Los días de lluvia no afectan mi estado de ánimo.
3. El espíritu de comunidad se nota más en los grandes centros urbanos que en los pequeños.
4. Es más fácil formar amistades en las ciudades grandes porque hay más gente y más oportunidades para conocer a personas compatibles.
5. En la ciudad en que vivo, la mayor parte de la gente utiliza regularmente los medios de transporte público.

José Donoso (1924–1996)

José Donoso

Este escritor nació en Santiago de Chile en 1924, de una familia de la alta burguesía. En su juventud viajó a la Argentina, donde trabajó de pastor *(shepherd)* en la pampa. Estudió en la Universidad de Chile y en Princeton University, donde terminó sus estudios universitarios en 1951. Ha sido periodista y catedrático *(professor)* en universidades de Chile y de los Estados Unidos, pero más que nada es escritor profesional. Murió en 1996. Además de varias colecciones de cuentos, Donoso publicó cuatro novelas: *Coronación* (1957), *Este domingo* (1966), *El lugar sin límites* (1966) y *El obsceno pájaro de la noche* (1970).

La obra de Donoso puede estudiarse en muchos niveles, pero predominan dos: el social y el psicológico. El aspecto social se encuentra especialmente en sus cuentos, donde el autor describe la vida cotidiana de la ciudad, la decadencia de las altas clases sociales y el aislamiento que impone la ciudad al individuo. En sus novelas Donoso profundiza el aspecto psicológico y presenta el mundo interior de sus personajes. Esa realidad subjetiva domina y transforma la realidad exterior.

Los dos aspectos mencionados de las ficciones de Donoso —la descripción de la realidad exterior de la ciudad grande y la presentación del mundo interior de sus personajes— pueden observarse en el cuento «Una señora». Su estilo y estructura son aparentemente directos y clásicos, pero debajo de la capa realista el autor presenta el retrato de un individuo de la metrópoli, cuyo aislamiento y deseo de comunicarse se manifiestan en sus acciones y en lo que escoge observar de la realidad que lo rodea.

Una señora

No recuerdo con certeza° cuando fue la primera vez que me di cuenta de su existencia. Pero si no me equivoco, fue cierta tarde de invierno en un tranvía que atravesaba° un barrio popular.

Cuando me aburro de mi pieza y de mis conversaciones habituales, suelo tomar algún tranvía, cuyo recorrido° desconozco° y pasear así por la ciudad.[1] Esa tarde llevaba un libro por si se me antojara° leer, pero no lo abría. Estaba lloviendo esporádicamente y el tranvía avanzaba casi vacío. Me senté junto a una ventana, limpiando un boquete° en el vaho° del vidrio° para mirar las calles.

No recuerdo el momento exacto en que ella se sentó a mi lado. Pero cuando el tranvía hizo alto° en una esquina, me invadió aquella sensación tan corriente° y, sin embargo, misteriosa, que cuanto veía, el momento justo° y sin importancia como era, lo había vivido antes, o tal vez soñado. La escena me pareció la reproducción exacta de otra que me fuese conocida: delante de mi, un cuello rollizo° vertía sus pliegues° sobre una camisa deshilachada°; tres o cuatro personas dispersas ocupaban los asientos del tranvía; en la esquina habia una botica de barrio con su letrero° luminoso, y un carabinero° bostezó° junto al buzón rojo, en la oscuridad que cayó en pocos minutos. Además, vi una rodilla cubierta por un impermeable verde junto a mi rodilla.

Conocía la sensación, y más que turbarme° me agradaba. Así, no me molesté en indagar° dentro de mi mente dónde y cómo sucediera° todo esto antes. Despaché la sensación con una irónica sonrisa interior, limitándome a volver la mirada para ver lo que seguía de° esa rodilla cubierta con un impermeable verde.

Era una señora. Una senora que llevaba un paraguas mojado en la mano y un sombrero funcional en la cabeza. Una de esas señoras cincuentonas, de las que hay por miles en esta ciudad: ni hermosa ni fea, ni pobre ni rica. Sus facciones° regulares mostraban los restos° de una belleza banal. Sus cejas se juntaban más de lo corriente° sobre el arco de la nariz, lo que era el rasgo más distintivo de su rostro.

Hago esta descripción a la luz de hechos posteriores, porque fue poco lo que de la señora observé entonces. Sonó el timbre°, el tranvía partió haciendo desvanecerse° la escena conocida, y volví a mirar la calle por el boquete que limpiara° en el vidrio. Los faroles° se encendieron. Un chiquillo salió de un despacho° con dos zanahorias° y un pan en la mano. La hilera° de casas bajas se prolongaba a lo largo de la acera: ventana, puerta; ventana, puerta, dos ventanas, mientras los zapateros, gasfíteres° y verduleros° cerraban sus comercios exiguos°.

Iba tan distraído° que no noté el momento en que mi compañera de asiento se bajó del tranvía. ¿Cómo había de notarlo si después del instante en que la miré ya no volví a pensar en ella?

No volví a pensar en ella hasta la noche siguiente.

Mi casa está situada en un barrio muy distinto° a aquél por donde me llevara el tranvía la tarde anterior. Hay árboles en las aceras y las casas se ocultan a medias° detrás de rejas° y matorrales°. Era bastante tarde, y yo estaba cansado, ya que pasara° gran parte de la noche charlando con amigos ante cervezas y tazas de cafe. Caminaba a mi casa con el cuello° del abrigo muy subido. Antes de atravesar una calle divisé una figura que se me antojó° familiar, alejándose bajo la oscuridad de las ramas°. Me detuve, observándola

certainty
was crossing
route; I'm not familiar with
if I should feel like
spot; steam; glass
stopped
ordinary; that very moment
plump; spilled its folds; worn
sign; guard; yawned
bothering me
to inquire; had happened
was attached to
features; remains
more than usual
bell
disappear
I had cleaned; street lights
store; carrots; row
plumbers; greengrocers
small
distracted
different from
are half hidden; railings; shrubbery
I spent
collar
seemed
branches

un instante. Sí, era la mujer que iba junto a mí en el tranvía la tarde anterior. Cuando pasó bajo un farol reconocí inmediatamente su impermeable verde. Hay miles de impermeables verdes en esta ciudad, sin embargo no dudé de que se trataba del suyo, recordándola a pesar de haberla visto sólo unos segundos en que nada de ella me impresionó. Crucé a la otra acera. Esa noche me dormí sin pensar en la figura que se alejaba bajo los arboles por la calle solitaria.

Una mañana de sol, dos días después, vi a la señora en una calle céntrica°. El movimiento°de las doce estaba en su apogeo°. Las mujeres se detenían en las vidrieras para discutir la posible adquisición de un vestido o de una tela°. Los hombres salían de sus oficinas con documentos bajo el brazo. La reconocí de nuevo al verla pasar mezclada con° todo esto, aunque no iba vestida como en las veces anteriores. Me cruzó una ligera extrañeza° de por qué su identidad no se había borrado° de mi mente, confundiéndola con el resto de los habitantes de la ciudad.

En adelante comencé a ver a la señora bastante seguido°. La encontraba en todas partes y a toda hora. Pero a veces pasaba una semana o más sin que la viera. Me asaltó la idea melodramática de que quizás se ocupara en seguirme. Pero la deseché° al constatar° que ella, al contrario que yo, no me identificaba en medio de la multitud.[2] A mí, en cambio, me gustaba percibir su identidad entre tanto rostro desconocido.

Me sentaba en un parque y ella lo cruzaba llevando un bolsón° con verduras. Me detenía a comprar cigarrillos y estaba ella pagando los suyos. Iba al cine, y allí estaba la señora, dos butacas más allá. No me miraba, pero yo me entretenía observándola. Tenía la boca más bien gruesa°. Usaba un anillo grande, bastante vulgar.

Poco a poco la comencé a buscar. El día no me parecía completo sin verla. Leyendo un libro, por ejemplo, me sorprendía haciendo conjeturas acerca de la señora en vez de concentrarme en lo escrito. La colocaba° en situaciones imaginarias, en medio de objetos que yo desconocía. Principié° a reunir datos acerca de su persona, todos carentes de° importancia y significación. Le gustaba el color verde. Fumaba sólo cierta clase de cigarrillos. Ella hacía las compras para las comidas de su casa.

A veces sentía tal necesidad de verla, que abandonaba cuanto me tenía atareado° para salir en su busca°. Y en algunas ocasiones la encontraba. Otras no, y volvía malhumorado a encerrarme en mi cuarto, no pudiendo pensar en otra cosa durante el resto de la noche.

Una tarde salí a caminar. Antes de volver a casa, cuando oscureció°, me senté en el banco de una plaza. Sólo en esta ciudad existen plazas así. Pequeña y nueva, parecía un accidente en ese barrio utilitario, ni próspero ni miserable. Los árboles eran raquíticos°, como si se hubieran negado a crecer°, ofendidos al ser plantados en terreno tan pobre, en un sector tan opaco y anodino°. En una esquina, una fuente de soda aclaraba° las figuras de tres muchachos que charlaban en medio del charco° de luz. Dentro de una pileta seca, que al parecer nunca se terminó de construir, había ladrillos trizados°, cáscaras° de fruta, papeles. Las parejas apenas conversaban en los bancos, como si la fealdad de la plaza no propiciara° mayor intimidad. Por uno de los senderos vi avanzar a la senora, del brazo de otra mujer. Hablaban con animación, caminando lentamente. Al pasar frente a mí, oí que la señora decía con tono acongojado°: —¡Imposible!

downtown
rush; peak
piece of material
mixed in with
sense of surprise
hadn't been erased
frequently
I rejected it; on ascertaining
shopping bag
large, coarse
placed
I began
lacking in
whatever I was busy with; in search of her
it got dark
scrawny; had refused to grow
opaque and insipid
lit up
pool
broken bricks; rinds
didn't favor
sorrowful

La otra mujer pasó el brazo en torno a° los hombros de la señora para consolarla. Circundando° la pileta inconclusa° se alejaron por otro sendero. Inquieto, me puse de pie y eché a andar con la esperanza de encontrarlas, para preguntar a la señora que había sucedido. Pero desaparecieron por las calles en que unas cuantas personas transitaban° en pos de° los últimos menesteres° del día.

around
Circling; unfinished
walked; in pursuit of
duties

No tuve paz la semana que siguió de este encuentro. Paseaba por la ciudad con la esperanza de que la señora se cruzara en mi camino, pero no la vi. Parecía haberse extinguido, y abandoné todos mis quehaceres°, porque ya no poseía la menor facultad de concentración. Necesitaba verla pasar, nada más, para saber si el dolor de aquella tarde en la plaza continuaba. Frecuenté los sitios en que soliera divisarla°, pensando detener° a algunas personas que se me antojaban sus parientes o amigos para preguntarles por la señora. Pero no hubiera sabido por quién preguntar y los dejaba seguir. No la vi en toda esa semana.

chores
I was used to seeing her; stop

Las semanas siguientes fueron peores. Llegué a pretextar una enfermedad para quedarme en cama y así olvidar esa presencia que llenaba mis ideas. Quizás al cabo de° varios días sin salir la encontrara de pronto el primer día y cuando menos lo esperara. Pero no logré resistirme, y salí después de dos días en que la señora habitó mi cuarto en todo momento. Al levantarme, me sentí débil, físicamente mal. Aun así tomé tranvías, fui al cine, recorrí el mercado y asistí a una función de un circo° de extramuros°. La señora no apareció por parte alguna.

at the end of
circus; from outside the city

Pero después de algún tiempo la volví a ver. Me había inclinado para atar° un cordón° de mis zapatos y la vi pasar por la soleada° acera de enfrente, llevando una gran sonrisa en la boca y un ramo de aromo° en la mano, los primeros de la estación que comenzaba. Quise seguirla, pero se perdió en la confusión de las calles.

to tie; lace; sunny
acacia flowers

Su imagen se desvaneció de mi mente después de perderle el rastro en aquella ocasión. Volví a mis amigos, conocí gente y paseé solo o acompañado por las calles. No es que la olvidara°. Su presencia, más bien, parecía haberse fundido° con el resto de las personas que habitan la ciudad.

had forgotten her
fused

Una mañana, tiempo después, desperté con la certeza de que la señora se estaba muriendo. Era domingo, y después del almuerzo salí a caminar bajo los árboles de mi barrio. En un balcón una anciana tomaba el sol con sus rodillas cubiertas por un chal peludo°. Una muchacha, en un prado°, pintaba de rojo los muebles de jardín, alistándolos° para el verano. Había poca gente, y los objetos y los ruidos se dibujaban con precisión en el aire nítido°. Pero en alguna parte de la misma ciudad por la que yo caminaba, la señora iba a morir.

shaggy; lawn
getting them ready
clear

Regresé a casa y me instalé en mi cuarto a esperar.

Desde mi ventana vi cimbrarse° en la brisa los alambres del alumbrado°. La tarde fue madurando° lentamente más allá de los techos, y más allá del cerro, la luz fue gastándose° más y más. Los alambres seguían vibrando, respirando. En el jardín alguien regaba el pasto° con una manguera°. Los pájaros se aprontaban° para la noche, colmando° de ruido y movimiento las copas° de todos los árboles que veía desde mi ventana. Rió un niño en el jardín vecino. Un perro ladró.

sway; power lines
was growing late
growing dim
watered the grass; hose
were preparing themselves;
filling up; tops

Instantáneamente después, cesaron todos los ruidos al mismo tiempo y se abrió un pozo° de silencio en la tarde apacible°. Los alambres no vibraban ya. En un barrio desconocido, la señora había muerto. Cierta casa entornaría° su puerta esa noche, y arderían cirios° en una habitación llena de voces quedas° y de consuelos°. La tarde se deslizó° hacia un final imperceptible, apagándose° todos mis pensamientos acerca de la señora. Después me debo de haber dormido, porque no recuerdo más de esa tarde.

Al día siguiente vi en el diario que los deudos° de doña Ester de Arancibia anunciaban su muerte, dando la hora de los funerales. ¿Podría ser?... Sí. Sin duda era ella.

Asistí al cementerio, siguiendo el cortejo° lentamente por las avenidas largas, entre personas silenciosas que conocían los rasgos° y la voz de la mujer por quien sentían dolor. Después caminé un rato bajo los árboles oscuros, porque esa tarde asoleada me trajo una tranquilidad especial.

Ahora pienso en la señora sólo muy de tarde en tarde°.

A veces me asalta la idea, en una esquina por ejemplo, que la escena presente no es más que reproducción de otra, vivida anteriormente. En esas ocasiones se me ocurre que voy a ver pasar a la señora, cejijunta° y de impermeable verde. Pero me da un poco de risa, porque yo mismo vi depositar su ataúd° en el nicho, en una pared con centenares° de nichos todos iguales.

Los mejores cuentos de José Donoso, 1965

well; peaceful
would leave ajar
candles
soft; consoling; slipped
extinguishing themselves
relatives
procession
qualities
very rarely
bushy-browed
coffin; hundreds

Notas culturales

[1] *El aislamiento y el concepto de la vida anónima del habitante de la gran ciudad son temas que aparecen con frecuencia en la literatura occidental de las últimas decadas y están muy presentes en este cuento de Donoso. Pero hay otras características de los centros urbanos hispánicos que los distinguen de la mayoría de los de los Estados Unidos. En las ciudades principales de España y de Hispanoamérica se utilizan más que en este país los medios de transporte público, no sólo para ir a la oficina o a la fábrica, sino también para pasearse o divertirse, como lo hace el narrador de este cuento.*

[2] *El individuo se identifica más con su ciudad y tiene un profundo sentido de comunidad. Para él, la ciudad es una extensión de su casa y por eso utiliza extensamente todos sus recursos. El resultado es que uno puede ver a todas horas del día gran cantidad de personas paseándose por las aceras, visitando los muchos restaurantes, museos, cines y teatros, o divirtiéndose en los hermosos parques y plazas. Así, paradójicamente, van unidos, en estas ciudades, el sentido de comunidad y el aislamiento existencial que caracterizan al habitante moderno de la metrópoli.*

10-5 Comprensión. Conteste las siguientes preguntas.

1. ¿Qué solía hacer el narrador al sentirse aburrido?
2. ¿Qué tiempo hacía el día que él vio a la señora por primera vez?
3. ¿Qué es lo primero que le llamó la atención, en cuanto a la señora?
4. ¿Cómo era la señora?
5. ¿Observó el narrador todos los detalles de la apariencia de la señora la primera vez que la vio?
6. ¿Qué observó a la noche siguiente? ¿Cómo sabía que era la señora?
7. Describa la escena de la calle céntrica, dos días después.
8. En estas ocasiones, ¿le impresionó ella físicamente como una persona elegante o más bien ordinaria?
9. ¿Cómo sabemos que el hombre llega a sentirse obsesionado por ella?
10. Describa la plaza en que se encontró con 1a señora.
11. ¿Por qué se sentía inquieto por la conducta de la señora en la plaza?
12. ¿Cuándo desapareció su imagen de la mente del narrador? ¿La olvidó?
13. ¿Qué vio en el diario al día siguiente? ¿Qué llegó a saber de ella por el diario?
14. ¿Cuál es ahora su reacción frente a los recuerdos de la señora?

10-6 Opiniones Exprese su opinión personal.

Elementos de la lectura

1. ¿Le parece divertido pasearse en un tranvía (o un autobús)? ¿Por qué sí o por qué no?
2. ¿Cree que el hombre del cuento hablaría con la señora si tuviera más tiempo? Explique.
3. ¿Ha tenido Ud. o un(a) amigo(a) suyo(a) (o pariente) una premonición de algo que después ocurrió? Describa su experiencia.

Conceptos generales

4. Es el sueño de todo adolescente tener un coche propio. ¿Tenía Ud. ese sueño? ¿Cuándo comenzó a querer un coche?
5. ¿Ha conocido a alguien mientras iban en un tranvía o autobús o metro? ¿Qué pasó? Si ha dicho no, ¿por qué no? ¿No habla con gente no conocida?
6. ¿Lee cuando viaja en autobús, metro o avión? ¿Qué lee preferiblemente?

Expansión

¿Desea más? En la **Heinle Voices Database** en **www.textchoice.com/voices** hay un cuento de una escritora chilena, Isabel Allende, de mucha fama en los Estados Unidos y Europa. Su cuento «Clarisa» relata la vida extraordinaria de una señora de Santiago.

10-7 Análisis literario. Conteste las siguientes preguntas.

1. En varios cuentos y novelas modernos los autores utilizan la lluvia en sentido metafórico. Puede sugerir la idea de que es difícil ver dentro de otra persona, de que siempre nos hallamos separados de los demás. En este sentido, la lluvia puede representar o evocar la impresión del aislamiento existencial. ¿Qué impresión produce la lluvia en este cuento de Donoso?
2. En la siguiente descripción, ¿cuál parece ser el propósito del autor? *La hilera de casas bajas se prolongaba a lo largo de la acera: ventana, puerta, ventana, puerta, dos ventanas...*
3. ¿Qué llegamos a saber del narrador del cuento? ¿de la señora? ¿Por qué no nos presenta Donoso más hechos concretos sobre ellos?
4. ¿Qué importancia tiene la imaginación en el cuento?
5. En cierto sentido la repetición niega la individualidad. Frecuentemente en la ciudad nos fijamos en tipos —el policía, el taxista, la vieja vestida de negro, etcétera— y no en el individuo, que pierde su cualidad de ser único, de individuo. ¿Nos revela Donoso algo de esto en su cuento? ¿Dónde?

10-8 Narración. Toda narración, por breve que sea, normalmente tiene tres partes. La primera parte describe la situación: cómo era el día, qué hacía la persona, con quién estaba, etcétera. La segunda parte presenta la complicación: lo que ocurrió, por qué ocurrió, por qué fue interesante o poco común. La parte final o el desenlace describe lo que pasó como resultado de la acción y el efecto que tuvo en el narrador.

Pensando en esta división, escriba una narración sobre algo real o imaginario que le pasó a una persona en una ciudad grande.

10-9 Minidrama. Presenten Ud. y otra(s) persona(s) de la clase un breve drama que incluya ideas o conceptos del cuento «Una señora». Algunos temas podrían ser:

1. Un(a) joven trabaja hasta muy tarde por la noche en su oficina en el centro de la ciudad. Al salir del edificio donde trabaja, nota que está muy oscuro y que no hay nadie en la calle. De pronto oye algo extraño…
2. Un(a) joven se sienta en un autobús. Dos personas están sentadas detrás de él (ella). Están hablando de una mujer que acaba de abandonar a su familia. El (La) joven se da cuenta de que hablan de…
3. Un joven recién llegado a la ciudad ha sentido una atracción por una mujer que ve en el metro todos los días al ir al trabajo. Después de unas semanas decide hablarle. Al decirle el joven ¿?, la mujer le fija la mirada y le dice ¿?

10-10 Opiniones y actitudes. Escriba un párrafo sobre uno de los temas siguientes o explíqueselo a la clase.

1. Las ventajas y desventajas de vivir en una ciudad grande como Nueva York, San Francisco o Chicago.
2. Las características de los pueblos pequeños en los Estados Unidos.
3. El decaimiento *(decay)* de las ciudades en nuestro país: causas y soluciones.

ATAJO

Grammar: Verbs: use of **ser** & **estar;** Subjunctive; Comparisons: adjectives, equality & inequality **Phrases:** Describing places; Expressing an opinion; Comparing and contrasting **Vocabulary:** City, traveling

10-11 Situación. Con un(a) compañero(a) de clase, presenten un diálogo sobre el aislamiento de un individuo que recién se ha mudado *(moved)* a una ciudad grande. Algunas de las cosas que pueden comentar en el diálogo son: ¿Cómo te sentías al llegar a la ciudad? ¿Extrañabas a tus amigos de antes? ¿Te gusta estar solo(a) o prefieres estar con otras personas? ¿Cómo puedes conocer a otras personas en la ciudad? ¿Qué actividades te gustan? ¿Puedes utilizar esas actividades como medio de conocer a otras personas? ¿Hay organizaciones que te puedan ayudar en ese proceso? ¿Esperas vivir en el centro de la ciudad o en los suburbios?

Arte

El arte internacional de la metrópoli

En el siglo XX se desarrolló un arte metropolitano, abierto a las nuevas promociones europeas, enterado, tanto de los temas autóctonos como de los internacionales, y consciente de las actitudes y preocupaciones del habitante de los grandes centros urbanos occidentales. Es un arte que cruza las fronteras, y los artistas viajan mucho, llegando a conocerse y a intercambiar ideas y conceptos, siempre en busca de una expresión propia. Aquí presentamos a tres figuras que se destacan en ese arte cosmopolita: **Roberto Sebastián Antonio Matta Echaurren** (1912–2002); **Joaquín Torres García** (1874–1949) y **Alejandro Obregón** (1920–).

La vida interior del hombre —el reino de la subconsciencia— recibe su máxima expresión pictórica en la obra de Roberto Sebastián Antonio Matta Echaurren, conocido pintor surrealista. Nacido en Santiago de Chile, Matta estudió arquitectura en la Universidad Nacional de Chile antes de viajar a París en 1934 para trabajar con el famoso arquitecto Le Corbusier. Pero como siempre le había interesado más la pintura, pronto abandonó la arquitectura y se dedicó al arte pictórico. En París y en Nueva York llegó a conocer a los surrealistas más famosos —Breton, Dalí, Duchamp, Tanguy— y desarrolló un estilo de tipo surrealista aunque muy personal. Una de sus obras de esta época se vendió en más de $1.000.000 recientemente en Sotheby's. En general, sus pinturas de esa época son metafísicas y herméticas. Al observarlas, se nota la preocupación de Matta por el espacio —un espacio interno, personal, sin horizonte fijo— y por ciertos símbolos obscuros que parecen flotar en ese ambiente misterioso. En 1948 Matta abandonó Nueva York y volvió a Europa, donde vivió hasta su muerte. La gran época del surrealismo había llegado a su fin y aunque su influencia todavía puede percibirse en las últimas obras del artista, su estilo es más objetivo y hay más preocupación por el «mensaje» de la pintura. Es un tipo de «sociología surrealista», menos abstracto, con formas más reconocibles. Aunque la vida y la obra de Matta son típicas del artista internacionalista, también personifican al nuevo hispanoamericano urbano, cuyos gustos e intereses cosmopolitas traspasan las fronteras de su patria.

Aunque nació y murió en Montevideo, Uruguay, Torres García pasó muchos años en el extranjero. En su juventud se mudó con su familia a un pueblo pequeño cerca de Barcelona, y, en los años siguientes, pintó muchos cuadros y murales al estilo neoclásico catalán. En 1920 viajó a Nueva York, donde pensaba fabricar juguetes —trenes, barcos, edificios— de madera. Al fallar esa empresa, volvió a viajar, primero a Italia y luego a París, donde, influenciado por Picasso y Mondrian, desarrolló el estilo que le daría fama mundial. El artista se refería a su estilo como a uno de «constructivismo universal». Para él, decir estructura era también decir abstracción: geometría, ritmo, proporción, líneas, planos, la idea del objeto. Las formas geométricas —el círculo, el triángulo, el cuadrado— sugieren orden, la unidad perfecta, el mundo de la razón. La sencillez de sus obras refleja la conciencia del artista de la escultura primitiva, de los diseños de los tejidos peruanos o de las líneas de las antiguas murallas incaicas. También se puede notar en sus pinturas la relación que tienen con los juguetes de madera que había fabricado cuando estuvo en Nueva York y la que tienen con la tipografía y la arquitectura, artes que influyen mucho en este tipo de pintura. Aclamado como maestro al regresar a Montevideo en 1934, propuso Torres García la creación de un nuevo arte americano, primitivo, fuerte y concreto, pero basado en principios abstractos. Sin embargo, los signos o símbolos de tal arte habían de ser tangibles y específicos, reconocibles por todos. Aplicando estos criterios a la obra del artista uruguayo, podemos apreciar la fusión de estilo moderno y símbolos concretos, pero universales que caracterizan su obra.

La generación siguiente a la de Matta produce un arte en el que se alcanza la unión, ya buscada por Torres García, de temas y propósitos autóctonos y métodos internacionales. El que da ímpetu y forma al nuevo arte es el pintor colombiano Alejandro Obregón. Nacido en Barcelona, de padre colombiano y madre española, estudió Obregón en la Escuela de Bellas Artes de Boston y también en París. La mayor parte de su vida, sin embargo, la ha pasado en Colombia, donde su influencia ha sido enorme en la creación de un ambiente artístico abierto a todos los aspectos de la realidad contemporánea y a todos los métodos del modernismo internacional. Logra Obregón resucitar el interés por el escenario americano, percibido ahora de un modo nuevo y poético. Los valores expresados en su obra son más míticos que históricos, simbólicos en vez de «tropicales». A partir de 1957, el pintor se expresa en ciclos temáticos que se refieren a problemas y valores del hispanoamericano moderno: los cóndores; los estudiantes u otras víctimas que murieron en actos heroicos o defendiendo una causa social; los volcanes; la vegetación de los Andes y de las zonas tropicales de la costa; la violencia; el ambiente marítimo; Ícaro; paisajes para ángeles; sortilegios *(sorcery)*. También se percibe en su obra la influencia de la luz de Barranquilla (adonde se mudó con su familia cuando él tenía seis años), donde el sol, el mar, la montaña y los animales se hacen sentir con gran fuerza. En *Amanecer en los Andes* el artista logra captar los maravillosos colores de la vegetación de las zonas tropicales, además de la presencia imponente de las montañas.

◄ El autobús

(Ver la página 135.) Esta aguafuerte de Matta Echaurren sugiere que en la metrópoli las regulaciones del tráfico rigen el movimiento del hombre, que también se halla encerrado dentro del espacio limitado del vehículo. Aunque las formas son reconocibles, todavía se percibe cierta cualidad de sueño, ambiente preferido por los surrealistas.

Joaquín Torres García, *The Port*, 1942. Oil on cardboard, 31 3/8 x 39 7/8 Collection, The Museum of Modern Art, New York. Inter-American Fund.

➤ El puerto

El puerto es una obra típica de Torres García, tanto por su abstracción como por la universalidad de sus símbolos. ¿Cuántas formas geométricas pueden identificarse en el cuadro? ¿Cuántos objetos puede nombrar? ¿Son antiguos algunos de los símbolos? ¿Cuáles? ¿Qué puede significar el sol con cara de hombre? ¿Cómo se refleja aquí el interés del pintor por los juguetes?

Alejandro Obregón, Amanecer en los Andes. Given as a gift by the government of Colombia to the United Nations, October, 1983.

➤ Amanecer en los Andes

Aquí se ven los Andes por la mañana, pintados de oro por los primeros rayos del sol. ¿Cuántos cóndores hay en la pintura? ¿Hay cóndores en los Estados Unidos? ¿Dónde? ¿Qué animal se ve en la parte inferior de la pintura?

¡A explorar!

10-12 ¿Qué opina? Haga las siguientes actividades.

1. ¿Qué aspectos de la vida del hombre en la metrópoli se encuentran en el cuento de Donoso y en el aguafuerte de Matta?
2. ¿Cómo influyen la memoria y el subconsciente en las obras de arte que hemos estudiado en esta unidad?
3. Compare las formas y símbolos de *El puerto* de Torres García con las de *Amanecer en los Andes* de Obregón.
4. Comente la descripción de la vida urbana que se ha presentado en esta unidad.

10-13 El arte de escribir. Escriba un ensayo sobre uno de los temas siguientes.

1. El problema más grande que enfrentan las ciudades de los Estados Unidos hoy día.
2. Los medios de transporte público: su importancia en la actualidad.
3. Características universales de los grandes centros urbanos.
4. El arte y la metrópoli.

ATAJO

Vocabulary: Arts, cultural periods and movements **Grammar:** Adjectives (agreement/position); Subjunctive with **que** **Phrases:** Describing places; Comparing & contrasting

10-14 Para investigar. Hagan esta actividad en conjunto.

Busquen en Internet o en la biblioteca ejemplos del uso de obras de arte en un gran centro urbano (como Nueva York, Chicago, París, Moscú, México o cualquier otra.) ¿Son obras de intención política o social? ¿Qué tipo de arte —escultura, arquitectura, pintura— es más popular? ¿Qué efecto tendrá en el pueblo que lo vea a diario?

Los Estados Unidos y lo hispánico

UNIDAD

11

Pescados de Amelia Peláez incorpora técnicas modernas y motivos tradicionales.

Amelia Peláez del Casal, *Fishes*, 1943. Oil on canvas. 35 1/8" x 45 1/2". Collection, The Museum of Modern Art, New York. Inter-American Fund.

Literatura

Poesía de Nicolás Guillén (Cuba: 1902–1989)

Balada de los dos abuelos, Sensemayá

Crónica de Ana Lydia Vega (Puerto Rico, 1946–)

Un deseo llamado tranvía

Arte

El arte moderno cubano: Amelia Peláez, Mario Carreño, Wifredo Lam

- Pescados
- Tornado
- La manigua (La jungla)

Expansión

¡A explorar!

Cine

Días de Santiago (2004, 83 min.) trata de los efectos personales del servicio militar en Perú. Santiago sufre problemas de adaptación a la vida normal. Actúan Pietro Sibille y Milagros Vidal. Otra película (documental, del director David Blaustein) cuenta la historia de los parientes de los desaparecidos en la Argentina durante la «guerra sucia». Ofrece una visión fuerte del efecto en la población de una dictadura militar. Lleva por título *Botín de guerra* (2000, 112 min.).

Literatura

Enfoque

Las relaciones entre los Estados Unidos y Latinoamérica siempre han tenido un sabor propio. Tienen un origen común en haber sido colonias de un estado europeo y en haber ganado la independencia en la misma época. Los gobiernos fueron establecidos sobre la base común de una república democrática. Ya para 1825 el Imperio español en América se había reducido a las islas del Caribe: Cuba y Puerto Rico.

A pesar de todas sus características comunes, las relaciones no han sido siempre amistosas, y no lo fueron especialmente en el siglo XX. Ha sido una historia de intervenciones en los asuntos internos de los países, sobretodo en los de Centroamérica y los del Caribe, generalmente con motivo económico o político. Los Estados Unidos ganaron el nombre del «Coloso del Norte» por su dominio del hemisferio.

Hacia fines del siglo XIX, elementos de las colonias del Caribe comenzaron a luchar por la independencia. Los Estados Unidos, por razones de defensa marítima y otros motivos, apoyaron los movimientos separatistas, llegando a entrar en la «Guerra hispanoamericana» en 1898. Un resultado de la guerra, establecido en el Tratado de París del mismo año, fue la cesión de Puerto Rico como colonia norteamericana. A Cuba, en cambio, se le otorgó su independencia después de un período de cuatro años durante el cual la isla fue gobernada por oficiales del ejército de los Estados Unidos.

Debido a la proximidad geográfica y al hecho de que la economía de Cuba en gran parte estaba en manos de norteamericanos, hubo una relación estrecha entre los dos países durante la primera mitad del siglo XX. La situación económica resultó en una relación de dependencia que duró hasta 1959 y el triunfo de la «Revolución del 26 de julio» de Fidel Castro.

Puerto Rico cambió en 1952 de colonia a «Estado Libre Asociado» que le da más autonomía. Los puertorriqueños además de ser ciudadanos, eligen sus gobernadores, están exentos del impuesto federal sobre la renta y dirigen sus propias escuelas (en español). Al mismo tiempo están sujetos a las leyes federales y a sus tribunales. La independencia (o el nacionalismo) y la estadidad (siendo un estado de los Estados Unidos) son las otras posiciones políticas que existen. La independencia tiene poco apoyo hoy día pero las otras dos tienden a dividir igualmente los votos.

11-1 Anticipación. Trabajen en grupos pequeños. Con los compañeros hagan una lista de lo que saben sobre las relaciones entre los Estados Unidos y los países hispánicos. ¿Cuáles son los asuntos más críticos y los problemas más graves entre las regiones hoy día?

Vocabulario útil

Estudie Ud. estas palabras.

Verbos

escoltar *to escort, accompany*
esconderse *to hide (oneself)*
guiar (guío) *to drive (vehicle)*
morder (ue) *to bite*
soñar (ue) (con) *to dream (of)*

Sustantivos

el ansia *(f.)* yearning, longing
la culebra *snake*
la guagua *(Caribbean) bus*
el llanto *crying, weeping*
el peatón (la peatona) *pedestrian*
el tamaño *size*
el vidrio *glass*
la voz (voces) *voice*

Adjetivos

diario(a) *daily*
dichoso(a) *darned, blasted; blessed*

Otras palabras y expresiones

a pie *on foot*
a pata *on foot* (pata = *animal foot)*
¡Cuántos (empleos perdidos)! *What a lot of (lost jobs)!*
de turno *on duty*
¡Qué de (barcos)! *What a lot of (ships)!*

11-2 Para practicar. Escriba la forma correcta de una palabra de la lista para completar el siguiente párrafo.

peatón	soñar	culebra	dichoso
¡cuántos!	voz	tamaño	guagua

La mujer decidió que no le gustaba ser ______ en estas calles llena de coches. Mientras esperaba la ______ _______ se entretuvo en ________con tener coche propio. En ese momento llegó. ¡______ personas llevaba! Ya se oían las ______ de los usuarios antes de que llegara a la parada *(stop)*. Más bien parecía que unos niños querían bajarse rápidamente y cuando se abrió la puerta venían cayendo a la acera. El chofer le gritó a la mujer, «No suba señora. Tengo que sacar una ______ que es del _______ de una manguera de bombero *(firehose)*». La mujer decidió ir a pie.

11-3 Más práctica. Empareje la definición con la palabra definida.

a. vidrio	**c.** esconderse	**e.** guiar	**g.** morder
b. de turno	**d.** ansia	**f.** diario	**h.** a pie

1. ______ ponerse uno donde no lo encuentran los demás
2. ______ material de la mayoría de las botellas
3. ______ conducir un coche por la calle
4. ______ todos los días
5. ______ herir con los dientes
6. ______ un deseo vehemente
7. ______ ir por la acera usando las piernas
8. ______ que ocupa un puesto hoy

Preparación para la lectura

11-4 La estructura de la oración. La oración española tiene más flexibilidad que la inglesa y esto se destaca aún más en la poesía. A veces ayuda reformar la oración con una estructura normal para comprenderla. Escriba estas oraciones o frases con una estructura normal, añadiendo las palabras necesarias.

1. «Lanza con punta *(tip)* de hueso / tambor *(drum)* de cuero y madera: / Mi abuelo negro.»
2. «Pie desnudo, torso pétreo / los de mi negro; / ¡pupilas de vidrio antártico / las de mi blanco!»

11-5 Estrategia de repaso. Recuerde que es útil concentrarse en las palabras claves *(key)*. Lea la estrofa y el párrafo e identifique las palabras claves.

1. ¡Federico!
   ¡Facundo! Los dos se abrazan.
   Los dos suspiran. Los dos
   las fuertes cabezas alzan;
   los dos del mismo tamaño,
   bajo las estrellas altas;
   los dos del mismo tamaño,…
2. Sí, soy peatona, no guío, nunca he guiado y, al paso que voy, jamás habrá una palanca de cambios en mi mano derecha.
3. Andar a pie tampoco resuelve. La ausencia de árboles de sombra convierte cada caminata en épico cruce del desierto de Gobi.

Nicolás Guillén (1902–1989)

Nicolás Guillén

El poeta nació en Camagüey, Cuba. Hijo de mulatos, era miembro de una familia pobre. Su padre era obrero y militante político, que fue asesinado cuando Guillén tenía quince años. Como resultado, Guillén tuvo que sufrir muchas privaciones para terminar su educación secundaria. Después, estudió derecho en La Habana y también trabajó de tipógrafo y reportero. En 1930 publicó sus primeros poemas, *Motivos del son*. De ahí en adelante, se dedicó a la poesía, una poesía esencialmente militante, de protesta social y política.

En los poemas de *Motivos del son* Guillén denuncia la situación de los negros cubanos de aquella época. El ritmo y el color de los poemas reflejan la música afrocubana, música que también comunicaba los dolores y las alegrías de la raza. En el segundo libro de sus poesías, *Sóngoro cosongo* (1931), el poeta denuncia la discriminación racial y defiende los derechos de los negros. *Balada de los dos abuelos* y *Sensemayá* aparecen en el tercer libro de sus poemas, *West Indies, Ltd.* (1934). En estos poemas Guillén se dirige a todos los cubanos —a los negros, los blancos y los mulatos. Como se verá, por medio de los dos abuelos Guillén nos ofrece una síntesis de la historia cubana, un comentario íntimo sobre su propia identidad racial y el orgullo que siente hacia su origen mulato. En el segundo poema vemos un ejemplo del uso folclórico de los ritmos y sonidos africanos de un canto que acompaña el rito de matar una culebra. Su significado es menos importante que su sonido como canción.

Balada de los dos abuelos

Sombras que sólo yo veo,
me escoltan mis dos abuelos.[1]

Lanza con punta de hueso°,
tambor° de cuero y madera:
mi abuelo negro.
Gorguera° en el cuello ancho,
gris armadura guerrera:
mi abuelo blanco.

Pie desnudo, torso pétreo°
los de mi negro;
¡pupilas de vidrio antártico
las de mi blanco!

África de selvas húmedas
y de gordos gangos° sordos…
¡Me muero! (Dice mi abuelo negro.)
Aguaprieta de caimanes°,
verdes mañanas de cocos°…
—¡Me canso!
(Dice mi abuelo blanco.)
Oh velas de amargo viento,
galeón ardiendo° en oro…
—¡Me muero!
(Dice mi abuelo negro.)
¡Oh costas de cuello virgen
engañadas de abalorios°…!
—¡Me canso!
(Dice mi abuelo blanco.)

¡Oh puro sol repujado°,
preso en el aro° del trópico;
oh luna redonda y limpia
sobre el sueño de los monos!

¡Qué de barcos, qué de barcos!
¡Qué de negros, qué de negros!
¡Qué largo fulgor de cañas°!
¡Qué látigo° el del negrero°!
Piedra de llanto y de sangre,
venas y ojos entreabiertos,
y madrugadas vacías,
y atardeceres de ingenio°,
y una gran voz, fuerte voz,
despedazando el silencio.
¡Qué de barcos, qué de barcos,
qué de negros!

Sombras que sólo yo veo,
Me escoltan mis dos abuelos.

bone tip
drum
Ruff
rock-like
metal musical instruments
black water with alligators
coconut palms
burning
deceived by beads
embossed
caught in the arc
brilliance of cane
whip; slave trader
sugar mill

Don Federico me grita
y Taita° Facundo calla; *Father*
los dos en la noche sueñan
y andan, andan.
Yo los junto°. *join*
—¡Federico!
¡Facundo! Los dos se abrazan.
Los dos suspiran. Los dos
las fuertes cabezas alzan°; *raise*
los dos del mismo tamaño,
bajo las estrellas altas;
los dos del mismo tamaño,
ansia negra y ansia blanca,
los dos del mismo tamaño,
gritan, sueñan, lloran, cantan.
Sueñan, lloran, cantan.
Lloran, cantan.
¡Cantan!

Nicolás Guillén, *Balada de los dos abuelos,* Obra poética

Nota cultural

[1] *En la primera parte del poema, Guillén describe a los dos abuelos antes de llegar a Cuba, y después, al llegar a la isla. En los versos que siguen, describe la esclavitud en Cuba y se refiere al duro trabajo del esclavo en los campos y en el ingenio de azúcar.*

11-6 Comprensión. Conteste las siguientes preguntas.

1. ¿Por qué dice Guillén que sus abuelos lo acompañan y sólo él los puede ver?
2. ¿Cómo contrasta el poeta la apariencia física de los dos abuelos?
3. Al llegar a la isla, ¿por qué dice el abuelo negro «¡Me muero!» mientras el blanco dice «¡Me canso!»?
4. ¿Cómo se describe la isla?
5. ¿Cómo describe Guillén el trabajo de los esclavos?
6. ¿Es posible saber cuál es el español y cuál el negro? ¿Cómo?
7. Durante la mayor parte del poema hay una alternación entre los dos abuelos. ¿Cómo cambia ese plan en los últimos versos del poema?

11-7 Opiniones. Exprese su opinión personal.

Elementos de la lectura

1. ¿Los abuelos de Ud. son de la misma cultura? Explique de donde son.
2. ¿Son sus abuelos muy diferentes en idioma, personalidad, antecedencia económica, etcétera?

Conceptos generales

3. ¿Tiene Ud. una relación muy estrecha *(close)* con todos sus abuelos? ¿Con alguno? ¿Viven cerca de Ud.?
4. ¿Cree que los abuelos tienen much influencia en sus nietos? Explique por qué.

Sensemayá

(Canto para matar a una culebra[1])

¡Mayombé-bombe-mayombé![2]
¡Mayombé-bombe-mayombé!
¡Mayombé-bombe-mayombé!

La culebra tiene los ojos de vidrio;
winds around a stick la culebra viene, y se enreda en un palo°,
con sus ojos de vidrio.
feet La culebra camina sin patas°;
grass la culebra se esconde en la yerba°;
caminando se esconde en la yerba;
¡caminando sin patas!

¡Mayombé-bombe-mayombé!
¡Mayombé-bombe-mayombé!
¡Mayombé-bombe-mayombé!
hit him; ax Tú le das° con el hacha°, y se muere;
¡dale ya!
¡No le des con el pie, que te muerde,
no le des con el pie, que se va!
Sensemayá, la culebra,
sensemayá.
Sensemayá, con sus ojos,
sensemayá.
Sensemayá, con su lengua,
sensemayá.
Sensemayá, con su boca,
sensemayá.

¡La culebra muerta no puede comer;
whistle la culebra muerta no puede silbar°:
no puede caminar,
no puede comer!
¡La culebra muerta no puede mirar;
la culebra muerta no puede beber,
breathe no puede respirar°,
no puede morder!

¡Mayombé-bombe-mayombé!
Sensemayá, la culebra…
¡Mayombé-bombe-mayombé!
Sensemayá, no se mueve…
¡Mayombé-bombe-mayombé!
Sensemayá, la culebra…
¡Mayombé-bombe-mayombé!
¡Sensemayá, se murió!

Nicolás Guillén, *Sensemayá,* Obra poética

Notas culturales

[1] *Sensemayá es el título de una canción que se canta tradicionalmente al cazar y matar una culebra. Se canta también como parte del rito mágico del África en ceremonias tales como en las que se mata una culebra grande de papel.*

[2] *Son sílabas utilizadas para su efecto rítmico y onomatopéyico. No tiene significado, excepto tal vez Mayombé que se deriva de mayomba que es una secta religiosa afrocubana. Este uso refleja el elemento folclórico de la poesía leída en voz alta.*

11-8 Comprensión. Conteste las siguientes preguntas.

1. ¿Cómo tiene los ojos la culebra?
2. ¿Dónde se esconde la culebra?
3. ¿Cuáles son algunas cosas que no puede hacer la culebra muerta?
4. ¿Con qué matan la culebra?

11-9 Opiniones. Exprese su opinión personal.

Elemento de la lectura

1. ¿Cree que es más efectivo cazar la culebra en un grupo? Explique.

Concepto general

2. ¿Qué actividades hace Ud. en grupo? ¿Le gusta actuar así como equipo *(team)*?

Ana Lydia Vega (1946–)

Ana Lydia Vega

Nacida en Santurce, una gran sección de San Juan, dedicó los primeros años de su vida de adulto estudiando la literatura del Caribe en las tres lenguas comunes: el español, el francés y el inglés. Actualmente es profesora de francés y literatura caribeña en la Universidad de Puerto Rico.

Su producción literaria enfatiza la narrativa corta: cuentos, crónicas, ensayos. Sus temas favoritos radican en las diversas culturas de la región caribeña en su totalidad. Una de sus obras más conocidas es la colección de cuentos que lleva por título *Encancaranublado* (1983), la cual ganó el importante premio de la editorial cubana «Casa de las Américas». El mejor cuento de la colección lleva el mismo título (que ha sido traducido como «Cloud Cover Caribbean»). Trata de unas personas de los varios países del Caribe que se encuentran en un barco en el mar. La autora sugiere que la proximidad a los Estados Unidos y las relaciones históricas de todas las Antillas tienden a darles una visión común.

Vega ha escrito una novela corta, *Pasión de historias y otras historias de pasión* (1987), que ganó el Premio Juan Rulfo Internacional de París y que examina la historia de la esclavitud en Puerto Rico. El mismo año colaboró en escribir el guión de una película sobre Puerto Rico en los años 40.

Mucha de su obra se dedica a la crítica de la sociedad puertorriqueña pero también es capaz de utilizar el humor al popularizar su crítica, como vemos en la selección que se presenta a continuación. «El deseo llamado tranvía» describe el problema de no saber guiar un auto. Una característica de la prosa de Ana Lydia Vega es su uso del lenguaje popular, o jerga, como modo de expresión para crear una crónica humorística. La crónica es un género periodístico muy popular en el mundo hispánico. Es un artículo, frecuentemente en primera persona y generalmente humorístico, que trata de un problema del día. En este caso Vega toma como tema la crítica del transporte público en San Juan.

Un deseo llamado tranvía

¡Piedad! ° ¡Apaguen° ese neón inmisericorde°! ¡Quiten° ese dichoso disco de Menudo! ¡Llévense ya el dichoso *sandwich* de bacalao° con queso roquefort! Me rindo°, ustedes ganan, he aquí° mi confesión:

Sí, soy peatona, no guío, nunca he guiado y, al paso que voy°, jamás habrá una palanca de cambios° en mi mano derecha. Soy uno de esos anti-seres° que no pueden pagar con cheques en las tiendas por no poseer la identidad definitiva que otorga° la licencia de conductor; una de esas batatudas° criaturas que deambulan° a pata por las imposibles avenidas de esta ciudad, desplanificada° seguramente por algún ciego neurótico. Mi existencia se consume entre paradas°, en exasperantes silletazos° que han tatuado de arrugas° el paisaje lunar de mis nalgas°. Las canas echadas° en los aproximadamente diez años (cálculo conservador) que he pasado velando la curvita°, con el insensato anhelo° de ver aparecer por fin el lomo descascarado° de esa guagua que no llega, coronan° ahora como guajanas mongas° mi decadente melena° taína.[1]

No me vayan a malentender°, por favor, no me estoy lamentando. La pérdida de mi juventud y belleza es solo un insignificante ítem en la larga lista de daños y perjuicios° causados a la clase peatonal puertorriqueña por la Autoridad Metropolitana de Autobuses. ¿Se han detenido° ustedes a pensar, por casualidad°, en las catastróficas consecuencias de cada demora° de guagua sobre las vidas diarias de los usuarios? ¡Cuántos limazos conyugales°! ¡Cuántos empleos perdidos! ¡Cuántos amores frustrados! ¡Cuántos helados derretidos°! Para las víctimas de la transportación publica, todo es incierto y precario. La espera beckettiana[2] de la guagua fundamenta° históricamente y hasta reivindica° uno de nuestros más arraigados° Valores Nacionales: la impuntualidad°.

¿Y qué decir de las torturas chinas (y aquí sí que se justifica el adjetivo) sobrevividas° en las entrañas° del evasivo Gusano de Lata° cuando finalmente se digna a° llegar? Las sísmicas sacudidas°, los volcánicos sofocones°, los impúdicos pellizcos°, los olímpicos empujones°... forzosa gimnasia° diaria que habrá de desembocar° fatalmente algún día en hipertensión y arritmia cardiaca. Sin mencionar —pudor° obliga— el embate séptico° de los olores ni las malsanas° emociones cortesía del asaltante visitante° o el exhibicionista de turno.

Andar a pie tampoco resuelve°. La ausencia de árboles de sombra convierte cada caminata° en épico cruce del desierto de Gobi. El dramático desgaste° de la capa de ozono y la incidencia alarmante del cáncer de la piel no son pensamientos para consolar a nadie. A las inclemencias del clima se añaden° el piropeo[3] a quemarropa° y el asedio incesante° de los tecatos metidos a mendigos°. Las legiones de carros que invaden desfachatadamente° las aceras nos lanzan° sin remedio° a las calles, donde quedamos a la merced° y el capricho° de la anarquía automovilística o la ofensiva condescendencia del machismo sobre ruedas°.

Mientras tanto, somos blanco° de todo tipo de burlas° por parte de la clase motorizada, en la que militan° algunos de nuestros mejores amigos. ¿Que tú no guías? Nena, qué atraso°. ¡Una mujer tan liberada como tú! O, en el peor de los casos: Niña, ponte a bregar° con esa fobia, eso lo que manda°

Mercy!; Turn off; ruthless; Remove
codfish
I give up; here's
at the rate I'm going
gearshift lever
non-beings
provided by; creature relying on their legs; roam about
unplanned
stops; involuntary bumps from the seats; tattooed with wrinkles; buttocks; gray hairs scattered; watching the turn
foolish desire; bare back
crown; like drooping sugar cane blossoms; mane
misunderstand
damages
stopped
by chance; delay
scoldings between couples
melted
underlies
vindicates; most deeply rooted
"unpunctuality"
survived; innards; Tin Worm (trolley)
it deigns to; seismic shakings
shocks; immodest pinching; shoves
forcible exercise; lead
modesty; septic attacks
unhealthy; visiting mugger
solve the problem
journey
destruction
to climate problems are added; at point blank range; endless importuning; drug addicts who become beggars; shamelessly; throw us; helplessly; mercy; whim
on wheels
target; jokes
serve
backward
fight; needs

we dare; ride
undelayable duty; have to put up with
go out of their way; perverse shining
how to park
nagging insinuations
cutest
darn
dictatorship of pedestrians
parking; traffic jams
actually; wise
deed
compensation; drop
inevitable
eases the daily grind
more protected; warm
Come down; deary
bored; cloying
undeniable
Nevertheless
mass
to pray; atheist; gloomy
steering wheel
racetracks; relief
are picked up; traffic lights; brief ride
shoe sole; lasts

es ayuda profesional... Cuando osamos° pedir pon° tímidamente para alguna diligencia inaplazable°, hay que chuparse° entonces las caras largas de los que odian desviarse° un bloque por hacer un favor o el brillo perverso° en los ojos del que nos ofrece unas clasecitas de parqueo° en Piñones o la cantaleta de indirectas° que empieza con aquello de: Mira, mi vecina está vendiendo un Toyotita de lo más mono°... y termina con lo cara que se esta poniendo la gasolina, maldita sea° la abuela de Saddam Hussein.

Entonces es que a uno le entra la santa nostalgia de las grandes ciudades donde reina gloriosa la dictadura del peatonado°. Allí, el no tener carro es casi motivo de orgullo, un privilegio que permite evitar la agonía del estacionamiento° y el infierno de los tapones°. La práctica generalizada del caminar es inclusive° vista como una conquista ecológica, una sabia° contribución a la calidad de la vida urbana, una hazaña° heroica en la guerra contra la contaminación. Y los transeúntes tienen su merecida recompensa°: un bajón° de por lo menos veinte puntos en la escala inexorable° del colesterol. Esos ciudadanos, naturalmente, pueden contar con la eficacia de una transportación pública que facilita la cotidianidad°, que no conspira absurdamente contra el tiempo, la energía y la salud mental. La presencia de una gran cantidad de personas en la calle a toda hora los hace sentirse menos solos, más protegidos° por el tibio° abrazo de la ciudad.

Bájate° de esa nube, mija°, que estamos en Carrópolis,[4] me gritarán ustedes, hastiados° de tan empalagoso° interludio sentimental. Y es innegable° que aquí se impone la choferocracia, que la posesión de un auto es un acto simbólico, ilusión de poder, mitología del «espacio igual». No obstante°, con todo y el desastre de la transportación colectiva°, las amenazas de la carretera ponen a rezar° hasta a un ateo°. No es para menos, con lo tétrico° del panorama: más de 200,000 adictos y/o alcohó1icos al volante°, las calles hechas pistas° para los desquites° del estrés social, más carros robados que gente desempleada, lo que ciertamente no es poco decir. Amén de los pasajeros involuntarios que se cogen° en las luces° para esa trillita° tan particular.... No, gracias, déjenme en la esquina, que mientras la suela° aguante°, prefiero seguir a pie...

En *Claridad,* 1990, Ana Lydia Vega, *Esperando a Loló.*

Notas culturales

[1] ***melena taína*** *The Tainos were the Indians who occupied Puerto Rico before Columbus arrived.*

[2] ***espera beckettiana*** *"Beckettesque" wait. Samuel Beckett wrote* Waiting for Godot, *a play about two tramps who are waiting for someone who never arrives.*

[3] ***piropeo*** *The "piropo" is a usually a suggestive or flirtatious compliment given to a woman in the street. They should be clever and/or funny and are given to a woman unknown to the giver.* ***Piropeo*** *would mean something like "piropo attack."*

[4] ***Carrópolis*** *"Car country". Part of Vega's humor comes from invented words as in this case and a bit later "choferocracia" or "driverocracy."*

11-10 Comprensión. Conteste las siguientes preguntas.

1. ¿Cuál es la confesión de la autora?
2. ¿Por qué no puede pagar con cheques en las tiendas?
3. ¿Cuáles son algunos efectos de la demora del tranvía?
4. ¿Qué hace falta para hacer agradable la caminata por la ciudad?
5. ¿Qué nostalgia le entra a la autora? ¿Cuáles son algunas características del lugar nostálgico?

11-11 Opiniones. Exprese su opinión personal.

Elementos de la lectura

1. ¿Cuál de las dos situaciones es mejor en su opinión —el Carrópolis o la dictadura de peatonado? Explique.
2. ¿A qué edad aprendió Ud. a guiar un carro? ¿Cuándo sacó su licencia?

Concepto generales

3. ¿Qué soluciones propone Ud. para la «adicción al petróleo»? ¿Cuál de los siguientes cambios es más prometedor: carros pequeños, combustibles alternativos, sistemas de transport público, trabajo en casa por computadora o ¿?
4. ¿Por qué hay tan pocos sistemas buenos de transporte público en los Estados Unidos?

Expansión

¿**Desea más?** La **Heinle Voices Database** en **www.textchoice.com/voices** contiene la obra de otro poeta cubano importante: José Martí tuvo un papel en el movimiento de independencia de Cuba y se considera el «padre» de la independencia. Hay también otros poemas de Nicolás Guillén y un cuento de Rosario Ferré, otra escritora puertorriqueña de la misma generación que Ana Lydia Vega, y que también pone énfasis en la historia de la isla en su ficción.

11-12 Análisis literario. Conteste las siguientes preguntas.

A. Sobre Guillén:

1. En *Balada*…, ¿cómo puede decir el poeta que sus abuelos muertos lo acompañan?
2. ¿Cómo pinta el poeta la vida de cada uno de los abuelos?
3. ¿Qué efecto tiene el que el poeta deja de hablar de uno y otro y comienza a hablar de «los dos»?
4. En *Sensemayá,* ¿qué instrumento imitan las palabras rítmicas?
5. ¿Ud. puede pensar en una interpretación sociopolítica del poema?

B. Sobre Ana Lydia Vega:

1. El humor es difícil de lograr. Una técnica para crear humor es por la exageración. Encuentre cuatro ejemplos de exageración que resulta en humor y explique cómo es exagerado cada uno.
2. ¿Cuáles son algunas ventajas en escribir esta crónica en primera persona? ¿Qué información puede incluir la autora que no podría incluir en tercera persona?
3. Vega utiliza un lenguaje que contiene palabras y referencias extranjeras, especialmente con relación con la región del Caribe. ¿Cuántos de estos usos puede encontrar?

11-13 Entrevista. Imagínese que Ud. va a entrevistar a uno de los dos autores sobre la sociedad que describe en su obra. Un(a) compañero(a) de clase hará el papel del autor entrevistado.

Ejemplos de preguntas iniciales:

A. *¿Cómo es la situación racial en Cuba en la época que describe? ¿Cuál ha sido la historia de esa sociedad?*

B. *¿Cuáles son algunos problemas con el transporte público? ¿Qué cambios le gustaría ver?*

11-14 Minidrama. Presenten Ud. y otra(s) persona(s) de la clase un breve drama sobre alguna situación de injusticia en su propio país. Tomen posiciones contrarias sobre casos específicos. Algunos temas posibles: la (des)igualdad de la mujer; la pobreza o su solución en algún caso específico, el uso de la energía en los Estados Unidos.

11-15 Opiniones y actitudes. Escriba un párrafo sobre uno de los temas siguientes o explíqueselo a la clase.

1. Puerto Rico: ¿debe ser estado, país independiente o seguir como Estado Libre Asociado?
2. Algunas de las razones por la inmigración.
3. Las desventajas de la dependencia en el automóvil.

11-16 Situación. Con un(a) compañero(a) de clase, preséntenle Uds. a la clase un diálogo en el cual discutan las relaciones que han existido entre Cuba y los Estados Unidos. Uno de Uds. cree que la política de aislar Cuba es justa. Menciona la relación que existía entre Cuba y la Unión Soviética, el esfuerzo de exportar la revolución a otros países, la falta de derechos humanos en Cuba, la intransigencia de Castro y otros factores que justificaban la política de los Estados Unidos. La otra persona está de acuerdo con algunas de esas observaciones, pero cree que siempre es mejor dialogar que aislar. Cita el ejemplo de los diálogos entre los líderes de los Estados Unidos y la Unión Soviética, diálogos que al cabo resultaron en un cambio profundo en las relaciones entre los dos países. Para esa persona, el aislamiento no es una solución: es parte del problema. Obviamente no ha tenido éxito puesto que Castro ha sobrevivido a diez presidentes norteamericanos. (Uds. deben añadir otros argumentos para apoyar su opinión.)

Arte

El arte moderno cubano

A principios del siglo XX, el arte cubano era de poca originalidad y de marcada tendencia tradicionalista; sin embargo, en la década de los veinte aparecieron algunos innovadores que buscaban liberarse de los temas y estilos de la generación anterior. Incorporaron al arte cubano los más variados estilos europeos: el surrealismo, el cubismo, el expresionismo, etcétera. En el caso del arte representativo, muchos motivos son netamente cubanos: el gallo, los animales campestres, el paisaje tropical y especialmente el tema afrocubano. Dentro de este esquema general se encuentra un individualismo muy hispánico, como se puede observar en la obra de los tres artistas que se incluyen aquí: **Amelia Peláez** (1897–1968), **Wifredo Lam** (1902–1982) y **Mario Carreño** (1913–1999).

Amelia Peláez inició sus estudios de arte en la Academia de San Alejandro en La Habana, pero el deseo de conocer mejor las nuevas técnicas del arte moderno la llevó primero a Nueva York y después a Francia, donde pasó siete años estudiando y buscando una expresión propia. Al volver a Cuba Peláez presentó una exposición de su obra. Luego se dedicó a pintar objetos domésticos y es aquí donde descubrió su propio estilo. Los motivos decorativos que se mezclan en sus cuadros —plantas, rejas, vidrios de colores, etcétera— prestan un aspecto barroco a sus pinturas, vinculándola a una tradición muy arraigada en la cultura hispánica. Aunque también se ha interesado por el arte abstracto, lo que caracteriza su obra y la ha llevado a los mejores museos del mundo es su expresión de la tradición criolla de los pueblos provincianos.

Wifredo Lam, hijo de padre chino y madre mulata, nació en un pueblo interior de Cuba. Su padre, hombre culto y amante de la educación, lo alentó siempre en su carrera de pintor. De su madre aprendió los bailes, canciones y ritos afrocubanos que llegarían a tener una influencia enorme en su obra futura. Lam fue becado por su ciudad natal y fue a Madrid, donde había de pasar unos quince años y llegaría a familiarizarse con la tradición artística europea de la época. Pero sólo años más tarde llegaría a interesarse seriamente por lo que llamó la *cosa negra.* En unas máscaras y esculturas negras que vio por primera vez en Madrid, descubrió Lam otra tradición, suya por derecho de la sangre, y este encuentro le dio mayor conciencia de su persona, de los medios que eran suyos. Al estallar la Guerra Civil española en 1936 Lam fue primero a Barcelona y después a París, donde intimó con Picasso y con los surrealistas, y absorbió técnicas e ideas que habían de influir mucho en su evolución posterior. Picasso se interesó mucho por el cubano, y compartió su entusiasmo por el arte africano. Con la llegada de la Segunda Guerra mundial a Francia, volvió Lam a Cuba, donde en la década de los cuarenta pintó obras de inspiración afrocubana. Tal vez la más importante de esas pinturas es *La manigua (La jungla),* obra neoprimitiva de enorme vitalidad. En ésta el pintor nos presenta las fuerzas irracionales del subconsciente por medio de imágenes surrealistas en las que se mezclan formas semihumanas con las de una vegetación exuberante.

Como Peláez y Lam, Mario Carreño también estudió en la Academia de San Alejandro antes de viajar a Europa. Como Lam, vivió primero en Madrid (1932–1935) y después en París, con una breve estadía en México. Al estallar la Segunda Guerra mundial, Carreño volvió a Cuba, y después estuvo en los Estados Unidos, como profesor de pintura en la New School for Social Research en Nueva York. Hoy día sigue viviendo en el extranjero. La obra de Carreño se divide entre obras representativas de puro tema cubano y obras abstractas. En el cuadro *Tornado* Carreño capta la violencia de los desastres naturales en un estilo caracterizado por la energía y la vitalidad.

En las obras de Peláez, Lam y Carreño vemos una síntesis de lo moderno y lo tradicional, de lo cosmopolita y lo autóctono y de las varias tradiciones culturales donde se halla el genio del artista hispanoamericano contemporáneo.

◄ Pescados de Amelia Peláez

(Ver la página 151.) Además de los pescados, ¿qué otros objetos puede Ud. identificar en el cuadro? ¿Hay elementos barrocos en *Pescados*? ¿Cómo es la perspectiva en la pintura?

Mario Carreño, *Tornado,* 1941. Oil on canvas, 31" x 41". Collection, The Museum of Modern Art, New York. Inter-American Fund.

➤ Tornado de Mario Carreño

¿Cuántos objetos puede Ud. identificar en este cuadro? ¿En qué sentido es realista la pintura? ¿Se podría interpretar también como pintura surrealista? ¿Hay elementos abstractos? ¿Cuáles son?

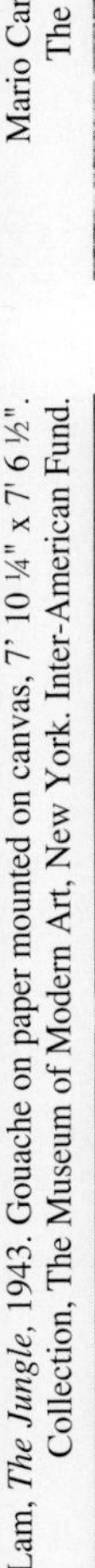

Wifredo Lam, *The Jungle,* 1943. Gouache on paper mounted on canvas, 7' 10 ¼" x 7' 6 ½". Collection, The Museum of Modern Art, New York. Inter-American Fund.

➤ La manigua (La jungla) de Wifredo Lam

Las leyes de perspectiva indican que los objetos alejados se ven más pequeños que los cercanos y que las líneas paralelas parezcan converger hacia un punto situado en el infinito (punto de fuga). En *La Manigua,* el pintor parece rechazar ese concepto de la composición; cada parte del cuadro tiene tanta importancia como las otras. En las formas humanas del cuadro no es difícil distinguir tanto la influencia de las máscaras africanas como la de Picasso en su época de *Guernica*. El cuadro en su totalidad puede interpretarse por lo menos en dos niveles: como representación de las danzas (del culto de vudú), presenciadas por el artista, o como representación de las fuerzas poderosas del subconsciente del hombre moderno.

¡A explorar!

11-17 ¿Qué opina? Haga Ud. las siguientes actividades.

1. ¿Cuáles son los principales motivos tropicales representados en los cuadros que hemos visto?
2. Específicamente, ¿qué técnicas modernas han utilizado los pintores en estos cuadros?
3. Comente sobre el simbolismo usado en una de las obras literarias y en una de las pinturas estudiadas en esta unidad.
4. Busque en Internet o en la biblioteca otros ejemplos del arte de Peláez, Lam o Carreño y preséntele a la clase un comentario sobre lo que ha podido encontrar.

11-18 El arte de escribir. Escriba un ensayo sobre uno de los temas siguientes.

1. Los problemas que va a tener que enfrentar el inmigrante en los Estados Unidos.
2. Las contribuciones de los afroamericanos a nuestra cultura.
3. La acción afirmativa en los Estados Unidos.

ATAJO

Phrases: Expressing hopes and aspirations; Asserting and insisting **Grammar:** Comparisons (equality, inequality, irregular) **Vocabulary:** Languages, means of transportation, working conditions

11-19 Para investigar. Haga las siguientes actividades en grupo.

Busquen en Internet o en la biblioteca información sobre la inmigración a los Estados Unidos para presentar a la clase un informe sobre este asunto. Debe incluir información sobre los números, los orígenes principales, dónde viven ahora, el tipo de trabajo que buscan, las razones (políticas, económicas) por su venida, etcétera. Puede incluir opiniones sobre cuál debe ser la política nacional frente a este fenómeno.

La presencia hispánica en los Estados Unidos

UNIDAD

12

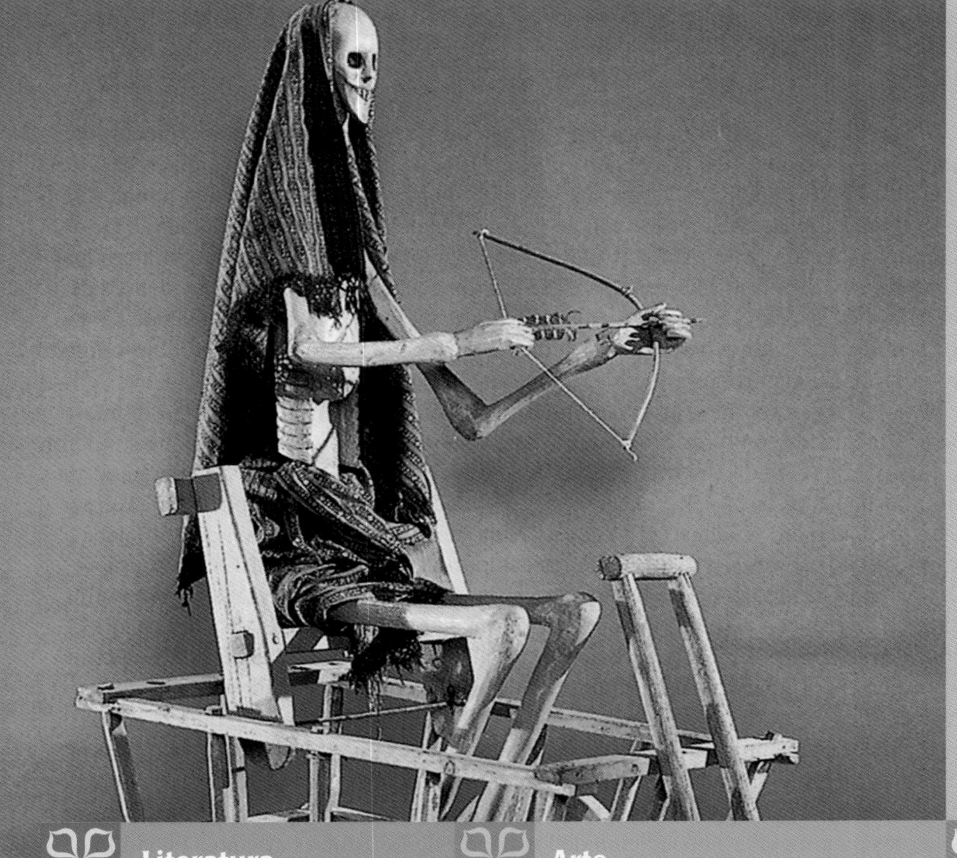

La figura de doña Sebastiana (la muerte) sonríe al espectador. ¿Qué actitud hacia la muerte ilustra?

Courtesy of the Anne Evans Collection, Denver Art Museum, Denver, Colorado.

Literatura

Mi caballo mago, Sabine Ulibarrí

Arte

Santos y santeros

- Carreta de la muerte
- Adán y Eva
- Cristo atado a la columna

Expansión

¡A explorar!

Cine

Tortilla Soup (2001, 103 min.) presenta a una familia latina que consiste en el padre, un cocinero conocido, y sus tres hijas, ya mayores de edad. Bajo la dirección de Ang Lee seguimos las comidas familiares y los problemas románticos de las hijas. Héctor Elizondo, Elizabeth Peña y Raquel Welch actúan. Al fin de la película todos los espectadores tendrán un hambre feroz. Otra película igualmente romántica pero de tema totalmente distinto es una que salió originalmente en HBO. Su título es *Walkout* (2006, 99 min.). Sigue los primeros brotes (en los años 60) de la organización llamada los «United Mexican-American Students» que iniciaron la acción directa como modo de conseguir mejoras en las escuelas públicas en «East L.A.». Aunque su tono es muy idealista, presenta una visión verosímil de la situación.

Literatura

Enfoque

Hoy día, el 12,5% de la población total de los Estados Unidos, o una en cada ocho personas, está formado por gente de origen hispánico. Según el censo del año 2000 suman 32,8 millones de personas. Se dividen en los siguientes grupos: 66,1% mexicanos; 4% cubanos; 9% puertorriqueños; 14,5% centro- y sudamericanos y 6,4% «otros». En algunas regiones este porcentaje de la población es más grande: en el Suroeste, por ejemplo, y en California, Illinois, Nueva York y Florida.

Como son diversas las razones por las cuales estos inmigrantes o descendientes de inmigrantes hispanos viven hoy en los Estados Unidos, también es diversa la actitud que adoptan ante la cultura norteamericana. Algunos, como los cubanos que buscaron refugio en este país después de la revolución de 1959, aceptan la cultura estadounidense. Otros, que se ven incorporados a la fuerza, la rechazan y tienden a defender su cultura original. Tal es el caso de muchos descendientes de puertorriqueños y mexicanos. La actitud de estos últimos, especialmente la de muchos jóvenes de hoy, es el resultado lógico de un proceso histórico que se basó más en la fuerza que en la elección, y que produjo y sigue produciendo antagonismos entre hispanos y anglosajones.

Existen hoy movimientos para mejorar la condición del hispano, y están íntimamente vinculados con otros movimientos de bienestar social y económico que surgieron después de la Segunda Guerra mundial. Sin embargo, había poca actividad organizada entre los hispanos hasta 1965 cuando, bajo la dirección práctica y espiritual de César Estrada Chávez, se proclamó el Plan de Delano en California. El Plan, que reflejaba la solidaridad espiritual e idealista de los campesinos y que se llamó La Causa, rápidamente ganó el apoyo de los habitantes urbanos. Además de Chávez, surgieron otros líderes carismáticos como Reies López Tijerina en Nuevo México y Rodolfo (Corky) Gonzáles en Colorado. Tijerina se dedicó a tratar de recobrar las tierras confiscadas a los hispanos por los anglosajones después de 1848, fecha del Tratado de Guadalupe Hidalgo. Fundó la Alianza Federal de los Pueblos Libres, movimiento que ya no existe hoy, pero cuyo ejemplo ha inspirado a varios abogados que siguen trabajando a favor de los derechos de los habitantes de la región. En Denver y otros centros urbanos, la actividad de Corky Gonzáles ha sido extraordinaria, tanto en la política como en los esfuerzos para mejorar la condición de los pobres de los centros urbanos. Fundó La Raza Unida, partido político cuyo propósito era fomentar los intereses de los chicanos y creó La Cruzada para la Justicia con el fin de preservar su cultura. Hoy día se pone más atención en el aumento del poder político, especialmente al nivel municipal y estatal.

Toda esta actividad de carácter político, económico y social está acompañada de un esfuerzo cultural en las artes como la pintura mural, la música folclórica y la literatura. Se pueden dividir en artes con motivo de protesta y las que siguen las tradiciones culturales como en *Mi caballo mago* de Sabine Ulibarrí.

12-1 Anticipación. Trabajen en grupos pequeños. Los estereotipos son un peligro constante en el esfuerzo de construir una sociedad justa. Con sus compañeros(as) de clase haga una lista de características estereotipadas de los latinos en los Estados Unidos y una lista semejante de estereotipos atribuidos a los anglosajones por otros grupos étnicos. Comparen sus listas con las de otros grupos de la clase.

Vocabulario útil

Estudie estas palabras.

Verbos

detener *to stop, detain*
lanzar *to throw, launch*
poblar (ue) *to populate*

Sustantivos

la cerca *fence*
el desafío *challenge, dare*
el guante *glove*
la huella *footprint, track, trace*
la ladera *hillside*
la llanura *plain, prairie*
la mancha *stain, spot of color*
el potrero *pasture*
el silbido *whistle, whistling*
el vaquero *cowboy*
la vereda *path, trail*
la yegua *mare*

Adjetivos

jadeante *panting*
tembloroso(a) *trembling, shaking*
varonil *manly, courageous*

Otras palabras y expresiones

alrededor *around*
(ni) siquiera *(not) even*
una y otra vez *over and over; again and again*
venido(a) a menos *come down in the world*

12-2 Para practicar. Complete el párrafo con una palabra o una frase del **Vocabulario útil** según la definición entre paréntesis.

El ______ (persona que trabaja con vacas) tuvo que salir a buscar la ______ (caballo hembra) con la ______ (área de color) negra que se había escapado saltando la ______ (construcción que encierra un área) del ______ (lugar de yerba para los animales). Encontrarla era un ______ (obstáculo) para el joven ______ (fuerte como un hombre). En la ______ (camino) se veían claramente las ______ (impresiones) de las patas del caballo. Se ______ (paró) antes de subir la ______ (terreno que sube) que conducía a la ______ (terreno plano). Subió ______ (que sacudía) y al llegar esperó para dejar descansar su caballo ______ (que respiraba fuerte). Miró ______ (a todas partes) mientras dio ______ (repetidamente) un ______ (sonido musical) recio, pero no pudo ver la yegua.

Preparación para la lectura

12-3 Palabras desconocidas. Lea el siguiente trozo del cuento que va a aparecer en esta unidad. Subraye las palabras o expresiones que no entienda. Después, con otra persona de la clase, discutan lo subrayado para saber si pueden adivinar lo que quiere decir.

Yo tenía quince años. Y sin haberlo visto nunca el brujo me llenaba ya la imaginación y la esperanza. Escuchaba embobado a mi padre y a sus vaqueros hablar del caballo fantasma que al atraparlo se volvía espuma y aire y nada. Participaba de la obsesión de todos, ambición de lotería, de algún día ponerle mi lazo, de hacerlo mío, y lucirlo los domingos por la tarde cuando las muchachas salen a paseo por la calle.

Pleno el verano. Los bosques verdes, frescos y alegres. Las reses lentas, gordas y luminosas en la sombra y en el sol de agosto. Dormitaba yo en un caballo brioso, lánguido y sutil en el sopor del atardecer. Era hora ya de acercarse a la majada, al buen pan y al rancho del rodeo. Ya los compañeros estarían alrededor de la hoguera agitando la guitarra, contando cuentos del pasado o de hoy o entregándose al cansancio de la tarde. El sol se ponía ya, detrás de mí, en escándalos de rayo y color. Silencio orgánico y denso.

12-4 Estrategia de repaso. Recuerde usar las palabras que ya sabe para ayudar en adivinar el significado de palabras nuevas. Busque en el **Vocabulario útil** una palabra semejante a cada una de las siguientes y adivine lo que significan estas palabras nuevas.

______ cercar ______
______ desafiar ______
______ jadear ______
______ manchar ______
______ pueblo ______
______ silbar ______
______ temblar ______

Sabine Ulibarrí (1919–2003)

Sabine Ulibarrí

Nació este autor en un pueblo pequeño en el norte del estado de Nuevo México llamado Tierra Amarilla. Es una región poblada por hispanos desde tiempos coloniales y caracterizada por una sociedad principalmente rural que ha gozado de cierta tranquilidad y permanencia.

Muchos de sus cuentos, como el que aparece aquí, tratan de la vida de esa región con fuerte tono nostálgico. Dijo el autor en una entrevista «Yo estoy viendo todo ese mundo a través del recuerdo, y el recuerdo suaviza, ennoblece, enriquece la experiencia… Yo vivo con una Tierra Amarilla de mi infancia y de mi juventud…» No sorprende que su libro más leído es la edición bilingüe *Tierra Amarilla*. Otros temas incluyen cuentos con elementos fantásticos y otros basados en tradiciones folclóricas. La experiencia de enseñar en el Ecuador también inspiró un libro *Amor y Ecuador*. Ulibarrí también ha publicado varias colecciones de poesía.

Además de escritor, Ulibarrí ejerció durante más de treinta y cinco años, su profesión de profesor universitario en la Universidad de Nuevo México en Albuquerque, hasta jubilarse en 1988. Este cargo resultó en la publicación de varios artículos y libros críticos. También ocupó la presidencia de la *American Association of Teachers of Spanish and Portuguese*.

Mi caballo mago[1]

Era blanco. Blanco como el olvido°. Era libre. Libre como la alegría. Era la ilusión, la libertad y la emoción. Poblaba y dominaba las serranías° y las llanuras de las cercanías°. Era un caballo blanco que llenó mi juventud de fantasía y poesía.

Alrededor de las fogatas° del campo y en las resolanas° del pueblo los vaqueros de esas tierras hablaban de él con entusiasmo y admiración. Y la mirada se volvía turbia° y borrosa° de ensueño°. La animada charla se apagaba°. Todos atentos a la visión evocada. Mito del reino° animal. Poema del mundo viril.

Blanco y arcano°. Paseaba su harén por el bosque de verano en regocijo° imperial. El invierno decretaba° el llano y la ladera para sus hembras°. Veraneaba° como rey de oriente en su jardín silvestre°. Invernaba° como guerrero ilustre que celebra la victoria ganada.

Era leyenda. Eran sin fin las historias que contaban del caballo brujo°. Unas verdad, otras invención. Tantas trampas°, tantas redes°, tantas expediciones. Todas venidas a menos°. El caballo siempre se escapaba, siempre se burlaba°, siempre se alzaba por encima del dominio de los hombres. ¡Cuánto valedor° no juró ponerle su jáquima° y su marca° para confesar después que el brujo había sido más hombre que él!

Yo tenía quince años. Y sin haberlo visto nunca el brujo me llenaba ya la imaginación y la esperanza. Escuchaba embobado° a mi padre y a sus vaqueros hablar del caballo fantasma que al atraparlo° se volvía espuma y aire y nada. Participaba de la obsesión de todos, ambición de lotería, de algún día ponerle mi lazo,[2] de hacerlo mío, y lucirlo° los domingos por la tarde cuando las muchachas salen a paseo por la calle.

Pleno el verano°. Los bosques verdes, frescos y alegres. Las reses° lentas, gordas y luminosas en la sombra y en el sol de agosto. Dormitaba° yo en un caballo brioso°, lánguido y sutil en el sopor° del atardecer. Era hora ya de acercarse a la majada°, al buen pan y al rancho° del rodeo°. Ya los compañeros estarían alrededor de la hoguera° agitando la guitarra, contando cuentos del pasado o de hoy o entregándose al cansancio de la tarde. El sol se ponía ya, detrás de mí, en escándalos° de rayo y color. Silencio orgánico y denso.

Sigo insensible a las reses al abra°. De pronto el bosque se calla. El silencio enmudece°. La tarde se detiene. La brisa deja de respirar, pero tiembla. El sol se excita. El planeta, la vida y el tiempo se han detenido de una manera inexplicable. Por un instante no sé lo que pasa.

Luego mis ojos aciertan°. ¡Allí está! ¡El caballo Mago! Al extremo del abra, en un promontorio, rodeado de verde. Hecho estatua, hecho estampa°. Línea y forma y mancha blanca en fondo° verde. Orgullo, fama y arte en carne animal. Cuadro de belleza encendida° y libertad varonil. Ideal invicto° y limpio de la eterna ilusión humana. Hoy palpito° todo aún al recordarlo.

Silbido. Reto° trascendental que sube y rompe la tela virginal de las nubes rojas. Orejas lanzas°. Ojos rayos°. Cola viva y ondulante°, desafío movedizo°. Pezuña tersa° y destructiva. Arrogante majestad de los campos.

El momento es eterno. La eternidad momentánea. Ya no está, pero siempre estará. Debió de haber yeguas. Yo no las vi. Las reses siguen indiferentes. Mi caballo las sigue y yo vuelvo lentamente del mundo del sueño a la tierra del sudor. Pero ya la vida no volverá a ser lo que antes fue.

oblivion
mountains
environs
campfires; patios
hazy; blurry; dream
was stopped; kingdom
mysterious; rejoicing
required; females
He summered; wild; He wintered
enchanted
tricks; nets
failures
mocked
brave soul; bridle; brand
open-mouthed
on trapping him
show him off
High summer; cattle
I nodded
spirited; lethargy
blanket; mess; roundup
campfire
riot
glade
disconcerts
make it out
engraving
background
fiery; invincible
I tremble
Challenge
erect; flashing; waving; moving
shiny hoof

Aquella noche bajo las estrellas no dormí. Soñé. Cuánto soñé despierto y cuánto soñé dormido yo no sé. Sólo sé que un caballo blanco pobló mis sueños y los llenó de resonancia y de luz y de violencia.

Pasó el verano y entró el invierno. El verde pasto° dio lugar a la blanca nieve. Las manadas° bajaron de las sierras a los valles y cañadas°. Y en el pueblo se comentaba que el brujo andaba por este o aquel rincón. Yo indagaba° por todas partes su paradero°. Cada día se me hacía más ideal, más imagen, más misterio.

Domingo. Apenas rayaba el sol de la sierra nevada. Aliento vaporoso°. Caballo tembloroso de frío y de ansias. Como yo. Salí sin ir a misa. Sin desayunarme siquiera. Sin pan ni sardinas en las alforjas°. Había dormido mal y velado bien°. Iba en busca de la blanca luz que galopaba en mis sueños.

Al salir del pueblo al campo libre, desaparecen los caminos. No hay rastro° humano o animal. Silencio blanco, hondo y rutilante°. Mi caballo corta el camino con el pecho y deja estela° eterna, grieta° abierta, en la mar cana°. La mirada diestra° y atenta puebla el paisaje hasta cada horizonte buscando el noble perfil del caballo místico.

Sería mediodía. No sé. El tiempo había perdido su rigor. Di con él. En una ladera contaminada de sol. Nos vimos al mismo tiempo. Juntos nos hicimos piedra. Inmóvil, absorto y jadeante contemplé su belleza, su arrogancia, su nobleza. Esculpido° en mármol, se dejó admirar.

Silbido violento que rompe el silencio. Guante arrojado° a la cara. Desafío y decreto° a la vez. Asombro nuevo. El caballo que en verano se coloca entre la amenaza y la manada, oscilando° a distancia de diestra a siniestra°, ahora se lanza a la nieve. Más fuerte que ellas, abre la vereda a las yeguas. Y ellas lo siguen. Su fuga° es lenta para conservar sus fuerzas.

Sigo. Despacio. Palpitante°. Pensando en su inteligencia. Admirando su valentía. Apreciando su cortesía. La tarde se alarga. Mi caballo cebado° a sus anchas.

Una a una las yeguas se van cansando. Una a una se van quedando a un lado. ¡Solos! Él y yo. La agitación interna rebosa° a los labios. Le hablo. Me escucha y calla.

Él abre el camino y yo sigo por la vereda que me deja. Detrás de nosotros una larga y honda zanja° blanca que cruza la llanura. El caballo que ha comido grano y buen pasto sigue fuerte. A él, mal nutrido°, se le han agotado las fuerzas. Pero sigue porque es él y porque no sabe ceder.

Encuentro negro y manchas negras por el cuerpo. La nieve y el sudor han revelado la piel negra bajo el pecho. Mecheros° violentos de vapor rompen el aire. Espumarajos° blancos sobre la blanca nieve. Sudor espuma y vapor. Ansia.

Me sentí verdugo°. Pero ya no había retorno. La distancia entre nosotros se acortaba implacablemente. Dios y la naturaleza indiferentes.

Me siento seguro. Desato° el cabestro°. Abro el lazo. Las riendas tirantes°. Cada nervio, cada músculo y el alma en la boca. Espuelas° tensas en ijares° temblorosos. Arranca el caballo. Remolineo° el cabestro y lanzo el lazo obediente.

Vértigo de furia y rabia. Remolinos de luz y abanicos° de transparente nieve. Cabestro que silba° y quema en la teja de la silla. Guantes violentos que humean. Ojos ardientes en sus pozos. Boca seca. Frente caliente. Y el mundo se sacude y se estremece. Y se acaba la larga zanja blanca en un ancho charco blanco.

pasture
herds; hollows
inquired; whereabouts
steamy breath
saddlebags
kept a good watch
trace; sparkling
(fig.) wake; opening; white
skilled
Sculptured
thrown
command
moving back and forth; from right to left
flight
Quivering
fed
bubbles
trench
undernourished
Plumes
Foam
executioner
I untie; halter; tight reins
Spurs; flanks
I twirl
fans
whistles

Sosiego° jadeante y denso. El caballo mago es mío. Temblorosos ambos, nos miramos de hito en hito° por un largo rato. Inteligente y realista, deja de forcejar° y hasta toma un paso hacia mí. Yo le hablo. Hablándole me acerco. Primero recula°. Luego me espera. Hasta que los dos caballos se saludan a la manera suya. Y por fin llego a alisarle la crin°. Le digo muchas cosas, y parece que me entiende.

Por delante y por las huellas de antes lo dirigí hacia el pueblo. Triunfante. Exaltado. Una risa infantil me brotaba°. Yo, varonil, la dominaba. Quería cantar y pronto me olvidaba. Quería gritar pero callaba. Era un manojo° de alegría. Era el orgullo del hombre adolescente. Me sentí conquistador.

El Mago ensayaba° la libertad una y otra vez, arrancándome de mis meditaciones abruptamente. Por unos instantes se armaba° la lucha otra vez. Luego seguíamos.

Fue necesario pasar por el pueblo. No había remedio. Sol poniente. Calles de hielo y gente en los portales. El Mago lleno de terror y pánico por la primera vez. Huía y mi caballo herrado° lo detenía. Se resbalaba y caía de costalazo°. Yo lloré por él. La indignidad. La humillación. La alteza° venida a menos. Le rogaba que no forcejara, que se dejara llevar. ¡Cómo me dolió que lo vieran así los otros!

Por fin llegamos a la casa. «¿Qué hacer contigo, Mago? Si te meto en el establo o en el corral, de seguro te haces daño. Además sería un insulto. No eres esclavo. No eres criado. Ni siquiera eres animal.» Decidí soltarlo en el potrero. Allí podría el Mago irse acostumbrando poco a poco a mi amistad y compañía. De ese potrero no se había escapado nunca un animal.

Mi padre me vio llegar y me esperó sin hablar. En la cara le jugaba una sonrisa y en los ojos le bailaba una chispa°. Me vio quitarle el cabestro al Mago y los dos lo vimos alejarse, pensativos. Me estrechó la mano un poco más fuerte que de ordinario y me dijo: «Esos son hombres.» Nada más. Ni hacía falta. Nos entendíamos mi padre y yo muy bien. Yo hacía el papel de *muy hombre* pero aquella risa infantil y aquel grito que me andaban por dentro por poco estropean° la impresión que yo quería dar.

Aquella noche casi no dormí y cuando dormí no supe que dormía. Pues el soñar es igual, cuando se sueña de veras, dormido o despierto. Al amanecer yo ya estaba de pie. Tenía que ir a ver al Mago. En cuanto aclaró salí al frío a buscarlo.

El potrero era grande. Tenía un bosque y una cañada. No se veía el Mago en ninguna parte pero yo me sentía seguro. Caminaba despacio, la cabeza toda llena de los acontecimientos de ayer y de los proyectos de mañana. De pronto me di cuenta que había andado mucho. Aprieto el paso°. Miro aprensivo a todos lados. Empieza a entrarme el miedo. Sin saber voy corriendo. Cada vez más rápido.

No está. El Mago se ha escapado. Recorro° cada rincón donde pudiera haberse agazapado°. Sigo la huella. Veo que durante toda la noche el Mago anduvo sin cesar buscando, olfateando°, una salida. No la encontró. La inventó.

Seguí la huella que se dirigía directamente a la cerca. Y vi como el rastro no se detenía sino continuaba del otro lado. El alambre era de púas°. Y había manchas rojas en la nieve y gotitas rojas en las huellas del otro lado de la cerca.

Calm
we stared at each other
struggle
he backs up
I stroke his mane
grew
bunch
tested
was started
well-shod
slipped and fell on his side; arrogance
spark
spoil
I start to run
Cover
hidden
sniffing
barbed wire

Allí me detuve. No fui más allá. Sol radiante en la cara. Ojos nublados y llenos de luz. Lágrimas infantiles en mejillas varoniles. Grito hecho nudo° en la garganta. Sollozos° espaciosos y silenciosos.

nudo° lump; Sollozos° Sobs

Allí me quedé y me olvidé de mí y del mundo y del tiempo. No sé cómo estuvo, pero mi tristeza era gusto. Lloraba de alegría. Estaba celebrando, por mucho que me dolía, la fuga y la libertad del Mago, la trascendencia de ese espíritu indomable°. Ahora seguiría siendo el ideal, la ilusión y la emoción. El Mago era un absoluto. A mí me había enriquecido° la vida para siempre.

indomable° indomitable; enriquecido° enriched

Allí me halló mi padre. Se acercó sin decir nada y me puso el brazo sobre el hombro. Nos quedamos mirando la zanja blanca con flecos° de rojo que se dirigía al sol rayante.

flecos° flecks

Sabine Ulibarrí

Notas culturales

[1] *Mago significa* magic *o* magical. *El autor ha traducido el título como* My Wonder Horse.

[2] *Hay varias palabras relacionadas con la cría del ganado que se han adoptado en inglés debido a que los anglos aprendieron esta actividad de los mexicanos del suroeste. En este cuento se ven lazo* = lasso; *rodeo* = roundup *(y los juegos con que se celebra el rodeo); vaquero* = buckaroo; *rancho* = ranch *(pero con significado diferente) y corral. Otras son la reata* = lariat *y burro.*

12-5 Comprensión. Conteste las siguientes preguntas.

1. ¿En qué sentido es un caballo «mago»?
2. ¿Qué efecto tenía en los vaqueros la mención del caballo?
3. ¿Qué había pasado cuando el joven dice «ya la vida no volverá a ser lo que antes fue»?
4. ¿Por qué cambió el verde pasto a blanca nieve?
5. ¿Con quién estaba el caballo cuando lo encontró el joven?
6. ¿Con qué atrapa al caballo?
7. ¿Cómo era el caballo al pasar por el pueblo?
8. ¿Qué hizo llorar al joven?
9. ¿Cómo se sentía al comprender que estaba suelto el caballo?

12-6 Opiniones. Exprese su opinión personal.

Elementos de la lectura

1. ¿Cuáles serán los motivos probables de la obsesión del narrador?
2. ¿Es mejor que el caballo haya escapado del potrero? Explique.

Conceptos generales

3. ¿Ha logrado Ud. algo que parecía imposible? Explique.
4. ¿Le interesa montar a caballo y vivir en una hacienda? ¿Por qué sí o por qué no?
5. Para criar niños, ¿es mejor el campo o la ciudad? Explique.

Expansión

¿Desea más? El cuento tiene como base la tradición del «viejo oeste». Hay otra tradición semejante en la Argentina entre los gauchos. En la **Heinle Voices Database** en **www.textchoice.com/voices** se encuentran «Martín Fierro» de José Hernández y «Facundo» de Sarmiento que tratan el tema en ese contexto.

12-7 Análisis literario. Conteste las siguientes preguntas.

1. ¿En qué sentido tiene el cuento una estructura «circular»?
2. ¿Qué característica física del caballo se menciona más frecuentemente? ¿Qué otros elementos tienen la misma característica?
3. No hay mujeres en el cuento pero ejercen una influencia. ¿Cuál es su influencia?
4. En varias ocasiones el autor hace descripciones usando oraciones cortas o incompletas. ¿Qué efecto logra con esto?

12-8 Ensayo. ¿Cómo se explica que el joven llorara de alegría cuando se dio cuenta de que el caballo se había escapado del potrero? ¿Cómo podía estar feliz en tales circunstancias? Escriba un ensayo sobre este tema o prepárese para explicárselo a la clase según indique su profesor(a).

12-9 Minidrama. Presenten Ud. y otra(s) persona(s) de la clase un breve drama sobre uno de los temas siguientes.

1. La conversación que tiene el joven con su padre sobre el caballo después del fin del cuento.
2. Una conversación entre el joven y un amigo de su misma edad sobre por qué quiere domar el caballo.

12-10 Opiniones y actitudes. Escriba un párrafo sobre uno de los temas siguientes o explíqueselo a la clase.

1. Las diferencias entre la actitud de un inmigrante y la de una persona de Tierra Amarilla que vive en los Estados Unidos como resultado de una guerra contra México.
2. Los elementos culturales y las personas latinas muy populares hoy día en los Estados Unidos.
3. La situación de los inmigrantes sin documentos en los Estados Unidos.

12-11 Situación. Con un(a) compañero(a) de clase, preséntenle Uds. a la clase un diálogo sobre si se debe o no establecer el inglés como la lengua oficial de los Estados Unidos. Uno de Uds. cree que sí se debe. Insiste en que el hablar un solo idioma es esencial si se quiere mantener la unidad del país. Es esencial para que obtengan puestos en la industria o en el comercio. Deben aprender inglés lo antes posible. La otra persona también cree que deben aprender inglés, pero no cree que se deba establecer el inglés como lengua oficial, ya que eso puede dar la impresión de que la cultura anglosajona es superior a otras culturas. Además, es importante mantener la diversidad en nuestro país y la diversidad no impide la unidad del país. Nuestra participación en el mercado mundial es tan importante hoy día, debemos estimular el estudio de lenguas y culturas extranjeras. La presencia en nuestro país de personas que saben hablar dos o más idiomas es algo positivo, no negativo. (Uds. pueden añadir más argumentos originales.)

Santos y santeros

Durante los siglos XVIII y XIX, la religión era muy importante para los pueblos del norte de Nuevo México y del sur de Colorado, como lo demostraron las artes populares de la región. No sólo las iglesias, sino muchas casas particulares tenían santos patrones, y muchos ríos, montañas y sierras recibieron nombres religiosos. Se crearon muchas obras artísticas en honor a santos, representándolos en forma realista, siguiendo una larga tradición española. Así lo divino se representaba por medio de lo real, y lo simbólico era comprensible cuando se le daba expresión física.

A causa de la falta de sacerdotes, debido en parte a la escasa población, a comienzos del siglo XIX se formaron en esta parte del país confraternidades religiosas como, por ejemplo, la Sociedad de Nuestro Padre Jesús Nazareno (luego llamada Los Hermanos Penitentes de la Tercera Orden de San Francisco). Era función de los *penitentes* mantener la fe, ayudar a los necesitados —a las viudas y a los huérfanos, por ejemplo— confortar a los moribundos y enterrar a los muertos. En cada pueblo se estableció una *morada* o casa en la que se reunía la confraternidad para servicios religiosos. Allí se guardaban los objetos que se empleaban en los servicios y procesiones de la confraternidad. Entre los objetos creados por los artistas y artesanos del pueblo para la morada siempre había pinturas o esculturas de imágenes religiosas que los creyentes llamaban santos. La creación de tales imágenes no era original de estas regiones, sino que continuaba una costumbre tradicional española. Las funciones de los santos también eran tradicionales: algunos servían de santo patrón a un pueblo; otros satisfacían necesidades especiales del creyente. Para el pueblo, el término *santo* incluía pinturas y esculturas de imágenes religiosas. Para referirse solamente a las esculturas, que frecuentemente eran talladas en madera, se empleaba la palabra *bulto*. Los bultos más comunes eran los que se usaban durante las procesiones y ceremonias de Semana Santa: representaciones de la Pasión de Cristo, la figura de la Dolorosa y varias figuras de la Muerte.

Como obras de arte, los bultos son la expresión más extraordinaria del arte popular que se haya producido dentro de las fronteras de los Estados Unidos. Técnicamente es impresionante la ingeniosidad del santero, que los fabricaba del material que tenía a mano en su pueblo aislado. Con frecuencia, él mismo cortaba los árboles para sus bultos y preparaba muchos de sus colores con los minerales y las plantas de la región. Aunque el tamaño de los bultos variaba mucho, los que representaban a Cristo y que frecuentemente se empleaban en la Semana Santa eran del tamaño de un hombre y tenían los brazos movibles, para poder ser usados en la representación de varios momentos de la Pasión.

Después de 1900 los santos fueron reemplazados por las esculturas y pinturas que se fabricaban en el este de Estados Unidos y que se hicieron populares en aquella época. Sin embargo, la tradición no desapareció totalmente. Los santeros modernos de Nuevo México, como **George López** (1900–), de Córdova, y los otros miembros de su familia, ya no pintan sus bultos ni los crean exclusivamente para el uso de la morada o la iglesia de su pueblo. Pero todavía se siente en sus obras la devoción y el ascetismo que irradian los bultos antiguos y que caracterizaban a la gente que los creó.

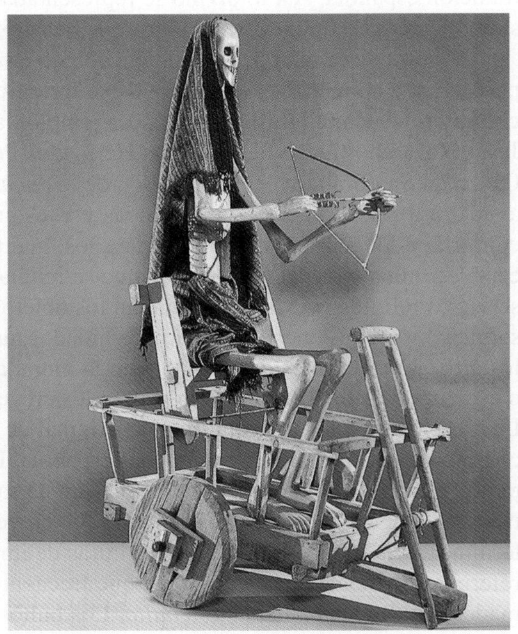

▲ Carreta de la muerte

(Ver la página 169.) Tallada por **José Inez Herrera** en El Rito, Nuevo México, a fines del siglo XIX, la figura de doña Sebastiana (la Muerte) mira maliciosamente al espectador. El arco y la flecha sustituyen a la guadaña que se ha utilizado mucho en las representaciones europeas de la muerte, y reflejan la amenaza constante de las tribus de indios. La carreta de la muerte simbolizaba el triunfo de la muerte después de la Crucifixión y antes de la Resurrección. También sugiere la vanidad de todas las cosas mundanas, concepto éste muy medieval. ¿Qué impresión produce esta figura en el espectador? ¿En qué sentido es realista la figura?

Courtesy of the Denver Art Museum, Denver, Colorado.

Cristo atado a la columna

Esta escultura de Cristo, por un santero anónimo del siglo XIX, representa el sufrimiento de Cristo de una manera directa y realista. El bulto está articulado, de modo que es posible moverle los hombros y los codos. Se ha alcanzado el realismo al utilizar el tronco de un pino para la columna. El alargamiento de la figura, rasgo típico de los bultos, le da mayor dignidad y majestuosidad. ¿Qué pintor español también alargaba las figuras en sus pinturas?

Courtesy of the Denver Art Museum, Denver, Colorado.

Adán y Eva

Esta obra, de George López, se compone de tres partes: las figuras de Adán y Eva, el Diablo en forma de culebra en el árbol y el cerco con su follaje. A López se le debe el renacer del arte del santero, arte al que se dedicaban sus antepasados y por el que también se interesan sus parientes, muchos de los cuales continúan la tradición hoy día. ¿Qué es lo que Eva le ofrece a Adán?

¡A explorar!

12-12 ¿Qué opina? Haga las siguientes actividades.

1. ¿Qué es lo que uno debe saber para apreciar el arte de los santeros?
2. Con frecuencia el revolucionario moderno percibe a Cristo como a una persona revolucionaria, actitud que parece reflejar las preocupaciones y sentimientos de ese tipo de persona. ¿Cómo lo percibió El Greco? ¿Cuál fue la percepción de los santeros de Nuevo México?
3. ¿Qué actitudes del hispano del suroeste se reflejan en su literatura y arte?

4. Busque en Internet o en la biblioteca más ejemplos del arte de los santeros y preséntele a la clase un comentario sobre lo que ha podido encontrar.

12-13 El arte de escribir. Escriba un ensayo sobre uno de los temas siguientes.

1. Comparaciones y contrastes entre el arte y la literatura de los hispanos del suroeste y el arte y la literatura de los afroamericanos.
2. La presentación del latino en la televisión y en el cine.
3. La importancia de la diversidad en la vida sociocultural.

ATAJO

Phrases: Comparing & contrasting; Describing people **Grammar:** Verbs: Subjunctive with **que;** Use of **ver** and **mira** **Vocabulary:** Media: televisión & radio

12-14 Para investigar. Haga esta actividad en grupo.

Elija uno de los campos sugeridos a continuación, u otros que pueda sugerir su profesor(a), y busque en Internet o en la biblioteca ejemplos de personas de la comunidad latina en los Estados Unidos que han sobresalido en ese campo en un nivel nacional o local: música (popular o clásica); las artes visuales: pintura, cine, televisión; la política; los negocios; las profesiones: la medicina, el derecho, la enseñanza; los deportes.

Vocabulario

This vocabulary does not include articles, possessive adjectives, pronouns, numbers, or exact cognates. The gender of nouns is listed except for masculine nouns ending in **-o** and feminine nouns ending in **-a, -dad, -tad, -tud,** or **ión.** Adverbs ending in **-mente** are not listed if the adjectives from which they are derived are included.

Abbreviations

adj adjective
adv adverb
Am American
auxil auxiliary
conj conjunction
dim. diminutive
f feminine
fig figurative
m masculine
Mex Mexican
n noun
pl plural
PR Puerto Rican
prep preposition
s singular

A

abajo below, down; bottom
abalorio glass bead
abandonar to abandon
abanico fan; *fig* fan-shaped
abastecer to supply
abertura opening
abierto(a) open; opened
abismo abyss, gulf, chasm
ablución ablution
abofetear to slap
abogado(a) lawyer
aborto abortion
abotonar to button
abra glade
abrasar to burn
abrasivo *n* abrasive
abrazado(a) embracing, hugging
abrazar to embrace
abrazo embrace
abrigo overcoat
abril *m* April
abrir to open; **abrir cauce** to open a path
abrogación abrogation, repeal
abrumado(a) crushed, overwhelmed
abruptamente abruptly
absceso abscess
absoluto(a) absolute
absorber to absorb
absorto(a) engrossed
abstracción abstraction
abstracto(a) abstract
absurdo(a) absurd
abuelo(a) grandfather, grandmother; **los abuelos** grandparents
abultado(a) bulky, massive, big; lengthy
abundancia abundance; plenty
abundar to abound; **abundar en** to be full of
aburrido(a) bored, boring
aburrir to bore; **aburrirse** to become bored, to get bored
abuso abuse
acá here
acabar to end, finish; **acabar de** to have just; **acabar por** to end by, to finally . . . ; **acabarse** to run out, to be exhausted
academia academy
acalambrado(a) with cramps
acariciar to caress
acaso perhaps
acatado(a) respected, revered, obeyed
acceder to accede, give in
accidente *m* accident
acción action
acelerado *fig* "speed" trip
acelerar to speed up, accelerate
aceptable acceptable
aceptación acceptation, acceptance
aceptar to accept
acequia channel, ditch
acera sidewalk
acerbo(a) harsh, acid
acerca (de) about, regarding
acercarse (a) to draw near, approach
acertar (a) to succeed in; to be able; to decide; to get right
achaque *m* failing; tribulation
aclamar to acclaim
aclarar to clarify; to dawn; to reveal
acólito acolyte

acometer to try
acomodado(a) comfortable, well-to-do; *fig* at home with
acomodar to place, put; to adjust
acompañar to accompany, go along
acongojado(a) grieved, afflicted
aconsejar to advise
acontecer to happen
acontecimiento event
acordar to agree
acordarse (de) to remember
acordeón *m* accordion
acorralado(a) cornered
acortar(se) to shorten
acoso pursuit; harassment
acostarse to lie down; to go to bed
acostumbrarse to grow accustomed
acribillar to pierce, perforate
acta *m* legal document, declaration
actitud attitude
actividad activity
acto act; **en el acto** there and then
actuación action, behavior
actuación performance
actual current, present, contemporary
actualidad present time
actuar to act
acudir to go, come, come up; to have recourse, seek help from
acueducto aqueduct
acuerdo agreement; **de acuerdo con** in agreement with; **estar de acuerdo** to agree
acumulado(a) accumulated
acumulación accumulation
acurrucado(a) curled up
Adán Adam
adaptación adaptation
adecuado(a) appropriate; adequate
adelante ahead; **de ahí en adelante** from then on
adelanto advancement, progress
además moreover, besides; **además de** in addition to
adentrarse to enter
adentro within, inside
adicional additional
adicto(a) addict
adinerado(a) wealthy
adiós good-bye
adivinación divination
adivinar to foretell, divine; to guess
adivinasus (adivinanzas) prophecies, fortune-tellings
adivino(a) soothsayer, fortuneteller
adjetivo adjective
administrador(a) administrator
administrar to administer; to give
administrativo(a) administrative
admiración admiration
admirador(a) admirer
admirar to admire; to cause surprise
admitir to admit
adoctrinar to indoctrinate
adolescente *n* and *adj* adolescent
adoptar to adopt
adoquinar to pave
adorador(a) worshipper
adorar to adore, worship
adormecer to doze, go to sleep
adormecido(a) drowsy
adornar to adorn
adorno adornment, decoration
adquisición acquisition
adulto adult
adverbio adverb
advertencia warning, notice
advertir to notice
afán *n* urge
afectación affectation
afectar to affect
afeitar to shave
aferrar to clasp; **aferrarse en** to clasp
afición fondness, inclination
aficionado(a) fond of
afiebrado(a) feverish
afirmación affirmation; statement
afirmar to affirm; *fig* to dig in
afirmativo(a) affirmative
afligidísimo(a) very afflicted, very upset
aforrar to line
afortunado(a) fortunate
afrenta outrage, affront
africano(a) African
afroamericano(a) Afro-American
afrocubano(a) Afro-Cuban
afrontar to confront, face
afuera outside
agachar to lower; **agacharse** to stoop, squat, bend over; to crouch
agarrar to grasp; to hit
agarrotado(a) clenched
agazapar(se) to hide
agencia agency
agente *m* or *f* agent
agitación agitation
agitado(a) agitated; excited
agitador(ra) agitator
agitar to wave; **agitar la guitarra** to play the guitar
aglomeración agglomeration
agonía agony, death
agónico(a) in agony; agonizing
agonizante *adj* dying
agonizar to be dying
agosto August
agotar to run out
agradable pleasant

agradar to please, be pleasing to
agradecer to thank for, be grateful for
agrario(a) agrarian
agravar to aggravate, make more serious
agraz: en agraz quite short
agregar to add
agresividad aggressiveness
agresivo(a) aggressive
agrícola agricultural
agricultor(a) agriculturist, farmer
agricultura agriculture
agua water
aguacero heavy shower
aguafuerte *f* etching
aguamanil *m* washbasin
aguantar to endure, "stand"
aguaprieta black water
aguardar to wait for; to await
agudo(a) sharp, penetrating, shrill
águila eagle
aguja needle
agujero hole
ahí there; **de ahí en adelante** from then on; **por ahí** over there
ahito(a) stuffed, full; disgusted
ahogado(a) drowned person
ahogar to smother; to quench; **ahogarse** to choke
ahumado(a) smoky, smoke-filled
aindiado(a) Indian-looking
aire *m* air; **al aire libre** open air
aislación isolation
aislamiento isolation
aislar to isolate
ajedrez *m* chess
ajeno(a) another's, foreign
ajustar to adjust; to fit
ala wing
alabar to praise
alambrado wire fence
alambre *m* wire; **alambre de alumbrado** power line
alardear (de) to brag (about being)
alargación lengthening, elongation
alargar(se) to lengthen, increase
alarmante alarming
alarmar to alarm
alba dawn
alberca tank, pool
alborotado(a) turbulent, excited, stirred up
alcahueta procurer, go-between
alcaide *m* jailor, warden
alcalde *m* mayor
alcanzar to achieve, overtake, reach; **alcanzar a** to succeed in
alcohólico(a) alcoholic
alcoholismo alcoholism
aledaño(a) (a) bordering, adjacent (to)
alegar to allege, affirm
alegoría allegory
alegórico(a) allegorical
alegrarse (de) to be glad (of)
alegre happy, joyous
alegría joy, gaiety
alejado(a) distant
alegar to remove to a distance; to go (far) away
alejarse to move away, recede
alemán(-ana) German
Alemania Germany
alentar to encourage
alerto(a) alert
alfombra carpet
alforja saddlebag
algo something; somewhat
alguien someone
alguno(a) some, any
alhaja jewelry
alianza alliance
alienado(a) alienated
aliento *n* breath
alimentación nutrition
alimentar to feed, nourish
alimento food
alisarse to smooth
alistar to prepare
aliviar to alleviate, relieve
alivio alleviation, mitigation; relief
allá there; **más allá** further over; **más allá de** beyond
allegados upon arriving
allí there
alma soul
almacén *m* store, grocery store; bar
almohada pillow
almorzar (ue) to have lunch
almuerzo lunch
alrededor (de) around
Altagracia *m* All-Mighty
alternación alternation
alternar to alternate
alternativa alternative
alternativo(a) *adj* alternative
alteza arrogance
altiplano plateau, tableland
altivo(a) arrogant
alto(a) high, tall; **en voz alta** aloud; **en alto** on high; **las altas horas** the late hours; **lo alto** the high part; **hacer alto** to stop; **pasar por alto** to overlook
altura height
alucinógeno(a) hallucinogenic
aludir to allude, to refer
alumbrado light, power
alumbrar to light
alusión allusion
alzar to raise

ama mistress of the house; **ama de casa** housewife
amable likeable, amiable, nice
amago sign
amainado(a) lessened, subsided
amanecer to dawn; to be at daybreak; *n m* dawn
amaneramiento mannerism
amar to love
amargo(a) bitter
amarillo(a) yellow
amarrar to tie
ambición ambition
ambicioso(a) ambitious
ambiente *m* atmosphere; environment
ámbito limits, area
ambos(as) both
ambulante walking, strolling; **vendedor(a) ambulante** *m* traveling salesperson, peddler
amén besides
amenaza threat
amenazante threatening
amenazar to threaten
ametralladora machine gun
amistad friendship
amistoso(a) friendly, amicable
amo(a) master, mistress
amontonadero enormous pile, hoard
amontonado(a) piled up
amor *m* love; **amores** love affair
amoroso(a) *adj* love
amparado(a) sheltered, protected
amparar to protect
amparo protection, shelter; support
ampollado(a) blistered
amuleto amulet
analfabetismo illiteracy
analfabeto(a) illiterate
análisis *m* analysis
analítico(a) analytical
analizar to analyze
anarquía anarchy
ancho broad, wide; ample; **a sus anchas** as one pleases, freely
anciano(a) old
andaluz(a) Andalusian
andanza wandering; event
andar to go, go around; to walk; to be; **¡anda!** come on now!; **andar a caballo** to ride horseback
anécdota anecdote
anegado(a) drowned, flooded
anestesia anesthesia
anglo(a) person of English descent
anglosajón(-ona) Anglo-Saxon
ángulo angle
angustia anguish
angustiado(a) sorrowful
anhelar to desire, wish
anhelo desire, wish
anillo ring
ánima soul
animación animation
animado(a) lively, animated
ánimo spirit; **estado de ánimo** mood; **hacerse el ánimo de** to be willing to
aniquilado(a) annihilated
anoche last night
anodino(a) anodyne
anónimo(a) anonymous
anormalidad abnormality
ansia desire, anxiety
antagonismo antagonism, ill will
antártico(a) Antarctic
ante before; to; confronted with, in the presence of
antebrazo forearm
antecedencia antecedence
antecedente *m* antecedent
antepasado ancestor
anterior previous; before; front
antes before, first; **antes de** before
anticipar to anticipate
antigüedad antiquity
antiguo(a) ancient, old
anti-ser non-being
antojarse to fancy, take a notion to; to occur to one
antología anthology
antorcha torch
antropología anthropology
antropomorfo(a) anthropomorphic
anudar to tie, knot; to join
anular to annul, make void, cancel
anunciado(a) foretold
anunciar to announce
anuncio announcement
añadir to add
añejo(a) old, aged, stale
año year; **cumplir… años** to reach one's . . . birthday; **hace años** years ago; **tener… años** to be . . . years old
apacible peaceful
apagadamente in a muffled way
apagar to turn off; **apagarse** to become mute, become silent; to go out (light)
aparato apparatus
aparecer to appear, show up
aparente apparent
aparición appearance; ghost
apariencia appearance
apartado(a) out-of-the-way, distant, remote
apartamento apartment
apartarse to move away
apedrear to stone
apegado(a) attached
apellido surname, family name

apenas scarcely, hardly, only
aperitivo apéritif, drink
apestar to stink
apiadarse to take pity, to pity
apio celery
aplacar to placate
aplaudir to applaud
aplauso applause
aplicado(a) hard-working, industrious
aplicarse to be applied
apogeo apogee, height
aportar to contribute
aposentar to house
aposento room; house; lodging
apostado(a) posted
apostrofar to apostrophize
apoyado(a) supported, leaning
apoyar to support; to lean down; to rest; **apoyarse** to lean; to support oneself
apoyo support
apreciación appreciation
apreciado(a) esteemed
apreciar to appreciate, hold in esteem
aprehendido(a) apprehended
aprender to learn; **aprender de memoria** to memorize
aprendiz *m* apprentice
aprendizaje *m* apprenticeship
aprensivo(a) apprehensive
apresurarse to hurry
apretar to press down, weigh heavily; to be oppressive; to clench, squeeze; to grasp; **apretarse** to press oneself; **apretar el paso** to speed up
aprisa fast
aprobar to approve; to pass (a course)
aprontarse to get ready
apropiado(a) appropriate
aprovechar(se) (de) to take advantage of
aproximadamente approximately
aproximarse to approach, move near
apto(a) fit
apuntar to make note of; to point
apuración worry, trouble, misfortune
apurarse to hurry, hasten
apuro rush
aquel(la) that; **aquél, aquélla** the former; **aquello** that (neuter)
aquí here
aquiescencia acquiescence
árabe Arab, Arabian
aragonés(esa) Aragonese
araña spider
árbol *m* tree
arbusto bush
arca *f* ark; chest
arcángel *m* archangel
arcano *n* arcane, mysterious
arco archery bow; bridge (of the nose); arch
archivo archive
arder to burn
ardid *m* trick
ardiente ardent; burning
arduo(a) arduous
areítos *(indigenous language)* songs and dances
arena sand
arengar to harangue
arete *m* earring
argentino(a) Argentine, Argentinian
argumento argument
aridez *f* drought; aridity, barrenness
árido(a) arid, dry
aristocracia aristocracy
arma arm, weapon
armado(a) armed
armadura armour
armamento armament
armar to mount, prepare
armario closet
armonía harmony
armonioso(a) harmonious
armonizar to harmonize
aro ring, plug
aromo acacia (flower)
arpa harp
arqueológico(a) archeological
arqueólogo(a) archeologist
arquitecto(a) architect
arquitectónico(a) architectural
arquitectura architecture
arraigado(a) rooted
arrancar to pull out, pull off; to pull away
arrastrar to drag, drag away
arrayán *m* myrtle tree
arrebatar to carry off, snatch
arreglar to arrange; to fix; **arreglarse** to take care of oneself
arriba up, upward; top; on top
arribar to arrive
arrimado(a) sheltered
arritmia arrythmia
arrogancia arrogance
arrogante arrogant, proud
arrojar to throw
arrollar to sweep away, carry along; to trample
arroyo brook, small stream
arroz *m* rice
arruga *n* wrinkle
arrugar to wrinkle
arruinar to ruin
arrullar to sing a lullaby
arte *m* or *f* art
artefacto artifact
arteria artery

artesano(a) artisan
articulado(a) articulated
artículo article
artificio artifice
artista *m* or *f* artist
asado(a) roasted
asaltante *m* or *f* mugger
asaltar to assault; to occur (an idea)
asalto assault
ascender to ascend
ascetismo asceticism
asco: dar asco to nauseate
asedio importuning
asegurar to assure, maintain; to make secure; to assert; **asegurarse** to make sure
asentar to sharpen, whet; to base; **asentarse** to settle (down)
asentir to assent
aseo neatness; cleanliness
asesinar to murder, kill
asesinato murder
asesino murderer
asfalto asphalt
así so, thus, therefore
asiático(a) Asian
asiento seat
asimétrico(a) asymmetrical
asimilación assimilation
asimilarse to assimilate
asistencia social welfare
asistir to attend
asociar to associate
asoleado(a) sunny
asolearse to sun oneself; *fig* to dry in the sun
asomadita peep; **darse una asomadita** to take a peep
asomar to peep, take a look
asombrado(a) surprised
asombrar to surprise, astonish; **asombrarse** to be astonished at
asombro astonishment, surprise
asombroso(a) astonishing
aspecto aspect
áspero(a) rough
asqueroso(a) nasty, nauseating
astro star
astrología astrology
astronomía astronomy
astrónomo(a) astronomer
astucia *n* cunning, wit
astuto(a) *adj* cunning
asumir to assume
asunto affair; **asuntos internos** internal affairs
asustado(a) frightened
asustarse to get frightened, become frightened
atabel *m* drum
atacar to attack
ataque *m* attack
atar to tie
atarantado(a) foolish, dumbfounded
atardecer *m* dusk, late afternoon
atareado(a) busy
ataúd *m* coffin, casket
atención attention; **prestar atención** to pay attention
atender to attend; to take care of, tend to
ateneo athenaeum
atento(a) attentive
ateo(a) atheist
aterrado(a) terrified
atestiguar to bear witness
atónito(a) astonished, amazed
atorarse to choke, be choked
atormentado(a) tormented
atracción attraction
atractivo(a) attractive
atraer to attract
atrapar to catch
atrás behind
atraso backwardness
atravesado(a) stuck at an angle; pierced
atravesar to cross
atreverse (a) to dare to
atrevido(a) bold, daring
atrevimiento *n* daring
atribuir to attribute
atributo attribute
atroz *adj* atrocious
aturdido(a) rattled, confused
aullar to yell, howl
aumentar to increase
aumento increase
aun even
aún yet, still
aunque although, though; even if
aurora dawn
ausencia absence
ausentarse to absent oneself
ausente absent
austeridad austerity
austero(a) austere
auténtico(a) authentic
autobiográfico(a) autobiographic
autobús *m* bus
autóctona(a) autochthonous, aboriginal, native
autodeterminación self-determination
automático(a) automatic
automóvil *m* automobile
automovilístico(a) pertaining to automobiles
autonomía autonomy
autónomo(a) autonomous
autor(a) author, authoress
autoridad authority
autosuficiente self-sufficient

auxiliar to help, assist
auxilio help
avanzado(a) advanced
avanzar to advance
avaricia avarice
avaro(a) greedy
ave *f* bird
avenida avenue
aventura adventure
aventurar to venture
averiguar to inquire about
avión *m* airplane
avisar to inform; to warn of; to advise
aviso warning
avivar to awaken; **avive el seso** *fig* be alert
ayer yesterday
ayuda help, assistance
ayudante assistant, aide
ayudar to help, assist
ayuna *n* fast
ayuntamiento municipal government
ayuntarse to join together
azadón *m* hoe
azar *m* risk, chance, hazard, probability of chance
azotar to whip
azote *m* whip
azotea flat roof
azteca *m* or *f* Aztec
azúcar *m* sugar
azul blue
azulado(a) bluish
azulejo tile

B

Babia: estar en Babia to be daydreaming, have one's mind somewhere else
bacalao codfish
bachillerato high school baccalaureate
badana dressed sheepskin, leather strap
bailar to dance
bailarina ballerina
baile *m* dance
bajar to lower, go down; to become less; **bajarse** to get off
bajel *m* ship, vessel
bajo(a) *adj* low, soft; *prep* beneath, under; **en voz baja** in a whisper
bajón *m* drop
bajorrelieve *m* bas-relief
bala bullet
balacera volley
balada ballad
balanceo swaying
balazo bullet wound, shot
balcón *m* balcony
baldosa tile
banco bank; bench
bandera flag
banquete *m* banquet
baño bath
barba beard
barbaridad: ¡qué barbaridad! what the dickens!
bárbaro(a) barbarous
barbero barber
barbilla point of the chin
barca boat
barco ship
barra rod, bar; arm (of chair)
barraca hut, cabin
barranca ravine, gorge
barrer to sweep
barrera gap
barrido(a) swept up
barrio neighborhood, section, or district of a city
barro mud, clay
barroco(a) baroque
basarse (en) to be based (on)
base *f* basis
básico(a) basic
bastante enough, quite
bastar to be enough, be adequate
bastón *m* cane, staff
basura garbage
bata dressing gown, robe
batalla battle
batatudas criaturas creatures who rely on their legs
batir to beat, whip
baúl *m* chest, trunk
bautismo baptism
bayoneta bayonet
beber to drink
bebida drink
beca scholarship
becado(a) granted a scholarship
becerro calf
beckettiano(a) like Samuel Beckett
béisbol *m* baseball
belleza beauty
bello(a) beautiful, pretty
bellota acorn
bendición blessing
bendito(a) blessed
beneficio welfare office; benefit
benévolo(a) benevolent
bengala: luz de bengala flare
benteveo king bird
besar to kiss
beso kiss
Biblia Bible
bíblico(a) biblical
biblioteca library
bicicleta bicycle

bien well; very; **más bien** rather; **los bienes** *n m pl* possessions
bienestar *m* welfare
bienestar *m* well-being
bienvenido welcome
bilingüe *adj* bilingual
billete *m* ticket; banknote
biografía biography
bisnieto(a) great-grandson, great-granddaughter
blanco target
blanco: en blanco *adj* blank
blando(a) soft
blindado(a) armored
bloque *m* block
bobo(a) *n* fool; *adj* silly
boca mouth; **a boca de jarro** point-blank; **boca arriba** face up
bocanada whiff
boda wedding
boicot *m* boycott
bola ball
bolillo white bread; *fig* **gringo**
boliviano(a) Bolivian
bolsa bag
bolsillo pocket
bolsón *m* shopping bag
bombero(a) firefighter
bonachón(-na) good-natured, kind
bonaerense *adj* of Buenos Aires
bondad goodness
bonito(a) pretty
boquera corner of the mouth
boquete *m* opening; spot
boquiabierto(a) open-mouthed
borde *m* edge
bordeado(a) bordered
borracho(a) drunken
borrar to erase
borroso(a) vague, murky, blurry
bosque *m* woods
bosquejar to sketch
bostezar to yawn
bota boot, shoe
botar to kick (throw) out
bote *m* can, jar; boat
botella bottle
botica drugstore, pharmacy
botín spoils (of war)
botón *m* button
bóveda vault, dome
boxeador *m* boxer
boxeo boxing
bracero field hand, day laborer
bramar to bellow
bravo(a) brave; ill-tempered, ferocious
brazo arm
bregar to struggle
breve short, brief
brevedad brevity
bribón(-ona) rascal, scoundrel
brigada brigade
brillantez *f* brilliance
brillar to shine
brillo brilliance, brightness, lustre
brincar to leap
brinco leap; **pegar el brinco** to leap
brioso(a) spirited
brisa breeze
británico(a) British
brocha brush
broma joke
bromear to joke
bronce *m* bronze
brotar to gush, issue, produce; to germinate, bud
bruja witch
brujería witchcraft
brujo wizard, sorcerer
buche: hacer buches to gargle
budismo Buddhism
buen, bueno(a) good; well
buey *m* ox
búho owl
bulto bulk; statue
burbuja bubble
burgués(-esa) bourgeois
burguesía bourgeoisie
burla joke
burlador(a) trickster, mocker
burlarse (de) to make fun (of), mock
burlón(-ona) *adj* mocking
burocracia bureaucracy
busca: en busca de in search of
buscar to seek, look for, try to
búsqueda search
butaca armchair, seat
buzón *m* letter box, letter drop

C

cabal real
cábala intrigue, conspiracy
caballería cavalry
caballero gentleman
caballete *m* ridgepole
caballo horse; **a caballo** on horseback
cabaña hut, cottage, cabin
cabello hair
caber to fit; **caber en suerte** to fall to the lot of; **no me cabe duda** I have no doubt
cabestro halter
cabeza head
cabezal *m* headrest

cabo extremity, tip; **al cabo** in the end; **al cabo de** after; **llevar a cabo** to carry out
cacerola basin
cacto cactus
cada each, every; **cada cual** each, every one, everybody
cadáver *m* corpse, cadaver
cadena chain
cadera hip
cadete *m* cadet
caduco(a) decrepit, ancient
caer to fall; **caerle mal** to be unbecoming; to dislike
café *m* café; coffee; *adj* brown
cafetería café, cafeteria
caimán *m* alligator
caja box
cajón *m* box, chest; booth, office
calabozo prison
calado(a) fixed
calavera skull
calceta stocking; **hacer calceta** to knit
calcular to calculate; to estimate
cálculo estimate
caldera broiler
caldo broth
calendario calendar
calibre *m* caliber
calidad quality
caliente hot
calificado(a) qualified; classified
callado(a) quiet
callar to silence, be silent; **callarse** to be silent, shut up; **tan callando** so silently
calle *f* street; **calle abajo** down the street
callejero(a) *adj* street
callejuela small street, lane
calmar to calm
calor *m* heat; **hacer calor** to be hot
calvinista *n* and *adj* Calvinist(ic)
calzada roadway
cama bed
cámara chamber; camera
camastro old bed, cot
cambiar to change
cambio change; **en cambio** on the other hand
cambio gear (auto)
camilla stretcher
caminante *m* or *f* walker, hiker
caminar to walk; to travel; to go
caminata walk
camino road, path; **camino de** on the way to, in the direction of; **en camino** on the road
camisa shirt
campanilla bell
campaña campaign
campesino(a) peasant
campestre rural, rustic
campo country, countryside, field
camposanto cemetery
cana grey hair
canario canary
canastilla little basket
cancel *m* curtain
canciller *m* chancellor
canción song
candado padlock
candidato candidate
cándido(a) simple, candid
cano(a) white
canoa canoe
cansado(a) tired
cansancio tiredness
cansarse to get tired, tire oneself
cantaleta boring chorus
cantante *m* or *f* singer
cantar to sing
cantera quarry
cantidad quantity
cantor(a) singer
canturrear to hum
caña sugar cane
cañada hollow, stream bed
caño pipe, conduit
caos *m* chaos
caótico(a) chaotic
capa cape; layer, level
capacidad capacity
capataz overseer, foreman
capaz capable
caperucita small hood
capilla chapel
capital *m* capital, money; *f* capital city
capitalito small amount of money
capitán captain
capítulo chapter
capricho caprice, whim
caprichoso(a) whimsical, capricious
captar to capture
cara face
carabela caravel, sailing vessel
carabinero carabineer, guard
caracol snail
carácter *m* character
característico(a) characteristic
caracterizar to characterize
carajo heck, damn
carbón *m* coal, carbon, charcoal, soot
carcajada burst of laughter
cárcel *f* jail
cardiaca: arritmia cardiaca heart arrythmia
carecer to lack
carencia lack, deprivation, deficiency
carente (de) lacking (in)

cargadores *m pl* suspenders
cargar to carry
cargo position, post
carguero pack horse; cargo boat
Caribe *m* Caribbean
caribeño(a) of or from the Caribbean
caricatura caricature
caricia caress
cariño affection
carismático(a) charismatic
carne *f* meat, flesh
caro(a) expensive
carrera career, course, race; **dar carrera** to chase
carreta cart, wagon
carretera highway
carrito pushcart
carro cart
carta letter
cartel *m* sign, placard
cartero mail carrier
cartón *m* pasteboard, cardboard
cartucho roll
casamiento marriage
casar to marry; **casarse** to get married
cascabel *m* bell
cáscara peel
cascarrabias *m* irritable person
casco helmet
casco shell; main house
casero(a) *adj* home, homemade
casi almost
caso case; **hacer caso de** to pay attention to
castellano Castilian, Spanish
castigar to punish
castigo punishment
Castilla Castile
castillo castle
casualidad coincidence
casuarina Australian pine
catástrofe *f* catastrophe
catastrófico(a) catastrophic
catear to search
catedral *f* cathedral
catedrático(a) professor
catolicismo Catholicism
católico(a) Catholic
cauce *m* riverbed; **abrir cauce** to open a path
caucho rubber
caudal great
causa cause; **a causa de** because of
causante *m* or *f* causer, originator
causar to cause
cauteloso(a) cautious
cautividad captivity
cavador(a) digger
cavar to think about, meditate on
caverna cavern
cavidad cavity
cayado shepherd's crook
caza game; hunting; **a caza de** hunting
cazador(a) hunter
cazar to hunt
cebada barley, fodder
cebado(a) fed
cebolla onion
ceder to cede, yield; to give up
ceja eyebrow
cejar to slacken, let up
cejijunto(a) having eyebrows that meet
celda cell
celebrar to celebrate, hold
célebre famous
celeste *adj* sky-blue, celestial
cementerio cemetery
cena supper
ceniza ash
censo census
censura censure
centavo cent
centenar *m* hundred
céntrico(a) downtown, central
centro center
centroamericano(a) Central American
ceñido(a) girded
ceñidor *m* belt
ceño forehead
cepillo brush
cera wax
cerámica ceramic
cerca (de) near; about
cercado(a) surrounded
cercanía vicinity, nearby area
cercano(a) near
cercar to fence in; to surround
cerco(a) *n* fence, wall
ceremonia ceremony
cero zero
cerrado(a) thick; closed
cerrar (ie) to close, turn off; **cerrar con llave** to lock
cerro hill
cerrojo bolt
certeza certainty
certificado certificate
cerveza beer; **fabricador(a) de cerveza** brewer
cesar to cease
cesión cession, transfer
césped *m* grass
cesta basket
chacra farm
chal *m* shawl
champán *m* champagne
chapaleo splatter, splash

chaparral *m* live oak grove
charco puddle, pool
charla chat, conversation
charlar to chat
cheque *m* check (bank)
chico(a) small; **chica** girlfriend
chicotear to whip
chiflido shrill whistling sound
chileno(a) Chilean
chillar to screech
chimenea fireplace; chimney
chino(a) Chinese
chirriar to sizzle; to squeak
chis (¡ah chis!) sneezing sound
chispa spark
chiste *m* joke
chochear to dote; to become senile
chocho(a) doddering
choque *m* collision, clash
chorrear to trickle
chorrete *m* trickle, stream
chorro jet, stream, spurt
chuparse to put up with
cicatrizar to heal
ciclo cycle
ciego(a) blind
cielo sky, heaven
cielorraso (cielo raso) ceiling
ciénaga swamp
ciencia science
cien(to) hundred; **por ciento** percent
científico(a) scientific; *n m* or *f* scientist
cierto(a) certain, a certain; **por cierto** to be sure
ciervo stag
cifra number, figure
cigarrillo cigarette
cigarro cigar
cimiento foundation
cincel *m* chisel
cincuentona fifty-ish
cine *m* movies, movie theater
cinematográfico(a) cinematographic
cinta ribbon
cintura waist
cinturón *m* belt
ciprés *m* cypress
circo circus
círculo circle
circundar to surround, circle
circunstancia circumstance
circunvecino(a) surrounding
cirio candle
cita date; quotation
citar to quote, cite
ciudad city
ciudadanía citizenship
ciudadano(a) citizen
civil *m* or *f* civilian
civilización civilization
civilizado(a) civilized
civilizador(a) *adj* civilizing
clamoroso(a) clamorous, noisy
claridad clarity
claro(a) clear
clase *f* class, kind
clásico(a) classic
clasificar to classify
clausurar to close
clavar to nail; to fix; to stick in
clave *f* key
clavo nail, hook
cliente *m* or *f* client, customer
clima *m* climate
cloroformado(a) chloroformed
CNH (Consejo Nacional de Huelga) National Strike Council
cobarde *m* coward
cobardía cowardice
cobija cover, blanket
cobrar to collect, gather
cobre *m* copper
cocer (ue) to cook
cocina kitchen
cocinar to cook
cocinero(a) cook
coco coconut palm
coche *m* car; coach
códice *m* codex, original manuscript
codo elbow
cofia cap
cofradía confraternity, brotherhood
coger to pick up, seize, grasp, take, pick, catch onto
coherente coherent
coincidir to coincide
cola tail
colaboración collaboration
colaborar to collaborate
colcha bedspread, quilt
colchón *m* mattress, bed, cushion
colección collection
coleccionar to collect
colecta collection
colegio school; high school
cólera anger, wrath; *m* cholera
colesterol *m* cholesterol
colgar to hang
colina hill
colmar to heap, fill; **colmar el plato** *fig* to bother too much
colmillo eyetooth; fang
colocar to put, place
colombiano(a) Colombian

Colón Columbus
colonia colony
colorado(a) red; **ponerse colorado(a)** to blush
coloso colossus, giant
columna column
comandancia command post, frontier command
comandante *m* commander
combate *m* combat
combatir to combat, fight
combinación combination
combinar to combine
combustible *m* fuel
comedia play; **paso de comedia** short one-act play
comedor *m* dining room
comentar to comment
comentario commentary
comenzar (ie) to begin
comer to eat; **comerse** to eat up; **dar de comer** to give food to
comercial commercial
comerciante *m* or *f* businessperson, merchant
comercio business, commerce
comestibles *m pl* food, foodstuffs
cometer to commit
cómico(a) comic
comida meal, food
comienzo beginning; **al comienzo** at (in) the beginning
comisaría commissary, police station
comisión commission
como how, as, like, about; **¿cómo?** what? how? why? what did you say?; **¿cómo no?** why not?; **¡cómo no!** of course, naturally!
cómodo(a) comfortable
compañero(a) companion, mate, friend
compañía company; **en compañía de** in the company of
comparación comparison
comparado(a) comparative
comparar to compare
compartir to share
compasión compassion
compatriota *m* or *f* compatriot
competencia competition
competente competent
complacencia complacency
complacido(a) with pleasure, with satisfaction
complejidad complexity
complejo(a) complex; *nm* complex
completar to complete
complicación complication
componer to compose; **componerse** to consist
comportar to behave
composición composition
compositor(a) composer
compra purchase; **hacer compras** to go shopping
comprador(a) buyer
comprar to buy
comprender to understand
comprensión comprehension
comprobar (ue) to verify, confirm
comprometido(a) politically committed
compromiso committment
compuesto(a) composed; composite
computadora (*Am*) computer
común common
comunicación communication
comunicar to communicate
comunidad community
comunión communion
comunismo communism
con with, by; **con que** so, then, so then; **con tal que** provided that; **con todo** nevertheless
concebir (i) to conceive
concentración concentration
concentrar(se) to concentrate
concepto concept
concernir to concern
conciencia conscience, consciousness
concierto concert
concluir to conclude, end, finish
concretar to manifest; to express concretely
concreto(a) concrete
concurrente *m* or *f* one in attendance, spectator
concurso contest
conde *m* count
condenado(a) condemned, damned
condenar to condemn
condescendencia condescension
condición condition
conducir to drive; to lead
conducto: por conducto de through
conductor(a) driver
conectar to connect
conexión connection
confeccionar to make, confect
conferencia conference
conferir to confer
confesar (ie) to confess
confesión confession
confianza confidence
confirmar to confirm
confiscado(a) confiscated
conflicto conflict
conformar to conform; **conformarse con** to resign oneself to
confraternidad confraternity, brotherhood
confrontación confrontation
confrontar to confront
confundir to confuse
confuso(a) confused
conga kind of dance
congregarse to gather
conjetura conjecture

conjunto whole, aggregate; collection; joint; **de conjunto** whole, complete
conjunto: en conjunto in a group
conmemorar to commemorate
conmover to move; **conmoverse** to be moved
conocer to know; to meet; **dar a conocer** to make known
conocimiento knowledge
conque *conj* so; **conqué** *n m* anything with which, the wherewithal
conquista conquest
conquistador(a) *m* conqueror; *adj* conquering
conquistar to conquer
consciente conscious
consecuencia consequence
conseguir (i) to obtain, attain, get
consejero(a) adviser, counselor
consejo counsel, advice; council; **celebrar consejo** to hold a council
consentir (ie) to consent
conservador(a) conservative
conservar to conserve
considerar to consider
consistencia firmness, solidity, substance
consistir (en) to consist (of)
consolar (ue) to console
consolidar to consolidate
consonante *m* consonant
conspirar to conspire
constante *adj* constant
constar to be evident; **me consta** I recall, I know; **constar en** to be recorded in
constatar to verify, confirm
constitución constitution
constituir to constitute
construcción construction, building, edifice
constructivismo constructivism
construir to construct
consuelo consolation
consulta consultation, conference
consultar to consult, confer
consumir to consume
consumo consumption
contabilidad bookkeeping, accounting
contaminación contamination; pollution
contaminado(a) contaminated
contar (ue) to tell; to count
contemplar to contemplate
contemporáneo(a) contemporary
contener (ie) to contain
contenido content
contento(a) happy, content
contentura contentment
contestación answer
contestar to answer
contexto context
contigo with you
contienda struggle, dispute
continente *m* continent
contingente *m* contingent, share
continuación continuation; **a continuación** below
continuar to continue
continuo(a) continuous
contorno outline
contra against
contracción contraction
contradicción contradiction
contradictorio(a) contradictory
contraído(a) contracted
contrario(a) contrary, opposite; **al contrario** on the contrary; **por lo contrario** on the contrary
Contrarreforma Counter-Reformation
contrarrestar to stop, counter
contraseña countersign
contrastar to contrast
contraste *m* contrast
contratista *m* or *f* contractor
contribución contribution
contribuir to contribute
controlar to control
contusión bruise
convencer to convince
convencimiento conviction
convencional conventional
convenir (ie) to agree; to be suitable; **conviene que** it is best, it is convenient
convento convent, monastery
converger to converge
conversación conversation
conversacional conversational
conversar to converse
convertir (ie) to convert; **convertirse en** to change into, become
convincente *adj* convincing
convivencia coexistence
convivir to live together
convulso(a) convulsed
conyugal conjugal
copa top of a tree
copiar to copy
copioso(a) copious
copla type of poetry
coraje *m* courage, bravery; anger; **dar coraje** to make angry
corazón *m* heart
corbata necktie
cordal *m* wisdom tooth
corderita lamb
Corea Korea
corneta *m* bugler
coronación coronation
coronar to crown
coronel *m* colonel

corporación corporation
corredizo(a) slippery; **tierra corrediza** quicksand
corredor *m* corridor
corregir (j) to correct
correo post office
correr to run; to spread; to run off
correspondencia correspondence
corresponder to belong, match; to answer in kind; to be proper
corresponsal *m* or *f* correspondent
corretear to rove, ramble, race around
corrida (de toros) bullfight
corrido type of popular song
corriente current, ordinary; running; *n f* current, air; **más de lo corriente** more than usual
corromper to corrupt
corrupción corruption
cortesía courtesy, manners
cortadura cut
cortar to cut, cut off; **cortar por lo sano** *fig* to take quick action
corte *f* court; *n m* cutting
cortejo cortege, procession
cortesano(a) courtier
cortina curtain
corto(a) short
cosa thing
cosecha harvest; **de su propia cosecha** of your own
cosificación turning into an object
cosificar to turn into an object
cosmología cosmology
cosmopolita *adj* cosmopolitan
cosquilleante tickling; upsetting
cosquilleo tickling sensation
costa coast
costado side; **de costado** sideways
costal *m* bag
costalazo: de costalazo on one's side
costar (ue) to cost; **costarle a uno** to be hard for one
costilla rib
costrado(a) streaked, caked
costumbre *f* custom; **de costumbre** usual, usually
cotidianidad daily grind
cotidiano(a) everyday, ordinary
cráneo skull, cranium
creación creation
creador(a) creator; *adj* creative
crear to create
crecer to grow; **va como palo de ocote, crece y crece** keeps right on growing like a pine tree
crecido(a) large
creciente *f* flood, swell of waters
credencial *f* credential
creencia belief
creer to believe; **ya lo creo** I should say so
crespo(a) curly
Creta Crete
creyente *m* or *f* believer; **creyente a puño cerrado** firm believer
criada maid
criado(a) servant
criar to raise (a crop); to bring up (a child)
criatura creature, child, created one
criaturas: batatudas criaturas creatures who rely on their legs
crimen *m* crime
crin *f* mane
criollo(a) Creole
crispación twitching
cristal *m* crystal, glass
cristalería glassware
cristianismo Christianity
cristiano(a) Christian
Cristo Christ
crítica criticism
criticar to criticize
crítico(a) critic
crítico(a) critical
crónica chronicle
cronista *m* or *f* chronicler
cronología chronology
cronológico(a) chronological
croquis *m* sketch
cruce *m* crossing
crucificar to crucify
crucifijo crucifix
crueldad cruelty
crujido crunch
crujir to creak
cruz *f* cross
cruzada crusade
cruzar to cross; to intermingle
cuaderno notebook; exercise book
cuadra block
cuadrado(a) square
cuadrilátero quadrilateral; ring (boxing)
cuadro painting, picture
cuajar *fig* to hide
cual which, such as, as, what; **cada cual** each one; **lo cual** which
cualidad quality
cualquier(a) any, some one, whichsoever, whosoever; **un cualquiera** a nobody
cuán how (funny, pretty, etc.)!
cuando when; **cuando menos** at least; **de vez en cuando** from time to time
cuanto(a) how much, how long; **unas cuantas** a few; **cuantos** all those who
¡Cuántos... What a lot of...
cuarto room; *adj* **cuarto(a)** fourth
cuatrocientos(as) four hundred
cubano(a) Cuban

cúbico(a) cubic
cubierta deck (of a ship)
cubierto(a) covered
cubismo cubism
cubista *m* or *f* cubist
cubo bucket
cubrir to cover
cuchara spoon
cuchilla mountain, mountain ridge
cuchillo knife
cuello neck; collar
cuenta account, bill; count; **darle cuenta** to render an account; **darse cuenta de** to realize; **de su cuenta** on her own; **hagan de cuenta** just imagine; **pasar la cuenta** to send the bill
cuentista *m* or *f* storyteller, writer of short stories
cuento story; **sacar a cuento** to drag in, mention
cuerda cord
cuerno horn
cuero leather, hide
cuerpo body, main part, corps
cuesta slope; **a cuestas** on one's shoulders
cuestión question
cueva cave
cuidado care; **con cuidado** carefully; **poner cuidado** to pay attention; **tener cuidado** to be careful
cuidadoso(a) careful
cuidar (de) to take care (of); **cuidar de** to be careful to
cuita care, concern, trouble
cuitado poor wretch
culebra snake
culminación culmination
culminar to culminate
culpable guilty
cultivar to cultivate
cultivo culture; growing
culto(a) cultured; *n m* cult
cultura culture
cumpleaños *m* birthday
cumplir to keep (a promise), fulfill; to perform; **cumplir... años** to reach one's . . . birthday
cuna cradle
cura *m* priest
curación cure
curandero(a) medicine man; medicine woman
curar to cure
curato parish
curiosear to poke around, take a look at
curioso(a) curious
cursar to circulate; to study; to run
cursiva: letra cursiva italics
curso course
curtiduría tannery
curtir to tan (hides)
curva curve
curvita curve
cuy *m* (*pl* slang **cuises**) guinea pig
cuyo(a) whose

D

dádiva gift, contribution
dama lady
danza dance (style or type)
danzar to dance; to whirl
dañado(a) infected
dañar to harm
dañino(a) destructive
daño damage
daño: hacer(se) daño to harm (oneself)
dar to give; **dar a** to face; **dar con** to encounter; find; **dar de comer** to give food to; **dar en** to strike; **dar los primeros pasos** to take the first steps; **dar vuelta** to turn around; **darle cuenta** to render an account; **darse a conocer** to make oneself known; **darse cuenta de** to realize; **darse por** to consider oneself; **darse una asomadita** to take a peep; **les dio por** they took a fancy to; **que se dan en el campo** which are found in the country
darwinismo Darwinism
dato datum
deambular to roam about
debajo beneath; **debajo de** beneath, under
deber to owe, ought, must; *n m* duty; **debido a que** due to the fact that
débil weak
debilidad weakness
debilitado(a) weakened
década decade
decadencia decadence
decadente decadent
decaer to decay
decaimiento decay
decidir to decide
decir (i) to say, tell; **es decir** that is to say; **querer decir** to mean
declaración declaration
declarar to declare
decoración decoration
decorar to decorate
decorativo(a) decorative
decrecer to diminish
decretar to require
decreto decree; command, order
dedicar to dedicate
dedo finger; **al dedillo** perfectly; **dedo gordo** thumb
defecto defect
defender to defend
defensa defense
definición definition
definido(a) definite; defined
definir to define
definitivo(a) definitive

deformidad deformity
defraudar to cheat, defraud; to disappoint
degollar to slit a throat
deificación deification
dejar to let, allow, permit; to leave; **dejar de** to stop (doing something)
delante (de) before, in front of
deleitar to delight
deleite *m* delight
deletrear to spell
delgado(a) slender
delicado(a) delicate
delicioso(a) delicious
demás other; **lo demás** the rest; **los demás** others
demasiado(a) too much
demócrata *m* or *f* democrat
democrático(a) democratic
demonio devil; demon
demora delay
demorar to delay, hold up; **demorarse** to dally
demostración demonstration
demostrar to demonstrate
demostrativo(a) demonstrative
denso(a) dense
dentadura set of teeth
dentista *m* or *f* dentist
dentro (de) within, inside of
denuncia denunciation
denunciar to denounce
dependencia outbuilding, quarters; office; dependency
depender (de) to depend (on)
dependiente *adj* dependent
deporte *m* sport
depositar to deposit
depresión depression
deprimido(a) depressed
derecha right
derecho right, law; *adj* straight
derivado(a) derived
derivar(se) to derive (be derived)
derramamiento shedding
derramar to shed; to scatter
derredor: al derredor de around
derritido(a) melted
derrota defeat
derrotar to defeat
derrumbar to tumble down, fall down, knock down
desabotonar to unbutton
desafiar to challenge
desafío challenge, duel
desagradable unpleasant
desagradar to displease
desaliento discouragement, dejection
desalmado(a) heartless
desalojar to empty out, evacuate
desangrarse to bleed
desanimarse to get discouraged
desaparecer to disappear
desaprobar (ue) to disapprove
desarrollar to develop
desarrollo development
desasociado(a) disassociated
desastre *m* disaster
desastroso(a) disastrous
desatar to untie
desayunar(se) to have breakfast
desayuno breakfast
desbandada disbandment, disorder, flight
desbaratar to destroy, break into pieces
desbocado(a) uncontrollable
desbordarse to overflow, flood
descalzo(a) barefoot(ed)
descampado(a) clearing
descansar to rest
descanso rest
descargar to ease, lighten; to clear; to discharge
descascarado(a) bare
descendencia descendants
descender (ie) to descend
descendiente *m* or *f* descendant
descolgar (ue) to take down
desconfiar (de) to distrust
desconocer to be unacquainted with
desconocido(a) unfamiliar, unknown
descontrolado(a) uncontrolled
descortés rude, discourteous
describir to describe
descripción description
descriptivo(a) descriptive
descubierto(a) discovered
descubridor(a) discoverer
descubrir to discover; **descubrirse** to take off one's hat
desde from, since
desdén *m* disdain
desdeñar to disdain
desdichado(a) wretched, unhappy
desear to desire, want
desembocar to lead to
desempleado(a) unemployed
desempleo unemployment
desencadenar to break loose, break out
desencuentro lack of contact, lack of encounter
desengañado(a) disillusioned
desenlace *m* denouement, conclusion
deseo desire
deseoso(a) desirous
desertor(a) deserter
desesperación despair, desperation
desesperado(a) desperate
desesperanza despair, hopelessness
desfachatadamente shamelessly
desfilar to parade, march

desflorado(a) tarnished, violated
desfondado(a) crumbling
desgarrado(a) rending
desgaste *m* destruction
desgracia disgrace, disfavor, misfortune
desgraciado(a) unfortunate, unhappy
deshacer to undo, destroy; **deshacerse** to fall apart
deshecho(a) taken apart; undone
deshilachado(a) ravelled, threadbare
deshojado(a) stripped of leaves
deshollinador(a) chimney sweep
deshumanización dehumanization
deshumanizado(a) dehumanized
desierto desert
designar to designate
desigual *adj* irregular
desigualdad inequality
desilusión disillusion
desilusionar to disillusion
desinteresado(a) disinterested
desligar to disassociate
desliz *n m* slip up, mistake
deslizarse to slip, glide
deslumbrar to dazzle
demarcado(a) delineated
desmayado(a) exhausted
desmayo fainting spell
desmejorar to decline, become worse; *fig* to get more and more edgy
desmigajar to crumble
desnudo(a) naked, nude
desnutrición malnutrition
desobedecer to disobey
desolación desolation
desolado(a) desolate
desorbitado(a) out of focus
desorientación disorientation, confusion
despacio slowly
despachar to dispatch, send, dismiss; to gulp down
despacho store; office
despavorido(a) terrified
despecho anger, despair, scorn
despedazar to cut or tear to pieces
despedida farewell
despedir to give off, emit (aroma)
despedirse to say good-bye
despegar to pull off; **despegarse** to detach oneself from
despertar (ie) to awaken; **despertarse** to wake up
despierto(a) awake
desplanificado(a) unplanned
despliegue *m* deployment
desplomarse to collapse, topple over
despojado(a) despoiled, stripped
despreciado(a) scorned, despised
desprecio scorn, contempt
desprovisto(a) (de) lacking in
después after, afterwards; **después de** afterward
desquite *m* retaliation, revenge
destacado(a) outstanding
destacarse to stand out
destello flash
destemplado(a) shrill
destierro exile
destinado(a) destined
destino destiny
destreza skill
destrozar to destroy
destrucción destruction
destructivo(a) destructive
destructor(a) destructive
destruir to destroy
desvanecerse to disappear
desvarío whim, caprice
desventaja disadvantage
desventura misadventure
desviarse to go out of the way
desviarse to swerve
detallado(a) detailed
detalle *m* detail
detallista detail-oriented
detención detention, arrest
detener(se) to stop
detenido(a) arrested
determinado(a) determined, specific
detrás (de) behind
deudo relative
devoción devotion
devolver to return
devorador(a) devourer
devorar to devour
DF (Distrito Federal) Federal District
día *m* day; **al día siguiente, al otro día** on the next day; **de día** by day; **hoy en día, hoy día** nowadays
diablo devil
diabólico(a) devilish
dialecto dialect
dialogar to carry on a dialogue
diálogo dialogue
diamante *m* diamond
diario(a) daily; *n m* newspaper; **de a diario** from everyday life
diarrea diarrhea
dibujante *m* or *f* cartoonist
dibujar to sketch
dibujo sketch
dicho(a) mentioned; said
dichoso(a) blessed
diciembre *m* December
dictador(a) dictator
dictadura dictatorship
diente *m* tooth; **entre dientes** muttering
diestro(a) skillful, clever
diestra right; right hand
dieta diet

diez: de a diez ten-cent coin
diferencia difference
diferenciar to differentiate
diferente different
difícil *m* or *f* difficult
dificultad difficulty
dificultar to make difficult
difundir to spread (ideas, information)
dignarse to deign to
dignidad dignity
digno(a) worthy
diligencia diligence; business, errand
diluvio flood, deluge
diminutivo(a) diminutive
diminuto(a) tiny
dinámico(a) dynamic
dinamismo dynamism
dinero money
dios(a) god, goddess
diplomacia diplomacy
dirección direction; address; office
directivo(a) governing
directo(a) direct
dirigir to direct, send; **dirigir la palabra** to speak, address someone; **dirigirse** to go
discernir to discern
disciplina discipline; *pl* scourge
disco recording
discreto(a) discreet
discriminación discrimination
discurso speech
discutible disputable, questionable
discutir to discuss, argue
diseño design
disfrazar to disguise
disfrutar to enjoy
disgustarse to get upset
disimular to dissimulate
disiparse to dissipate
disminuir to reduce, lessen
disparar to shoot
disparate *m* nonsense, absurdity
disparo shot
dispensador(a) dispenser
dispensar to excuse
disperso(a) scattered
displicente peevish; indifferent
disponerse (a) to get ready to
disponible available
disposición disposition
dispuesto(a) arranged
disputar to dispute
distancia distance
distinción difference
distinguir to distinguish
distintivo(a) distinctive
distinto(a) different
distorsionado(a) distorted
distraer to distract
distribuir to distribute
distrito district
diversidad diversity
diverso(a) diverse, different
divertido(a) fun, amusing
divertirse (ie) to enjoy onself, have a good time
dividendo dividend
dividir to divide
divinidad divinity
divino(a) divine
divisar to perceive
divorciarse to get divorced
divulgar to divulge, make known
doble double; *n m* double
docena dozen
docente *adj* instructional
docto(a) learned, erudite
doctorarse to receive a doctorate
doctrina doctrine
documento document
dólar *m* dollar *(esp. U.S.)*
doler to hurt
dolor *m* pain, ache; grief
dolora short, dramatic poem (genre created by Campoamor)
dolorido(a) painful
Dolorosa Mater Dolorosa, Sorrowing Mary
domar to tame
domesticar to domesticate
doméstico(a) domestic, household
domicilio domicile, residence
dominar to dominate
domingo Sunday
dominio domination
don title for a gentleman, used only with given or Christian name
donar to grant
donde where; **¿a dónde?** (to) where? where to?; **¿de dónde?** where from?; **¿en dónde?** where?
doña title for a lady, used only with given or Christian name
dorado(a) gilded, golden
dormido(a) asleep, sleeping
dormir (ue) to sleep; **dormirse** to fall asleep
dormitar to nod off
dormitorio bedroom
dorso back
dos: los dos both
drama *m* drama
dramático(a) dramatic
dramatismo dramatic quality
dramatizar to dramatize
dramaturgo(a) dramatist

duda doubt; **sin duda** certainly, doubtless
dudar to doubt
dudoso(a) doubtful
duelo duel; sorrow
dueño(a) owner, possessor
dulce *adj* sweet; *n m* candy
dulzón(ona) sweetish
duodeno duodenum
duque *m* duke
durante during
durar to last
dureza difficulty, rigor
duro(a) hard

E

eco echo
ecológico(a) ecological
economía economy
económico(a) economic
echado(a) scattered
echar to throw, throw out, cast; **echar a** to begin to; **echar a perder** to ruin; **echarse encima** to throw oneself on
edad *f* age; **Edad Media** Middle Ages
edénico(a) pertaining to Eden
edición edition
edificio building, structure
editorial *n* publishing house
educación education
educado(a) educated
educador *m* educator
educar to educate
educativo(a) educational
efectivo(a) effective
efectivo cash; **en efectivo** in cash
efecto effect
efectuarse to take place
eficacia efficacy, efficiency
eficaz efficient
egoísta *adj* selfish
eje *m* axis
ejecución execution
ejecutar to execute
ejecutivo(a) executive
ejemplar *m* copy
ejemplificar to exemplify
ejemplo example
ejercer to exercise
ejercicio exercise
ejercitarse to practice
ejército army
elástico(a) elastic
elección choice; election
electorado electorate
electricista electrician
elegancia elegance
elegante elegant
elegía elegy
elegir (i) to choose; to elect
elemento element
elenco cast (of a movie or play)
elevado(a) high, lofty, grand
elevar to raise, elevate, increase
eliminar to eliminate
elocución elocution
elogiar to praise
elongación elongation
elongar to elongate
elusivo(a) elusive
emaciado(a) emaciated
embalgo (embargo): sin embalgo (embargo) nevertheless, however
embalsamado(a) embalmed
embate *m* attack
embobado(a) open-mouthed, astonished
embotado(a) blocked up
embravecido(a) enraged
embrutecer to brutalize
embustero(a) cheat, trickster
emigrante *m* emigrant
emigrar to emigrate
emoción emotion
emocional emotional
emocionante emotional
empalagoso(s) cloying
empapado(a) soaked
emparejar to match, pair up
empastar to fill (a tooth)
empaste *m* filling
empeñarse (en) to persist (in)
emperador *m* emperor
empezar (ie) to begin
empleado(a) employee
emplear to employ; to use
empleo job, work
empotrado(a) mounted
emprender to undertake, engage in
empresa enterprise, undertaking
empujar to push, shove
empujón *m* push
empuñar to grip, clutch
enajenación alienation
enamorado(a) lover, sweetheart; *adj* in love; **estar enamorado(a) de** to be in love with
enamorarse (de) to fall in love (with)
encabezado *n* headline
encabezar to head, lead
encajar to fit, join
encaje *m* lace
encaminarse to move, head toward
encantar to delight, enchant
encanto charm, delight, glamour
encarcelamiento imprisonment

encarcelar to imprison
encarnado(a) red
encender (ie) to light
encendido(a) fiery, lit up
encerrar to enclose
encerrarse to lock oneself up, close oneself up
encía gum
encima above; **por encima de** above, over
enfatizar to emphasize
enmarañado(a) tangled
enmudecer to disconcert
encogido(a) shrunken, withered
encomendar (ie) to commend; to entrust to
encomio *n* praise
encontrar (ue) to find; **encontrarse** to find oneself, be; to meet
encorvado(a) bent, crooked
encuentro encounter
encuerado(a) naked
enderezarse to stand erect
endurecido(a) hard, obdurate
enemigo(a) enemy
enemistad enmity
energía energy
enérgico(a) energetic
enero January
énfasis *m* emphasis
enfatizar to emphasize
enfermedad sickness
enfermero(a) nurse
enfermo(a) *adj* sick; *n* sick person
enflaquecido(a) bony, skinny
enfoque *m* focus
enfrentar(se) to confront, face
enfrente opposite, in front
enganchado(a) trapped
engañar to deceive
engaño deceit
engendrar to produce, engender
engolfar to engulf; **engolfarse** to be absorbed, be engrossed, be involved with
enguantado(a) wearing gloves
enigmático(a) enigmatic
enjabonar to soap
enjuto(a) lean, skinny
enmarañado(a) tangled
enmohecido(a) rusty
ennegrecer to blacken
ennoblecer to ennoble
enojar to anger; **enojarse** to become (get) angry
enojo anger, wrath
enorme enormous
enredarse to become tangled
enriquecerse to become rich
enroscarse to curl, twist
ensangrentado(a) bloody
ensangrentar to make bloody
ensayar to try (out)
ensayista *m* or *f* essayist, writer
ensayo essay; rehearsal
enseñanza teaching
enseñar to teach; to show, point out
enseres *m pl* implements, household goods
ensordecer to deafen
ensuciar to dirty
ensueño dream
entalladura sculpture, carving
entender (ie) to understand
entendimiento understanding; mind
enterado(a) informed
enterarse to find out; to understand
entero(a) entire, whole
enterrar to bury
entibiado(a) warmed
entierro burial
entonces then
entornar to half-close, set ajar
entrada entrance
entrañas entrails, innards
entrar to enter
entre among, between; **entre sí** among themselves; **entre tanto** meanwhile; **entreabierto(a)** half-open
entrecejo space between the eyebrows; **se le plegó el entrecejo** he frowned
entrega delivery
entregar(se) to deliver, hand over; to surrender (oneself)
entremés *m* one-act farce
entrenado(a) trained
entretenerse to entertain oneself
entreverado(a) intermingled; bogged down
entrevista interview
entrevistar to interview
entrometido(a) meddlesome
entusiasmado(a) enthusiastic
entusiasmo enthusiasm
envanecerse to become vain
envejecer to grow old, make old
envés *m* back
enviar to send
envidiable enviable
envidiar to envy
envilecido(a) debased, degraded
envoltorio bundle
envolver to wrap
envuelto(a) wrapped
enyesado(a) in a cast
enzarzarse to squabble, wrangle
épico(a) epic
epigrama *m* epigram
episodio episode
época epoch

equilibrio equilibrium
equiparar to compare
equipo equipment
equivalente equivalent
equivocarse to make a mistake
erigir to erect, raise
erótico(a) erotic
errado(a) mistaken
erróneo(a) erroneous, wrong
esbelto(a) slender
esbozar to sketch
escala scale
escalera stairway
escalinata stairway
escalofrío chill
escalón *m* stair
escalonado(a) gradual
escalpelo scalpel
escándalo scandal
escándalo commotion, tumult; riot (of color)
escapar(se) to escape
escarapela cockade, badge
escarchado(a) frosted, freezing
escarlata scarlet
escarmentar to be taught by experience, learn a lesson
escarnecido(a) mocked
escarpado(a) steep
escaso(a) meager
escena scene
escenario setting, stage
escepticismo skepticism
esclarecido(a) illustrious
esclavitud slavery
esclavo slave
escoger to choose
escolar *adj m* or *f* school; *n m* or *f* student
escoltar to escort, accompany
escombro rubbish
esconder(se) to hide (oneself)
escopeta shotgun
escorpión *m* scorpion
escribir to write
escrito(a) written
escritor(ra) writer
escritura writing
escuchar to listen (to)
escuela school
esculpido(a) sculpted
escultor(a) sculptor, sculptress
escultórico(a) sculptural
escultura sculpture
escultural sculptural
escupidera spittoon
escupir to spit
esencia essence
esencial essential
esfuerzo effort
esmeralda emerald
esmerarse to take pains with
esmero careful attention; **con esmero** painstakingly
eso that; **eso que** in spite of the fact that; **por eso** therefore, for that reason, on that account
Esopo Aesop
espacio space
espacioso(a) slow, deliberate; spacious, roomy
espada sword
espalda back, shoulders; **de espaldas** on (one's) back
espantar to frighten
espanto fright; horror; astonishment
España Spain
español(a) *adj* Spanish; *n* Spaniard
españolismo love for Spanish things
esparcir to scatter
especial special
especialidad specialty
especializado(a) specialized
especie *f* species, kind
específico(a) specific
espectáculo spectacle
espectador(a) spectator
espejo mirror
espera wait
esperanza hope
esperanzoso(a) desirous, hoping for
esperar to hope; to expect; to wait
espeso(a) dense, thick
espiar to spy
espina thorn
espiral spiral
espíritu *m* spirit
espiritual spiritual, of the spirit
espiritualidad spirituality
espléndido(a) splendid
espoleta fin
esporádico(a) sporadic
esposo(a) spouse
espuela spur
espuma, espumarajo foam
esqueleto skeleton
esquema *m* scheme, plan
esquina corner
esquirol *m* strikebreaker, "scab"
estabilidad stability
establecer to establish
establecido(a) established
establo estable
estación season; station
estacionamiento parking
estadía stay
estadidad statehood
estadista *m* statesman
estadísticas statistics

estado state; **estado de ánimo** mood
estadounidense (estadunidense) *adj* and *n* (citizen) of the United States
estallar to break out
estampa print
estampilla (postage) stamp
estancia ranch
estanciero(a) rancher, owner of an **estancia** (large ranch)
estanque *m* pool
estantigua phantom, hobgoblin
estanza mansion, state
estaqueado(a) staked out
estar to be; **estar de acuerdo** to agree; **estar para** to be about to; **estar por** to be for; to favor
estatal *adj* state
estático(a) static, fixed
estatua statue
este *m* east
estela ship's wake
estepario(a) of or from the steppe
estera mat (on the floor)
estereotipar to stereotype
estereotipo stereotype
estética aesthetics
estético(a) aesthetic
estilizado(a) stylized
estilo style; **por el estilo** that way
estima esteem
estimado(a) esteemed
estimular to stimulate
estímulo stimulus
estirar to stretch
estoicismo stoicism
estoico(a) stoic
estómago stomach
estopa tow, burlap
estorbar to disturb; to impede
estornudar to sneeze
estornudo sneeze
estranjero(a) (extranjero[a]) foreign; *n* foreigner
estrategia strategy
estrato stratum
estrechar to squeeze; **estrechar la mano a** to shake the hand of
estrecho(a) close, narrow
estregar to rub
estrella star
estrellar to smash
estremecer to make tremble; **estremecerse** to tremble
estrés *m* stress
estricto(a) strict
estrofa stanza
estropeado(a) damaged
estropear to damage
estructura structure
estructural structural
estruendo roar, din
estuco stucco
estudiante *m* or *f* student
estudiantil *adj* student
estudiar to study
estudio study
estupefacto(a) stupefied
estupidez *f* stupidity
estúpido(a) stupid
etapa stage
eternidad eternity
eterno(a) eternal
ética ethics
etimología etymology
etimológicamente etymologically
étnico(a) ethnic
eucalipto eucalyptus tree
Europa Europe
europeo(a) European
Eva Eve
evaluación evaluation
evangelio gospel
evasivo(a) evasive
evidencia evidence
evidente *adj* evident
evitar to avoid
evocación evocation
evocar to evoke
evolución evolution
evolucionista evolutionary
exacto(a) exact
exageración exaggeration
exagerado(a) exaggerated
exaltado(a) excited; extremist
exaltar to exalt
examen *m* examination
examinar to examine
exasperante exasperating, annoying
excavar to dig, excavate
excelente excellent
excepto except
excesivo(a) excessive
exceso excess
excitarse to become excited, worked up
exclamar to exclaim
excluir to exclude
exclusivamente exclusively
excremento excrement
excursión excursion, trip
excusar to pardon
exento(a) exempt
exhibicionista *m* or *f* exhibitionist
exigir to demand
exiguo(a) small, scanty
exilio exile

existencia existence
existencial existential
existencialista existentialist
existir to exist
éxito success
exorcizar to exorcise
expedición expedition
expectativa expectation
experiencia experience
experimentación experimentation
experimentar to experience
expirar to expire, to die
explanada platform, esplanade
explicación explanation
explicar to explain
explícito(a) explicit
exploración exploration
explorador(a) explorer
explorar to explore
explosivo(a) explosive
explotación exploitation
explotador(a) exploiter
exponente *m* exponent
exponer to expose
exponerse to expose oneself
exportar to export
exposición exposition, show, display
expresar to express
expresión expression
expresionismo expressionism
expresionista expressionist
exquisito(a) exquisite
éxtasis *m* ecstasy
extender (ie) to extend
extenso(a) extensive; **familia extensa** extended family
extenso(a) extensive
extenuado(a) emaciated
exterminar to exterminate
extinguido(a) extinguished
extraer to extract
extramuros *adv* outside (a town); **de extramuros** from outside
extranjero(a) foreign
extrañar to miss; **no es de extrañar** it is not surprising
extrañeza surprise, wonderment
extraño(a) strange
extraordinario(a) extraordinary
extraviado(a) lost
extremadamente extremely
extremo(a) *adj* extreme; **extremo** *n* end

F

fábrica factory; structure
fabricación making, fabrication; make
fabricante *m* manufacturer, maker
fabricar to make, manufacture
fábula fable
fabular to make up
facción surface; feature
fácil easy
facilidad facility, ease
facilitar to facilitate
facultad faculty, school
fachada façade; face
faena labor, task
faisán(-ana) pheasant
faja band, sash, girdle
fajar to fight
fallar to fail
falsedad falseness
falso(a) false
falta lack; **hacer falta** to need
faltar to be lacking; **falta poco** it won't be long
fama fame, reputation
familia family
familiar *adj* family
familiarizarse to familiarize oneself
famoso(a) famous
fanatismo fanaticism
fantasía fantasy
fantasma *m* ghost
fantástico(a) fantastic
farol *m* lamp, street light, lantern
fascinante fascinating
fascinar to fascinate
fase *f* phase
fastidiar to annoy, bother
fatalismo fatalism, determinism
fatalista fatalist
fatiga fatigue, anxiety
favor *m* favor; **a (en) favor de** in favor of; **por favor** please
favorecer to favor
favorito(a) favorite
faz *f* face
fe *f* faith; **a la fe** by my faith
fealdad ugliness
fecha date
fecundidad fertility
fecundo(a) fecund, fertile
feligrés(esa) parishioner
feliz happy
femenino(a) feminine
feminismo feminism
fenómeno phenomenon
feo(a) ugly
ferocidad ferocity
feroz ferocious
ferrocarril *m* railroad
ferrocarrilero railroad worker
fértil fertile

festín *m* feast, banquet
festivo(a) festive
feudalismo feudalism
ficción fiction
ficha form
fiebre *f* fever
fiel *adj* faithful
fiera beast
fierecilla shrew
fiesta party, celebration
figura figure
fijar to fix; **fijarse** to stick; **fijarse (en)** to notice
fijo(a) fixed, specific
fila line
filo edge
filosofía philosophy
filosófico(a) philosophical
filósofo(a) philosopher
filtración seepage
filtrar to filter
fin *m* end; **a fin de que** so that, in order that; **al fin** at last; **a fines de** at the end of; **en fin** finally; **por fin** finally
final *m* end, ending
finca farm
fincar to pin; to wager
fingir to feign, pretend
fino(a) fine
firma signature
firmamento firmament
firme firm; **estar en lo firme** to be sure, be positive
físico(a) physical
flaco(a) thin, skinny; weak
flan *m* custard
flaqueza weakness
flecha arrow
flechar to shoot arrows
fleco fleck, spot
flexibilidad flexibility
flor *f* flower
florecer to flourish
florecimiento flowering
florido(a) flowery
flotar to float
fobia phobia
foco focal point
fogata bonfire, campfire
fogonazo powder flash
folklórico(a) folkloric
follaje *m* foliage
folleto pamphlet, booklet
fomentar to foment, encourage
fondo back, bottom, background, depths; fund
fonético(a) phonetic
fontana fountain
forastero(a) stranger
forcejar, forcejear to struggle
foresta vegetation
forma form, shape
formación formation; education
formar to form
formativo(a) formative
foro back (of a stage)
fortaleza fort
fortuna fortune, luck
forzar (ue) to force
forzoso(a) necessary
foto *f* photo
fotocopia photocopy
fotografía photograph; photography
fotografiado(a) photographed
fotografiar to photograph
fotográfico(a) photographic
fotógrafo(a) photographer
fracasar to fail
fracaso failure
fragancia fragrance
fragante fragrant
frágil fragile
fragilidad fragile nature
fragor *m* noise, clamor
francamente frankly
francés(-esa) *adj* French; *n* French person
Francia France
francotirador(a) sniper
frasco bottle
frase *f* phrase, sentence
fratricida fratricidal
fray friar
frazada blanket
frecuencia frequency; **con frecuencia** frequently
frecuente frequent
frenar to brake
frenesí *m* frenzy, madness
frente *f* forehead; **frente** *adv* in front, opposite; **frente a** opposite, *fig* in the face of; **de frente a** facing; **en frente de** in front of
fresa strawberry
fresa drill
fresco(a) fresh, cool
frescura coolness
frijol *m* bean
frío(a) cold; **hace frío** it is cold
fritura fritter
frondoso(a) leafy
frontera border
frotar to rub
fruición enjoyment, delight
frustración frustration
frustrado(a) frustrated
fruto(a) fruit (**fruto** is used in a figurative sense only)
fuego fire; **abrir fuego** to open fire
fuente *f* fountain; source

fuera out, outside
fuerte strong; *fig* stubborn
fuerza force, strength; **a fuerza de** by the strength of; **a la fuerza** by force
fuga flight, escape; **punto de fuga** vanishing point
fugaz fleeting
fulano so-and-so
fulgor *m* brilliance
fulguración flash
fumar to smoke
función function, performance
funcional functional
funcionar to function, work
funcionario(a) functionary, official
funda holster
fundador(a) founder
fundamentar to underlie
fundar to found
fundirse to fuse, blend
fúnebre dark, gloomy
funerales *m pl* funeral
fungir (de) to act (as)
furia fury
furioso(a) furious
furtivamente slyly, furtively
fusilamiento shooting, execution
fusilar to shoot
fútbol *m* football, soccer

G

gabinete *m* office
gafas *f pl* glasses
galán *m* gallant, lover
galeón *m* galleon
galería gallery, corridor
gallardo(a) brave, gallant
gallina hen
gallinazo buzzard
gallo rooster
galopar to gallop
galope *m* gallop
galpón *m* shed
gama doe
gana desire; **de buena gana** willingly; **dar la gana** to feel like; **de mala gana** unwillingly; **tener ganas** to feel like
ganado cattle, livestock
ganador(a) winner
ganar to win, earn; to fill
gango musical instrument in the shape of a disk
garganta throat
garra claw
garrote *m* garrote, club
garrucha pulley
garza heron
gasfíter *m* plumber
gasolinera gas station
gastado(a) worn, worn out
gastar to spend
gastarse to waste away; *fig* to grow dim
gasto expenditure
gatillo forceps
gato(a) cat
gaucho Argentine cowboy
gaullista Gaullist
gaveta drawer
gemelo(a) twin; *n m pl* glasses
genealogía genealogy
generación generation
generacional *adj* generation
generalizarse to become general
género kind, genre; **género humano** mankind
generoso(a) generous
genio genius
gente *f* people
gentil *adj m* or *f* elegant, exquisite
gentileza elegance
genuino(a) genuine
geográfico(a) geographic
geometría geometry
geométrico(a) geometric
gerente *m* manager
germen *m* source
gesto facial expression; gesture
gigante *m* giant
gigantesco(a) gigantic
gigantón(-ona) big giant
gimnasia physical training
gimnasio gymnasium
Ginebra Geneva
ginebra gin
girar to roll
glifo glyph
globo globe; balloon
gloria glory
glorificar to glorify
glorioso(a) glorious
glotón(ona) gluttonous
gobernación government
gobernador(a) governor
gobernar (ie) to govern
gobierno government
golfo gulf
Gólgota Golgotha
gollete *m* neck (of a bottle)
golondrina *f* swallow
goloso(a) having a sweet tooth
golpe *m* blow; stroke; **daba golpecitos** he (she) tapped; **de golpe** suddenly
golosamente greedily
golpear to knock; to strike, hit
goma rubber

gordo(a) fat; strong, large; **dedo gordo** thumb
gorguera ruff
gorrión *m* sparrow
gorro cap
gota drop
gotear to drip
gotera leak
gótico(a) Gothic
gozar (de) to enjoy
grabado engraving
gracias thanks
grado degree
graduarse to graduate
granadero grenadier
grande big; adult
grandeza greatness
grandiosamente magnificently, grandly
granizo hail, hailstorm
grano grain, kernel
granuja *m* rogue
grasiento(a) greasy, oily
gratitud gratitude
grato(a) pleasant
gratuito(a) free
grave *adj* serious
gravedad gravity
Grecia Greece
griego(a) *n* or *adj* Greek
grieta crevice
gringo(a) Anglo-Saxon; foreign
gris gray
grisáceo(a) grayish
gritar to shout, cry out, scream
gritería shouting
grito shout, scream; **a gritos** *fig* buckets
grosero(a) coarse, crude
grúa derrick
grueso(a) thick; *n m* thickness
grumo curd, cluster, blob
gruñir to grunt
grupo group
gruta cavern, grotto
guadaña scythe
guagua bus
guajana sugar cane flower
guante *m* glove
guarda *m* or *f* guard
guardapolvo dustcoat
guardar to keep, reserve; maintain
guarida den, lair
guatemalteco(a) Guatemalan
guerra war
guerrera tunic
guerrero(a) warrior
guerrillero(a) guerrilla
guía *m* or *f* guide
guiar to drive
guión *m* dash; script
guiso stew
guitarra guitar
guitarreada guitar contest
gula gluttony
gustar to be pleasing to; to like; **gustarle a uno** to like
gusto taste, pleasure; **gusto a** taste like

H

haber *auxil verb* to have; **haber de** to have (to), must; **hay** there is, there are; **hay que** one must
habilidad skill, ability
habitación room, habitation
habitacional *m* housing development
habitante *m* or *f* inhabitant
habitar to inhabit, dwell
hablar to speak
hace dos años ya it's two years now
hacendado(a) landholder, rancher
hacer to do, make; **hace buen tiempo** the weather is good; **hace frío** it is cold; **hacer buches** to gargle; **hacer calceta** to knit; **hacer caso de** to pay attention to; **hacer daño** to harm; **hacer de cuenta** to pretend; **hacer falta** to be lacking; to be missing; to be necessary; **hacer una mala jugada** to play a dirty trick; **hacer un papel** to play a role; **hacer una reverencia** to bow; **hacerla de** to play the part of **hacerse** to become (a professor, etc.), get (rich, etc.)
hacer hediondo(a) stinking
hacha hatchet, axe
hacia *prep* toward; about
hacienda ranch, farm; herd
hada fairy
hado fate
halagar to flatter
hallar to find
hallazgo discovery
hambre *f* hunger; **tener hambre** to be hungry
hambriento(a) hungry
harén *m* harem
harmonizar to harmonize
harto(a) sufficient, full; *fig* tired, fed up
hasta until, even
hastiado(a) bored
hazaña deed, feat
hebilla buckle
hecho deed, fact; past part of
helado *n* ice cream
helado(a) frozen
helicóptero helicopter
hemisferio hemisphere
hembra female (usually with animals)
henchir to fill
hender to go through
heredado(a) inherited

herencia inheritance; heritage
herida wound
herido(a) wounded person
herir to wound
hermandad brotherhood
hermano(a) brother, sister
hermético(a) hermetic
hermoso(a) beautiful
hermosura beauty
héroe *m* hero
heroico(a) heroic
herrado(a) shod (as a horse)
herramienta tool
hervir (ie) to boil
hielo ice
hierba weed; herb
hierro iron
higiene *m* hygiene
hijo(a) son, daughter; child
hilar to spin
hilera row, line
hilo thread
hincado(a) kneeling
hinchar to swell
hipertensión high blood pressure, hypertension
hipo hiccough; sob
hipocresía hypocrisy
hispánico(a) Hispanic
hispano(a) Hispanic, Spanish
Hispanoamérica Spanish America
hispanoamericano(a) Spanish American
histeria hysteria
historia history; story
historiador(a) historian
histórico(a) historical
hito: mirar de hito en hito to stare, look fixedly
hogar *m* home
hoguera campfire
hoja leaf, blade; page; sheet (of paper)
hojarasca leaf storm
hojear to leaf through
hola hello, hi
holandés(-esa) *adj* Dutch; *n* Dutch person
hombre *m* man
hombro shoulder
homenaje *m* homage
Homero Homer
homogeneidad homogeneity
hondo(a) deep
hongo mushroom
honrado(a) honorable, of high rank
honrar to honor
hora hour; **a altas horas de la noche** late at night; **a toda hora** at all hours, all the time
horadar to bore, pry
horda horde
horizonte *m* horizon
horóscopo horoscope
horrendo(a) horrendous, hideous
horripilante horrifying
horrorizado(a) horrified
hospicio hospice, hospital, asylum
hospitalario(a) *adj* hospitable
hostil hostile
hoy today; **hoy día** nowadays
hoyo hole, excavation
hueco void, hollow
huelga strike
huella track, trace
huerta vegetable garden
huertano gardener, orchardman
hueso bone
huésped *m* or *f* guest
huesudo(a) bony, big-boned
huevo egg
huir to flee, run away
humanidad humanity
humanista *m* or *f* humanist
humano(a) human; **ser humano** human being
humear to smoke, give off smoke
humedad humidity
humedecer to moisten, dampen; **humedecerse** to become wet, become moist
húmedo(a) humid
humilde humble
humillación humiliation
humo smoke
humorada humorous poem (genre written by Campoamor)
humorístico(a) humorous
hundimiento sinking
hundir to sink
húngaro(a) Hungarian
huracán *m* hurricane
hurgar to stir, poke into, dig around into
hurtar to steal

I

Ícaro Icarus
ícono icon
idealista idealistic
idéntico(a) identical
identidad identity
identificación identification
identificar to identify
ideología ideology
idioma *m* language
iglesia church
ignorante ignorant
ignorar to not to know, be ignorant of
igual equal; **por igual** equally
igualdad equality
ijar *m* flank (of a horse)

ilimitado(a) unlimited
iluminar to illuminate, cast light on
ilusión illusion, *fig* hope
ilustración illustration
ilustrar to illustrate
ilustrativo(a) illustrative
ilustre illustrious, famous
imagen *f* image
imaginación imagination
imaginar to imagine
imaginario(a) imaginary
imborrable indelible
imitar to imitate
impaciente impatient
impedimento impediment
impedir (i) to prevent, hinder
imperar to prevail
imperfecto imperfect; *n* imperfect tense
imperio empire
impermeable *m* raincoat; *adj* impervious
ímpetu *m* impetus
impetuoso(a) impetuous
impío(a) unholy
implacablemente relentlessly
imponente imposing
imponer to impose
importancia importance
importar to be important, matter
importe *m* cost, price
importunación harassment
importunidad importunity, entreaty
imposible impossible
imposición imposition
impreciso(a) imprecise
impresión impression
impresionante impressive
impresionar to impress
impresionista impressionist
impreso print
improvisado(a) improvised
improvisador(a) *m* improviser
improviso(a) unexpected; **de improviso** unexpectedly
imprudente imprudent
impúdico(a) shameless
impuesto tax
impulso impulse
impuntualidad "unpunctuality"
inactividad inactivity
inanimado(a) inanimate
inaplazable undelayable
incaico(a) Incan
incendiarse to catch on fire
incendiado(a) (de) on fire (with)
incendio fire
incertidumbre *f* uncertainty
incesante unceasing
incidencia incidence
incienso incense
incierto(a) uncertain
incinerador *m* incinerator
incitar to incite
inclemencia inclemencia
inclinar to incline, bend; **inclinarse** to stoop, bend over, bow
incluir to include
inclusive including
incluso *adv* even, including
incoherencia incoherence
incoherente incoherent
incomible inedible
incomodar to disturb, trouble, inconvenience
incómodo(a) uncomfortable
incompetencia incompetence
incompleto(a) incomplete
incomprensible incomprehensible
incomprensión incomprehension, lack of comprehension
inconcluso(a) unfinished
incongruencia incongruence
inconsciencia unconsciousness
inconsciente unconscious
incontenible unrestrainable
incorporación incorporation
incorporar to incorporate; **incorporarse** to sit up, get up; to join
incorrecto(a) incorrect
increíble incredible
inculpar to blame, accuse
inculto(a) uncultured
indagar to investigate
indeciso(a) hesitant
indefenso(a) defenseless
indelincuente innocent
independencia independence
independiente independent
Indias Indies, original name given to the New World
indicación indication
indicar to indicate
indicio indication
indiferencia indifference
indiferente indifferent
indígena *m* or *f* indigenous, native; *(Am)* Indian
indignación indignation
indignado(a) angry, indignant
indignidad indignity
indio(a) Indian
indirecta insinuation
indiscriminadamente indiscriminately
individualidad individuality
individualizar to individualize
individuo *n* individual
indócil unruly
indomable indomitable

indudablemente undoubtedly
industria industry
inequívoco(a) unequivocal, unmistakable
inercia inertia
inerte inert
inesperado(a) unexpected
inexorable inevitable
inexorablemente inexorably
infancia infancy, childhood
infanta princess
infantil *adj* infant, baby
infatigable untiring
inferior inferior, lower
infierno inferno, hell
infinito(a) infinite; *n m* infinite
inflar to inflate
influencia influence
influenciar to influence
influir to influence
influyente influential
información information
informar to inform
informe *m* report
ingeniería engineering
ingeniero(a) engineer
ingenio (mechanical) apparatus; sugar mill
ingeniosidad ingenuity
ingenuidad candor
ingerencia meddling, interference
Inglaterra England
inglés(-esa) *adj* English; *n m* English (language)
ingratitud ingratitude
ingrato(a) ingrate, ungrateful
inhumano(a) inhuman
inicial initial
iniciar to begin, initiate
ininterrumpidamente uninterruptedly
injusticia injustice
injusto(a) unjust
inmediatamente immediately
inmensidad immensity
inmenso(a) immense
inmigración immigration
inmigrante *m* or *f* immigrant
inmigrar to immigrate
inmisericorde ruthless
inmoral immoral
inmortalidad immortality
inmortalizar to immortalize
inmóvil *adj* immobile
inmovilidad immobility
inmueble *m* immovable (real) property
innecesario unnecessary
innegable undeniable
innovación innovation
innovador(a) *m* innovator
inocencia innocence
inocente innocent
inolvidable unforgettable
inoportuno(a) ill-timed
inquieto(a) restless, uneasy
inquietud *f* concern
Inquisición Inquisition
inscribir to enroll, register
insecto insect
inseguridad insecurity
insensatez *f* nonsensical thing
insensato(a) foolish
insensible insensitive
insensibilidad hard-heartedness, insensitivity
inservible useless
insignificante insignificant
insistir to insist
insolencia insolence
insoportable *adj* unbearable
inspiración inspiration
inspirar to inspire
instalar to install
instantáneamente instantaneously
instante *m* instant; **al instante** instantly, at once
instintivo(a) instinctive
instinto instinct
institución institution
instrucción instruction
instruir to instruct
instrumento instrument
insulto insult
integración integration
integrar to integrate, be included in
intelectual intellectual
inteligencia intelligence
inteligente intelligent
intención intention; **con intención** slyly
intencionado(a) meaningful
intensidad intensity
intenso(a) intense
intento attempt
interacción interaction
intercalado(a) inserted, interpolated
intercambiar to exchange
intercambio exchange
interceptar to intercept
interés *m* interest
interesante interesting
interesar to interest; **interesarse por** to be interested in
interferencia interference
interludio interlude
internacional international
internacionalismo internationalism
internarse to go far in
interno(a) interior, internal
interpretación interpretation

interpretar to interpret
interrogar to question
interrumpido(a) interrupted
intervención intervention, operation
intervenir (ie) to intervene, interfere
intimidad intimacy
intimidar to intimidate
íntimo(a) intimate
intolerancia intolerance
intrahistoria intrahistory
intransigencia intransigence
intransigente intransigent
introducción introduction
introspección introspection, looking inward
intuición intuition
inundación flood
inusitado(a) unaccustomed
inútil useless
invadir to invade
invasor(a) invader
invención invention, made-up story
inventar to invent, create
inventario inventory
invernar to winter, spend the winter
inversión investment
investigación investigation; research
investigar to investigate
invicto(a) invincible
invierno winter
invitar to invite
invocador(a) invoker
invocar to invoke
involuntario(a) involuntary
IPN (Instituto Politécnico Nacional) National Polytechnical Institute
ir to go; **irse** to go away
iracundo(a) angry
irlandés(-esa) Irish, Irishman (woman)
ironía irony
irónico(a) ironical
irracional irrational
irradiar to radiate
irreal unreal
irresponsable irresponsible
irreverencia irreverence
irritarse to get (become) irritated
isla island
isleño(a) *adj* island; *n* islander
isleta small island
Italia Italy
italiano(a) Italian
izquierdo(a) left; **a la izquierda** on the left

J

jabalí *m* wild boar
jabón *m* soap, lather
jadeante panting
jadear to pant
jadeo panting
jamás *adv* never, ever
japonés(-esa) Japanese
jaqueca *m* headache, migraine
jáquima bridle
jarabe *m* popular dance
jardín *m* garden; **jardín zoológico** zoo
jarra jar; **en jarras** akimbo
jarro jug; **a boca de jarro** point-blank; **olía a jarro nuevo** smelled like a new clay jug
jaula cage
jazmín *m* jasmine
jeder: heder to stink
jefe *m* chief, boss, leader
jerga slang
jeroglífico hieroglyph
jilguero linnet, goldfinch
jilotear to form ears (corn)
jinete *m* horseman
joder: que se joda ante *fig.* to hell with
jodienda awful thing
jornalero(a) day laborer
joven *m* or *f* young
joya jewel
joyería jewelry store
joyero(a) jeweler
jubilarse to retire
júbilo joy
juego game, gambling game; interplay; **juego de manos** sleight of hand
jueves *m* Thursday
juez *m* judge
jugadera prank
jugador(a) player; gambler
jugar (ue) to play (a game or sport); to gamble; **jugar a (de) (ue)** to pretend to be
jugo juice
juguete *m* toy
juicio judgment
julio July
jumear to lie hidden
jungla jungle
junio June
juntar to join, connect, unite, pull together; **juntarse** to join with; to copulate; to assemble
junto(a) united, joined, together; **junto a** bedside; **junto con** together with; **junto** *adv* near
juntura joining
jurar to swear
jurídico(a) juridical; legal
jurisprudencia jurisprudence, law
justicia justice
justificar to justify
justo(a) exact, very; just

juvenil juvenile
juventud youth
juzgar to judge

K

kepis kepi, military cap

L

laberinto labyrinth
labio lip
labor *f* small farm
labrador(a) farmer, peasant
labrar to carve; to make; to cut; to work (stone)
ladera hillside
ladino(a) wily, clever
lado side; **por otro lado** on the other hand; **por todos lados** on all sides
ladrar to bark
ladrillo brick
ladrón(-ona) thief
lagañoso(a) rheumy
lago lake
lágrima tear
laguna lake, lagoon
laja slab
lamentación lamentation
lamentar to lament
lamer to lick
lámpara lamp, light
lana wool
langosta locust
lánguido(a) listless
lanzar to emit, throw, hurl; to vomit; **lanzarse** to plunge
lanzas: orejas lanzas ears erect
lápida tablet, gravestone
lápiz *m* pencil
lapso lapse, time
largar to leave; **largarse** to go away
largo(a) long; **a lo largo de** through, throughout, along; **largamente** for a long time
lástima pity
lastimarse to wound oneself, hurt oneself
lastimoso(a) pitiful, sad
latido beating, throb
latigazo lash
látigo whip
latino(a) Latin (American)
latinoamericano(a) Latin American
latir to beat
lavar to wash; **lavarse** to wash, wash up
lazo lasso; tie, connection
leal loyal
lecho bed
lechuza owl
lector(a) reader
lectura reading
leer to read
legendario(a) legendary
legítimo(a) legitimate
legua league
lejano(a) distant
lejos *adj* far, far away; **a lo lejos** in the distance
lengua tongue; language
lenguaje *m* language
lente *m* or *f* lens; magnifying glass
lento(a) slow
leña firewood
leñador(a) woodcutter
león *m* lion
lesionar to wound, injure
letra letter; **letra cursiva** italics; **al pie de la letra** literally
letras literature
letrero sign
levantamiento unrising
levantar to life, raise; to take (census); **levantarse** to get up
leve *adj* light
ley *f* law
leyenda legend
liberación liberation
liberar to free, liberate
libertad liberty
librar to free; **librarse** to be freed
libre free
librepensador(a) freethinker
libro book
licencia license
licenciado(a) lawyer
liceo lyceum
licor *n m* liquor
líder *m* leader
liebre *f* hare (rabbit)
lienzo canvas
liga league
ligar to tie; to suspend
ligero(a) light (weight, food, clothing, etc.)
limazo scolding
limitación limitation
limitar to limit
límite limit
limón *m* lemon
limonero lemon tree
limosna alms
limpiar to clean; **limpiar de hierba** to weed
limpieza cleaning
limpio(a) clean
linchamiento lynching
lindar (con) to border (on)
lindo(a) pretty
línea line
liquen *m* lichen
líquido(a) liquid; *n m* liquid

lírico(a) lyric
lisonja flattery
lisonjear to flatter
lista list, roll
listo(a) ready
literario(a) literary
literatura literature
liviano(a) light
lívido(a) livid
llaga wound
llama flame
llamar to call; **llamarse** to be called, be named
llano(a) *adj* level, flat
llano *n* plain
llanto weeping
llanura plain
llave *f* key; **cerrar con llave** to lock; **echar llave a** to lock
llegada arrival
llegar to arrive; **llegar a (conocer)** to come to (know); **llegar a saber** to find out
llegar hasta to reach (to)
llenar to fill
lleno(a) (de) filled (with), full
llevar to carry, take; to wear; to lead; to lift; **llevarse** to carry away
llevar puesto(a) to wear, have on
llevarse bien con to get along with
llorar to cry, weep
lloroso(a) tearful
llover to rain
lluvia rain
lobo wolf
loco(a) crazy
locura madness
lodo mud
lógico(a) logical
lograr to succeed (in), achieve
lomo back (of an animal)
longevidad longevity
losa flagstone, grave, gravestone
losar to pave
lotería lottery
loza ceramic
lucero bright star
lucha struggle
luchar to struggle
lucidez *f* lucidity
lucir to show off
luego then, afterward, next, later; **luego de** after; **luego luego** right away; **tan luego que, luego que** as soon as
lugar *m* place; **tener lugar** to take place
lujo luxury; **de lujo** deluxe
lujoso(a) luxurious
lujurioso(a) lustful
lumbre *f* fire, light
luminoso(a) luminous
luna moon
lunar *m* mole, beauty spot; *adj* lunar
luto mourning; **de luto** in mourning
luz *f* light; **luz de bengala** flare; **salir a luz** to come out, appear, be published

M

machismo virility, manliness
madera wood
madre *f* mother
madrugada morning, dawn
madrugador(a) early riser
madurar to ripen
maestro(a) *adj* master; *n* teacher
magia magic
mágico(a) magic
magisterio mastery
magnavoz *m Mex* loudspeaker
magnífico(a) magnificent
mago magician, wizard; **los Reyes Magos** the Magi
magullar to mangle
maíz *m* corn
maizal *m* cornfield
majada shelter
majestad majesty
majestuosidad majesty
majestuoso(a) majestic
mal *adv* badly, wrongly; *n m* evil, harm, illness, wrong; **de mal en peor** from bad to worse; **menos mal** just as well
maldecir (i) to curse
maldición curse
maldito(a) cursed
malentender to misunderstand
maleza underbrush
malhumorado(a) ill-humored
maliciosamente maliciously
malo(a) bad, evil; sick
malón *m* sudden attack by Indians
malsano(a) unhealthy
maltratado(a) abused, ill-treated
maltrato abuse
maltrecho(a) badly off, battered
malvado(a) wicked
malvivir to live badly
mamarracho grotesque figure
mampostería masonry
manada *n* herd
mancebo youth, young man
mancha spot, stain; smudge
manchado(a) spotted
manchar to stain
mancillado(a) soiled
mandar to command; to control; to govern; to send
mandato term (of office)
mandíbula jaw

mando command
manejar to drive, handle
manera manner, way
manerista *adj* mannerist
manga sleeve
mango handle
manguera hose
manifestación manifestation, demonstration
manifestante *m* demonstrator
manifestar (ie) to manifest, demonstrate
manifiesto(a) manifest
manigua jungle
mano *f* hand; **mano de trabajo** worker
manojo handful, bunch
manso(a) gentle
manta sign
mantel *m* tablecloth
mantener (ie) to maintain, to hold; to keep; **mantenerse** to live (on)
mantenimiento food, provisions
mantequilla butter
mantilla swaddling clothes
manuscrito manuscript
manzana apple; Adam's apple
mañana tomorrow; morning; **el día de mañana** tomorrow; **por la mañana** in the morning; **todas las mañanas** every morning
mapa *m* map
máquina machine
maquinalmente mechanically
mar *m* or *f* sea
maravilla wonder, marvel; **a las mil maravillas** wonderfully well
maravilloso(a) marvellous, wonderful
marca brand name; cattle brand
marcado(a) marked
marcador *m* sign
marcar to strike; to show (time); to mark
marcial *adj* martial
marco framework; frame
marcha march
marchito(a) withered
marea tide
margen *m* margin
mariachi *m Mex* street singer
marido husband
marinero(a) sailor
marino(a) marine
mariposa butterfly
marisma swamp
marítimo(a) maritime, naval
mármol *m* sculpture, marble
maroma cable, rope; acrobatics
marrón brown
marroquí *adj* Moroccan; *n m* or *f* Moroccan
marrullero(a) trickster, wheedler
martes *m* Tuesday
martillazo blow with a hammer
martillo hammer
mártir *m* martyr
marzo March
mas *conj* but, yet
más more, most; **más allá** beyond; **más bien** rather; **más que nada** more than anything; **más tarde** later; **más vale que** it is better that; **nada más** only, just that
masa dough, mass
masacre *f* massacre
mascar to chew
máscara mask
mascullar to mumble
mata plant
matadero slaughterhouse
matanza slaughter, massacre
matar to kill
matemáticas *usually pl* mathematics
matemático(a) mathematician
materia matter; course; **en materia de** as regards, in the matter of; **rendir una materia** to take a course
material *m* supplies
maternidad maternity
materno(a) maternal
matiz(-ces) *f* hue, shade
matorral *m* thicket
matraca wooden rattle
matrimonio matrimony, marriage
máximo(a) maximum
maya *adj* Mayan
mayo May
mayor greater, larger; older, adult
mayoría majority
mayormente especially, any, very many
mazazo blow with a club
mazmorra dungeon
mazorca ear (of corn)
mecanismo mechanism
mechero plume (of steam)
mechón *m* lock (of hair)
mediados: a mediados de around the middle
mediano(a) middling
mediante by means of, through
medicina medicine
médico(a) doctor
medida measure; **a medida que** as, according as; **en gran medida** in large part
medio(a) mid-, middle, mean; *n m* means; thirty (time-telling); **a medias** obscurely; **a medio** half; **de en medio** middle; **en medio de** in the middle of, amid; **por medio de** through
mediocridad mediocrity
mediodía *m* noon
medir to measure
meditación meditation

meditar to meditate
mediterráneo(a) *adj* Mediterranean
mejicano(a) Mexican
mejilla cheek
mejor better, best; **a lo mejor** perhaps, maybe; **lo mejor** the best part
mejora improvement
mejoramiento improvement
mejorar to improve
melancolía melancholy
melancólico(a) *adj* melancholy, melancholic
melena mane
memoria memory; **hacer memoria** to search one's memory; **saber de memoria** to know by heart
mención mention
mencionar to mention
mendigo(a) beggar
menester *m* duty, task
menguante *adj* waning
menina young lady-in-waiting
menor least, less, youngest; minor; smaller
menos less, least; **cuando menos** at least; **menos mal** just as well; **por lo menos** at least
menospreciar to scorn, despise
mensaje *m* message
mentado(a) famous
mente *f* mind
mentir to lie
mentira lie
mentón *m* chin
menudo(a) small
mercader(a) merchant
mercado market
merced *f* mercy
merced *f* favor
merecer to deserve
merienda afternoon snack
mero(a) mere; **hasta mero** just, right up to
mes *m* month
mesa table, desk; **poner la mesa** to set the table
Mesías *m* Messiah
mestizo(a) half-breed, mixed blood
meta goal
metafísico(a) metaphysical; *n f* metaphysics
metáfora metaphor
metafórico(a) metaphoric
metálico(a) metallic
meter to put in, introduce; **meterse** to get involved
meticulosamente meticulously
metódico(a) methodical
método method
metro meter
metrópoli *f* metropolis
metropolitano(a) metropolitan
mexicano(a) Mexican
mexicanoamericano(a) Mexican-American
mezcla mixture; mortar
mezclar to mix
mezquita mosque
microcósmico(a) microcosmic
miedo fear; **dar miedo** to create fear; **tener miedo** to be afraid
miel *f* honey
miembro *m* or *f* member
mientras (que) while, as long as
miércoles *m* Wednesday
miga crumb
migrar to migrate
migratorio(a) migratory
mil thousand
milagro miracle
milagroso(a) miraculous
milímetro millimeter
militante *m* or *f* militant
militar to serve (in an organization)
militar *adj* military; *n m* or *f* military
milla mile
millón *m* million
millonario(a) millionaire
milpa *Mex.* cultivated land, system of cultivation
mimar to spoil, indulge
mina mine
minero(a) miner
ministro minister (of a govt. cabinet)
minoría minority
minotauro minotaur
minuciosamente precisely, thoroughly
minúsculo(a) tiny
minuto minute
mirada glance, look
mirador *m* window, observation point
mirar to look (at)
mirón *m* spectator, bystander
misa mass
miseria misery, poverty
misericordia pity
misión mission
mismo(a) same, equal; **ahora mismo** right now; **ella misma** she herself
misterio mystery
misterioso(a) mysterious
misticismo mysticism
místico(a) mystic(al)
mitad *f* half; middle; **en mitad de** in the middle of
mítico(a) mythical
mitin *m* rally
mito myth
mitología mythology
mixto(a) mixed
mocedad youth
mochica Peruvian Indian group
mocho(a) maimed; cut off

modelar to model
modelo model, pattern
modernismo modernism
moderno(a) modern
modesto(a) modest
modificación modification
modificar to modify
modista *m* or *f* modiste; dressmaker
modo way, means, manner; **de modo que** so that; **de todos modos** at any rate
modorra drowsiness; sleeping sickness
mofar to mock, jeer; **mofarse de** to make fun of, jeer at
mohoso(a) rusty
mojar to wet; **mojarse** to get wet
molde *m* mold
molestar to bother; **no se molesten** don't take the trouble
molesto(a) annoyed
molido(a) ground (up)
momentáneo(a) momentary
momento moment
monarca *m* or *f* monarch, king, queen
monasterio monastery
moneda coin
mongo(a) drooping
monja nun
monje *m* monk
mono(a) cute
mono monkey
monólogo monologue
monopolio monopoly
monotonía monotony
monstruo monster
monstruoso(a) monstrous
montado(a) mounted
montaña mountain
montañero(a) *n* mountaineer
montar to ride; mount (begin)
monte *m* mountain
montón *m* pile; heap
monumento monument
morada dwelling
morado(a) purple
moraleja moral (of a story)
mordaz biting, sarcastic
morder to bite; **morderse** to bite (one's tongue, etc.)
moreno(a) brown, dark
morir (ue) to die; **morirse** to die
moro(a) *n* Moor; *adj* Moorish
mortaja shroud
mortificación mortification, humiliation
mortificar to mortify; **mortificarse** to get upset
mosaico mosaic
mostrar (ue) to show
moteca Moteca Indian
motín *m* riot
motivar to motivate
motivo motive, motif
motocicleta (moto) *f* motorcycle
motoneta moped
motorizado(a) motorized
movedizo mobile, moving, movable
mover (ue) to move; **moverse** to move (oneself)
movible movable
móvil changeable
movilidad mobility
movimiento movement
mozo(a) young man, woman; **buen mozo** good-looking (young man)
muchacho(a) boy, girl
mucho(a) much, a great deal; long (time); *pl* many; *adv* much, very much, a great deal
mudanza move
mudarse to move
mudo(a) mute, silent
mueble *m* piece of furniture
mueca *n* grimace
muela molar
muelto(a) (muerto[a]) *adj* dead; *n* dead person
muerte *f* death
muestra sample, model, copy, trace
mugriento(a) filthy
mujer *f* woman; wife
mulato(a) mulatto
multiplicar to multiply
multitud multitude
mundano(a) worldly
mundial *adj* world, world-wide
mundano(a) worldly
mundo world; **correr mucho mundo** to travel a lot
municipio town government
muñeca wrist; dummy, doll
muralismo muralism
muralista *m* or *f* muralist
muralla wall
murciélago bat
murmurar to murmur
muro wall
músculo muscle
musculoso(a) muscular
museo museum
musgo moss
música music
musicalidad musicality
músico musician
musitar to mumble
muslo thigh
mustio(a) wilted, withered
musulmán(-ana) Moslem, Mussulman
mutilación multilation
mutilante mutilating
mutilar to mutilate
muy very

N

nacer to be born
nacimiento birth
nación nation
nacional national
nacionalismo nationalism
nada *adj* nothing; *adv* nothing, not at all
nadar to swim
nadie no one, nobody
nahua *m* Nahuatl (Aztec language)
nalga buttock
naranjo orange tree
nariz *f* nose
narración narration
narrador(a) narrator
narrar to narrate
narrativo(a) *adj* narrative; *n f* narrative, story
natural *m* native, nature
naturaleza nature
naturalista *m* or *f* naturalist
naufragar to be shipwrecked
naufragio shipwreck
navaja razor, blade
Navidad Christmas
navideño(a) pertaining to Christmas
nazareno(a) Nazarene
necesario(a) necessary
necesidad necessity
necesitar to need
necio(a) fool, silly
negar (ie) to refuse, deny
negarse a to refuse to
negativa refusal
negativo(a) negative
negocio business
negrero(a) slave trader
negritud blackness
negro(a) black, dark
negrura blackness
neoclásico(a) neoclassic
neoprimitivo(a) neo-primitive
neoyorquino(a) *adj* New Yorker
nervio nerve
nervioso(a) nervous
netamente purely
neumonía lobular pneumonia
neurótico(a) neurotic
neutro(a) neuter
nevado(a) snow-capped; *fig* snowy white
nicaragüense Nicaraguan
nicho niche
nido nest
nieve *f* snow
nihilismo nihilism
ninfa nymph
ninguno(a) none, not any, not one
niñera nursemaid
niñez *f* childhood
niño(a) boy, girl, child
nítido(a) clear, bright
nivel *m* level
nobleza nobility
noche *f* night; **de noche** or **por la noche** at night; **esta noche** tonight
Nochebuena Christmas Eve
nomás just; no sooner; **nomás por nomás** just like that
nombre *m* name
nopal *m* kind of cactus
noreste *m* northeast
Normandía Normandy
noroeste *m* northwest
norte *m* north
norteamericano(a) North American (used for a person or thing from the United States)
nostálgico(a) nostalgic
nota note
notar to note
noticia notice; *pl* news
novedad novelty, newness
novela novel
novelista *m* or *f* novelist
novelizar to novelize, make a novel of
noviazgo courtship
noviembre *m* November
novio(a) boyfriend, suitor, bridegroom; girlfriend, bride
nube *f* cloud
nublado(a) cloudy
nublazón *m* storm cloud
nuca nape (of neck)
nudo knot
nuevo(a) new; **de nuevo** again, once more
nuez *f* pecan
número number
numeroso(a) numerous
nunca never, not ever
nutrir to nourish, feed

Ñ

ñoco(a) one-handed

O

obedecer to obey
obediente obedient
objetivo(a) objective; *n m* objective
objeto object
oblicuo(a) oblique
obligación obligation
obligar to oblige
obligatorio(a) obligatory
óbolo obolus; *fig* money, support, contribution
obra work, act; **obra maestra** masterpiece
obrar to work, labor

obrero(a) working, of workers; *n m* or *f* worker
obsceno(a) obscene
observación observation
observador(a) observer
observar to observe
obsesión obsession
obsesionado(a) obsessed
obsesionarse (por) to be obsessed (by)
obstáculo obstacle
obstante: no obstante nevertheless; in spite of
obstinación: con obstinación obstinately
obstinado(a) obstinate
obtener (ie) to obtain
obvio(a) obvious
ocasión occasion
occidental western
occidente *m* west; **Occidente** the West
océano ocean
ocioso(a) idle
ocote okote pine
octosilábico(a) octosyllabic (having eight syllables)
octubre *m* October
ocultadora concealer
ocultar to hide
ocupación occupation
ocupado(a) busy, occupied
ocupar to occupy
ocurrencia occurrence; witticism; new idea
ocurrir to occur
odiar to hate
odio hatred
odisea odyssey
oeste *m* west
ofender to offend
ofensivo(a) offensive
oficial official; *n m* official
oficina office
oficio trade, job, occupation
ofrecer to offer
ofrenda offering, gift
oír to hear
ojalá I wish
ojear to glimpse
ojo eye
ola wave
oler *m* to smell
olfatear to sniff the air
olfato sense of smell
olímpico(a) Olympic
olor *m* odor, smell
oloroso(a) fragrant, smelling like
olvidar(se) (de) to forget
olvido forgetfulness, oblivion
omitir to omit
ondulante *adj* wavy
onomatopéyico(a) onomatopoeic
opaco(a) opaque
opalino(a) opaline
operación operation, transaction, deal
operar to operate
opinar to be of the opinion
oponerse to oppose
oportunidad opportunity
oposición opposition
opresión oppression
optar to choose, opt
óptico(a) optical
optimista optimistic
opuesto(a) opposed, opposite
oración sentence
orador(a) orator
oratorio(a) oratorical
orden *f* command; religious order; *m* order
ordenar to order, command; to arrange
ordinario(a) ordinary
oreja ear
orfanato orphanage
orfebre *m* goldsmith, silversmith
orfebrería gold or sliver work
orgánico(a) organic
organización organization
organizar to organize
órgano organ
orgullo pride
orgulloso(a) proud
oriental eastern, oriental
oriente *m* east, orient; **Oriente** the East, the Orient
origen *m* origin
originalidad originality
originar to originate
orilla riverbank
oriundo(a) native, coming from
ornamentación ornamentation
oro gold
ortodoxo(a) orthodox
osado(a) bold
osar to dare
oscilar to oscillate
oscurecer to grow dark
oscuridad darkness
oscuro(a) dark
ostentar to show off
otoño autumn
otorgado(a) granted, given
otorgar to grant, give
otro(a) other, another, the other; **al otro día** the next day; **el uno al otro** each other; **otra vez** again; **por otra parte** on the other hand; **unos a otros** each other
ovación ovation
oveja sheep
ozono ozone

P

pa'(para) for, in order to
pabellón *m* pavilion
paciente *m* or *f* patient
pacificador(a) *n* peacemaker
pacífico(a) peaceful
pacto pact
padre *m* father; *pl* parents
padrenuestro Lord's prayer
pagano(a) pagan
pagar to pay (for)
página page
pago pay
país *m* country, region, nation
paisaje *m* landscape
paisajista *adj* landscape
paisano(a) compatriot
paja straw
pájaro bird
pala stick, paddle
palabra word
palacio palace
palanca lever; palanca de cambios gearshift lever
pálido(a) pale
palique *m* chitchat, small talk
palma palm
palmada: dar palmadas to slap
palmar *m* palm grove; oasis
palmear to pat
palmera palm (tree)
palmo hand, palm
palo wood, stick
paloma dove
palpar to touch
palpitante *adj* throbbing
palpitar to throb
pampa *Argentina* plain
pan *m* bread
pánico *n* panic
pantalón *m* trousers, pants
pantano marsh
panteísmo pantheism
panteón *m* pantheon
pantera panther
pantomimo(a) pantomimist
pañuelo handkerchief
Papa *m* Pope
papá *m* father, papa
papel *m* paper; role; **hacer un papel** to play a role
par *m* pair; **a par del alma** deeply
para for, in order to; towards; so that, to the end that; **de un lado para otro** from one side to the other; **para siempre** forever; **ser para tanto** to be important
parábola parable
paracaidista *m* or *f* parachutist
parada stop
paradero whereabouts
parado(a) standing; stopped
paradoja paradox
paradójicamente paradoxically
paraguas *m* umbrella
paraíso paradise
paralelo(a) parallel
paralizar to paralyze
parar to stop; **pararse** to stand up; to stop
parca fate
parecer to seem, look; **al parecer** apparently; *n m* opinion; **cambiar de parecer** to change one's mind; **parecerse a** to resemble
parecido(a) *adj* similar; *n m* resemblance
pared *f* wall
pareja pair, couple
paréntesis *m* parenthesis
pariente(-ta) relative, relation
parir to give birth
parisiense *adj* Parisian
paro work stoppage
párpado eyelid
parque *m* park
parqueo parking
párrafo paragraph
parroquiano(a) parishioner
parsimoniosamente economically; slowly
parte *f* part, portion; place; **de parte de** on the part of; **en gran parte** mostly; **en (a) todas partes** everywhere; **por otra parte** on the other hand; **por parte alguna** anywhere
participación participation
participante *m* or *f* participant
participar to participate
particular particular, private, personal
partidario(a) partisan
partido party; district; township; game (match)
partido(a) *adj* gone away, parted
partir to leave; to cut; **a partir de** starting from; **partir de** to be fired from
pasadizo passageway
pasado past
pasaje *m* passage
pasajero(a) passenger
pasar to pass; to spend time; to happen; **pasa que** it happens that; **pasar hambre** to suffer hunger; **pasar por alto** to overlook; **¿qué pasa?** what's the matter?; **se la pasa** he (she) spends his (her) time
pasear(se) to stroll, walk, ride
paseo walk, promenade
pasión passion
pasivo(a) passive
paso sketch; step, footstep; **dar los primeros pasos** to take the first steps; **de paso** in passing, on the way
pasta paste, dough
pastilla pill

pasto grass; pasture
pastor(a) shepherd
pastoril pastoral
pastura pasture
pata foot (of an animal)
patata potato
patear to stamp
paternidad paternity
patilla side whiskers
patria fatherland
patriarca *m* patriarch
patrimonio patrimony
patriota *m* patriot
patrocinar to sponsor
patrón(-ona) *m* patron, patroness, boss
patullado(a) trampled; **patullada** tramping feet
pausa pause
pavimento pavement
pavo turkey
payaso clown
paz *f* peace
peatón(ona) pedestrian
peatonado pedestrian group
peatonal *adj* pedestrian
pecado sin
pecador(a) sinful; *n m* or *f* sinner
pecho breast, chest
pedalear to pedal
pedazo piece; **hacer pedazos** to tear to pieces
pedernal *m* flint
pedir (ie) to ask for
pedrería precious stones
pegar to glue; to beat, to strike; to hit; **pegar el brinco** to leap; **pegar(se) un tiro** to shoot (oneself)
peinarse to comb one's hair
pelandrín (pelantrín) *m* farmer
peldaño stair
pelea fight
pelear(se) to fight
película film
peligro danger
peligroso(a) dangerous
pellizco pinch
pelo hair
pelota ball
peluca wig
peludo(a) shaggy, hairy
peluquería barber shop
pena pain, sorrow; **no valer la pena** not to be worthwhile
penar to suffer
pender to hang
pendiente *adj* hanging, pending; absorbed
penetración penetration
penetrante penetrating
penetrar to penetrate
península peninsula
penitencial penitential
penitente *m* penitent
penoso(a) painful
pensador *m* thinker
pensamiento thought
pensar (ie) to think; to intend; **pensar en** to think about
pensativo(a) pensive
penumbra shadow
peña rock, mountain
peón *m* day laborer
peor worse, worst; **de mal en peor** from bad to worse
peor: para peor de males to make matters worse
pepita nugget; pip, distemper in fowls
pequeño(a) small, little
percepción perception
percibir to perceive
perder (ie) to lose; **echar a perder** to spoil, ruin; **perder de vista** to lose sight of
perdición perdition, ruin
pérdida loss
perdiz *f* partridge
perdonar to pardon
perdurable lasting, everlasting
perdurar to last long; to remain
perecer to perish
peregrinación pilgrimage; wandering
peregrino(a) strange, odd
perejil *m* parsley
perezoso(a) lazy, idle
perfección perfection
perfeccionar to perfect
perfil *n m* profile
perfumado(a) perfumed
periódico newspaper
periodismo journalism
periodista *n m* or *f* journalist
periodístico(a) journalistic
período period
perjuicio injury, damage
perla pearl
permanecer to stay, remain
permanencia permanence
permanente: servicio permanente 24-hour service
permiso permission
permitir to permit, allow
pero but, except, yet
perpetuo(a) perpetual
perplejo(a) perplexed
perro(a) dog
perseguir (i) to pursue; to persecute
persona person
personaje *m* personage, literary character
personalidad personality
personificación personification
personificar to personify
perspectiva perspective

pertenecer to belong, pertain
pertenencia belonging
perverso(a) perverse
pesa weight
pesadilla nightmare
pesado(a) heavy
pesadumbre *f* grief, affliction
pesar *m* sorrow; grief; **a pesar de** in spite of
pescado fish
pescador(a) fisherman (woman)
pescar to catch (fish), fish
pesimismo pessimism
peso monetary unit
pestaña eyelash
pétalo petal
pétreo(a) stony, like stone
petróleo oil
petróleo kerosene
pez *m* fish
pezuña hoof
piadoso(a) pious, merciful
picado(a) annoyed
picar to burn (sun); to sting; to slash
picaresco(a) *adj* rogue
pícaro rogue
pichón *m* young pigeon
pictórico(a) pictorial
pie *m* foot; **a pie** on foot; **al pie de la letra** literally; **ponerse de pie** to stand up
piedad mercy
piedra stone; **piedra de moler** grinding stone
piel *f* skin, hide
pierde *m* loss; **no hay pierde** none gets lost
pierna leg
pieza room; piece
pileta swimming pool
pillo rascal, rogue, "bad guy"
pincel *m* brush
pino pine tree
pintar(se) to paint; to wear makeup
pintor(a) painter
pintoresco(a) picturesque
pintura painting
pinzas *f pl* pincers, tweezers
piña pineapple
pique sinking
piramidal pyramidal
pirámide *f* pyramid
pirata *m* pirate
piropeo flurry of compliments
piruja prostitute
piso floor
pisoteado(a) trampled
pista racetrack
pistola pistol
pitada drag, puff
pizarra slate, blackboard
placa plate, picture
placer *m* pleasure
plagiar to plagiarize
plancha sheet, plate
planchar to iron
planeamiento planning
planeta *m* planet
planetario planetarium
plano(a) level, smooth; *n m* level plane
plantado(a) planted
plantar to plant
plata silver
plateado: papel plateado foil
plateresco(a) plateresque
platero silversmith
plática chat, talk, discussion
plato dish
platónico(a) platonic
playa beach
plazo time (limit)
plegar to crease, fold
plegaria prayer, supplication
pleito lawsuit, dispute
plenitud plenitude
pleno(a) full
pliego sheet
pliegue *m* fold, crease
pluma feather
población population
poblador(a) populator, settler
poblar to populate
pobre *adj m* or *f* poor; *n m* or *f* poor person
pobreza poverty
poco(a) little, few, small; **al poco rato** in a short while; **falta poco** it won't be long; **poco a poco** little by little; **por poco** almost
pochi *m* or *f* name for Californian
poder (ue) to be able, can; **puede que** it is possible that; *n m* power
poderoso(a) powerful
podrido(a) rotten
poema *m* poem
poesía poetry, poem
poeta *m* poet; **poetisa** poetess
poético(a) poetic; *n f* poetics
polea pulley
policía *f* police; *m* policeman
policíaco(a) *adj* police
policial referring to detective stories
polígloto(a) polyglot
politécnico(a) polytechnic
político(a) political; *n f s* politics; policy; *n m* politician
politizar to politicize
polvadera: polvareda cloud of dust
polvo dust; snuff

polvoriento(a) dusty
pomo bottle
pompa splendor; pump
pon *m* ride, a lift
poner to put, place; **poner la mesa** to set the table; **ponerse** to put on; to become; **ponerse de pie** to stand up; **ponerse de rodillas** to kneel
poniente *adj* setting
popularidad popularity
popularizar to popularize
populoso(a) populous
por by, through, toward, for; **estar por** to be in favor of; **por aquí** around here; **por el estilo** like that, of that sort; **por encima de** above; **por eso** therefore; **por favor** please; **por fin** finally; **por la tarde** in the afternoon; **por las dudas** just in case; **por lo contrario** on the contrary; **por lo general** generally; **por lo menos** at least; **por lo tanto** therefore; **por medio de** through; **por otra parte** on the other hand; **por parte alguna** anywhere; **por parte de** on the part of; **por poco** almost; **¿por qué?** why?; **por supuesto** of course; **por todos lados** from all sides; **por ventura** by chance
porcentaje *m* percentage
poro pore
porque because
porqué *m* reason
porquería filth
portada portal
portador(a) bearer
portal *m* doorway
portar to carry; **portarse** to behave
porteño(a) *adj* of Buenos Aires
portero(a) doorkeeper
portón *m* inner front door
portugués(-esa) Portuguese
pos: en pos de after, in pursuit of
posado(a) perched, resting
posdata *f* postscript
poseer to possess
posesión possession
posguerra *adj* postwar
posibilidad possibility
posible possible
posición position
positivo(a) positive
pósito public granary
posterior later, lower
postizo(a) false
postular to postulate
póstumamente posthumously
postura position (e.g., in a debate)
potrero pasture
pozo well; pool (of water)
práctica practice
practicar to practice; to perform
práctico(a) practical
prado meadow; lawn
preámbulo preamble
precario(a) precarious
precaución precaution
precio price
precioso(a) precious
precipicio precipice
precipitar to rush
precisamente precisely
precisar to need; to determine
preciso(a) exact, accurate, precise
precolombino(a) pre-Columbian
predecesor(a) predecessor
predecir (i) to predict
predicar to preach
predilección predilection
predilecto(a) favorite
predominar to predominate
prefacio preface
preferencia preference
preferir (ie) to prefer
pregunta question
preguntar to ask (a question)
prehispánico(a) pre-Hispanic
prehistórico(a) prehistoric
prejuicio prejudice
prematuro(a) premature
premiado(a) prize-winning
premio prize
premonición premonition
prensa (printing) press
preñado(a) pregnant; full
preocupación preoccupation, concern
preocupado(a) preoccupied, worried
preocupar (se) to worry; **preocuparse (por, de)** to worry (about); to get involved with
preparación preparation
preparar to prepare
preparativo preparation
preparatorio(a) preparatory
presencia presence
presenciado(a) witnessed
presentación presentation, introduction
presentar to present, introduce
presentir (ie) to foresee, anticipate
preservar to preserve
presidencial presidential
presión pressure
preso(a) *n* prisoner
préstamo loan
prestar to lend; **prestar atención** to pay attention
prestigio prestige
prestigioso(a) renowned
presto quickly
presumido(a) pretentious
presumir to presume

presupuesto budget
pretender to try
pretextar to give as a pretext
prevenir (ie) to prevent
previo(a) previous
prieto black man
primario(a) primary
primavera spring
primero(a) first; **el primero inferior** first grade; **primero** *adv* first
primitivo(a) primitive
primo(a) cousin
primogénito(a) first-born
primor *m* finery
príncipe *m* prince
principiar to begin
principio principle; beginning; **a principios de** at the beginning of; **al principio** at first
prisa haste; **a toda prisa** quickly, hastily
prisión prison
prisionero(a) prisoner
privación privation, deprivation
privar to deprive
privilegio privilege
probar (ue) to try, try out; to taste, sample
problema *m* problem
problemática group of problems
procedencia origin
proceder to proceed
procesión procession
proceso process
proclamar to proclaim
procreación procreation
procurador *m* attorney
prodigioso(a) prodigious
producción production
producir to produce
producto product
profano(a) profane (of this world)
profecía prophecy
profesional professional
profeta *m* prophet
profetizar to prophesy
profundidad depth, profundity
profundizar to deepen, go deep into
profundo(a) profound, deep
profuso(a) profuse
programado(a) programmed
progreso progress
prohibir to prohibit
prólogo prologue
prolongación prolongation
prolongar to prolong
promedio average
promesa promise
prometedor(a) *adj* promising
Prometeo Prometheus
prometer to promise
prominente prominent
promoción promotion
promontorio promontory, hill
promover to promote
pronombre *n* pronoun
pronosticar to predict, foretell
pronto *adv* soon, quickly; **de pronto** suddenly
pronunciar to pronounce
propiciar to propitiate; to promote
propicio(a) favorable
propiedad property
propio(a) own, of one's own
proponer to propose
proporción proportion
propósito purpose
prosa prose
proseguir to continue
prosista *m* or *f* prose writer
prosperidad prosperity
próspero(a) prosperous
prostitución prostitution
prostituir to prostitute
prostituta prostitute
protagonista *m* or *f* protagonist
protección protection
protector(a) protective
proteger to protect
protegido(a) protected
proteína protein
protesta protest
protestante *m* or *f* Protestant
protestar to protest
prototipo prototype
provecho profit; **buen provechito** may it benefit you, profit
proveer to provide
provenir (ie) to arise (from), come from, originate
provincia province
provinciano(a) provincial
provocador(a) provoker
provocar to provoke
proximidad proximity, nearness
próximo(a) next; near; **próximo a** about to
proyección projection
proyectar to plan
proyectil *m* projectile
proyecto plan; project
proyector *m* projector
prudencia prudence
prueba proof
psicología psychology
psicológico(a) psychological
psicosomático(a) psychosomatic
púa barb; **alambrado (alambre) de púa** barbed wire
publicación publication

publicar to publish; to make known
publicidad ad; publicity
público(a) public; *n m* audience, (the) public
pudor *m* modesty
pudrir to rot
pueblero city man
pueblo small town, people; the working class
puente *m* bridge
puero leek
puerta door, gate
puerto port
puertorriqueño(a) Puerto Rican
pues *adv* well, then; *conj* since
puesta setting
puesto position, post, place; **puesto que** since; **llevar puesto** to wear, have on
pugnar to struggle, fight
pulcritud neatness, tidiness
pulcro(a) neat, graceful
pulir to smooth, polish
pulmón *m* lung
pulsar to finger
pulsera: reloj de pulsera *m* wrist watch
pulso pulse
punta tip
puntiagudo(a) sharp-pointed
puntillas picot
puntillista pointillist
punto point, dot, period; **a punto de** to be about to; **al punto** immediately, at once; **en un punto** in a flash; **puntito** fleck; **punto de fuga** vanishing point; **punto de vista** point of view
punzada sharp pain
puñado handful
puñal *m* dagger
puñetazo blow with fist, punch
puño fist
pupila pupil
purificado(a) purified
purificador(a) purifying
puritano(a) Puritan
puro(a) pure; only
purpúreo(a) purple

Q

que that, which, who, whom, than, when; **qué** what, what a, which, how; **¿por qué?** why?; **¿qué de?** how many?; **¿qué hay? ¿qué pasa?** what's the matter?; **¿qué tal?** how goes it?
quebrado(a) chipped
quebrar (ie) to break
quedal (quedar) to be left
quedar(se) to remain, stay; **quedarle bien** to come out well
quedo(a) soft, quiet
quehacer *n m* duty, work
queja complaint, moan
quejarse to complain
quejido moan
quejumbroso(a) grumbling
quemar to burn
quemarropa: a quemarropa at point blank range
quemazón *f* fire
querella fight, quarrel
querer (ie) to love; to want, wish; **querer decir** to mean; *n m* love
queso cheese
quien who, whom, whoever, which, whichever
quieto(a) quiet, silent, undisturbed
quietud quietness, tranquility
química chemistry
quinta villa manor house
quinto(a) fifth
quirúrgico(a) surgical
quitar to take away; **quitarse** to take off, remove; **quitársele a uno** to go away (illness)
quizás perhaps

R

rabia anger, fury
racimo cluster
racismo racism
radiante bright, radiant
radicar to lie in, stem from
radio (la radiografía) *f* X-ray
ráfaga gust, burst
raíz *f* root; **a raíz de** right after; **con todo y raíces** roots and all
rama branch
ramaje *m* mass of branches
ramo bouquet; (palm) branch; **Domingo de Ramos** Palm Sunday
rampa ramp
rancho hut, shack; mess hall
rango rank
rapé *m* snuff
rápido(a) fast, rapid
raquítico(a) feeble
raro(a) rare, strange
rascacielos *m* skyscraper
rasgo characteristic; adornment
rasguño scratch
raspado(a) scratched up
rastro track, vestige
rastrojo stubble
rato short time, while; **al poco rato** in a short while; **cada rato** every so often; **de rato en rato** from time to time
ratón *m* mouse
raya: a rayas striped
rayante: sol rayante rising sun, breaking dawn
rayar to make rays, shine
rayo bolt of lightning, ray; **ojos rayos** flashing eyes

rayuela hopscotch
raza race; cultural group or people
razón *f* reason; **tener razón** to be right
reacción reaction
reaccionar to react
real real, royal, main
realidad reality
realista *adj* realistic
realización accomplishment
realizar to accomplish; to carry out
realzar to elevate, heighten
reanudar to resume
rebanada slice
rebaño flock
rebelarse to rebel
rebelde *m* or *f* rebel
rebelión rebellion
rebosante overflowing, dripping
rebosar to well up; to flow
rebotar to bounce
rebozo shawl
receloso(a) distrustful
recepcionista *m* or *f* receptionist
rechazar to reject
recibir to receive
recién *adv* recently; **recién antes** just before; **recién nacido(a)** newborn
reciente *adj* recent
recinto district
recio(a) strong
recipiente *m* recipient
reclamar to complain
reclinar to recline
recobrar to recover
recodo turn, angle
recoger to gather, pick up, collect
recompensa compensation
reconciliar to reconcile
reconocer to recognize
reconocible recognizable
reconocimiento recognition
reconquistar to reconquer
recordar (ue) to remember; to remind; to awaken
recorrer to peruse; to run back; to run around
recorrido route
recostado(a) leaning, reclining
recostar (ue) to lean, recline
recrudecer to get worse
rectificar to rectify, adjust
rectoría rectory, rector's office
recuerdo memory
recular to recoil, draw back
recuperar to recover
recurso recourse
red *f* net, network; **red metálica** screen
redactar to write; to edit
redactor(a) editor
redención redemption
redimir to redeem
redondo(a) round; **en redondo** round
reducir to reduce
reemplazar to replace
referencia reference
referente *adj* referring
referirse (a) (ie) to refer (to)
refinado(a) refined
reflejar to reflect
reflejo reflection
reflexionar to think, reflect
reforma reform; **Reforma** Reformation
reformador(a) *adj* reform(ing)
reformar to reform
refrán *m* proverb, saying
refrescante refreshing
refugiado refugee
refugiarse to take refuge
refugio refuge
refunfuñar to growl, grumble
regalar to give a present
regalo gift
regañar to scold
regar (ie) to water
regazo lap
régimen *m* regime
región region
regionalista *m* or *f* regionalist
regir (i) to control
registrar to register
registro search
regla rule; **por regla** square, straight
regocijo *n* rejoicing
regresar to return
regreso return
regulación rule (traffic)
regularidad regularity
rehusar to refuse
reina queen
reinar to reign, dominate
reino kingdom, reign
reír(se) to laugh
reiterar to reiterate
reivindicar to vindicate
reja grating, railing
rejuvenecer to grow young
relación relation, narrative
relacionar to relate
relajamiento relaxation
relámpago lightning
relatar to relate
relativamente relatively
relato narrative, account, story
releer to read again

relieve *m* relief
religiosidad religiosity
religioso(a) religious
reloj *m* watch; **reloj de pulsera** wrist watch
rellenar to fill
relleno(a) stuffed, filled
rematado(a) ending
remedio remedy
remendado(a) patched, mended
remirar to look at again
remolinear to twirl
remolino whirlwind; cowlick
remontar to go back to, date from
remoto(a) remote
remover (ue) to remove
renacentista *adj* Renaissance
renacer *m* rebirth
renacimiento Renaissance
rencilla grudge
rendija crack
rendir (i) to take (a course); to render
rendirse to surrender
renombre *m* fame
renta income
renunciar to renounce, refuse
reñir to quarrel
repartidor(a) distributor, sorter
repartir to distribute
repasar to stroke; to spend; to review
repaso review
repeler to repel
repente: de repente suddenly
repentino(a) sudden
repercusión repercussion
repercutir to reverberate
repertorio repertoire
repetición repetition
repetidamente repeatedly
repetir (i) to repeat, do again
replicar to answer, reply
reponer to reply
reportaje *m* report, reporting
reportar to report
reportero(a) reporter
representación representation
representar to represent
represión repression
represivo(a) repressive
reproche *m* reproach
reproducción reproduction
reproducir to reproduce
república republic
repugnante repugnant
repujado(a) embossed
reputación reputation
requerir (ie) to require
res *f* head of cattle
resbalar to slip, slide
rescatar to rescue
reseco(a) very dry
reservación reservation
resfriado: estar resfriado to have a cold
resguardarse (de) to protect oneself (from)
resguardo refuge
residencia dormitory; residence
residencial residential
residir to reside
resignarse to resign oneself
resistencia resistence
resistirse to resist
resolana patio
resolución resolution
resolver (ue) to resolve
resonancia stirring, echo
resonar to echo
resorte *m* spring
respaldado(a) backed up
respectivamente respectively
respetar to respect
respeto respect
respetuoso(a) respectful
respirar to breathe
resplandor *m* light, radiance
responder to respond, answer
responsabilidad responsibility
responsable *adj* responsible
respuesta response
resquebrajado(a) cracked
restado(a) taken from
restaurán *m* restaurant
restaurar to restore
restitución restitution
resto rest, piece; *pl* remains
resuelto(a) resolved, determined
resultar to result, turn out; **resultar en** to lead to
resumen *m* summary; **en resumen** in brief, in short
resumir to sum up, summarize
resurrección resurrection
retirar to retire; to take back, move
reto *n* challenge
retobado(a) surly, wild
retocar to retouch
retorcer to twist around
retorcerse to convulse, writhe, squirm
retorcido(a) twisted
retórico(a) rhetorical
retornar to return
retorno return
retratar to depict, portray; **retratarse** to have one's picture taken
retratista *m* or *f* portrait painter
retrato portrait

retribución retribution
reunión meeting
reunir to gather, collect; **reunirse** to meet
revelar to reveal
reverencia bow
revés *m* reverse; **al revés** upside down, inside out, backward
revista magazine
revolcarse to wallow
revolución revolution
revolucionario(a) revolutionary
revolver to stir
revuelto(a) stirred up
rey *m* king
reyes *m pl* king and queen; kings; Magi
rezar to pray
rezongar to grumble, mutter
rezongón(-ona) grumbler, mutterer; sassy
rezumante *adj* oozing
ribeteado(a) lined
rico(a) rich
ridículo(a) ridiculous
riel *m* rail
rienda rein
riesgo risk
rígido(a) rigid
riguroso(a) strict, tough
rima rhyme
rimador(a) rhymer
rimar to rhyme
rincón *m* corner
riñón *m* kidney
río river
ripostar to reposte
riqueza wealth
risa laughter
risco cliff
ristra string
rítmico(a) rhythmic
ritmo rhythm
rito rite
ritualista ritualistic
rizar(se) to curl (hair)
robado(a) stolen
roca rock
roce *m* touch
rodar to roll
rodear to surround
rodilla knee; **ponerse de rodillas** to kneel
rogar to beg; to pray
rojizo(a) reddish
rojo(a) red
rol *m* role
rollizo(a) plump, sturdy
Roma Rome
romano(a) Roman, esp. of ancient Rome
romper to break, burst, tear up; **romper a** to burst out
ron *m* rum
ronco(a) hoarse
ronda circle
rondar to patrol; to walk at night
ronronear to purr
ropa clothing
ropaje *m* covering
ropero closet
rosa rose
rosado(a) pink
rosal *m* rosebush
rosario rosary
rostro face
roto(a) broken, torn
rotular to label; to address
rótulo sign
rozar to border on
rubio(a) blonde
rudimentario(a) rudimentary
rudo(a) rough, unpolished
rueda circle, wheel
rugoso(a) wrinkled
ruidazal *m* clamor
ruido noise
ruina ruin
rumbo direction
ruso(a) Russian
ruta route
rutilante *adj* sparkling

S

sábado Saturday
sábana sheet
saber to know, know how (to); **a saber** to wit, namely
sabiduría wisdom; knowledge
sabio(a) wise; wise person
sabor *m* taste, flavor
saborear to enjoy, relish
sabroso(a) savory, tasty
sacar to take out, pull out; **sacar a cuento** to drag in, mention
sacerdocio priesthood
sacerdote *m* priest
sacerdotisa priestess
saciar to satiate
sacrificar to sacrifice
sacrificio sacrifice
sacudida shaking
sacudir to beat, dust off; to shake; **sacudirse** to shake oneself
sádico(a) sadist
sagrado(a) sacred
sainete *m* one-act farce
sal *f* salt
sala room, living room; **sala de espera** waiting room

salado(a) salty
salario salary
saldo balance sheet
salida exit; **a la salida** on leaving
salina salt pit
salir to leave, go out; to turn out
salón *m* hall
salpicar to splash
saltar to jump, leap
saltimbanque *m* or *f* acrobat
salto leap
salud *f* health
saludar(se) to greet each other
saludo (de despedida) wave (of goodbye)
salvación salvation
salvaje wild
salvaje savage
salvar to save; to overcome
salvo(a) safe; **salvo** *conj* except; *prep* without; **a salvo de** safe from
San (*abbreviation of* **Santo**), **Santo(a)** Saint; **santo** saint's day
sanar to get well
sandalia sandal
sangrar to bleed
sangre *f* blood
sangriento(a) bloody
sanguinario(a) cruel, bloodthirsty
sanguíneo(a) red, blood-colored
sanguinoso(a) bloody, cruel
sano(a) healthy; **cortar por lo sano** to take quick action
santero(a) maker of images of saints
santiguar(se) to bless; to make the sign of the cross
santo(a) holy, blessed
saña wrath
sañudo(a) wrathful, angry
saquito small bag
sarape *m* serape, shawl
sardina sardine
sardónico(a) sardonic
sastrería tailor's shop; men's fashions
sátira satire
satisfacción satisfaction
satisfacer to satisfy
satisfecho(a) satisfied
Saturno Saturn
secar to dry
sección section
seco(a) dry
secretaría office (of the secretary)
secretario(a) secretary
secreto(a) secret; *n m* secret
secta sect
secundario(a) secondary
sed *f* thirst; **tener sed** *f* to be thirsty
seda silk
sedentario(a) sedentary
sedicioso(a) seditious
seductor(a) seductive
seguida succession; **en seguida** at once; **seguido(a)** in a row; *adv* often
seguir to keep on, continue; to follow; to remain
según according to
segundo(a) second; *n m* second
seguridad certainty; security; reassurance; **con seguridad** surely
seguro(a) sure, certain; safe
selección selection
seleccionar to select
sello (postage) stamp
selva jungle
semana week; **fin de semana** *m* weekend
semejante similar, such
semejanza similarity
semidiós *m* demigod
semilla seed
senado senate
sencillez *f* simplicity
sencillo(a) simple
sendero path
seno breast
sensación sensation
sensibilidad sensibility; sensitivity
sensible sensitive
sensitivo(a) sensitive
sentado(a) seated, sitting
sentar to seat; to establish; **sentarse** to sit down
sentencia sentence
sentenciado(a) sentenced
sentido sense; **en todos sentidos** in all directions; in every way
sentimiento sentiment, feeling
sentir(se) (ie) to feel, feel like; to regret
seña sign, signal; **señas** information
señal *m* sign, signal
señalar to point out
señor sir, Mr., lord
señora lady, Mrs., mistress
señorío domain, lordship
señorona *adj* high and mighty
separar to separate
separatista *adj m* or *f* separatist, secessionist
séptico(a) septic
sepulcro grave
sepultar to bury
sepultura tomb, grave
sequía drought
ser to be; to exist; *n m* being; **ser humano** human being
sera basket
sereno(a) serene
seriamente seriously
serie *f* series

serio: en serio seriously, serious
serpiente *f* serpent
serranía highland
servicio service; **servicios** restrooms
servidor *m* servant
servir (i) to serve; **no sirve** it is not good; **servir de** to serve as; **servirse de** to use; **servir para** to be good for
seso brain; **avive el seso** be alert
sete *m* hedge
setentón(ona) seventy or so
setiembre *m* September
sevillano(a) Sevillian
sexualidad sexuality
sicología (psicología) psychology
sicológico(a) psychological
siembra sowing, sowed field
siempre always; **para siempre** forever
sierra mountain range
siesta afternoon nap
sigla abbreviation by initials
siglo century
significación significance
significado meaning
significar to mean
significativo(a) significant
signo sign
siguiente *adj* following
sílaba syllable
silbato whistling
silbar to whistle
silbido whistle
silencio silence
silencioso(a) silent
silla chair; saddle
silletazo bump from a seat (as on a bus)
sillón *m* armchair
silogismo syllogism
silvestre *adj* wild
simbólico(a) symbolic
simbolismo symbolism
simbolizar to symbolize
símbolo symbol
simbología symbology
simpatía sympathy
simpatizar to sympathize
simultáneo(a) simultaneous
sin without; **sin embargo** however, nevertheless
sinagoga synagogue
sinceridad sincerity
sindical *adj* syndical, union
sindicato labor union
siniestra *n* left; left hand
singularmente singularly
sino but, but rather, except, also; **no sólo… sino también** not only . . . but also
sinónimo synonym
síntesis *f* synthesis
sintetizar to synthesize, summarize
siquiera at least, though; **ni siquiera** not even
sirviente *m* servant
sísmico(a) seismic
sistema *m* system
sistemático(a) systematic
sitio place; site
situación situation
situar to locate, situate, place
snobismo snobbism
soberanía sovereignty
soberano(a) sovereign; *n m* sovereign
soberbio(a) superb, grand
sobrar to be excessive; to be unnecessary; to have more than enough; to have left over
sobre on, upon, over, above, about; *n m* envelope
sobremesa after-dinner conversation
sobrenatural supernatural
sobrepasar to surpass
sobresalir to excel
sobresaltar to frighten, startle
sobresalto shock, sudden fear
sobretodo overcoat
sobrevivencia survival
sobrevivir to survive
sobriedad sobriety
sobrino(a) nephew, niece
sobrio(a) sober
socialista socialist
sociedad society
socioeconómico(a) socioeconomic
sociología sociology
sociopolítico(a) sociopolitical
sociosicológico(a) social-psychological
socorro succor, aid
sofisticado(a) sophisticated
sofocadamente in a muffled way
sofocón *m* shock
soga rope
sol *m* sun; **hacer sol** to be sunny; **puesta del sol** sunset
solar *m* house; drying area
soldado(a) soldier
soleado(a) sunny
soledad solitude, loneliness
soler (ue) to be in the habit of, accustomed to
solicitado(a) solicited
solidaridad solidarity
solidarizarse to make common cause, maintain solidarity
solidez *f* solidity, strength
solitario(a) solitary
solo(a) alone, unaccompanied, single **sólo** *adv* only; **no sólo… sino también** not only . . . but also
soltar (ue) to release, drop; to emit
soltero(a) bachelor, unmarried

solución solution
solucionar to solve
sollozo sob
sombra shade; shadow
sombrero hat
sombrilla parasol
sombrío(a) gloomy
sometido(a) subjected
son *m* sound; Cuban folk song and dance
sonar (ue) to sound, ring; **¿le suena?** does it sound familiar?; **sonarse** to blow one's nose; **sonar la puerta** to knock on the door
soneto sonnet
sonido sound
sonreído(a) smiling
sonreír to smile
sonriente *adj* smiling
sonrisa smile
soñar (ue) (con) to dream (about)
soñoliento(a) sleepy
sopa soup
soplar to blow
sopor *m* lethargy
soportar to endure
sorbo "drag," sip
sordo(a) deaf; dull
sorprender to surprise
sorpresa surprise
sortilegio sorcery
sosiego calm
sospechar to suspect
sospechoso(a) suspicious
sostener (ie) sustain, support
Soviética: Unión Soviética Soviet Union
suave gentle, soft; great
suavizar to smooth, to make gentle
subconsciencia subconscious
subido(a) raised, located, or placed high
subir to raise; to get on; to go up, climb; to rise
súbitamente suddenly
subjetivo(a) subjective
submarino submarine
subrayar to underline
substancia substance
subterráneo(a) underground
subtítulo subtitle
suburbio suburb
subvencionado(a) subsidized
subversivo(a) subversive
suceder to happen
sucesivo(a) successive; **en lo sucesivo** hereafter, in the future
suceso event
sucintamente succinctly
sucio(a) dirty
sucumbir to succumb
sudado(a) sweaty
sudamericano(a) South American
sudar to sweat
sudario shroud
sudoeste *m* southwest
sudor *m* sweat
sudoroso(a) sweaty, sweating
suegro father-in-law
suela sole (of a shoe)
sueldo salary
suelo ground, soil
sueño dream, sleep
suerte *f* luck, fortune; **caber en suerte** to fall to the lot of; **de tal suerte que** in such a way that
suficiente sufficient
sufrimiento suffering
sufrir to suffer; to undergo
sugerir (ie) to suggest
sugestivo(a) suggestive
suicidarse to commit suicide
sujetar to subject
sujeto(a) *adj* subject
sumar to add up to
sumisión submission
sumiso(a) submissive
sumo(a) great, high, supreme; **a lo sumo** at most
suntuoso(a) sumptuous
superado(a) obsolete
superar to rise above, overcome; to exceed
superficie *f* surface
superior *adj* superior, upper, higher
supersónico(a) supersonic
superstición superstition
supersticioso(a) superstitious
súplica supplication, prayer
suplicar to ask for; to pray for; to beseech
suponer to suppose
suprimir to suppress
supuesto: por supuesto of course
sur *m* south
suramericano(a) South American
surco furrow
sureste *m* southeast
surgir to arise, come forth, emerge, appear
suroeste *m* southwest
surrealismo surrealism
surrealista *m* surrealist
suspenso suspense
suspirar to sigh
suspiro sigh
sustancia substance
sustentar (se) to sustain; to be sustained; held up
sustento food, sustenance
sustituir to substitute (for)
susto fright
sutil subtle

sutileza subtlety
suturar to suture

T

tablero table
tableteo rattling
tablón *m* slab, plank
taburete *m* stool
taíno(a) Taíno Indian
Taita *m* Daddy, Papa *(indigenous language)*
tajada stab
tal such, such a; **tal vez** perhaps
tallador(a) carver, sculptor
talladura carving
tallar to carve
taller *m* workshop
talón *m* heel
tamaño size
tamarindo tamarind
tambor *m* drum
tambora bass drum
tampoco either, neither
tan as, so; **tan luego que** as soon as
tanque *m* tank
tanto(a) so great, as much, so much; *adv* so much, as much; **en tanto que** while; **por lo tanto** therefore; **son las tantas** it is late; **tantito así** this close; **tanto… como** both . . . and; **tantos(a)s** so many
tapa lid, cover
tapado coat; *adj* hidden
taparrabos *m s* loincloth
tapón *m* traffic jam
tarde *f* afternoon; *adv* late, too late; **de tarde en tarde** seldom, occasionally; **más tarde** later; **por la tarde** in the afternoon
tardío(a) late, tardy
tarea task; assignment
tatuar to tattoo
taxista *m* or *f* taxi driver
taza cup
tea torch
teatral theatrical
teatro theater
tecato *PR* addict
techo roof, ceiling
techumbre *f* ceiling
técnica technique
técnico(a) technical; *n m* technician
tecnológico(a) technological
teja *Am* cantle, (raised rear part) of a saddle
tejabán *m* roof; rustic shed
tejido woven cloth, textile; *adj* woven
tela piece of cloth
telaraña cobweb
teléfono telephone
telepático(a) telepathic
telescopio telescope
telón *m* curtain, backdrop
tema *m* theme
temática *n* thematics, choice of themes; *adj* **temático(a)** thematic
tembladeral *m* quaking bog
temblar to tremble
tembloroso(a) trembling
temer to fear
temeroso(a) fearful; timid
temor *m* fear
templado(a) moderate, pleasant; smooth; **mal templado** in a bad mood
templar to tune
temple *m* temper, mood
templo temple
temporada spell, period of time
temporal *m* storm
temprano early
tendencia tendency
tender (ie) to tend; to stretch out
tenebroso(a) dark, gloomy
tener (ie) to have; **¿qué tienes?** what's wrong?; **tener… años de edad** to be . . . years old; **tener cuidado** to be careful; **tener dolor de cabeza** to have a headache; **tener en poco** to have a low regard for, despise; **tener ganas de** to feel like; **tener hambre** to be hungry; **tener lugar** to take place; **tener miedo** to be afraid; **tener muchos años** to be very old; **tener presente** to visualize; **tener que** to have to; **tener que ver con** to have to do with; **tener razón** to be right; **tener sed** to be thirsty
tenso(a) tense
tentar to tempt
tentativa attempt
teñir to tinge
teocali *m* Aztec temple
teología theology
teólogo(a) theologian
teoría theory
tercero(a) third
terciopelo velvet
terminar to end, finish
término term
terminología terminology
ternura tenderness
terrenal *adj* earthly
terreno terrain; plot, parcel of land
territorio territory
terso(a) shiny, glossy
tersura smoothness
tertulia social gathering for conversation
tesis *f* dissertation, thesis
tesorero(a) treasurer
tesoro treasure
testigo witness

testimonio testimony
tétrico(a) gloomy
texto text
textura texture
tibio(a) tepid, lukewarm
tiempo time; tense; **al mismo tiempo** at the same time; **de hacía tiempo** of long ago; **en mucho (poco) tiempo** in a long (short) while
tienda store, shop
tientas: a tientas in a groping manner
tierno(a) tender
tierra earth, land
tigre *m* tiger
timbre *m* stamp; bell
tímido(a) timid
tinaja large earthen jar
tinieblas *f pl* darkness
tinta ink
tío(a) uncle, aunt
típico(a) typical
tipificar to typify
tipo type
tipografía typography
tipógrafo typographer
tiranía tyranny
tirante *adj* tight
tirar to shoot; to pull, to throw; **tirar a** to tend toward; **tirarse** to throw oneself
tiro shot; **a tiros** by shooting; **pegar un tiro** to shoot
tironeado(a) hauled
tironear to haul
tiroteo skirmish, volley of shots
titiritero(a) puppeteer
titular *n m* headline
titularse to be entitled
título title; degree
tiza chalk
tiznado(a) sooty
toa (toda) all
tobillo ankle
tocar to play (an instrument); to touch; **tocarle a uno** to be one's turn
todavía still, yet; **todavía no** not yet
todo(a) all, each, everything; **con todo y raíces** roots and all; **de todo** something of everything; **de todos modos** at any rate; **del todo** completely; **todo el mundo** everyone; **todos los años** every year; **todos los días** every day
tolteca *m* or *f* Toltec Indian
tomar to take; to drink; **¡toma!** go on, now
tomo volume
tonelada ton
tono tone, quality
tontera foolish thing
tontería foolishness, nonsense
tonto(a) fool
toque *m* touch
tórax *m* thorax
torcer to bend, twist; **torcer el gesto** to make a face
torcido(a) bent
torero(a) bullfighter
tormenta storm
torno: en torno a around
toro bull
torre *f* tower
torrente *m* torrent
torpemente dully; clumsily
tórtola turtledove
tortuga turtle
tortura torture
torturar to torture
tosco(a) coarse, rough
toser to cough
totalidad totality
trabajador(a) worker
trabajar to work
trabajo work; **con muchos trabajos** with great effort
tradición tradition
tradicional traditional
tradicionalista *m* or *f* traditionalist
traducción translation
traducir to translate
traductor(a) translator
traer to bring
tráfico traffic
tragar to swallow
tragedia tragedy
trago swallow
traición treason, treacherous act
traicionar to betray
traicionero(a) treacherous
traidor(a) traitor
trama plot
trampa trap
tranquilidad tranquility
tranquilo(a) tranquil
transeúnte *m* passer-by
transformar to transform
transición transition
transitar to travel, walk
transitoriedad transitory nature
transitorio(a) transitory
transmitir to transmit
transparente transparent
transportación transportation
transportar to transport
transporte *m* transportation, transport
tranvía *m* streetcar
trapo rag
tras after, behind
trascendencia importance
trascender (ie) to transcend
trascordado(a) forgetful, mistaken

trasformar to transform
trasladarse to move; to adjourn; to go to
traslúcido(a) translucent
traspasar to go beyond; to cross
tratado treaty
tratar to treat, discuss; **tratar de** to deal with; to try to; **tratarse de** to be a matter of
trato commerce; deal, pact
través: a través de across, through
trayecto trip
trazo outline
tremendista tremendist: referring to description intended to shock
tremendo(a) tremendous
tren *m* train
trepar to climb, mount, clamber
triángulo triangle
tribu *f* tribe
tribulación tribulation
tribuna tribunal
tribunal *m* court
tributo tribute
trillita brief ride
trilogía trilogy
trinchera trench
triste sad
tristeza sadness, sad thing
triunfante triumphant
triunfar to triumph
triunfo triumph
trizado(a) broken
trocito (*dim.* **trozo**) small piece, bit
trompeta trumpet
tronco trunk
trono throne
tropas troops
tropero trooper, cattle driver
tropezar to stumble
trozo excerpt, fragment, piece
trueno thunder
truncado(a) truncated
tubo tube; pipe
tullido(a) crippled
tumba tomb
tuna prickly pear (cactus)
tunante *m* rascal
túnica tunic
turba *n* crowd
turbar to disturb, upset
turbio(a) hazy
turno: de turno on duty
turno turn

U

ubicación location, placement
ubicar to locate, place
último(a) last; **por último** finally
ultraísmo ultraism (art movement)
ultratumba beyond the grave
umbral *m* threshold
uña fingernail
UNAM (Universidad Nacional Autónoma de México) the Autonomous National University of Mexico
único(a) only, unique
unidad unity, unit
unificar to unify
Unión Soviética Soviet Union
unir to unite
universidad university
universitario(a) of or relating to university; *n m* or *f* university student
universo universe
unos(a)s some; **unos a otros** each other; **unos cuantos, unos pocos** a few
urbanidad urbanity; sophistication
urbano(a) *adj* urban, city
urbe *f* metropolis
urgido(a) pressed, motivated
usar to use
uso use
usuario(a) user (e.g., of a computer, bus, etc.)
útil useful
utilitario(a) utilitarian
utilizar to utilize

V

vaca cow
vacaciones *f pl* vacation
vaciar to pour out, empty; to hollow
vacío(a) empty; *n m* void; emptiness
vago(a) vague; *n m* loafer, tramp
vaho vapor, steam
vaina *fig* thing
vaivén *m* fluctuation, inconstancy; swaying
valedor(ra) brave soul
valenciano(a) Valencian
valentía courage, bravery
valer to be worth; **más valía** it would have been better; **no valer la pena** not to be worthwhile
validez *f* validity
válido(a) valid
valiente valiant, brave
valija suitcase
valle *m* valley
valor *m* value; valor, bravery
vanidad vanity
vano(a) vain
vapor *m* steam
vaporoso(a) steamy
vaquero(a) cowboy, cowgirl
vaquilla heifer
variación variation

variar to vary, mix
variedad variety
varios(a)s various, several
varón *m* male (person)
varonil *adj* manly, courageous
vasallo vassal
vaso glass
vecindad vicinity, neighborhood; quality of being a neighbor
vecino(a) neighboring; *n* neighbor
vega flat lowland
vegetación vegetation
vehemente vehement
vehículo vehicle
veintena score (twenty)
vejez *f* old age
vela candle
velado(a) veiled
velar to watch over, keep vigil
velocidad velocity
vena vein
venado deer
venalidad venality, mercenariness
vencer to conquer
vendedor(a) salesperson
vender to sell
Venecia Venice
veneno poison
veneración veneration
venerar to venerate
vengador(a) avenger
venganza vengeance, revenge
vengar to avenge
venida coming
venido(a) a menos come to nothing, come down in the world
venir (ie) to come
venta sale
ventaja advantage
ventana window
ventanal *m* large window
ventear to sniff the air
ventilación ventilation
ventura luck; **por ventura** by chance
ver to see; **tener que ver con** to have to do with
veranear to spend the summer
verano summer
veras *f pl* truth; **de veras** in earnest; really
verbo verb
verdad truth
verdadero(a) real, true
verde green
verdoso(a) greenish
verdugo executioner
verdulero(a) greengrocer
verdura vegetable
verdusco(a) dark greenish
vereda path, sidewalk
vergüenza shame; **tener vergüenza** to be ashamed
verificación verification
verificar to verify
verosímil realistic, true to life
versión version
verso verse, line (of poetry)
verter (ie) to reveal; to spill
vestido dress
vestido(a) dressed
vestir (i) to dress; **vestir de** to dress as
veterinaria veterinary science
vez *f* time; turn; **a la vez** at the same time; **a su vez** in its turn; **a veces** at times; **de vez en cuando** from time to time; **dos veces** twice; **en vez de** instead of; **otra vez** again; **tal vez** perhaps; **una vez** once
vía road, route
viajar to travel
viaje *m* trip; **de viaje** on a trip
viajero(a) traveler
víbora viper
vibrar to vibrate
vicioso(a) vicious
víctima victim
victoria victory
vida life; **¡por vida!** by Jove!; **ganarse la vida** to earn one's living
vidriera store window; glass case
vidrio glass
viejo(a) old, elderly; *(colloquial)* old man (father), old lady (mother)
viento wind; **mirando a los cuatro vientos** *fig* looking off into space
vientre *m* abdomen, belly
viga beam
vigilia wakefulness
vigoroso(a) vigorous
vincular to join, connect; **vincularse (a)** to be connected to, be joined to
vínculo tie, bond
vino wine
viña vineyard
violación rape
violar to rape
violencia violence
violento(a) violent
violeta violet
virar to turn
virgen *f* virgin
viril *adj* virile
virtud virtue
visaje *m* grimace, "face"
visigodo(a) Visigoth
visita visit, visitor
visitante *m* or *f* visitor

visitar to visit
víspera eve, the night before
vista view, sight, vision; **perder de vista** to lose sight of
vitalidad vitality
vitrina show window; glass door
vivac *m* bivouac
víveres *m pl* provisions, foodstuffs
viveza vividness
vívido(a) vivid, lively
vivienda dwelling, house
vivir to live, dwell; **modo de vivir** way of living
vivo(a) alive, bright (colors), lively
vocabulario vocabulary
vocacional vocational (school)
volante *m* leaflet
volante *m* steering wheel
volar (ue) to fly
volcán *m* volcano
volcánico(a) volcanic
voltearse to turn around
voltereta tumble
volumen *m* volume
voluntad will, good will; **de voluntad** voluntarily
voluntario(a) voluntary
volver (ue) to return; **volver a...** to . . . again; **volver la mirada** to turn one's glance; **volverse** to turn around; to become, get
voraz voracious
voto vote; oath
voz *f* voice; **correr la voz** to be said, to be rumored; **en voz alta** aloud; **en voz baja** in a whisper, in a low voice
vudú *m* voodoo
vuelta turn, **dar vuelta** to turn
vueltos: ojos vueltos eyes turned up (as in death)
vulpeja bitch fox

Y

ya already
ya que since
yacer to lie
yegua mare
yema tip (of a finger)
yerba weed, grass
yerno son-in-law
yerto(a) stiff, rigid
yeso plaster
yip *m* jeep

Z

zafarse to escape
zaguán *m* lobby
zamarrear to shake
zanahoria carrot
zanja gully, trench
zapatero(a) shoemaker
zapato shoe
zarandear to shake, move, keep on the go
zarzuela muscial comedy
zas "whish" sound
zona zone, area of study
zoológico(a) zoological
zorro fox
zumbar to buzz

Credits

Text Credits

6–8 Don Juan Manuel, *El Conde Lucanor* (excerpt). **16–19** Alvar Núñez Cabeza de Vaca, *Los naufragios* (excerpt). **30** Anonimous, *Poema nahua*. **31** Jorge Manrique, *Coplas por la muerte de su padre* (excerpt). **32** Anonimous, *Soneto*. **33** Sor Juana Inés de la Cruz, *Sonetos*. **34** Ruben Darío, *Lo fatal*. **35** Miguel de Unamuno, *Salmo I* (excerpt). **46–48** Beatriz Guido,"*Caperucita roja o casco rojo*", cuento perteneciente a la obra *Cuentos recontados*, Editorial Tiempo © Beatriz Guido, reprinted with permission. **60–67** Serafín y Joaquín Alvarez Quintero, "*Mañana de sol*", Paso de comedia, reprinted with permission. **80-83** Jorge Luís Borges, *"El Evangelio según Marcos"*, de *El Informe de Brady*, ©1970 by J.L. Borges, reprinted with permission. **96-98** Juan Rulfo, *"Es que somos muy pobres"*, de *El llano en llamas,* Fondo de Cultura Económica, 1953, reprinted with permission. **111–112** Gabriel García Márquez, *"Un dia de estos"*, cuento perteneciente a la obra *Los funerales de la Mama Grande*, © Gabriel Garcia Márquez, 1962, reprinted with permission. **123–124** Rosario Castellanos,*"Memorial de Tlatelolco"*, en Elena Poniatowska, *La noche de Tlatelolco*, Ediciones Era S.A. 1971, reprinted with permission. **125–128** Elena Poniatowska, *"La noche Tlatelolco"*, Ediciones Era S.A., 1971, reprinted with permission. **140–143** José Donoso, "*Una señora*", de *Los mejores cuentos de José Donoso*, Empresa Editorial Zigzag, reprinted with permission. **156–158** Nicolás Guillén, *"Balada de los dos abuelos"* y *"Sensemayá"*, *Obra poética de Nicolas Guillen*, reprinted with permission of the Agencia Literaria Latinoamericana, La Habana, Cuba. **161–162** Ana Lydia Vega, "*Un deseo llamado tranvía*", cuento perteneciente a la obra *Esperando a Loló*, Editorial de la Universidad de Puerto Rico, 1994, reprinted with permission. **174–177** Sabine Ulibarri, "*Mi caballo Mago*", from *Tierra Amarilla—Stories of New Mexico*, 2001, University of New Mexico Press.

Photo Credits

1 © Walker/Index Stock Imagery. 5 Public Domain. **11** left: © ImageState/Alamy. **11** right: © Adam Woolfitt/CORBIS. **13** © Asociación de Amigos del Templo Mayor, A. C.; photographer Salvador Guilliem Arroyo. **16** © The Granger Collection, New York. **23** top: © Scala/Art Resource, NY. **23** bottom left: © Asociación de Amigos del Templo Mayor, A. C.; photographer Salvador Guilliem Arroyo. **23** bottom right: © Asociación de Amigos del Templo Mayor, A. C.; photographer Salvador Guilliem Arroyo. **25** *The Burial of the Count of Orgaz, 1586-1588*, by El Greco (Domenikos Theotokopoulos). Canvas, 460 x 360 cm. © Bridgeman-Giraudon/Art Resource, NY. **38** © Bettmann/CORBIS. **39** *View of Toledo*, by El Greco (Domenikos Theotokopoulos), Oil on canvas; 121.3 x 108.6 cm, H. O. Havemeyer Collection, Bequest of Mrs. H. O. Havemeyer, 1929 © 1992 The Metropolitan Museum of Art. **41** *Mother and Child, 1921*, Oil on canvas, 142.9 x 172.7 cm, Restricted gift of Maymar Corporation, Mrs. Maurice L. Rothschild, Mr. and Mrs. Chauncey McCormick; Mary and Leigh Block Fund; Ada Turnbull Hertle Endowment; through prior gift of Mr. and Mrs. Edwin E. Hokin, The Art Institute of Chicago © 2008 Estate of Pablo Picasso/Artists Rights Society (ARS), New York. **45** © Acción Magazine/Archivo Latino. **52** *Seated Saltimbanque With Boy, 1905* by Picasso, Pablo. Opaque and transparent watercolor, and charcoal 25-5/8 x 18-1/2 in. The Baltimore Museum of Art: The Cone Collection, formed by Dr. Claribel Cone and Miss Etta Cone of Baltimore, Maryland BMA 1950.270 © 2008 Estate of Pablo Picasso/Artists Rights Society (ARS), New York. **53** *Mother and Child (First Steps), 1943* by Picasso, Pablo, Oil on canvas, (130.2 x 97.1 cm) Gift of Stephen Carlton Clark, B.A. 1903/Yale University Art Gallery, New Haven, CT 1958.27 © 2008 Estate of Pablo Picasso/Artists Rights Society (ARS), New York; Photo: © Peter Willi/ SuperStock. **55** *Aesop, c. 1639-1640*. Oil on canvas, 179 x 94 cm by Velázquez, Diego Rodríguez (1599-1660). Museo del Prado, Madrid, Spain. © Scala/Art Resource, NY. **72** *Old Woman Cooking Eggs, 1618* by Velázquez, Diego Rodríguez (1599–1660). © National Galleries of Scotland, Edinburgh, Scotland, Great Britain. **73** *Las Meninas (with Velázquez' self-portrait)* or *Family of Philip IV, 1656*. Oil on canvas, 276 x 318 cm by Velázquez, Diego Rodríguez (1599-1660). Museo del Prado, Madrid, Spain. © Scala/Art Resource, NY. **75** *Portrait of the Family of Charles IV, 1800-1801*. Oil on canvas, 280 x 336 cm by Goya y Lucientes, Francisco de (1746-1828). Museo del Prado, Madrid, Spain. © Bridgeman-Giraudon/Art Resource, NY. **79** © Joel Robine/AFP/Getty Images. **88** *Third of May, 1808 (1814)* by Goya y Lucientes, Francisco de (1746-1828). Museo del Prado, Madrid, Spain. © Scala/Art Resource, NY. **89** *Saturn Devouring One of His Sons*. From the series of "Black Paintings", *1819-1823*. by Goya y Lucientes, Francisco de (1746-1828). Museo del Prado, Madrid, Spain. © Scala/Art Resource, NY. **91** *Open-Air School, 1932* by Rivera, Diego (1866-1957). Lithograph, printed in black, composition: 12 1/2 x 16 3/8". Gift of Abby Aldrich Rockefeller. (1561.1940) © 2006 Banco de México Diego Rivera & Frida Kahlo Museums Trust, Av. Cinco de Mayo No. 2, Col. Centro, Del. Cuauhtémoc 06059, México, D. F.; Photo: Digital Image © The Museum of Modern Art/Licensed by SCALA/Art Resource, NY. **95** © Private Collection, Index/ The Bridgeman Art Library International. **102** top: *Open-Air School, 1932* by Rivera, Diego (1866-1957). Lithograph, printed in black, composition: 12 1/2 x 16 3/8". Gift of Abby Aldrich Rockefeller. (1561.1940) © 2006 Banco de México Diego Rivera & Frida Kahlo Museums Trust, Av. Cinco de Mayo No. 2, Col. Centro, Del. Cuauhtémoc 06059, México, D.F.; Photo: Digital Image © The Museum of Modern Art/Licensed by SCALA/Art Resource, NY. **102** bottom: *Continuous Renewal of Revolutionary Struggle—Death of a Young Leader* (*La muerte del campesino*), *1926-1927* by Diego Rivera. Fresco, 3.54 x 3.67 m. © 2006 Banco de México Diego Rivera & Frida Kahlo Museums Trust, Av. Cinco de Mayo No. 2, Col. Centro, Del. Cuauhtémoc 06059, México, D.F.; Photo: © Schalkwijk/Art Resource, NY. **103** *Dividing the Land* (*El reparto de la tierras*), *1924* by Diego Rivera. Mural. 2.99 x 5.12 m. Administrative area, 2nd floor foyer of Universidad Autónoma, Chapingo, Mexico. © 2006 Banco de México Diego Rivera & Frida Kahlo Museums Trust, Av. Cinco de Mayo No. 2, Col. Centro, Del. Cuauhtémoc 06059, México, D.F.; Photo: © Schalkwijk/Art Resource, NY. **105** *La Trinchera, 1926* by José Clemente Orozco. Fresco. © 2008 Artists Rights Society (ARS), New York/SOMAAP, Mexico City; Photo: © Schalkwijk/Art Resource, NY. **109** © Bernardo De Niz/Reuters/Landov. **117** top: *La Trinchera, 1926* by Orozco, José Clemente, fresco. © 2008

Artists Rights Society (ARS), New York/SOMAAP, Mexico City; Photo: © Schalkwijk/Art Resource, NY. **117** bottom left: *The Sob, 1939* by David Alfaro Siqueiros. Enamel on composition board, 48 1/2 x 24 3/4". Given anonymously. (490.1941) Digital Image © 2008 Artists Rights Society (ARS), New York/SOMAAP, Mexico City; Photo: © The Museum of Modern Art/Licensed by SCALA/Art Resource, NY. **117** bottom right: *El hombre de fuego, 1938*, by Orozco, José Clemente, fresco. © 2008 Artists Rights Society (ARS), New York/SOMAAP, Mexico City; Photo: © Schalkwijk/Art Resource, NY. **119** © Royalty-Free/Corbis. **123** Posthumous digital reproduction from original negative, Lola Álvarez Bravo Archive, Center for Creative Photography, © 1995 The University of Arizona Foundation. **125** © AP Photo/Guillermo Arias. **132** top: © Royalty-Free/Corbis. **132** bottom: © Russell Gordon/AURORA. **133** © Peter Menzel/Menzelphoto.com. **135** *The Bus, 1962* by Matta-Echaurren, Roberto. From the portfolio "Scènes Familièrs", 1962. Etching, printed in color, plate: 12 15/16 x 17". Inter-American Fund. (369.1963.2) Digital Image © 2008 Artists Rights Society (ARS), New York/ADAGP, Paris; Photo: © The Museum of Modern Art/Licensed by SCALA/Art Resource, NY. **139** © Sophie Bassouls/CORBIS SYGMA. **148** *The Bus, 1962* by Matta-Echaurren, Roberto. From the portfolio "Scènes Familièrs", 1962. Etching, printed in color, plate: 12 15/16 x 17". Inter-American Fund. (369.1963.2) Digital Image © 2008 Artists Rights Society (ARS), New York/ADAGP, Paris; Photo: © The Museum of Modern Art/Licensed by SCALA/Art Resource, NY. **149** top: *The Port, 1942* by Torres García, Joaquín. Oil on cardboard, 31 3/8 x 39 7/8". Inter-American Fund. (801.1942) Digital Image © 2008 Artists Rights Society (ARS), New York/VEGAP, Madrid; Photo: © The Museum of Modern Art/Licensed by SCALA/Art Resource, NY. **149** bottom: *Amanecer en los andes* by Obregón, Alejandro. Given as a gift by the government of Colombia to the United Nations, October 1983. **151** *Fishes, 1943* by Peláez de Casal, Amelia. Oil on canvas, 45 1/2 x 35 1/8". Inter-American Fund. (80.1944) Digital Image © The Museum of Modern Art/Licensed by SCALA/Art Resource, NY. **155** © Henri Cartier-Bresson/Magnum Photos. **160** © Claridad. **166** *Fishes, 1943* by Peláez de Casal, Amelia. Oil on canvas, 45 1/2 x 35 1/8". Inter-American Fund. (80.1944) Digital Image © The Museum of Modern Art/Licensed by SCALA/Art Resource, NY. **167** top: *Tornado, 1941* by Carreño, Mario. Oil on canvas, 31 x 41". Inter-American Fund. (657.1942) Digital Image © The Museum of Modern Art/Licensed by SCALA/Art Resource, NY. **167** bottom: *The Jungle, 1943* by Lam, Wilfredo. Gouache on paper mounted on canvas, 7' 10" x 7' 6 1/2". Inter-American Fund. (140.1945). © 2008 Artists Rights Society (ARS), New York/ADAGP, Paris; Photo: Digital Image © The Museum of Modern Art/Licensed by SCALA/Art Resource, NY. **169** *Death Cart, 1890-1910*, José Inez Herrera. Denver Art Museum Collection: General acquisitions funds. **173** © University of New Mexico, the Center for Southwest Research. **180** *Death Cart, 1890-1910*, José Inez Herrera. Denver Art Museum Collection: General acquisitions funds. **181** left: *Christ at the Column, 19th Century*. Denver Art Museum Collection: General acquisitions funds. **181** right: *Adam and Eve in the Garden of Eden 1900*, George Lopez. Denver Art Museum Collection: Gift of Bertha Kemp.